## Letters in University

作·者·简·介

**王**宝玉，辽宁大连人，曾先后就读于大连市东北路小学、大连第四十七中学、大连第二十四中学。2004年考入北京体育大学运动心理学系，因学习成绩优异、表现突出，于2008年被保送为北京大学研究生，攻读文化心理学硕士学位。现于美国新墨西哥州立大学攻读心理学博士学位。

**王**毅，王宝玉母亲，辽宁大连人。1982年毕业于辽宁师范学院，毕业后做过教师、记者、担保人。上世纪末辞职，从事专业创作，现为大连市作家协会会员。曾为《家庭》、《知音》等杂志撰稿；2002年出版随笔集《好妈妈坏妈妈》，并于当年在台湾出版发行；2012年9月出版《我家儿子很叛逆》。近年转入长篇小说创作，所著《情封旅顺口》从2011年第11期开始在《今日财富（大连版）》杂志上连载。

# Letters in University

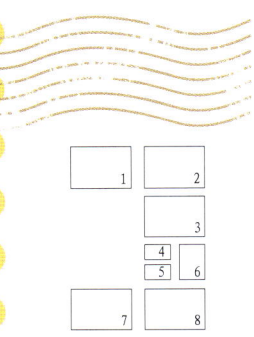

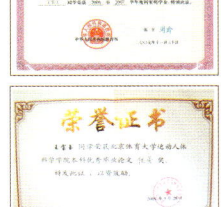

1. 在校园里再做儿时游戏
2. 同学用人体造型祝贺作者22岁生日
3. 与宿舍同学在校园内合影
4. 获教育部颁发的2006—2007年度国家奖学金证书
5. 获学院本科毕业论文优秀奖证书
6. 获2006—2007年度校"三好学生"荣誉证书
7. 毕业典礼后宿舍同学相约继续大步向前的合影
8. 与外来授课的北大心理学教授沈德灿合影

# Letters in University

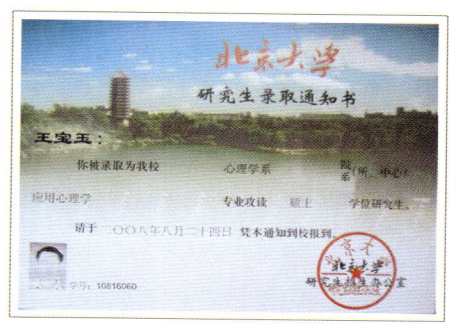

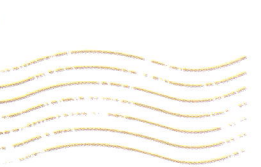
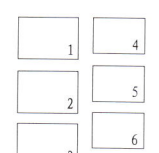

1. 北大校园内路遇外教主动上前请教
2. 作者全家合影
3. 参加北京大学2009年春季运动会
4. 获北京大学2009—2010年度光华奖学金证书
5. 北京大学研究生录取通知书
6. "我们还是校园里的小树"

# Letters in University

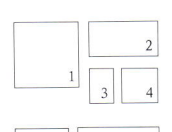

1. 硕士毕业典礼后与导师侯玉波合影
2. 北京大学2011年春季运动会上与队友合影
3. 作者留学签证通过后在美国大使馆门前
4. 硕士毕业之际系领导为作者正衣冠
5. 作者在美国华盛顿留念
6. 在美国新墨西哥州立大学与博士生导师大卫合影

# 家书里的大学
## ——一位保送北大读研生的成长历程

王宝玉 王 毅 著

2013 年·北京

**图书在版编目(CIP)数据**

家书里的大学:一位保送北大读研生的成长历程/王宝玉,王毅著.—北京:商务印书馆,2013
ISBN 978-7-100-09536-5

Ⅰ.①家… Ⅱ.①王…②王… Ⅲ.①书信集—中国—当代 Ⅳ.①I267.5

中国版本图书馆CIP数据核字(2012)第231623号

所有权利保留。
未经许可,不得以任何方式使用。

## 家书里的大学
### ——一位保送北大读研生的成长历程
王宝玉 王 毅 著

商 务 印 书 馆 出 版
(北京王府井大街36号 邮政编码 100710)
商 务 印 书 馆 发 行
北京瑞古冠中印刷厂印刷
ISBN 978-7-100-09536-5

2013年1月第1版　　开本 787×1092 1/16
2013年1月北京第1次印刷　印张 20¾ 插页 2
定价:39.00元

# 目 录

家教不因上大学而中断 …………………………………………… i
大学生的家庭教育还要跟上 ……………………………………… iii
前言 ………………………………………………………………… x

## 第一部分（大学一年级） 拒绝懵懂，确定目标最重要 …………… 1

第一封信（2004.10.11） 每天早上有一个小时早自习………… 4
第二封信（2004.10.28） 不躲避麻烦，实现计划……………… 7
第三封信（2004.11.18） 把当教授作为目标…………………… 9
第四封信（2004.11.28） 文科的基础是修养和阅读…………… 13
第五封信（2004.12.9） 给自己施压，才能保证自信………… 16
第六封信（2004.12.17） 学习以获得知识为目的………………  20
第七封信（2004.12.29） 认真完成学习计划…………………… 24
第八封信（2005.1.9） 我处在相当大的不适应当中………… 28
第九封信（2005.2.26） 学习肯定有科学的方法……………… 30
第十封信（2005.2.27） 态度决定你的享受方向……………… 32
第十一封信（2005.3.11） 自己组织一个英语角…………………  34
第十二封信（2005.3.26） 和老师的关系越来越好………………  38
第十三封信（2005.4.8） 在阅读中感悟人生…………………… 41
第十四封信（2005.4.11） 尽全力把时间放在学习上……………  44
第十五封信（2005.4.23） 整合知识，才能有效记忆……………  47

第十六封信（2005.5.20） 注重更加实际有效的知识……………… 53
第十七封信（2005.6.4） 逆境是试金石…………………………… 57
第十八封信（2005.6.20） 不能随波逐流…………………………… 62
第十九封信（2005.6.26） 父母的支持是雪中送炭………………… 65
第二十封信（2005.6.27） 提高效率要抓住概念和主干…………… 67
第二十一封信（2005.7.28） 没有死记硬背就没有灵活运用………… 70
第二十二封信（2005.8.6） 假期进行专门考研训练………………… 76
第二十三封信（2005.8.20） 效率从铂金情绪而来…………………… 79

## 第二部分（大学二年级） 拒绝沉沦，用意志战胜欲望 …………… 83

第二十四封信（2005.9.3） 开学之前要做出计划…………………… 85
第二十五封信（2005.9.20） 养成学习生活规律来提高效率………… 87
第二十六封信（2005.10.20） 认真做好手头的事情…………………… 91
第二十七封信（2005.11.6） 青春不应挥霍…………………………… 95
第二十八封信（2005.11.18） 向下一个目标努力……………………… 98
第二十九封信（2005.12.2） 读英文原版教材………………………… 101
第三十封信（2005.12.17） 不给女同学发"错误信号"…………… 105
第三十一封信（2005.12.20） 从电影中体验细腻感情………………… 109
第三十二封信（2006.1.1） 制定目标重要在做……………………… 111
第三十三封信（2006.2.18） 制定考研学习计划……………………… 113
第三十四封信（2006.3.5） 到处都能遇到恋爱这个主题…………… 116
第三十五封信（2006.3.19） 给自己一个理由………………………… 122
第三十六封信（2006.4.3） 把不同的理论变成自己的话…………… 126
第三十七封信（2006.4.15） 正常地经历青春时光…………………… 130
第三十八封信（2006.4.29） 理财也是人生重要内容………………… 133
第三十九封信（2006.5.12） 整顿思想，约束自己的行为…………… 138
第四十封信（2006.5.28） 在强大毅力下，与游戏隔离…………… 141
第四十一封信（2006.6.23） 有了记录的生命更真实………………… 145
第四十二封信（2006.8.4） 对社会承认和个人修养有偏执的追求…… 149
第四十三封信（2006.8.20） 应试抓基础、学习抓根本……………… 152

## 第三部分（大学三年级） 拒绝彷徨，朝着目标奋进 … 155

- 第四十四封信（2006.8.27） 钱是敏感的东西 … 158
- 第四十五封信（2006.9.16） 一定要考上北大 … 162
- 第四十六封信（2006.9.22） 青春变奏曲 … 164
- 第四十七封信（2006.10.8） 按照计划进行学习 … 170
- 第四十八封信（2006.10.20） 中西教授的不同风采 … 173
- 第四十九封信（2006.11.4） 详细阅读与参考阅读相结合 … 176
- 第五十封信（2006.11.18） 感恩父母，努力向前 … 178
- 第五十一封信（2006.12.2） 给自己暗示：无所谓 … 184
- 第五十二封信（2006.12.30） 情感事要快刀斩乱麻 … 188
- 第五十三封信（2007.2.27） 该是战斗的时候 … 192
- 第五十四封信（2007.3.11） 文献搜索是一门学问 … 194
- 第五十五封信（2007.3.23） 只有在压力下才能成长 … 197
- 第五十六封信（2007.4.6） 加强彼此之间有用的人际关系 … 200
- 第五十七封信（2007.4.30） 控制好身体这部机器 … 204
- 第五十八封信（2007.5.11） 三遍考试复习法 … 209
- 第五十九封信（2007.5.25） 生活就要"深水静流" … 212
- 第六十封信（2007.6.8） 完美主义的缺陷 … 215
- 第六十一封信（2007.6.23） 依靠方法研究社会 … 218
- 第六十二封信（2007.7.14） 精神病人与我们的不同之处 … 221
- 第六十三封信（2007.7.28） 耐不住寂寞的孤独者 … 225
- 第六十四封信（2007.8.25） 社会很少给人第二次机会 … 230

## 第四部分（大学四年级） 拒绝空虚，让生命充实、忙碌 … 233

- 第六十五封信（2007.9.7） 顺利保送北大 … 235
- 第六十六封信（2007.10.12） 贪婪是理想的源泉 … 242
- 第六十七封信（2007.10.26） 成功后的思考 … 246
- 第六十八封信（2007.11.9） 放松地学习、生活 … 250
- 第六十九封信（2007.11.23） 犯一次没有严重后果的错误 … 254

第七十封信（2007.12.8） 第一次讲座 ················· 257
第七十一封信（2007.12.19） 爱的反思 ················· 261
第七十二封信（2007.12.21） 心理学之我见 ············· 263
第七十三封信（2008.1.5） 第一次为老师代课 ·········· 267
第七十四封信（2008.1.19） 认识到差距和努力的方向 ······ 271
第七十五封信（2008.2.1） 人们都想影响社会 ············ 275
第七十六封信（2008.2.29） 学习需要一种持续的状态 ······ 277
第七十七封信（2008.3.14） 通过背课文和难句来提高英语水平 ··· 281
第七十八封信（2008.3.28） 中西文化的差异 ············ 285
第七十九封信（2008.4.12） 希望被别人尊重 ············ 290
第八十封信（2008.4.14） 回信：惭愧、谨记，谢谢妈妈！ ······ 293
第八十一封信（2008.4.25） 回归自我、关注内心 ········· 294
第八十二封信（2008.5.9） 为别人做心理咨询 ·········· 298
第八十三封信（2008.5.24） 论文代表了我的一切 ········· 300
第八十四封信（2008.6.7） 完美中的遗憾 ··············· 304

# 后记 ································· 307

# 家教不因上大学而中断

我没见过王宝玉，但多年前就看过他写的家信。那是我的一位笔友、他的母亲王毅在网上转给我看的。还记得我回复中有过"这孩子有哲学家潜质"的赞誉之词，但绝非客套。这样的网上来往是我和王毅始于 2002 年一次笔会上，关于家庭教育问题交流的继续。那次笔会是一家杂志社在山东曲阜召开的，万世师表的故里。与会者都受过大学师范教育，都有正在求学的孩子，使我们在会议的文学正题外有了聊不完的家教方面的话题。得知王毅在大陆和台湾出版了 16 年来记录儿子的随笔集，当时有个感觉，"文革"后的一代知识分子，确实有了既传统又现代的教育理念。那本名为《好妈妈，坏妈妈》的集子至今仍在我的书柜里。当我读到这本书信集后，深感这是儿子开唱主角的精彩续集。或许出自我当教师的职业本能吧，认为自己有义务把他们母子在儿子大学 4 年里的家信交流，介绍到大学生和他们的家长们那里去。

关于家信，我国读者们一定马上会想到纪晓岚家书、曾国藩家书、陶行知家书、傅雷家书，甚至还有蒋介石家书，都曾被官方或学者大力推荐，而且也确实影响甚广。家书教子是中国古典教育所奉行的重要方式，在前信息化时代，以上列名的那些名人家长和有文化的百姓家长们一样，都在通过家信对子女进行做人和治学的教导，国人对其人其言其形式或多或少都已知晓，可以说并不会有再增加一本的渴望了。但这本家信集之值得一看，恰恰在于与那些家书有太多的不同了。翻看一下就感觉到这是百姓的家书，说的都是通俗实话。那些帝王将相和鸿儒名流的家书，有意无意也是父子纲常居高临下的训话。而这本家信集是百姓母子的书信对话，讲的都是面对具体问题的具体想法及解决办法，不是板着面孔的家长训子，有时甚至是反过来儿子要家长接受他的想法

i

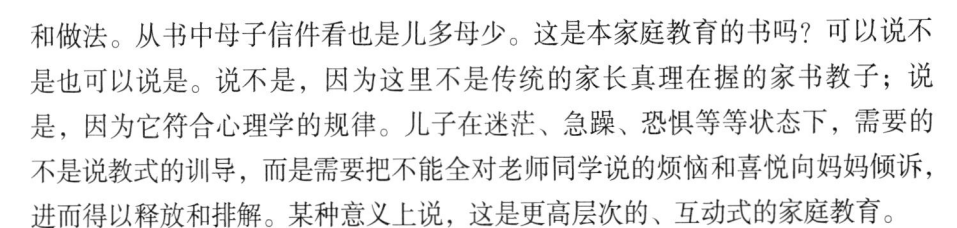

和做法。从书中母子信件看也是儿多母少。这是本家庭教育的书吗？可以说不是也可以说是。说不是，因为这里不是传统的家长真理在握的家书教子；说是，因为它符合心理学的规律。儿子在迷茫、急躁、恐惧等等状态下，需要的不是说教式的训导，而是需要把不能全对老师同学说的烦恼和喜悦向妈妈倾诉，进而得以释放和排解。某种意义上说，这是更高层次的、互动式的家庭教育。

说到家庭教育，似乎就是孩子上大学前家长对孩子面对面的教育。看过这本家信集倒是启发了我，家庭教育不应因孩子上大学而中断，而需要以家信这种形式过渡一下，家长训子让位于对话互动，孩子大学毕业就业后，家庭教育才可以完成使命。不然，孩子的家庭教育"断奶"真是有点突然。教育和亲情的联系都需要家信这种过渡方式的家庭教育。这一点社会早已经注意到了。王宝玉是2004~2008年读大学的，其间媒体不乏大学生不屑家信的报道。2006年11月29日"四川在线"—《华西都市报》："武汉科技大学新校区学工团委办公室上月给全校4 700多名新生布置了一道'亲情作业'：每月给家里写一封家书。没想到，一封家书竟'难倒'了不少大学生"。2007年11月27日《鸭绿江晚报》（记者李志成）："一次偶然的课间交流，让本市某高校语文教师孙教授感叹不已：全班的大学生竟无一人有写家信的习惯。"《人民日报》（2005年5月9日 第十一版）（记者鲍洪俊、陈胜伟）："对浙江林学院学生进行的一个调查显示，大学生每个月给家里写一封信的同学不到1%。"大学生写家信的必要和好处各层次议论都有，我想补充的是，家信还有延续家庭教育的功能。

我本人是职业地要读文字作品的，但文字表现生活能真实到非发表动机产生的家信程度的我很少读到。这本家信集记录了一个大学生在与其家庭交流过程中所展现的心路历程，难得之处在于真实。作为一个大学生，成长、成功的根本动力还是来源于自己的内心。在家长的帮助下，一个大学生是如何成长、成功的，因为要给母亲写信，不经意间王宝玉详细记录了这个过程。这本来是一种私情，完全个人的感觉，但这种种的迷茫、彷徨、执着、坚持几乎可以说是今天大多数大学生、年轻人的共情，只是表现形式不同。我相信，这本书会成为很多大学生的一个知己、一个朋友、一份人生路上的心灵伙伴。

唐晓敏

国际传播学院教授

北京第二外国语学院前院长

## 大学生的家庭教育还要跟上

家庭教育可以说是中国每个学龄家庭的头等大事。近年来，在"不能输在起跑线上"、"教育要从娃娃抓起"等理念的引导下，家庭教育从高中、初中一直向前延伸至小学、幼儿、婴儿阶段，直至出现了胎教，而往后则止于高考，一旦"金榜题名"、考上大学就万事大吉了。

曾有一位朋友，因儿子、儿媳都在国外而要亲自抚养留在国内的孙子。当孙子上小学的时候，有人曾调侃地对他说："十二年'有期徒刑'从现在开始，一直到高中毕业，你都要陪在身边。"当时他还有些不以为然。如今，孙子已经读初中，繁重的课业压力和孩子的生活调理让他不堪重负。这个春节，他又一次想起这句话："'有期徒刑'十二年，快了，再有三年，我就'刑满释放'了。上大学就不用操心了！"

"上大学就不用操心"代表了中国多数家长的想法，也是当今社会对大学生家庭教育的普遍认识。正是基于这样的认识，大多数家长除了提供生活费、叮嘱一句"好好学习"之外，就对上大学的孩子放任自流了，而时间、空间的阻隔更让大学生的家庭教育几乎处于空白状态。

进入大学的孩子真的不需要家庭教育了吗？答案当然是否定的。

如果说婴幼儿教育是起点教育，小学、初中、高中是基础教育，大学在某种程度上就是中程教育，只有中程教育成功，曾经的起点、基础教育才有意义。否则，起点教育、基础教育成果都将付之东流。这种情况可谓不胜枚举——因为成绩挂科被学校劝退，因为学业不佳找不到适合的工作，因过度消费入不敷出而伸出了偷盗的手，更有甚者，为爱情自杀或他杀……让自己在大学期间收获很少，甚至变成负数。

大学是一个人步入成年、走向新生活的起点。大学学业成功了，一个不错的人生序幕才会拉开——或者继续深造、或者进入社会舞台，无论哪一个，都取决于你是否有一个精彩的大学学习生活，有一个给力的中程教育。

当今的高考制度下，结果的偶然性很强，进入名牌大学的孩子少之又少，更多的孩子只能在普通高校就读。怎样在普通高校里走出不普通的人生，怎样在平凡的舞台上演绎出不平凡的人生，这是对大学生和家长提出的又一个重要课题。

我与王毅相识多年，详细通读过她与儿子的全部往来原始信件，对她的教育之道有所了解。对于他们母子用信件的方式来解决母子之间的沟通、交流、争论甚至矛盾的方法很是赞赏。王毅也多次向我介绍她对儿子教育的一些不同于社会上流行的观点和做法。

2004年，王毅的儿子王宝玉因高考失利，与理想中的北京大学失之交臂，考入北京体育大学心理专业。儿子临行前，她对儿子的嘱托归纳起来仅有11个字：不打扑克！不打工！不谈恋爱！

这是一个母亲从生活中总结出来的人生经验。她对这三点的解释是：为什么不打扑克？古训说玩物丧志，这是一方面。在现实世界中，有打扑克能拉近人与人之间距离的说法。其实人与人是应当保持距离的。有距离说话才能有顾忌，有顾忌才能不说狠话而彼此伤害。如果大家既是室友，又是牌友，打扑克起了争执，说话口无遮拦，会伤害到感情，甚至更可怕的后果。当年发生了震惊全国的大学生马加爵杀人事件，起因就是一个寝室的同学在一起打扑克，有的同学对生活困难的马加爵表示了轻蔑。在心理失衡之后，马加爵做出了害人害己的事情。

对于我们社会现在很多人极力提倡的大学生了解社会、打工挣钱的现象，王毅则有完全不同的看法。"中国有很多事情，大家都这么说，好像就是对的。实践是人生岁月的主要行当，出了校门想不实践都不行。谁不工作谁不挣钱！工作、挣钱是一辈子的事情，而读大学只是人生中短短的四年，万万不能虚度。这个时候脑力、精力最好，全心全意地去学习都不够，拿出时间来打工，那是本末倒置、事倍功半。当然，家庭困难的学生不得不打工挣学费是另一回事。我们家虽然不富有，但供孩子读书的钱还是有的。不要打工，要认真学习。准备好资本，走出校门，想不打工行吗？"

# 大学生的家庭教育还要跟上

爱情是美好的，校园里的爱情还是纯洁的。王毅自己就是大学谈恋爱然后毕业结婚的，但她却建议儿子大学期间不谈恋爱。她给出的理由是："现在情况不同了。我们七七、七八级大学生上学的时候年龄已经很大，而且那时也没有什么理想，只想毕业了国家分配个工作，有个铁饭碗就行。如今不一样，读研究生、出国留学，多少向上的台阶等着你。如果恋爱，沉醉其中，就会在时间和精力上无暇学习，那是真真要耽误事的。"所以，她建议儿子不要恋爱。"年龄那么小，着什么急。一个有本事的男人，可以真正地何处无芳草！"

母亲给儿子的三条意见，包含了很深的内容。第一条是与同学的关系。亲近但要保持距离，这样才能安全。第二是与社会的关系。大学是学习的地方，学习才是大学的主业。第三是与女人的关系。哪个少年不怀春，能暂时远离情感，就能心无旁骛。这三个关系处理好了，就会真正地安心学习。好好学习才有坚实的基础。

儿子带着妈妈的嘱托，踏上了求学之路。他的大学生活可谓丰富多彩，但基本没有脱离这三个关系。

上学不长时间，儿子给父母寄来了他们寝室同学的照片以及每个人的大学宣言。一位农村男孩站在操场上，眯缝着眼睛眺望远方："站在北京的阳光下，我知道，我的未来不是梦！"还有一同学，高举着双手向着空中呐喊："我要谈恋爱！"

母亲感慨，每个孩子对大学都有自己的梦想和要求，只要他们想并努力，就能做到。大学是一块可以做梦并实现梦想的土地啊！

不出所料，宝玉在大学遇到的第一个问题，就是与同学的关系问题。不是打扑克，而是同学谈恋爱影响到他的心情。大家从全国各地来到一起，生活习惯和理念都不同。因为别人的行为影响到自己的心情，给自己生活带来干扰，这是刚进入大学的学生很正常的情况。母亲立即给他写信："你不赞成他的做法，也不必反对。这是一个多元化的社会，每个人都按照自己的思想和轨迹生活。和为贵，五个人从五湖四海走到一起，是缘分，要珍惜，千万不要破坏。"

母亲的信，打消了儿子的烦恼，欣然接受与自己不同的观念和行为，与那个同学成为不错的朋友。

经济问题、金钱问题是大学生一个敏感的问题。大家都靠父母供养，手中钱并不很多。当同学因为恋爱经济窘迫而借钱时，儿子不知道如何应对。谁的人生都可能遇到难处，有很多时候，稍微伸一把手，就能帮助别人渡过难关。母亲赞成儿子借钱给同学。作为父母，不但要培养孩子会学习，也要培养孩子有帮助别人的能力和情怀。做一个人应该大气，尤其男孩子。母亲有此胸怀，儿子才能慷慨。

在这一来一往的信件中，母亲认识到，通信，是和孩子保持沟通的极好办法。于是，她建议儿子每两周给家中写一封信。自己则是每信必复。这其中，儿子有时也感到写信的麻烦，想放弃，母亲鼓励他坚持下去。正是母子共同的坚持，使读者看到了这份完整、客观、真实的大学生活实录；看到一个大学生怎样在与父母亲的沟通中面对一个个困难，解决一个个问题；给大学如何进行家庭教育提供了切实可行的样板；看到父母如何与孩子一起创造一个不断超越、鲜花盛开的人生。

进入大学以后，参加各种社团活动，是如今大学生活很重要的内容之一。儿子参加社团以后，感到与自己的理想（考北大研究生）时间上、理念上都有冲突。决定退出学生社团，全心全意学习。

是否参加社团活动，不同的人有不同的观点，母亲认为，应该尊重个人的选择。有的人需要社团来证明自己，就可以热心社团工作。尤其是将来立志做管理工作的，社团工作的经验对于他们将来走上社会是举足轻重的资历和能力证明。如果你要走学者、学术的道路，时间是实现理想的保证。只有舍得放下，才能得到。

一个问题解决了，另一个问题又来了。如今，我们很多大学已经不是做学问的地方，更像是职业培训学院。就业成为一上学就着力宣传的内容。王宝玉也遇到这种就业教育。

"我们院老师向我们介绍如今的就业压力。我怕会被社会推到无可奈何的境地，然后做一份自己不喜欢的职业。也许因为高考失利，我在心中已经栽下悲观的种子，总是会想到这种事情。我真的很害怕，很害怕。"现在社会上流行"唯钱为大"的观念，只要能挣到钱，就是好样的。这种急功近利的观念，很难培养出专心学术的学者。如果一个民族把钱看得高于一切，这是很可怕的事情。诺贝尔奖获得者的一个条件就是有比较富裕的生活，才能全心全意搞科研、搞发明。如果一个人晚餐还没有着落，无法想象他会入定在书桌前，进入到知识里面去。作为家长，只要有条件，应该做孩子最牢固最坚强的后盾——

## 大学生的家庭教育还要跟上

精神的和物质的后盾。免除了后顾之忧，孩子才能全心全意地去学习。这点，我相信中国的父母都会努力做到，这是我们的传统。

大学就是一个小社会，社会上有的问题，大学里也都有。

教师节的时候，儿子建议全班同学集钱给老师买礼物，结果遭到个别同学议论，误认为他是自己想给老师送礼，让大家出钱。而老师拒绝接受礼物，更使他觉得自己犯了一个很大的错误。

因为错误，就全盘否定自己，这是年轻人很容易出现的极端思维方式。作为父母，要让孩子明白只要吸取教训就好。没有人从来不犯错误，更没有人永远正确。这是成长的代价，完全不必因此而自卑、不自信。母亲很聪明，将自己失败的人生经历告诉孩子，可以说，这是使孩子释然的最好办法。既然父母都犯错误，而自己还年轻，犯错误也是难免的，只要改正就好啊。孩子就不会因一次失败的事情否定自己的人生和品德。

王毅在教育孩子上有一个很有意思的特点：无论儿子出现什么错误，她都不去责备儿子，而是立即想到，自己也有这个缺点。然后告诉儿子：没关系，你像妈妈，以后注意就是了。我遇到很多父母，听到别人的孩子如何如何，总是会说：你看人家那孩子。他们应该想到的是，正是人家的父母教育了这样的孩子。父母是孩子的第一任教师，母亲在其中的作用更是举足轻重，是万万不能缺失的，即使在大学时代，母亲的时时关照、引导也是不可或缺的。

在父母与孩子的关系中，有些问题其实没有谁对谁错，只是选择的问题。这种选择，常常因为年龄、阅历的不同而不同。年轻人喜欢冒险、挑战高难度。而父母往往是求稳，退一步海阔天空。这时候，最重要的是互相理解和尊重。

大三时，一位老师提出招王宝玉做研究生。他却拒绝了，说要报考北大研究生。这让母亲非常着急。作为过来人，作为曾经很长时间里没有权利掌握自己命运的一代人，当然知道北大研究生可能考上，更可能的是考不上。稳妥和安全才是最重要的。母亲连续给儿子写信，谈自己的经验和看法，希望儿子收回"错误"的决定，立即同意保送本校研究生。

儿子向父母宣布：我一定要考上北大。以"华山一条路"的决绝朝自己的目标奋进。

在儿子的决定面前，母亲决定接受这个事实，尊重儿子的决定。她清醒地知道，谁也无法挡住青春的梦想和脚步。但是，与年轻人的决绝不同，母亲做好了失败的准备，今年考不上，明年再考，甚至再考！她决心给儿子提供必需的物质和精神支持。

相互理解和尊重，是父母和孩子在重大问题决策上应该采取的态度。如果各执己见，互不相让，甚至互相指责，什么结果都可能出现，我们在这方面看到的悲剧真的是太多太多了。

上帝总是把机会给予有准备的头脑。因为成绩优秀，大四上学期，王宝玉被保送北大读心理学硕士研究生。一切尘埃落定的时候，快乐和幸福的感觉弥漫着一家人。同一年，他还获得首届国家奖学金。那不只是八千元钱，更是三年勤奋的证明和结果。

一切都称心如意、一切都完美无缺。可是，儿子又给父母出了一个意外的难题。他给母亲电话，吞吞吐吐，母亲很久才听明白他电话的中心意思：三年的大学生涯中，通过自己的努力，得到了所有想得到的。只有一样没得到，就是爱情。于是，他决定谈一场旖旎、浪漫的校园爱情，弥补这个缺憾。

当儿子说："妈妈，爱情与婚姻无关。我只是想谈恋爱，并不是要结婚。"母亲被镇住了。

这是两代人之间的差异——社会发展导致的伦理观的变迁，但母亲无论如何接受不了。给儿子写了一封长长的四千多字的信（可惜因为篇幅，大多被删掉了）。她告诉儿子，这样做，不道德！对女孩也不公平！将来有一天你要退出，什么结果都可能出现。女人的疯狂你没见识过，妈妈见识过，足以毁掉一个人的尊严。妈妈读大学的时候就目睹了身边这样的例子。

为这种不为爱而爱的游戏，从来都矜持的父亲也坐不住了，让儿子立即结束，否则，他将去北京与儿子面谈。看到父母的态度，儿子理性地认真地思考后，决定结束还没开始的爱情。

关于年轻人的感情问题，我想说的是，尽管如今的社会发展很快、很科技、很发达，事实上，千百年来形成的婚姻伦理观念依然坚挺，被大多数父母信奉着、实践着；被年轻人不屑着、抗拒着。父母和儿女在爱情观、婚姻观上似乎不可能取得一致。但是，父母要尽到责任，儿女要理性看待婚姻、爱情。为自己人生负责，爱情再浪漫、美好，也不能让理性缺席。否则，浪漫、美好会变成伤害和遗憾。

四年的书信，解决的问题很多很多。生活中与同学、与老师、与女生、还有金钱方面的各种不大不小、经常性的问题随时出现随时解决。他们在信中沟通、交流、争论，最终取得一致意见……不在这里赘述，读者可以在书里读到。王宝玉的问题所有大学生都会在不同程度上遇到，尤其是男孩子，自制力不强、容易被诱惑。现在的诱惑真是太多太多：网络游戏、校园情感、打工挣钱，甚至传销也在大学里寻找目标……我个人认为，这也是目前存在的许多男孩子不如女孩子成绩好的重要原因之一。每一个问题似乎都不大，如果解决不好，却可能使孩子身处校园而不学习，娱乐是主业，打工是主业，学习成副业。

18岁，青春岁月，可能奋进也可能挥霍，可能热情也可能放纵，可能埋头苦读也可能沉迷娱乐……父母要帮助他们做出正确的选择，而不是让他们任性地随意挥霍人生。

这本通信集真实、客观、详细地记录了宝玉勤奋、努力、成功的大学之路。

人生不能输在起跑线上，更不该输在中程上！更不能让多年努力的成果在大学里付诸东流。这是母子共同的体验。我相信，众多的家长和大学生会与他们有相同的感受。无论你经历过还是正在和正要经历……

王东华<br>
华东交通大学母亲教育研究所所长、教授

# 前　　言

在求学生涯的不同阶段，我对自己高考结果的解读是不同的。当时，高考的成绩对我来说就是一次灾难，将我高中三年为之奋斗的北大梦击得粉碎。而大学四年，梦碎的高考对我来说是取之不尽、用之不竭的动力，就好像忆苦思甜般催人奋进。到读研究生的时候，我对当年败北的高考开始有了那么一点点的感激：高考梦碎，使我在大学的四年知耻而后勇，才有了被保送北大时的欢欣雀跃和读研究生时的圆梦体验。如果不是高考失利，我不会近乎疯狂地确定考研北大的目标，并为之自主自觉地学习。感谢母亲保留并整理了那四年的往来家信，定格了那段历历在目的生活。我很珍惜那一段时间的体验，老师的日日督促和父母的时时叮咛，以自觉为主的四年大学奋斗经历，已成为我人生的经验财富，时时激励我继续为下一个目标奋斗，无论面对怎样的绝望和无助。

**理想既不是快餐，也不是空中楼阁。**从上大学第一天开始，我就有了这样的觉悟。和很多同龄人一样，从小被父母和亲朋好友寄予厚望，北大、科学家这些对我来说毫无内涵的词汇似乎必然与我的命运绑在一起。虽然现在看来这些"理想"就好像流行音乐一样缺乏内涵，时髦但并不高雅，但她就好像融入到我的血液中一样，总是能左右我的情绪和理智。对我来说，无论未来成为什么"家"，上北大都是必须的。所以在离开家乡前往北京体育大学的时候，我就决定了四年的目标：考上北大研究生。我很庆幸当时并不是莽撞的，清楚地明白考试与做学问、手段与目的的关系与区别。记得我跟父母就四年的规划有过"概念性"的讨论：大学一年级、二年级不为考试而读书，而是为了知识，因为我未来的目标是要成为一个哲学家（当时对心理学不甚了解，还是沉迷于哲学）；但是无论何时，我仍然要重视成绩，虽然很多人说大学里的成绩不重要，就算不重要，我也要第一，否则考北大就是"扯淡"。大三，开始准备考研，那个时候实现目标最重要，掌握知识是其次，所以一切全部为考研服务。

  我在大四应邀给新生做学习经验介绍时，"目标"是我报告的核心。当时我说，**在大学里没有人给你安排工作，做事容易失去方向和意义。而一个坚定的目标能够赋予自己的行为以意义，而做有意义的事情才会感到有动力**。不知道我用一种形而上的方式陈述是否能得到新生的理解。因为当时还是希望自己学习哲学，我给大一的目标是：①了解心理学，坚持哲学，在了解中决定自己将来的专业走向；②同时上北大听课，了解两个学校的教育质量差异，绝对不让自己因为所在学校的档次而被人落下；③同时建立起好的学习习惯，减少人际交往，让生活除了学习以外没有其他。这第三个目标大概是因为高中的时候暗恋某个女生而耽误了学习，感觉自己没办法很好控制自己的感情，所以决定干脆像苦行僧一样断了可能产生麻烦的根源。大概是因为自己是在为了理想而奋斗，所以制定的目标也很理想化。但就是这个近乎不切实际的目标加上忆苦思甜而来的动力造就了我独一无二的大学生活。虽然我的大学生活缺乏很多时髦的元素（恋爱、旅游、宿舍兄弟），但我在大学四年里没有留下任何遗憾，因为**我追求的不是在大学里的美好生活，而是离开大学后的美好人生**。

  为目标奋斗的基本途径就是学习。为了提高学习效率，我做过很多自己都觉得古怪的事情。比如开学同学第一次见面的时候，我克制了自己喜欢侃大山的冲动，一句话不说，故作冷淡。也可能就是因为这个开头，我在大一的时候甚至认不全我们班为数不足30人的同学。大一结束的时候我基本上不认识我们班的女生。因为知道自己是路痴，为了确保不因为迷路而降低效率，我用了一天时间重复走在大学校园里，确认了宿舍、食堂和自习室之间的最近距离。此外，我还到各个可能的自习地点进行"调研"，我甚至尝试去北大自习，并且最终确定数学楼作为自习地点。因为图书馆太嘈杂，草坪躺着不舒服，寝室明显精力无法集中。在知道自己学校的课程表之前，我就跑到北大到处抄袭哲学系和心理系的课程表（可惜自己当时不知道自己对社会学的兴趣），抄不到的就联系读北大的高中同学求援。记得当时我还通过同学间接拿到一个北大心理系新生的电话。我本身并不是一个古板的人，也知道"难为情"的意思，但当时目标压倒了一切，自己的感受变得毫不重要，我就硬是一天挂了几遍电话从那个同学那里要到了心理系的课程表。我让自己每天都好像活在危机当中：生怕自己起晚了，变成了晚睡晚起的大学生，所以每天都是定比别人更早的闹铃，而且要求自己不磨蹭，从床上直接跳起来；生怕自己下课后就回到宿舍玩电脑，变成了"宅"人，所以除了吃饭睡觉，尽量不离开自习室，这也是为什么我带着枕头到自习室的原因；生怕自己迷恋游戏，和同学联网玩游戏，我硬是买了个二手烂笔记本，让自己想玩也玩不了。

当我用尽各种手段将时间留给学习之后，最重要的就是学习成效如何，是否真正学到知识了。对我来说，**大学学习就是一场控制权的博弈**。我要从学校**课程安排对我学习进程的控制当中尽量夺回一些自主权，让知识的积累有方向性和目的性**。比如英语是不能突击学习的，所以每天都要安排背单词和练习口语的时间。听人说心理统计很难，而且也是考研的难点，所以没必要非等到大三才开始学习心理统计，我在大二就开始自习心理统计。在每一门课程的学习过程中，预习、课堂参与和复习都必不可少。很幸运地，在旁听北大西方哲学史课程的时候，任课老师在第一堂课介绍了哲学的学习方法：文科和工科不同，百家争鸣，凡事没有定论，理解的深度全看读书的广度。所以**每一门心理学专业课，我总是购买至少两本翻译教材，一本规定教材，同一个理论我至少要读三四个版本才开始去总结**。同一个心理学历史人物，我总是尽可能地搜集各方面的材料，直到最后心有所得才开始用自己的语言总结。记得我在大学的四年里花了上万元在中关村图书大厦购买专业图书，这当然得感谢父母对我的纵容。另一方面，**课堂对我来说其实是与"自习"相对立的一个过程：互动。我自己思考所无法解决的问题和独立思考所忽略的问题，才是我在课堂上所要得到的东西**，因为很多问题是一个脑袋解决不了的。所以我的学习并不是完全被动地跟着课堂走，而是尽量**让课堂按照我自己的需求进行**。所以**在课堂上我总是在提问**，甚至在某些课上，我还会抛出问题将课堂变成讨论课，有些时候我甚至有些"霸占课堂"的气势。这里我要感谢北京体育大学心理教研室的老师们，他们对我的纵容和关心，才使我有机会"得逞"。因为在北大听课让我知道，我在体大课堂上做的事情在其他地方是不可行的。

在这些做法的坚持中，我结合当时一点点的心理学知识，给自己的生活守则想出了一个原理：如果自己约束自己的意志力不足够，就营造环境来倒逼自己。把寝室弄得乱糟糟，让自己讨厌寝室；买一台破电脑，让玩游戏变得不可能；和同学只聊学习和理想，结果就是没人和我聊，让周围人将我孤立，并且利用别人的眼光来督促自己做"常人"不做的事情，因为他们都觉得我很古怪，而且我还有兑现"承诺"的压力；退出所有的社团，让扩大人际交往圈的可能也变成零；如果晚上想看电视不睡觉，就和其他人对比，逼得自己"幼稚地"要比别人睡得早，装睡也要睡。为了最大化习惯的力量，**周末对我都失去了意义，因为周末周中的区别只是有没有课、是不是可以连续自习的区别而已**。每天三点一线：宿舍、食堂、自习室，尽量找没人的自习室，总是坐在自习室靠后有插座的地方（方便使用电脑）。为了让自习室成为绝对的学习环境，从不在自习室吃东西，从不在自习室搞娱乐项目，尽管有时候会在自习室练习英文歌。事实表明，一旦习惯形成，每当坐在自习室，总是很容易保持稳定的学习效率。每次期中、期末考试，我硬是将自己"学习委员"的责任放大，强迫自己将**复习变成文字材料，并且复印分发给同学。正是因为强迫自己承担与同学分享复习材料的责任，我的知识掌握总是比别人更系统，更巩固**。虽然学习人文社会科学让我并不相信"人是机器"的理论，但是大学四年我的确是将自己看作机器——一台并不是十分有效率的机器。关于这一点，我想依据古语最好来形容我的道理：君子性非异也，善假于物也。

虽然认识到在大学，学习是自己的事情对我来说意义重大，但是当专注到一定程度的时候，我意识到学习不可能仅仅是一个人的事情。关键时刻**老师的指导会让学习成效事半功倍**。当我在哲学与心理学专业之间选择有所犹豫的时候，教研室梁承谋老师的话让我了解到：心理学作为自然科学与哲学有本质的区别。专业化作为大学教育的初衷，意味着专注和牺牲其他方向的兴趣。正是因为这位老师的说理指点，我才决定放弃哲学，彻底地走进心理学专业。因为我将来要从事科研事业，所以专业化是必要的，这就意味着不能再脚踏两只船了。因为我的目标不是毕业后工作，所以不参加社团活动是正确的；同时我也意识到大学四年的教育成果应当是被训练成为一名合格的自然科学工作者，**我的语言和思维方式将被重新塑造，专业人士与非专业人士的区别应该越来越明显**。学习基础知识的意义在于用专业性的语言替换常识性的语言，用专业化的科学理论和逻辑替代常识性的思维方式。而这个转变，离不开对基础知识的死记硬背，离不开日积月累的思考，离不开对心理学的热情。在四年里，我是心理学教研室的常客，**我经常打着"学习委员工作"的旗号到办公室问问题**。从基础知识上的难题到不着边际的抽象理论困惑，在与老师直接的面对面交流和学习过程中的收获，是一个人自习无法想象的。其实很多时候，是老师的容忍和偏爱纵容了我的好问，而我的问题并不总是深思熟虑的结果。所以我才特别感激我的老师，因为他们从来没有揭开事实真相来打击我，而是即使在我犯错误时也一再地鼓励我。在意识到这一点之后，我感觉到在当初感觉并不理想的北京体育大学读心理学，也许是我一生最幸运的事情。

至于恋爱和朋友方面，我同样苦恼过。这也是为什么在得知保送成功之后我也"动摇"过。在大学四年里，每当有这方面感觉的时候，如果不考虑其他只顾及自己感受的话，感觉"爱情"简直就是一切。这个时候，**我总是把恋爱和理想放在天平上**，而这个天平从来就没有倾向于个人感情。正如萨特的理论，"选择"往往导致的是不自由。如果我在大学四年里不对自己的人生做出选择，或者选择顺其自然，也许恋爱和交朋友都是自然而然的事情。在大学里，我是通过自己的坚持和付出，而不是通过和同学们称兄道弟或者在一起享受快乐时光赢得同学们的尊重。不能说这么做就对，只能说这么做也能行得通。

最近在网上看到一个同学说自己本科四年是"被大学上了"。我不知道会有多少人和这位同学有同感，只能说我感觉周围有太多这样的同学了。在大学四年里，我没有谈恋爱，我没有出去旅游（除了最后一个暑假，每个暑假我都是呆在学校自习的），我可能也并没有留下至交好友，我想说这是因为我对于大学四年到底要得到什么有自己的认识，我把没有体验很多常人看来大学生活中重要的事情，当做实现我的目标所付出的代价。也许有人会做到鱼与熊掌兼得，但是当我的人生处在最低谷的时候，我不想冒这个险。高考的经历，让我知道生活中有些事情是自己不能控制的，而在这些不能控制的事情之外，**我唯一能控制的就是自己的努力**。因为我的大学经验告诉我：想做的事情经过努力是可以做成的。

王宝玉

2012 年 5 月 18 日

# 第一部分（大学一年级）

## 拒绝懵懂，
## 确定目标最重要

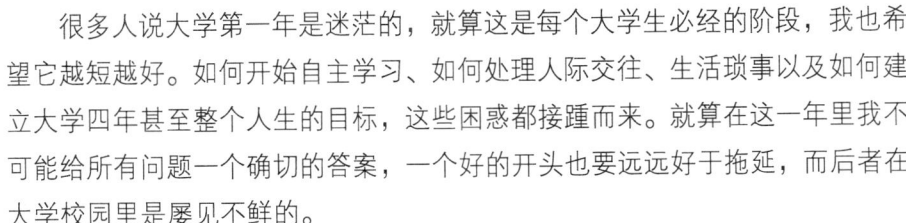

很多人说大学第一年是迷茫的，就算这是每个大学生必经的阶段，我也希望它越短越好。如何开始自主学习、如何处理人际交往、生活琐事以及如何建立大学四年甚至整个人生的目标，这些困惑都接踵而来。就算在这一年里我不可能给所有问题一个确切的答案，一个好的开头也要远远好于拖延，而后者在大学校园里是屡见不鲜的。

记得刚开学的时候，就业办公室的老师把我们新生召集在一起进行"恐吓"。她很严肃地告诉我们目前就业形势的严峻性，这和我在研究生阶段受到的就业教育如出一辙。老师讲的大部分内容都忘记了，只记得当时老师说的一句话：大学第一年很重要。如果第一年沉沦了，四年就都沉沦了。

担心自己会沉沦四年，顺着一条"顺利"的下坡路走完自己的余生，我很快就开始了制定计划，并且非常苛刻地要求自己做到一丝不苟，甚至刻板。学习上，找到自习室的固定位置，到北大听课，每天三点一线，购买大量课外阅读书籍。我记得很清楚，大一的时候为了形成习惯而追求刻板，比如非得6：10分和学校食堂一起开始一天的工作等等；在自习室一个小时以内不许让屁股离开座位（我是个很好动的人）等等。听上去有些古怪，但一旦达成目标，的确很有鼓舞士气的作用。而且当这些成为习惯后，一切就变得自然而不刻板了。记得当时还有新闻系的同学告诉我，他们有时会在窗口看我每天早上6点准时走出宿舍。

对我来说最重要的就是如何平衡知识的学习和考研的需要。毕竟考上北大读研是我大学四年的终极目标。但我也明白如果把考试当做目的，那和合理化临阵磨枪没什么区别。在这方面的平衡和尺度总是在尝试中不断进行选择的。我和母亲在信件中交流，在网上查询"过来人"的经验，也积极和老师进行坦诚的沟通。我很快做出了抉择。

其实和大部分人一样，在报考之前，我对于在大学要学习的专业——心理学——是一点了解也没有的。尽管在仓促之间读了一本翻译过来的心理学通俗读物，但是感兴趣的仍只是弗洛伊德的部分——因为在哲学史里弗洛伊德是个不可能错过的人物。所以第一年里，我在哲学与心理学之间挣扎，这个问题也和母亲在信里讨论了很多。我周围的很多人也都在挣扎。可以说，心理学都不是我们的首选，大家都在做着"身在曹营心在汉"的事情。大概是继承了父母的实干精神，我决定在实践中挖掘兴趣。幸运的是我第一次去中关村图书大厦的时候就购买了一本名叫《社会心理学》的翻译教材。这本书可以说彻底点燃了我对心理学的兴趣（相比较之下，国内的教材一直是在泼冷水的），再加上和老师的不断沟通，自己利用丰富的想象力将心理学理论与现实联系在一起，我对心理学的兴趣可以说是一发不可收拾。很快，在老师的指导和母亲的鼓励下，我放弃了哲学，也不再在北大旁听哲学课程了，全身心地投入到了心理学的专业学习当中。

# 第一封信
# 每天早上有一个小时早自习

妈妈：

我的病基本都好了，不用担心。

我学习的科目有：人体生理学、运动解剖学、体育仪器与应用、管理学基础、英语、体育、法律基础。

我去了一趟海淀图书城，花130元买了《高等数学》（北京大学教材）、《高等数学习题指导》、《大学四、六级考试真题演练》（配磁带）、《TOFEL考试真题》（配磁带）。我现在正在用这些学习。

我现在每天早上有一个小时早自习，一半用来读英语，一半用来读《哲学导论》①。高兴了吧？我觉得平时和同学们谈的话题太庸俗，我担心自己丢失哲学素养，所以要坚持多思考哲学问题，保持缜密的逻辑思维和思辨能力，也为将来考研留一条道路。

我们的解剖学都是浅尝辄止，想要弄明白一个问题必须问老师，我当然会持续关注这个问题。

最近我对心理学又有一些新认识。医学基础对心理学其实非常重要，所有学心理的人都得从医学开始学起。我对学习也有很高热情（我什么都想学），有时间我想买一些考研用的心理学著作读一读，不为考研，而当兴趣。

现在我不太急，因为我听说考研时重点就是几本指定的书，只要平时基础打好就行，不必像高中那样把每本书都吃透，更何况我们现在学的科目大部分

---

① 每天做一件自己想要做、自己喜欢做、自己认为重要、自己认为正确的事情，好处在于：在被动教育的过程中寻求一些自主性（尤其是学习一些非常枯燥但又是必需的课程的时候），找回一些控制感从而提高自己学习的积极性；同时，每天都做一件事情来明确自己的目标，提醒自己学习的最终目的，这也是摆脱学习盲目性、避免因为学业压力带来的盲目性的好方法。

第一部分　拒绝懵懂，确定目标最重要

都是学得很浅，没必要学太深。大学的内容说多也真多，说少也真少。应付考试考前突击是不错的办法（对于没兴趣的科目）。但我现在一点也没放松，相反，课上我仍是最积极的人，笔记也记得很努力，有时也把别人的笔记拿来抄（上课听讲抄不了）①。我现在的生活很充实。

现在我每天早上坚持跑步，晚上偶尔去游泳（很累），生活可以说丰富多彩。

我准备选个时间，一个人去北大、师大，不过现在时间不太充裕。

唯一令我担心的是，我寝室里有两人正在热恋中而不能自拔，有时夜不归宿，有时又躺在床上长吁短叹，讲一些"用一生去等待"之类的话。一回到寝室就得谈这种话题，真让人气馁。学校里谈恋爱风气很盛，几乎所有大一男、女生都在找自己的另一半，真让人头痛。不过，我听说别的学校也一样②。

妈妈，关心我当然是可以的，但要适度。我也很想你们，想念和你们一起聊天的日子。但我并不哀伤，因为我现在生活得很独立，每天都精神十足，这是我更想得到的生活。

好了，我已经写了 40 分钟，有话下次再说。

希望爸爸妈妈注意身体，生活幸福。一旦我思想有新变化马上告诉你们。

儿子
2004.10.11

## 和　为　贵

我可爱的儿子：

你说令你担心的是，同寝室两个同学陷入热恋之中，对你有所干扰。这个世界本来就是五光十色、绚丽多彩的，每个人都会选择不同的生活，你不必为

---

① 我记得非常清楚的是，在第一个学期期末，因为解剖学笔记没有做好，所以复习的时候相当痛苦（当然收获也就更大）。所以以后每个学期每门专业课，我的笔记都做得很认真。

② 对于当前状况不满的话，刻意去找找对比来缓解自己的压力。其实各个大学的大学生活还是有很多共性的。了解现状的合理性有助于将注意力集中在有意义的事情上。

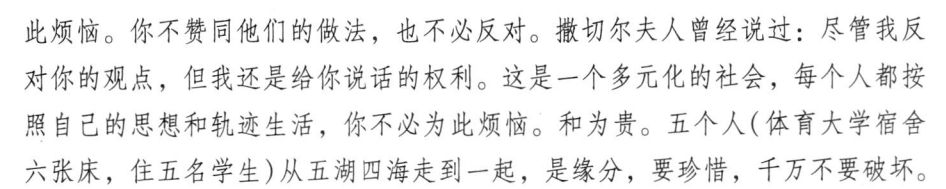

此烦恼。你不赞同他们的做法，也不必反对。撒切尔夫人曾经说过：尽管我反对你的观点，但我还是给你说话的权利。这是一个多元化的社会，每个人都按照自己的思想和轨迹生活，你不必为此烦恼。和为贵。五个人（体育大学宿舍六张床，住五名学生）从五湖四海走到一起，是缘分，要珍惜，千万不要破坏。

妈妈<br>2004. 10. 13

## 帮助别人也是帮助自己

亲爱的儿子：

　　你在电话里说有个同学因为与女朋友相处而弄得经济紧张，到了捉襟见肘的尴尬境地，妈妈很欣赏你对他的帮助和批评。其实，这就是成长的代价。有这一次，我想他以后不会再犯这种错误。另外，妈妈想向你提个建议，现在是他最困难的时候，一碗肉解决不了问题。你可以借给他一百元钱，帮助他渡过这个难关。每个人都可能有人生难堪的时候，很微小的帮助对于他却很重要。借给他钱的时候不要让别人看见，给他留面子。到下个月十号，还有近半个月时间，你伸出手帮助他一把，帮助别人就是帮助自己。

　　这件事一定要做，帮助他渡过人生这一小小难关。

妈妈<br>2004. 10. 27

# 第二封信

# 不躲避麻烦，实现计划

妈妈：

近来身体可好？因为疏忽，好久未给您写信，十分抱歉。

最近一个月是上大学后最繁忙的一个月，各种学生会活动、社团活动纷纷启动，课程也不似开始时那般清闲。我已经有两个星期没能上晚自习，都是在课余时间进行学习。虽然有充实的感觉，但不能长时间学习，心里总感到不安。

现在，大学生活的全部细节已经基本清晰，开学时的很多问题也得到解决（有些问题已经不是问题）。我渐渐发现大学生活的一些社会属性，比如，参加的社团，已经不像高中那样有老师的参与和指导，取而代之的是学生之间直接的领导关系，也就是说"领导"不再先天地高于我们。一些学生的官腔和官僚作风就让我感到很好笑，说什么"想要升职的机会有很多，大家不用着急"，"要服从领导"。想一想社会中，人与人之间的关系大多如此。不过，这也确实达到我的目的：了解社会。我不能说我天生就厌恶这些东西，但只参加一次宣传部例会，我就有了排斥心理[①]。

对于我自己，现在有一个无奈的问题。我很"善于"在公共场合表现自己。比如，在课堂上我总是发言，而且言论奇特；在英语角，因为我口语很突出，所以很抢眼，因而认识很多人（英语系女同学）。我不知道这是好是坏，现在还看不出什么问题，但从长远看呢？

学习方面，你们说我有些急躁，以致得病。其实并非如此。我的学习状况一直不太理想，不系统，最近好些。但是大量的活动使我不能像高中那样投入

---

① 事实证明，如果你的目标是学术研究的话，学生会的活动并不是大学生活必需的一部分。

大部分精力去安排学习计划，我的完美主义想法又使我的计划极其复杂，又不肯放弃，这个矛盾还得在磨合中解决，我并不急。我只是不躲避麻烦地实践我的计划，现在已经有些眉目。比如，为了应付繁多的活动，我的活动计划安排表已经有了系统，可以开始良性循环；英语单词的背诵也正在形成系统。我现在很满足，反倒是担心自己由于外在赋予的优越感加上这满足感，我会变得骄傲，看不到自己的缺点和方向。

老妈，你对我关于化装舞会的建议我尽力采纳，不过你也太浪漫了~一~。

生活上几乎没有问题，除了这点小病，不要太过担心。

很高兴把自己的经历和体会与妈妈畅谈，这个时候，妈妈真像是我的朋友。

儿子

2004.10.28

## 生 日 快 乐

儿子：

暖手炉和热水器寄给你，你在使用的时候一定要注意安全。暖手炉加电的时候你不要离开，因为时间长了，插头就老化。热水器也是，水不要放得太满，水开了后立即倒到暖壶里，以保证水温。总之，用电器的时候不要离开，最好晚上在寝室的时候再用，安全第一，切记！切记！

今天是11月3日，再过14天，就是你19岁生日了。这是你第一次不在爸爸妈妈跟前，独立过生日。妈妈提前祝你生日快乐！希望你的生命永远像19年前你出生的时候那样高亢、嘹亮、不同凡响。

儿子，你说妈妈永远是你的朋友，说得太对了，是最好的朋友。有条件，给妈妈回封信，妈妈希望知道你的一切，包括你的生活细节，所有的细节我都很感兴趣。当然，是在你有时间的时候，不忙的时候。

妈妈

2004.11.3

# 第三封信
# 把当教授作为目标

妈妈：

最近北京天气突然变暖，真是出乎意料，加上没有风，简直像早春一样。我的生活也和明媚的阳光一样，一片光明。

寝室已经来暖气，温度还挺高呢，不用担心。

我在几天前递交入党申请书，我认为入党对我将来的工作和人生会有更大的激励作用。目前，我把成为教授当做我的目标。

我终于从解剖老师的教导中找到最好的语言来描述我的性格特点：爆发力强，耐力差①。比如像早起这种事，虽然看上去需要很大意志，但对我来说真的不是一件难事。因为在那一瞬间，我的"爆发力"能使我暂时地忽略懒惰，一跃而起。但这并不代表我的意志力强，因为它不需要耐力。像高中学习，之所以我成绩不稳定，就是因为我时而用"爆发力"好好学习一阵子，但因为没有"耐力"，总是有一部分知识我掌握得不好。每次考试，如果所考的知识点是我在用"爆发力"时学的，我就能答好；如果不是，成绩就不理想。

我的灵感特别多，但是深究的话就会出现没有什么可说的情况。这和我的性格缺陷也有一定的关系。针对这种弱点，我想光说要有耐力是不够的，应该更实际一点。我想我应该多寻找起点，这样可以多引发我的"爆发力"，虽然这样会造成以前那种"光说不练"，只想方法而忽略实干的情况。实际上，我

---

① 认识自己的性格特点对于安排自己的学习计划非常重要，也可以避免制定千篇一律、不适合自己的计划。我并不是一个很有耐力的人，所以用长时间做一件事情对我来说并不是最有效率的。所以无论读书、学习我都尽量做到集中突破。比如三天只读一本书，其他的什么都不做；再比如归纳关于弗洛伊德的知识，我用一天时间搜索所有资料，再用两天时间只去了解弗洛伊德，不仅仅包括读书，还包括归纳、总结和复习，还画了结构图以方便记忆。这样当三天过后，在我的耐性消失之前，我已经对弗洛伊德的认识有了明显的提高。

家书里的大学——一位保送北大读研生的成长历程

在高中研究的学习方法很多都暗中指向我的性格缺点。比如"每天都是一个起点"、"要有耐性"等,只是没有自觉地、明确地指出自己的缺点。现在我认识到这是一个充满矛盾(既是缺点也是优点,而且已经成为我性格的一种特点)并且相当难改的缺点,但是我会继续摸索改正的途径①。

因为病已经大为改观,我已经开始恢复晨练。为加强我的篮球能力,我在锻炼中以短跑为主,为保持良好心态,我还坚持打太极拳。我会努力坚持的。

前面说的和解剖老师的对话真是很有意思。老师上课点名说我"有一些好学生的通病:浮。应该脚踏实地,把知识弄准确,不能'不求甚解'"。因为他从其他老师听说我一些事情(不知道是什么事情),特地"点点"我。我下课后找老师交谈一下,想知道老师对我有什么教导,还顺便问一下如果我的志向是当教授,应该怎样对待解剖课。

我的解剖老师真是一位值得尊敬的老师,他指明两点:第一,无论将来学社会科学还是自然科学,严谨的态度都很重要。好学生总是反应很快,但"不求甚解",工作上肯定不行。第二,第一遍的学习是相当特殊的。无论学习什么,在第一遍学习过程中,如果能学会学习的基本方法和思路,就会一通百通,学习其他学科时就能更高效地自习,这是至关重要的。虽然他的话有一定局限性,但我还是相当受启发②。

第一,他的话把我从"梦"中唤醒。我潜在地认为哲学教授是一个懒惰职业,对学习都是强调理解,我应该多涉猎,单纯地扩大知识面。现在我明白,哲学家的严谨态度某种程度上比自然科学家还强。他们也是通过种种学习锻炼出掌握准确知识的能力后,才能发挥各自天才的设想,否则一切都是空谈。第二,我确实应该从现在开始锻炼读书能力。以后的路绝大部分都要在读书中度过,那么是否能够高效、准确地掌握一本书实在太重要了。以后我要有意识地

---

① 我的感觉是,了解自己是一件长期、复杂的工作,完全刻意将自己看做是一个实验品。而了解自己之所以重要,是因为无论是对于自己的人生目标还是制定学习方法,了解自己都是第一步。

② 小的时候可能因为喜欢某个老师而喜欢某个课程,但是在大学可能就不应该这么"任性"了。一开始我觉得这位老师并不是很喜欢我,但是在交谈之后才知道他是非常喜欢我的,只不过他表达他喜欢的方式就是要求得更严格,并且他也是通过对我的这种态度来检验我的品性——是否能够虚心接受意见,否则,用老师的话来说就是"聪明反被聪明误"了。这一点启发我,尊重老师是从老师那里学得更多知识的保证。所以以后无论哪一门课程,我都保持对老师的尊重,而这也让我受益匪浅。

锻炼理解文章含义的能力。这确实是一个需要培养的能力。和老师的对话真的是受益匪浅。

既然爸爸已经同意我的购书计划，我会尽快开始购买，我也会安排相应的计划来阅读书籍。

现在我规范一下自己的学习生活，决定将解剖、生理课的预习和复习全部划到星期天完成，平日做英语、锻炼、读书等更重要、更需要积累的学习。放心，我不会因此而使成绩受到影响，并且我将再缩短和寝友聊天的时间并减少因为出入宿舍和自习室所浪费的时间。一切有待实践检验。

我生日和五个寝友在食堂聚餐，花费90多元钱。泽宇哥哥送给我一个很好的蛋糕(有点奢侈的那种)，替我谢谢大姨妈和哥哥。

今天，我在北大和高中女同学 G 一起听一堂社会学课，还一块吃晚饭，谈得挺投机。我顺便将所有哲学课和历史课课程表抄下来，以后就去听课。我之所以这么急，是因为生理老师说，大一要明确自己的目标，大二就要努力[①]。我现在一定要多接触，大概地了解我的兴奋点所在，为将来做好准备。另外，在社会学课堂上，我问老师几个关于农村民主制度改革和中国户籍制度的问题，觉得社会学在社区政治(区别于社会政治)方面的知识挺有意思，我觉得我对政治挺有兴趣。我还发现北大学生问的问题还是比较教条，问的都是像高中那样抠字眼的细节。他们的意识水平没有我高。

最后一个问题，如果我能够坚持每周都写论文的话(北大大一的学生就开始以论文和实践作为作业，真羡慕)，我想买一台电脑是有必要的。

附：以后这些话还是用电话沟通吧，要不然打字真是太累了。

祝妈妈永远年轻！

爱你的儿子
2004.11.18

---

[①] 我大一花了很多时间出去听课，这对我确定自己的方向、清楚自己所处的环境与其他环境的差异(教育资源等)有很大的帮助。从总体上来看，虽然确定人生目标是一件非常重要、不可草率处之的事情，但是如果耗费太多时间，那么人生最宝贵的学习时间就会被白白浪费，所以在大一期间尽量扩展自己的视野，以确定未来的规划是非常重要的。

## 不要搞政治

亲爱的儿子：

你说你对政治挺有兴趣，其实，每个男人对政治都有兴趣。男人就是政治动物，但妈妈不希望你搞政治。你有那么好的思想内涵，做个思想家、哲学家、心理学家都不错，不要搞什么政治。说到底，我们家是平民，以不涉足政治为好，还是离政治远一点。可能你会笑妈妈，一朝被蛇咬，十年怕井绳。无论如何，平民的儿子，搞政治是没有前途的！

爱你的妈妈<br>2004.11.23

# 第四封信

# 文科的基础是修养和阅读

妈妈：

不知道家里装修得怎么样，希望爸爸妈妈不要累着。在这个星期里，就连寒流都没能破坏我的好心情，因为充实的学习生活使我沉浸在自我成长的喜悦之中，除了光秃秃的树枝和偶尔的寒风外，没有什么能让我感觉到这个世界仍在周而复始地变化——我只知道我在成长。

我上一次去北大听课后感触很多。首先是关于如何学习哲学的。老师上课，为学生安排学习顺序，并提供较好的参考书目，然后布置作业，同时，让学生自己读书，获得知识并得出自己的结论。上课的时候，培养学生的哲学素养，包括哲学语言的学习和哲学思考方式。这些我都可以在自学中做到。恰巧我们思想道德教育课的老师是华东师范大学哲学研究生，以后我有问题就问她。

我终于发现我所喜爱的一个学科方向：历史哲学。我听一堂历史课，正好赶上讲"西方史学史"，内容是欧洲启蒙思想。老师特地介绍黑格尔如何正式创立历史哲学，把历史学又上升一个档次。我发现这个学科既有历史事实（不是纯思辨），又可以探讨与当代政治有关的政治哲学问题，主要学习方式就是读书。我上课听这段内容时情绪挺高，也许是真感兴趣吧！

我还询问一位佛学研究的老师关于做教授的感受。我担心教授并不像我想的那样有自由的时间。可是，老师很和蔼地告诉我他很喜欢当教授，除有时必须"肉身在场"的活动外，自己可以支配的时间很多，看来当教授不错。

我星期六去国家图书馆办一个长期读者卡，120元（100元押金）。我认识到文科的学习与理科的学习是不同的。对于理科，基础知识是概念之类要背住的东西，文科的基础是修养和大量的阅读。我想以后要扩展阅读范围。我借了三本书都是为我第一篇正式论文所准备的。

那一节哲学课老师留个作业：中国如何现代化。我决定通过读书来写一篇论文。迄今为止，我的进展很慢。因为想要通过读书来写一篇论文是很需要精力的一件事。光现有的五本书，每本都很好，我不但要浏览一遍，还要充分理解，还要总结出自己的东西，并有新颖的创见，否则很容易写成抄录集。唉！真是太累了，我终于明白北大同学说他们很累的原因。这个星期的思想火花我以后再写。今天我把这篇论文（实际是演讲稿）的前半部分"废话"（没什么自己的东西，只是阅读后所得的知识汇报）发给爸爸，就当是这个星期的文章吧。至于后面的内容，由于不像自己空想思辨那么容易，得组织材料，还得构思一下。这会很快的，因为我已经写好草稿，只是因为看书和写文章太累，暂时停一下笔①。

还得说一件事情。星期三，我们院老师向我们介绍如今的就业压力。她的话很"恐怖"。说什么"咱们学校根本就不行，只有有自己特长的好学生才能找到工作"等等和钱或工作有关的话。我陡然想到我的命运可能会和爸爸一样，我真是着实恐惧一把。我一旦考不上研究生就得就业，可是我又没有什么特长，至于专业技能也只是书本内容。我怕会和爸爸一样，被社会推到无可奈何的境地，然后做一份自己不喜欢的职业。也许因为高考失利，我在心中已经栽下悲观的种子，总是会想到这种事情。我真的很害怕，很害怕，怕在世俗中失去理想、高尚人格和我所追求的一切……我现在只能不去想它。在这个时候，我觉得我还是一个孩子②。

附：我去过人民大学英语角，遇到一个高手，收获不小。

另：谈恋爱的同学又问我借100元。我明确地跟他说，为了他自己，他应该克制花钱。

祝父母健康！

儿子<br>2004.11.28

---

① 读书的时候的心得体会是一种收获，但是如果费尽心力将之规范表达出来的话，那么你的所得就只是"谈资"，你也只是传播知识的媒介而已，这并没有实现自身素质上的积累。当我试图标新立异，并为之搜罗证据的时候，我思想上的独立才真正开始。

② 目标带来的是压力，而压力就是动力。讨厌压力，就失去动力。抱负让你勇于面对压力，从而拥有持续的动力，但是同时也使得你的生活并不那么"快乐"。所以在我看来，快乐和抱负是一对对立的人生选择。

## 家庭是你最坚强的后盾

亲爱的儿子：

关于你们老师给你们的讲话，我同意你的观点。如果你们学校都不好找工作，那些普通院校的学生还活不活了？妈妈还要郑重其事地告诉你：儿子，完全不要害怕！完全不要害怕！妈妈和爸爸是你最牢固最坚强的后盾——精神的和物质的后盾。你尽管朝着既定目标大步前进就是，博览群书后一定会实现理想，拥有高尚人格，拥有你所想追求的一切。

希望你坚持去英语角，那是全国最高水平的英语角，这次遇到一个高手，下次可能遇到一个大侠。只有向上看，和高水平人来往，才能提升自身能力，在英语学习上更是如此。英语是你腾飞的翅膀、实现理想的基础，所有的一切都要从这里开始，千万不要放松。

妈妈

2004. 12. 1

# 第五封信
# 给自己施压，才能保证自信

妈妈：

　　大学的生活好像永远都是丰富多彩的，每一天都是独一无二的，每一天都有新鲜的事情等待你去做，每一天你都可以尽情发挥你的热情。这种生活对我这样的青年人来说真是再合适不过。

　　您知道（别说您不知道），除了在小时候我很合群以外，我大部分时间都显得不太善于和同学交往，尤其是在初中和高中。我在高中换好几次班的经历①，为我保留了丰富的交际经验，尽管没有刻意地和同学表示热情，但现在我和同学的关系非常好，比以往任何时候都好。当然这并不是说我和他们总在一起玩或聊天，而是说彼此之间建立信任，快乐可以共享，而且我还对他们产生"积极"的影响：他们也想学习哲学了！因为我在课堂上表现得很博学而且发言很有思想（他们这样说我的），我猜他们也希望自己能够像我这样②。

　　我在高中八班深刻体会到，如果和同学关系不好，就根本不可能一起工作。上个星期六，我和寝室里两个同学一起参加学校举办的篮球联赛。要知道参赛的几乎全都是搞运动的，我们理所当然不可能赢。可是，由于我们的"精诚团结"，居然赢了一场，而且一点侥幸都没有！胜利固然值得高兴，更让我感动的是胜利之后，我们三个人抱在一起一齐吼叫，发泄着我们的狂喜，共同分享着胜利的喜悦，一直谈论着球赛的过程。

　　我已经好久没有和别人一起享受共同工作的果实了，我差点感动地哭出

---

　　① 高中按照成绩排班。曾经因为全学年前50名进十班——最好的班级，后来因成绩下降，从十班离开，回到普通班八班。又因成绩好，进了另一个快班——二班，最后在二班毕业。

　　② 些许的自恋有益于缓解坚持所带来的压力，尤其是当我决定保持特立独行的时候，自恋成为了很重要的防御机制。

来。现在回想起来,以前除有父母指导和关心以及一两个朋友交谈以外,生活都是我一个人走过来的。直到此时我才意识到,我确实和集体脱离得很远。人都说"分享可以让快乐加倍",真是一点错也没有①。不过,我还是很清醒地认识到,我的路必然是一条孤独的路,我必须习惯自己独自走下去。

最近,我和同寝又一起参加英语配音大赛,尽管实际上没怎么练习,可是我们居然进入决赛。和打篮球时一样,当我们在寝室里收到短信说我们进入决赛时候,我们五个人欢呼雀跃。我在想,爸爸和集体离得比较远,妈妈较早地离开集体生活,是不是失去共享成功喜悦的机会呢?

上个星期天和高中同学C一起逛一趟长安街,大致把重要建筑都认一遍,觉得把传统建筑和现代建筑能有机融合在一起,的确不是一件容易的事情。国务院和中南海戒备相当森严,十几米就有一个警察,在天安门更是到处都有警察。C过得好像不怎么顺心,因为他有一个运动特招的同寝,成晚打电脑,使他根本不能好好休息。他和我一起逛的时候,一提到学校生活就显得不怎么高兴。看来,我对现在生活没有不满意是不正常的。

这两周我又出去听四堂课,有一堂是在人大听的。我确实从听课中收获不少。北大老师的话使我对于自己痴迷西方哲学的状态产生自觉,意识到这不是一个正确的态度。一个中国人,无论从什么角度,投入全部精力去研究异质文化意义不大。我的志向是用哲学对社会产生一些作用,而不是单纯为培养思维能力。西方哲学只能是一种"课外知识",任何想用西方思想改造中国的想法都是天真的。我必须在充分了解中国传统哲学和文化的基础上才能够利用自己的思想解决一些社会问题。只有像清朝末期中国涌现出的"中西兼修"的大家那样,我才能完成我的抱负。我想增加对中国传统文化的了解,就从现在开始。

我已经差不多读完《心理学的故事》,应该说收获很大。起码我认为心理学是一个大有可为的学科,很多研究也是我相当感兴趣的。我尤其对社会心理

---

① 这也是我从未放弃篮球运动的一个重要原因。篮球已经成为我体验人际交往活动的一个重要场所,只不过这里更单纯,更真诚。本来集体活动应该给个体带来分享的快乐,但是我发现在学校里并不能找到与我有共同志向的人或者组织,所以自然没有办法去分享什么。但是集体活动是必不可缺的,所以我选择了篮球。我大部分的大学朋友都是在篮球场上结识的。

学、认知心理学和精神分析学感兴趣，以后一定再看一些书①。

我现在已经玩过很多运动，惟有网球还从未涉猎过，我想买一副网球拍，体验一下网球。一个网球学生用拍大概200元到300元之间。

我已经和另外一大连同学说好，一起买票回大连，大概在22号左右回大连。

我得承认最近学习不是很紧张，因为乱七八糟的事太多，不过我在思想上可一点也没放松，一有时间我就去自习，我会尽快给自己加压。不用劝我"不要太累"，我认为我自己松懈，那就一定是松懈了。只有给自己施加压力，我才能保持自己的自信。在这个学校里，自信是永远都不能放弃的信念，而这种信念只有通过自己的行动才能得到加强。如果我失去那种自信，堕落和平庸是迟早的事情，更何况我是一个善于悲观的人②。我稍微累一点，只有好处，没有坏处。

祝爸爸妈妈笑口常开！

儿子<br>2004.12.9　星期四

## 用成绩说话

亲爱的儿子：

关于你的学习，妈妈想说一点想法。说真话，儿子，一说到这些问题，妈妈就感到心中不安，怕我儿子不屑一顾。一是我和你爸爸沟通了，二是你要相信妈妈的经验。要到期末考试了，我认为在一个学期最后的一个月，你应该用

---

① 我读书的习惯是先从通俗科普入手，然后逐渐专业化。虽然很多老师的经验是要读"原著"，但是为了扩展知识面，我选择了比较"快餐"的做法。也许这就是区别"专业"与"非专业"人士的标准。

② 自信是一种类似信仰的东西，坚持它并不是因为某个理由；它既有好处，也有坏处。从我的经历来看，当结果是好的时候，说明你的自信是正确的；如果结果是糟糕的，那么说明那不是自信而是自负。除此之外，实在是无法在结果之前判断自己的自信究竟是不是正确的。只能说，在类似远大理想这方面，如果你有野心的话，就相信自信会带来好的结果吧——不管结果会有多糟糕，否则你连实现理想的机会都没有。

全部力量来应付考试，要用成绩证明，你不但有深邃的思想、广博的知识，你也有能力在考试上是最优秀的。高中的教训你不应该忘记，儿子，你是班级学习委员，大家都认为你是优秀的，如果你期末考试不理想，就会对你曾经的优秀大打折扣，这是毫无疑问的。你一定要用成绩说话，这是很重要的。考试成绩好，会使你锦上添花；不好，则可以使你前功尽弃。我想我说的一点也不严重，事实就是这样。建议你这段时间不要写文章，花精力把学业搞好。

妈妈<br>2004.12.13

# 第六封信
# 学习以获得知识为目的

妈妈：

今天的北京格外可爱，一场轻盈的小雪仿佛是在提醒我们这里也有童话般的温柔。也许冬的精灵不忍心打扰我们这些充满激情的学子，等待我们各自踏上归途。可能现在盼望回家有些早，但是当写这封信的时候，这份眷恋却不由得涌上心头①。

我已经开始使用电脑，这封信就是用新电脑写的。有电脑真的很方便，只是我发现我在写文章时不能受干扰。我得避免和同学在一起。妈妈可以放心，我有信心远离游戏，正如前面我说的我发现克服欲望的方法，我相信用它可以克服很多不良嗜好。如果真有像高中那种情况，我就把实情告诉你们，把事实告诉你们不会比克服欲望更难。但是到那个时候也许我已经对自己完全失去信心，那岂不真是高中悲剧的重演？

关于考试，我觉得我们应该改变关于教育的观念。如果自我分析一下，我担心如果在大学不能用成绩证明自己就会使自己更自卑（由于高考），而且违背我对于大学的崇高期望。你们担心如果不能用社会公认的成绩来证明自己，会影响我在大学将来的发展，对我有消极的影响。我都能理解。从这个角度来说，高中的事实确实是一个"教训"。不过在我看来，**大学是一个平台，学生的任务是发现自己可以投身其中的志向，然后利用种种教育资源去学习**。如果将注意力集中在大学专业成绩的话，可以说就失去在大学学习的乐趣和意义。

考试的意义本身是一种提供给学生自己测试的机会，社会又提供给考试另外一种意义：社会定位。所以重视考试理所当然地成为社会趋势。既然我已经

---

① 给父母写信的好处就是可以肆无忌惮地练习自己的写作——无论自己觉得这有多糟糕。

自觉意识到这一点，就可以克服一下考试所带来的非学术作用。我当然会重视考试，但是绝对不会是像高中那种为高分。我的学习是以获得知识为目的的，我相信这种态度自然而然地会让我得一个理想分数①。我准备从下一周开始进入系统复习。

最近我阅读一本关于现代哲学的书，我发现举步维艰。因为无论是詹姆士还是杜威，他们的理论都是建立在对古典哲学的批判上。我的哲学功底明显不足，看他们批判的时候，总是似是而非，对他们的理论也无法完全理解。我决定还是先把古典哲学的理论了解清楚，然后再接触后现代哲学。现在我明白在《宽容》中介绍哲学家生平的时候为什么要强调"他从小接触哲学，阅读大量书籍，因而哲学功底很牢固"。

我这一周去北大听三节课，分别是"德国古典哲学"、"政治学原理"、"美学原理"，收获和以前一样大。爸爸说我没有接触真正的理论哲学课程，我就选择哲学系专业课（大二）。课上讲的是康德的道德理论（上堂课讲授的是《纯粹理性批判》，真可惜错过了），确实很具体。什么"绝对律令"，"道德是客观的"，"全人类有共同的道德根基"，一个又一个原则性命题，一串又一串逻辑推理，可是他的最基本原则没有道理，所以不可信。

也许我可以去研究每个哲学家的理论，但是像老师那样的单纯复述式的研究，我觉得很乏味。我想我们应该把合理的、最让人震撼的理论留下来，汲取他的理念，然后成为我自身思想框架的一部分。课后，我和老师谈了两个问题。一个是如何自学哲学。我询问是应该读原著然后形成自己的观点，还是通过阅读名家的评论从侧面得到对原著的理解。老师说毕竟还是有公认的对某一个哲学家的评论，要先接受一些这种公认的评价。有自己的观点固然重要，但是作为哲学基础，一定要先学习。

我现在是基础不扎实，却在好高骛远，加上我从读后现代哲学书籍得到的

---

① 直到现在我仍然觉得这个认识是正确的，而且对我未来四年的学习有重要的影响。为了学习知识而准备考试与为了拿分而去考试是完全不同的，而且前者要困难得多。这也是为什么我总是提前一个月开始复习。因为对于心理学这种偏文科的学科而言，想要学到知识，非得有将各家之言汇总而为我所用的能力。同一个理论可能会有不同的表述，你只有看到了不同的表述，才能明白哪些是要点（更不要说心理学的理论基本都是舶来品，中国学者不见得理解得到位）。这就使准备考试变得更有压力——不是担心背不住而拿不到分数，而是担心没有真正融会贯通，最后只能死记硬背。

体验，我想和一切学科一样，要先学习基础，然后在一定知识储备下，开始"创新"，否则就和一天到晚侃时世政治的老头差不多。

第二个问题是关于中国应该怎样改造中国传统思想。我们探讨有半个小时，尽管过程是愉快的，我没觉得有什么大收获。具体探讨什么没有必要细说，只是除产生一个思想火花以外，我发现这些哲学教师的谈吐一点也不像阅读大量书籍的人，尽管他们一定读很多书，当我和他们对话时，我觉得他们很少能用上他们所学，几乎和我一样，都是东一句西一句，我觉得和他们对话和同爸爸对话差不多。

昨天我和同学一起去找我们心理办公室的老师探讨关于课程安排和学习体会的问题。让我高兴的是老师不仅师出名门，而且责任心非常强。他们对于我们有如此的学习积极性感到很欣慰，和我们交流将近一个半小时（谈话时时间总是过得很快）。**关于学习，老师为我描述了什么叫紧张的大学学习：应该是课上闲，课下紧**。上课的时候老师实际上是答疑，然后老师告诉我们应该阅读的书籍，并布置论文题目。课下不但要自己把专业书都看懂，还要读老师推荐的书，得出自己的结论。由对比看来，我现在简直是一个"闲人"。我读哲学书是一种休闲的态度，而专业课也非常简单，总觉得学习是一件很惬意的事情，岂不知我根本就是在浪费青春。还好我现在已经认识到这一点，我以后的学习一定要是那种让人兴奋、紧张、痛并快乐的过程。老师的博学也让我对未来的心理课充满希望[①]。

我和同学L已经订好学校车票，应该是坐22号的T225那班车。你们想让我带什么，提前告诉我。

祝父母圣诞快乐！

儿子<br>2004.12.17

---

[①] 和德高望重的老教授交流总是会有不一样的收获。与同龄人交流相比，与老师交流的收获更大，尤其是当你保持谦虚心态的时候。

## 成绩很重要

儿子：

　　你对考试的看法，说明你长大了，对事情有自己的判断和评价。但是儿子，考试成绩并不是不重要，而是太重要了。你说那些哲学家都是"他从小接触哲学、阅读大量书籍，因而哲学功底很牢靠"。我看《心理学的故事》发现那些著名的心理学家也都是大学读书时候，成绩非常出色，得到老师的赞赏，才有以后的成绩。你爸爸说你告诉他已经开始复习，这很好。你知道吗？儿子，你爸爸在学校读书的时候，每次考试成绩总是名列前茅、出类拔萃，也是他现在常常引以为自豪的证据。博览群书并非不好，但考试成绩决不能疏忽，那是一个标志，你的能力、你的大学经历是否成功是否优秀，是今后别人选拔你的时候的主要证据。妈妈希望你用心复习，把功课复习好，这和你博览群书并不矛盾，而是相辅相成。你说对吗？

爱你的妈妈<br>2004.12.23

# 第七封信

## 认真完成学习计划

妈妈：

　　北京冬天第一场雪就下了整整两天，好像要补偿什么似的。我大学生活第一个期末居然如此地让我困惑和振奋，真正补偿了我对自我了解的不足。

　　在与心理学老师谈话之后，我用两天时间来实践我的"理想的学习生活"，减少与同学交流，一心苦读，认真地、大范围地、为自己去"研究"课程，就好像一个研究生一样。经过两天，我终于体会到什么叫"工作"。我一天只进出寝室三次，成天呆在自习室里，把老师没有讲过的知识自己去研究，并且像读哲学书一样地钻研。晚上一直自习到十点半才回寝室，迅速梳洗之后，立刻用电脑做一些功课。到第三天晚上我开始头疼，难以入睡。我发现自己要么是体质太弱，要么就是好久没有真正"工作"——我居然不适应这样的学习。我知道，像北大那样"高等学府"里的学生一定正经受着这样的考验，我怎么能被落下呢？虽然头疼，但我很高兴，因为我终于做到高中所想象的那种大学学习，尽管我只坚持两天①。

　　我们最近进行一次"解剖学"的期中考试，我做集中性复习（平时没有很好地总结），结果是我第四，87分。前面三个全都是女生，最高分95分，然后是93分，91分。成绩我倒不在乎，可是老师又"提"我一下。她说我资质、记忆能力都很好，但就是不准确。她看我的卷子，我好像很"忙道"，总是急急忙忙的②。

---

　　① 虽然我的理想可能并不是事实，但这并不重要，重要的是我因为坚持自己的理想而改变了自己。

　　② 对于复习的额外要求就是要能够熟练地表达出来，而不仅仅是停留在"意会"阶段。正因为我认识到了这一点，在以后的生活当中我才能很熟练地向别人介绍心理学知识，并且更灵活地将之应用到生活当中。

她说总是一看就明白，但是不能准确表达。我早就知道我对知识的掌握存在"不求甚解"的毛病，大概因为学习哲学的缘故吧，没把它当做缺陷——诸葛亮和陶渊明不就是"不求甚解"的典型吗？可是现在老师的提醒让我意识到这样学习基础不行。

我读书的时候重视把知识感性化地记忆在脑海中，不重视细节，注重知识的逻辑可行性。我读书是尽力把知识变成可以让我理解的形式，坚决拒绝单纯性摄取。我读书，几乎可以说是一个以评论者的角度去阅读。如果我理解作者的观点并认同，就会感到十分高兴；如果作者的观点让我无法理解（不管客观上其是否正确），我就会一晃而过，很难形成记忆。这种习惯带到读生理、解剖教科书，效果几乎是毁灭性的。我很认真地复习解剖，花不少时间（起码我是这样认为的，一天五个小时，一共三天），效果不尽理想（我想当第一）。我后来又去追问老师到底我具体什么做得不"准确"，老师说是不能在回答问题时分清答什么，总是条理不强。我虽然不太相信，但是我想大概因为我在复习时过分关注于把知识怎么记忆下来，而没有将他们进行整理（其实也想过整理，但是我总害怕记得不牢，所以整理总是拖后）。

以前我说过我意识到学习是要严谨的，这一次我进一步具体地意识到我的一个性格特点：总是感觉很"急"，太追求效率，太追求完美，导致不"准确"，一到考场就败下阵来。以后学习时当然会注意到更科学地学习，而且可以得到更高的分数。

附：我相信我的字写得差，也是一个重要原因。

实际上，我上个星期除开头两天很振奋以外，其余时间过得很糟糕。虽然也一直在学习，可是一方面觉得任务太多，一方面总对自己的学习不满意。我发现我是一个不能有太多事情放在心上的人。一旦有很多任务要去完成，我就不能专心做一件事情。比如我既要复习英语，又要复习解剖、数学、生理，还要总结副科的笔记，尽管我知道事情是要一个一个地做，但是我的思考很容易被另一件事情打断。现在这个问题已经解决，那就是订计划。有了计划，去执行的时候就少很多烦恼，而且也会发现其实任务并没有那么多。

最后还得谈一下成绩问题。我发现女生毕竟还是厉害，尤其在考试方面，而且由于我的计划都是自己的，老师的作业完成得不是很好，而老师居然很认真地对待作业问题，女生很多都是A等的作业评定，我居然一个B，还不知道

为什么有的作业没交（我肯定写了，就是没交），后交的作业只能评为B。我担心我够呛能在成绩上一枝独秀，还可能是第三或第四。我不相信我不是最好的。就算我不十分喜欢解剖和生理，但我一定能考得比她们好，我现在开始努力。

现在我已经没有退路，我是同学中公认的"刻苦"学生，因为我总是在自习室，而且我自己也这样认为。但问题是我觉得由于读书方法的不对头，投入和回报不成正比。这是次要问题，主要是一旦我没能拿到全班第一，岂不是成"笨蛋"？① 我本不应该考虑这种无聊问题的，可是这个压力自始至终伴随着我的学习，所以我曾经说过，我是个不太适应在集体中生活的人，因为我很在乎别人对我的评价，这也会影响我对自身的评价。我想要的是没有特定目的和环境的那种像苏格拉底式的求知，但这是不可能的，我现在的学习还是很不自由。

圣诞节我和同学在一个"大连海鲜饺子馆"的地方吃一顿饭，一个人30元，吃了五个小时（就顾着讲话了）。

另外我正在尝试一种新的背单词方法，感觉不错。我还读一个名人写的关于如何成功的文章，虽然题目很俗，但是我发现人对于人际交往的经验都是一样的。我还读好几本哲学史中关于休谟的章节，中外的都有，感受大大的，一定要写一些东西。

我说话越来越没有条理，因为我想好好学习，获得好成绩。

祝：父母元旦快乐（节日太多了）！

儿子<br>2004.12.29

---

① 这对我来说的确是一个问题。但是这个时候才体现"走自己的路，让别人说去吧"这句话的道理。

## 吸 取 教 训

亲爱的儿子：

　　关于考试问题，我知道我儿子想当第一，而且我的儿子也应该是第一，偏偏没有拿到第一，你的心理失衡了，这是可以理解的。可是，你想过吗？上大学这两个月，你读多少书，收获多少课本以外的知识，这些是不考试的。这验证了爸爸妈妈告诉你的，不要轻视期末考试，在临近考试的时间，暂时放下别的书，把功课准备好。虽然你是第四名，但妈妈坚信，我的儿子是最好的，是最优秀的，事实可以证明。不必烦恼，经验是宝贵的，有了经验，你以后就不会再犯类似低级错误。

　　照顾好自己的生活。

妈妈<br>2005.1.3

# 第八封信

# 我处在相当大的不适应当中

妈妈：

　　体育课，我的篮球能力是最好的，上课也认真（缺一课，但老师说不扣分），结果分数居然这么低，在全班属中下。我的结业论文也很出色，为什么才给我88分？我实在不理解。再说法律，上课积极发言，分数怎么还不如女生呢？我实在心理失衡，我要去找老师咨询一下。

　　我唯一能找到的理由就是体育课缺一堂课，短跑成绩不是太好，管理课作业写得不好。但是这些科目老师的主观印象很重要，所以这些根本算不上原因。

　　我经过这个学期的学习获得很多学习方法和经验，可以说是用汗水和实践换来的，但是现在面临一个很尴尬的情况，就是我的付出不能表现在成绩上。我在这个学期对于老师的作业没有引起足够重视，直到最近我才发现我的作业记录如此糟糕，居然没有一个A，看来即使期末考得再好也没有用。为什么我总是这样？所有人都认为我很有才能，但是一到需要一个硬指标来评价我时，一切都掉了个个儿，好像我只是一个一无是处、只会耍嘴皮子的轻浮小生。如果我高中放纵得太多，那么现在我已经很努力，只是忽略几个细节就完全失败。提高自身修养要有一个平台，那就是自信和别人对你的尊重。我从没有完全获得这个平台，却一直在提高自身修养，简直是在沙子上盖楼，也许这就是所谓的"中国的教育制度坑害人"的地方，但是对于我个人而言，我处在相当大的不适应当中。

　　实际上说这么多，根本原因是不相信考不过别人，我太担心付出和回报不等值，遭受自己的耻笑附带别人的耻笑，那么我还有什么自尊，谁也不可能真正理解。我，一个一向被认为很优秀的学生在高考失利后居然还是一文不值，原因只能是他"堕落"或者"他根本不行"。我可能这辈子都逃不开这个阴影。我在考试上是一个成事不足、败事有余的笨蛋，我的那些优点，只有了解我的人，和我有一面之缘的人知道。

妈妈可以登录网站查询我的成绩。

儿子
2005. 1. 9

## 我的儿子是最优秀的

我最可爱的儿子：

你放心，虽然你的成绩不是最优秀的，但有一点可以确信无疑，你是最优秀的。中央电视台主持人撒贝宁在北大读书的时候，成绩在班级里也不是最好的，他还不如你，他的大部分时间用来排话剧、搞恋爱了，可他仍然被保送研究生，为什么？因为他的整体素质比较好。当然，你和他不一样，你没有谈恋爱，你的时间都用来学习。儿子，你这样学习几年，到时候你就会知道你收获的是什么，那是大收获，不是今天的一科小成绩。亲爱的儿子，千万不要灰心丧气，更不要妄自菲薄，你是最好的，这一点没有任何疑问。

妈妈
2005. 1. 11

# 第九封信
# 学习肯定有科学的方法

妈妈：

　　寒冷和孤独在某种程度上来说是同一种感觉——都让人感到内心缺乏温暖。走出寝室，发现校园变得更广阔，天变得更清楚（因为很少有机会这么观察天空），人变得更遥远。一个人独自生活，一种感觉独自品味（寒假时过完春节就返校学习）。

　　孤独感肯定是有的。一天晚上，终于忍受不了寝室的死寂，把电视打开听一听人的声音，更用电脑播放音乐，刻意制造一下喧闹的气氛，竟然主动想起父母，而且还略带伤感的情愫（按照我的性格，我马上又自嘲，这是一种条件反射，而不是找到什么理由来嘲笑自己）。我知道自己感觉到孤独，不过很高兴的，发现自己还是挺坚强的。

　　从没有试过在床上连续读几个小时的书（《代议制导论》）；从没有试过一天当中说的英语比汉语多；也没有试过写的比说的多；更没有试过一整天在城市里游荡。这些是好事还是坏事，我还不清楚，不过的确很有意思。

　　很可惜是时间太短了，否则我一定会发现做DIY（什么事情都自己做）的好处。当我需要自己决定自己生活中一切细节的时候，我会感到一种充实，或者应该说是一种自豪，因为我向来喜欢自己做主，喜欢一切尽在掌握。这种彻底的独立使我体验到比刚上大学时更兴奋的感觉，就是上大学后兴奋的一种加深。我相信自己是喜欢独自生活的，缺少说话的机会，使我做事情的效率更加高，无论任何事情我都可以立即付诸行动。

　　这个星期我阅读了比整个假期都多的书（令我自己感到汗颜），在一天之内完成国家图书馆借书、到海淀买书、到北大抄课表、到清华熟悉路线（实际上清华校园之大使我一无所获）的任务，我为自己感到自豪，其余的时间我都是在自习室里度过的。

　　思想上的收获是伴随着读书而获得的。我首次意识到学习作为一种工作，肯定有科学的方法。我在新华书店看到一本《大学生心理》，受益匪浅。我知道一些有科学依据的学习方法，而且也验证很多我自己的学习经验。比如我知道复习英语单词的时候，最好从中间开始复习，因为最开始背诵的单词和最后背诵的单词最容易记忆。此外在阅读《代议制导论》之后对于政治的理解和见解的进步又不是一句话可以概括的。在完成论文"休谟研究"之后我更加发现自己在这一周里的进步，因为我的观点比假期时更加成熟和合理。

　　妈妈，这个星期对我来说非常重要，这是一种新生活的尝试。F还我100元钱，现在我还有200元钱，下个月只存700元就可以。

　　由于生活一直很充实，加上睡眠充足，没有爱"空想"的毛病，没有留下像以前那么多学习经验。我想我还是需要一段没什么目的的读书时间，把所有喜欢看的书仔仔细细品读，只有这样才能真正地得到素质上的提高，像爸爸说的那样偶尔读一读书是不行的。

　　一天早上，听到开门的声音（开学了，同学返校），我知道一段生活结束了，一个新旅程开始了。

儿子<br>2005. 2. 26

# 第十封信
# 态度决定你的享受方向

妈妈：

　　我想去（听黄征歌曲），因为这是一种新的经验。至于我的性格什么的我觉得不算什么。我想爸爸妈妈也已有自己的倾向了吧？告诉我吧。

　　最近我在我们学校听了一个黄征的歌友会（演唱会），20元钱，非常便宜，附送唱片。我第一次体验那种气氛，就是我们以前认为很疯狂、不理智的热情。我已经是相当矜持，但是虽然我并不十分喜欢黄征，我的情绪却被其他观众热情所感染，也沉浸在音乐中，尽管我现在一个人听这些音乐时觉得一点也不好听。可以说有些事情，态度决定你能享受到什么，所设想的不好的结果也是由态度决定的。仔细想想，为什么要不理解、鄙视那些"歌迷"呢？他们只是从"迷恋"中获得快乐而已。我不可能再参加这种活动，但是对于其他事物，我的态度会有一种新的改变。这就是我的收获。

王宝玉<br>2005.2.27

## 民族主义不好

亲爱的儿子：

　　真的不好意思，儿子，你的那篇有关休谟的论文妈妈还没看完，不是因为长，主要还是因为妈妈水平低，对这类思想没有兴趣。虽然只看几页，但妈妈发现我的儿子竟然是个民族主义者。我们好像并没朝这方面培养你，不知道为什么，你有那么多偏激的民族主义想法。每个人都爱国，但民族主义可不是好东西。或许多读书能让你改变。儿子，你可能根本不能接受妈妈的观点，民族主义真的不好，希特勒是民族主义者，不好，真的不好。

妈妈<br>2005.3.4

# 第十一封信
# 自己组织一个英语角

妈妈:

　　一个星期没有和父母通信,觉得自己有一些懒惰。我在读发展心理学前言时了解到,人到老年(其实父母离标准的老年年龄还有很长一段距离呢,标准老年是 65 岁,40 岁到 65 岁时是成年后期(艾里克森))自然而然地会需要家人陪伴,即使不需要子女做什么,只有当子女、亲人在周围的时候才会感到安逸,没有焦虑(心理学并不都那么追根问底,很多都是描述性的)。这是必然的,而且应该予以更多的理解。考虑到这方面原因之后,我觉得自己不照顾父母的心情是很"残忍的",而且还主动地表达脱离父母的情绪,这是很不体谅你们的心理状态。我自恃宽容却对自己最亲近的人这么的"无情",真是很大的讽刺。

　　弗洛伊德的女儿安娜有理论:青少年搞出对父母无中生有的怪事以设法摆脱他们。事实上,他们一面极力追求独立,一面又迫切需要接受父母的支配,处于强烈的冲突之中,只好攻击和嘲弄他们的父母。虽然我只能说安娜这样的解释很"仁道",并非什么真理的描述,我觉得这种解释很有可能是我的心境。我总是说父母老迈,好像要从这种攻击性行为中获得满足感,虽然不自觉,但从结果上来说,真的很"残忍"。我知道父母一定会认为我过分认真,但是我希望通过这样的忏悔,得到你们的原谅,并且希望父母从心里理解我,然后从内心宽恕我。

　　我们终于开始上专业课。虽然和老师已经有过接触,但还是有很多新鲜感。比如,介绍如何可以作为一个心理学家来思考问题,应当从已经学习的理论中去看问题,比一般人要有基础,这是外行人所不能领会的。我想其他学科也是一样,没有专业的理论指导,看问题总是不能建立在一个较高平台上,论

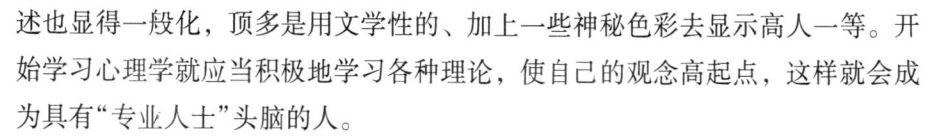

述也显得一般化，顶多是用文学性的、加上一些神秘色彩去显示高人一等。开始学习心理学就应当积极地学习各种理论，使自己的观念高起点，这样就会成为具有"专业人士"头脑的人。

心理课的老师都是很好的。一方面他们比较有责任心，另一方面也乐于探讨，愿意回答问题，同时比较体谅学生。但是还是有遗憾的，老师对于哲学似乎是有一种"专业"排斥，M老师干脆说自己是共产党员，已经明确自己立场；而C老师似乎对哲学的兴趣只限于和心理专业有关的内容。与他们进行不了哲学问题的探讨。不过和老师探讨心理学学习方面的问题可以弥补这个缺憾。现在我和发展心理学老师的关系比较好，我每节课都和他探讨如何学习心理学，以及一些知识方面的问题①。

这个星期我做了一件让自己很骄傲的事情：我自己建立一个小型英语角。由于学校规定所有学生必须早晨6点半出早操（现在我必须6点起床，睡眠只好由午睡来补），每个班级必须组织活动，于是我提出建一个英语角。刚开始时出乎意料，竟然有七个男生报名，一个女生都没有！我知道除了我们寝室的同学以外男生都是因为参加英语角不用运动才参加，我担心这个英语角会中途解散，加上现在学校组织的英语角已经没有了，人大英语角又一周只有一次，我决定自己一定要把握这个机会，把这个英语角办好。

根据我参加英语角的经验（我经验确实不少），男女对话是最有效的。因为男人之间除讲一些无聊的话题以外就都是政治、经济等等，谈话很难进行下去。男同学在女同学面前会比较活泼，同时会更多地照顾女生，谈话也比较有趣，这样的对话才会顺利进行下去。我苦口婆心地劝四个女同学参加英语角。她们一开始都嘻嘻哈哈地不置可否，她们真是不懂得这是多么珍贵的一个机会。我们学校英语学习环境本来就差，口语本来就需要练习，我给她们这样一个机会，她们却看成是否支持一个人的问题。还好，这个星期四我们的英语角如期举行，而且大家都很满意（我为了让她们感觉良好，使劲给她们说的机会，否则我又得唱独角戏）。最让我感动的是，D同学说："我知道这是对我

---

① 能够与老师探讨专业课知识，可以说是我大学当中知识积累最重要的一个环节。

家书里的大学——一位保送北大读研生的成长历程

有用的，我会坚持的。"真不枉我一片苦心①。

学期一开始，我和同寝的话少很多，也主动避免一些交谈的机会，感觉不错，确实提高效率，以后就保持这个状态。我也明确表态，以后不关心他们谈恋爱的事情，他们不要跟我提起这些事情②。

上两个星期天我都去人大，和 C 去解决报名英语考试的事情。我和他交流许多，谈话很愉快，笑声不断（谈一些不着边际的大学问题，一些学习经验，一些政治观点，一些笑话）。他这个人很会搞笑，我经常被他一些行为给逗笑，比如深沉地向我介绍他们历史悠久的两大学院："妓院"（经济学院）、"老鸨"（劳动保障系）。

现在我一如既往地学习，不过有时的的确确感到一种疲惫感。我标榜自己兴趣广泛使我压力很大。我现在正在读《经济学原理》，还做笔记，又想准备上一堂马克思政治经济学的课，又要多看心理学的书（课外课内两手都要硬），再加上逼迫自己坚持英语学习，每到晚上睡觉就觉得自己没有做的事情太多，然后精心准备的学习步骤眼看又不能完成，眼看着"学债"又开始积累，我一旦同时想到这些事情，就觉得对自己有些苛刻，可是如果不这样，自尊心又过不去。不过我还是分得清主次，英语第一，心理第二。工作一件一件做，完成不了就存着以后再做③。

北京天气又突然变冷，隔壁同学发高烧，希望自己能健康地度过这段时间。

真希望时间停一下，让理智的头脑梳理一下混乱的情绪，让充满智慧的哲学安抚一下躁动的节奏，让冰冷的空气刺激一下我满胸的热浪。也许我是在给自己上枷锁，自由对我来说又意味着什么？大概我是一团气体，自在固然飘逸，却缺乏力量；只有被狭小的空间紧缩，体内的能力才会被激发；我所企望

---

① 有的时候需要主动创造环境来维护自己坚持的动力。每天坚持说英语并不是一件很容易的事情，而且很难坚持（因为总有更"紧迫"的事情），所以我决定通过组织英语角来强迫自己坚持下去。当自身的意愿和责任捆绑在一起的时候，坚持就不那么困难了。

② 限制寝室同学跟自己的对话内容，明显是过分傲慢和自私的表现，而且也严重地伤害了同学。从当时的情境来看，堕落的诱惑太过强大，需要强大的心理力量去支撑自己的"特立独行"。所以我适当地扭曲了自己的性格和心理，以换得心理上的宁静。应该说是为了理想而所付出的代价吧。

③ 现在回想起来，这段"痛苦"的日子真是最"幸福"的日子了。不仅仅拥有了自由，而且同时自由还拥有了它的价值。

的未来，是怎样的一种解脱呢？

儿子
2005.3.11

## 飞翔，是年轻的特征

亲爱的儿子：

你想飞，想脱离父母脱离束缚，飞得远远的、高高的，那是有志青年的必然想法，是这个年龄男孩规律性特征，我们怎么能去责怪规律呢？所以，完全不必要我们宽恕，你做得很好，我们很为你骄傲呢！

儿子，关于你和同寝室同学宣布不要讲恋爱的事情，妈妈有点不同看法。其实你不用宣布，有的事情心里有数就行，何必宣布出来呢？伤害同学感情，影响团结啊！人家对你很尊重，你公开表示对人家的事情不感兴趣，是不是一种伤害？美国人是说了就做，日本人是做了再说，德国人是做了也不说，中国人是说了也不做。我希望你是德国人的风格，做了也不说，你看好不好？

妈妈
2005.3.18

# 第十二封信
# 和老师的关系越来越好

妈妈：

　　北京的天气终于开始有转暖的迹象，不知道大连那边怎么样？妈妈身体可无恙？希望妈妈健健康康地享受和父亲在一起的生活。

　　这两周可真是比较忙，尤其是学习委员的工作。"不巧"的是当我专心读发展心理学书的时候才发现，我终于遇到需要我花费大量时间来认真阅读的书。等一会儿再讲学习方面的事情，先讲一下生活上的一些事情。

　　先讲一下钱的问题。由于妈妈在学期开始前已经给我过多的生活费，直到现在我还没有花这个月生活费，只是买书花不少钱（相关教材）。尽管本来没有必要告诉您们的，但是我想这起码可以让你们不必担心我的生活问题，因为这表明我一点儿也没有浪费。

　　这个星期我和同寝的交流又加深了。先是一天晚上我"旁听"了F和Z的谈话，紧接着我又和Z谈了一次。这两次谈话使我们彼此之间又加深了解。虽然Z比较颓废，但是他对别人的看法还是挺有道理的。他说我是一个"不好管"的人。我们还扩展话题，我说让他们明白参加英语角的好处，从而使他们能做出明智的选择，最终还是他们自己决定。总之，无论什么决定一定是要自己自由地决定。有一次我和C打电话讨论关于马克思主义政治经济学的问题，我们讨论得很激烈而且可能言语比较"激烈"，在通话结束后我们又争论起关于寝室里应该谈什么样的话题的问题。Z很明确地说，他只能和我谈一些"不正经的事情"，而不太可能探讨"正经的事情"。我说我知道这是事实，但并不影响我们之间的关系。最后Z说虽然他不同意我这样做，但是在班里他会支持我①。我很高兴他能这样做，他在处理人际关系方面是有一些理论的。

我知道无论一个人多么地自恃宽容，当他知道一些事实之后，他的态度是不可能不受影响的。比如说 Z 虽然口上说"理解"我，其实时间长了他一定会觉得"不太舒服"。迟老师说，一个人的性格只能被掩盖一时，迟早会暴露。我初中、高中的经验也是如此，刚开始也许每个人都觉得我还比较好接近，经过进一步沟通，我就会不自觉地暴露出我一些激进的偏见。这是没有办法的。我经过多少锻炼，也只能掩盖一时。我决定理智地跟他们说清楚，总比发生之后彼此疏远再谈这件事情好。

我还有一件事情需要说。从开学到现在，除体育课以外，从未进行过一点体育锻炼。就在写信时我决定以后每天早上开始锻炼。

学习委员真的有很多工作，比如说整理成绩啊，复印学习材料啊，购买书籍啊，购买数学题答案啊，与老师交流啊。英语角其实靠的是我不一般的表现得来的威望。不过我都做得挺好，没有和同学产生矛盾，而且我觉得我这样做的确为自己赢得同学支持。尽管有一些女生比较反对我，这只是因为我上课太主动，使她们觉得好像老师只是给我上课似的。

我和老师的关系越来越好，老师说我太过理性，又说我比较有思想，而且也愿意和我讨论问题，可惜他没有多少时间。我最近终于在心理学中找到对哲学有重要启发的理论，比如在没有语言以前人到底有没有思维，思维是否只能以语言的形式存在？在发展心理学里，这也是一个重要的课题，不同人有不同的非常好的理论，我也很受启发。我觉得我现在一定要抓住机会，尽量把心理学的书看好、看懂，总结思想，一定会有很大收获。

我已经很久没有写思想火花，但是我并没有停止积累，只是我已经不能再腾出精力来总结、升华自己的"奇思异想"了，只有等有时间再考虑。

再说一下准备马克思主义政治经济学的过程。这可真是一次很有收获的体验。备课的时候，必须一个不落地掌握需要讲授的概念、理论，同时又想有扩展，又想传授一些能使学生立刻明白的观念，有些为国家而传授知识。目的太多就觉得思路乱七八糟。既不想完全只介绍别人的知识，又担心自己的扭曲介绍会

---

① 这个时候我真正明白了什么是"君子和而不同"。因为有自己的目标，总是要和别人有所不同，但是这并不意味着坚持自己的做法就要以人际关系作为代价。通过畅谈来增进了解，减少生活当中的摩擦对自己学习的影响，是明智的做法。

影响学生对前人的印象。最后在台上，虽然想提高同学积极性，又担心课堂控制不了。备课的读书和悠闲的读书完全不同，很有助于我学习。我在讲台上已经没有紧张感。虽然也很兴奋，但是还是比不上在高中十班讲哲学时那种兴奋。

爸爸说他办的"网上评议机关"是全国首创，这可真不简单。我想这一定是一件非常辉煌、绝对值得骄傲的事情。看到爸爸雄姿英发，站在前台向别人讲解的照片，陡然觉得自己在某些方面反而比爸爸老。我摆脱不了对自己的定位，可是爸爸却可以在一个不满意的环境里保持一种积极的态度。实用一点地说，我的生存范围比爸爸小。最后祝贺爸爸取得这么大的成就！

时间总是不理会一个人的成就感。虽然我知道我收获很多，但是时间还是不让我感到生命的永恒。看来心理学书上说一个人的幸福感绝大部分是受遗传影响的，的确有道理。为什么我只有在刚刚经历快乐的时候才能感到幸福，而在事后重新体会的时候总是感到美好的短暂以及美中不足？幸福感一定不是一个人最终目的(人不是为了单纯获得幸福而生的)，否则为什么这么重要的人生价值所在居然依靠遗传决定？我一定能得到使我不会忘记的快乐。

儿子<br>2005.3.26

## 在春天里播种

亲爱的儿子：

做学习委员工作很忙，能为大家服务是好的，现在社会上需要的人才都应该有亲和力，有公众意识。妈妈很高兴你有这个机会为大家服务。

你的政治经济学课讲得挺成功，我和你爸爸都好为你高兴。儿子，你知道吗？你要上课还没上课那几天，我和你爸爸天天谈论的就是儿子要上课这件事。我们知道你能成功，但又担心出问题。你是一个学生，讲得不出错就可以，作为父母，我们还是好希望你能成功，尽管有高三讲哲学的经验，可我们还是担心，最后，得知你顺利过关，才算松一口气。

春天是播种的季节，儿子，现在就是你的春天，辛勤播种吧！你一定会收获最美好的人生。

妈妈<br>2005.4.4

# 第十三封信
# 在阅读中感悟人生

妈妈：

每次写信都觉得有说不完的话，这充分说明我生活得很充实。妈妈也不用着急回信，等有了有意思的事情再回信也行。

夜，一场小雨唤醒我对自然沉寂已久的敏感。总觉得天气是有感情的，她时而显得那么优雅，时而显得那么富有激情；可能你会被肆虐的大风搅乱心情，更可能你会把愉悦的心情放到美丽的雪景中去冲洗放大；一缕春风会带来诗情画意，翩翩雪花也可能带来纷纷相思。是人的感情人性化自然呢，还是自然用更加纯真充实的情感感染我们呢？哈，说不定我们丰富的情感就是天气塑造的呢。

北京的天气太缺乏变化，恰恰是这令人难以忍受的单调使我的"诗兴"在这场小雨中爆发(大声朗读了《春夜喜雨》)。总算找回一点感性的自我，什么事情都要反思整理，确实也很辛苦。有灵感的人真的是很幸福的，他们不用忙碌在字里行间去寻找所谓的真知，只需描述自己的感受去感染别人就可以，不需要大动肝火地去说服别人相信某种道理，妈妈是真正的幸福。

实在是出乎意料，妈妈登载在《家庭》的文章被我们英语老师看到，由于以前我介绍妈妈是一个"freelance writer"(自由职业作家)而且来自大连，老师从文章的内容就猜到了。我也算是为妈妈在北京这个大城市作一次宣传。我得承认《家庭》这个杂志确实有广泛的阅读人群。妈妈能在这样杂志上登文章，也挺厉害的。

这两个星期没有什么特别的事情，只是我买不少书，买了《认知心理学》、《儿童与青少年发展》、《哈利·波特2》英文原版、《20世纪心理学名家名著》、《大学心理学》，因为我发现心理学的学习也是需要见多识广的。老师讲课时也强调他只是把他认为比较有代表性的理论介绍给我们，其余的需要我们自己去学习，而且我对于发展心理学的热情很高，在阅读过程中能获得很多令人兴奋的感悟。这些知识能给我带来快乐，我就买了这些心理学书。

我对心理学的兴趣应说是越来越浓，我决定在这个假期在心理学方面多用一些工夫。我会在发展心理学课程结束后继续学习发展心理学。

与之相反，课外书的阅读几乎停止，因为主业书要花费很大的精力（谁说我不求甚解？），以后我一定要开始阅读逻辑学，否则哲学会倒退。

另外我还有一个负担，那就是我在强化自己"学者"姿态的同时也强化自己"博学"的特点。我总是希望展现自己博学的特点，比如在心理课上一会儿用逻辑学跟老师理论，一会儿用伦理学理论，要么下课后和马克思主义政治经济学老师探讨我从《经济学原理》中学到的知识。这造成一个严重后果：我太累了。我什么书都想分出时间来阅读，可这根本就不可能，然后我就有一种"失落"感[①]。但想要暂时放弃某一个领域时，又觉得自己是时间利用得不充分，也害怕自己丢失"博学"的自我感觉会使我平庸（我发现看过多种多样的书使我看问题时"灵感"非常多，角度非常广，而且充满创新）。其实现状是，我根本没有时间阅读任何课外书。我还是把心理学看得比较重要。这个假期我有了明确目的：读书。

Z最近报名参加一个北大"双学士"班，是一知名教授办的，不过要考试合格才行。我是不可能去的，即使通过考试，要交14 000元的钱去修学分。我只是想问一下父母的想法：如果有这种机会（前提是有保证的社会公认度），我应不应该去呢？我倾向于不去：①很难有保证的这样办学机构，爸爸以前说的北大暑假办的班，我也保留怀疑态度；②节外生枝，这种事情一定会要求大量时间投入的，我认为参加这些班获得效果的把握没有我专心学习后考研的把握大。

最后是一些小事。我们的指导员教我怎么写论文，因为有一个全北京市的论文比赛，班级里只有我一个人交了作品。反正我知道论文的基本格式，我把那篇关于现代化的文章改了改，变成一篇论文的形式。我有空寄给爸爸，内容

---

① 对我来说，人生总是一个又一个选择——有得有失的选择，越是努力工作，选择就越是明确。正是因为这个原因，不久之后我最终决定开始将自己专业化为一个心理学工作者，而大量减少了课外书的阅读，尤其是哲学书的阅读。

没有太大变化，让爸爸看看格式是不是符合论文标准就行。

我学普通心理学时了解到，尼古丁对神经系统有这样一个有意思的作用：它使使用者认为自己无论做什么都是对的（老是能找到合理性理由）。吸烟者的烟瘾很大一部分是心理上的依赖而不是生理上的依赖。爸爸如果找借口抽烟的话，妈妈不用相信爸爸说什么，那只是尼古丁作用于爸爸理智的头脑随便编出的一些逻辑来欺骗自己和别人的把戏。但是另一方面还有一个信息，抽烟以后再戒烟的人会发胖。这也是有调查根据的，但我还是希望爸爸可以坚持戒烟。

爸爸说让我给他写一些心理学的知识，没问题，只要我有时间，我就把我在心理学上的"灵感"写给爸爸。还有我同意妈妈关于处理自己想法的意见。我已经不再傻乎乎、鲁莽地"自白"，甚至说我不再思考这个问题。我认为马政经（马克思主义政治经济学）老师对我的评价很好，她说我"愿意思考，即使别人累了，我还是思考所有的问题"。的确如此。我也一直在强化这一点，但是总会有一些事情不应该去"思考"，这样我就活得更理智。

一下子说这么多，让我觉得自己过得确实很充实。起码我有很多值得回忆的事情。希望妈妈也是如此。

儿子<br>2005.4.8 夜

# 第十四封信
# 尽全力把时间放在学习上

妈妈：

  好像是间歇性头痛似的，我每过一段时间就得思考一下自己的思想问题。我本来打算跟心理学老师谈一下，但后来想了，这些话还是只能跟父母说，还是让父母来听我的唠叨吧。我正好以对一个陌生人的口吻去描述，这样更加可以"坦白"。因为和熟悉的人交谈的时候会忽略很多细节，父母可能会看到更多我真实的想法。有的时候，我真坚强。有的时候，我真脆弱。

  1. 我一直以一个北大的学生自居。我知道这显得有些自卑或者别的什么特殊的偏激心理，但这是我确保自己能够拥有一个与这里其他同学不同的心态的方法。我从小学一直到高中一直以北京大学为"切实可行"的目标。我的成绩和老师对我的评价都使得我自己认为我上北大是理所当然的。尽管发生了"意外"，但是我认为这是公平的。我也有自己做错的地方，因此我决定在考研究生的竞争中把握机会，"回到"理想旁边。我想问老师我的这种心态是不是不合时宜的，或者说老师认为我这是不是不敢直面现实，或者由于北体大和北大的资源差距太大，我是不可能达到和北大心理系学生同样的水平的？总之，我想知道老师认为我这种心态会造成积极的后果还是消极的后果？[①]

  2. 关于我的自我概念问题。我在高中认识到理智的局限，因此趋向于用行动塑造自我。我在行动前尽量搜集信息，做出不太精细但是符合社会普遍价值观的目标，然后不考虑后果地去行动。就好比现在，我拼命地学习，尽全力把时间放在学习上（当然我知道劳逸结合的道理）。其实我的这种行为并不是

---

[①] 这些想法其实是很难被周围人接受的。但是从我的经历来看，这是我的人生财富，荒谬的想法导致了与众不同的成就。其实，只要不伤害别人，这种"荒谬"的想法还是有价值的。

天生的，其实是为了把自己定位在一个学者的位置上而做出的"姿态"。当然这与"装"是有区别的。我在学习过程中的确全力以赴，而且也的确获得了不少乐趣，只是偶然的几次"放纵"（晚上看电影），使我清楚地认识到我懒惰的天性一直没有消失，因此我塑造自我的行动不能有一丝一毫的松懈。所以我想我是一个以人生目标为指导去发展自我的一个人（就好像管理学中的目标管理），我用自己的行动塑造理想的那个自我，而不是认识这个令我不满意的自我来寻求自己的发展途径，也就是说，我不认为现在的我是原本应该的我。我不多考虑我的表现是不是因为别人的评价，相反，建立在相对傲慢的基础上我很轻松地忽略部分同学的评价（对于老师，我自始至终很尊重）。总之，我现在的努力不仅仅是为了学习知识，也是为了在这样一个环境中保持我珍贵的高尚学者情操的行为。正因为这样，我的行为与心理呈现二元性：心中对于同学的观点与平日的待人接物脱离。我想问老师，我这样的行为能够达成我保持个人高尚情操的目的吗？

3. 我可能得了"考试恐惧症"，再加上"社会恐惧症"，我现在的学习目的非常地功利。我原以为考试表面形式上是检验具体知识，其实是能够考核出一个人的综合素质的。所以尽管我平日成绩不是很稳定，但是我从没有担心自己考不上名牌大学，但是高考给了我一次沉重的打击。我了解到考试的"残酷"和"不理智"，而且父母的教育使我不想打工，尤其不能忍受为了金钱而给别人工作（教授就不同了），所以我排斥当代社会的"工作价值观"。结合起来，我惧怕在考研的时候再一次失败，最终导致不得不进入社会去工作，这简直就是把陶渊明送去作皇帝。所以我学习的目标只有一个：考上北大研究生。不管功利的学习是不是有害于将来的学术发展，无论如何，就算是头悬梁锥刺股，我也一定要首先获得成为大学教授的机会。所以我想问老师现在我能为将来的考研做些什么？使得将来能够准备考研时准备得更充分（英语我已经准备得非常努力了，马克思的内容我也有信心，所以我主要想问专业课内容）。我也认为自己很懦夫，可能因为我是一个相当现实的人。看看周围的同学，再想想在北大、人大、清华的同学周围的环境，我不愿意、也不能再失败一次了。不管将来能否为人类作出贡献，我首先要满足自己了（就好像讲究生活质量首先得先活着）。

王宝玉<br>2005. 4. 11

## 少年轻狂可以原谅

亲爱的儿子：

你们的老师是非常好的老师，不过，你这样做很不好。儿子，马上停止这种听课方式。你上次来信，说有的女同学反对你，好像老师只给你一个人上课似的，我还没有放在心上。这次看你的来信，觉得问题很严重，妈妈马上给你写这封信。儿子，或许你会认为妈妈爸爸的看法不对，我们毕竟是过来人，听我们的话，按我们的方法去做，你会觉得收效很大。我觉得如果可以，你应该向老师表示一下歉意，因为你在课堂上的做法真的有点过分，让老师原谅你的年轻无知。

妈妈<br>2005.4.12

# 第十五封信
# 整合知识，才能有效记忆

妈妈：

　　燥热。北京正改变着我对春天美好的印象。如果说杨絮飞舞还有一点春天的浪漫，那么午后一阵阵的热浪就完全破坏了整体的美感。

　　我似乎也有些浮躁。为准备发展心理学的考试，我与笔记本电脑形影不离，总觉得自己看不少书，可又觉得自己好像什么也没看。我刻苦吗？是挺刻苦，但是完全没有疲惫。实际上，我的心太浮躁，仿佛一只要吞并大象的蚂蚁，苦于没有门路，只好围着这个庞然大物急得团团转。

　　父母似乎很担心我太累，我的学习效率完全没有开学时那么高，我知道自己只是心有些疲倦，身体一点儿问题都没有。生活一旦陷入一种常规模式，我就会厌倦。我想想，上个学期之所以那么有精力，就是因为总是有新鲜刺激的事情，总是有令人难以取舍的选择，总是有烦恼，就是这些苦难，才使得生活中每一点的进步都令人感到鼓舞。这大概是青年人的特点吧。

　　青少年是学习的最好季节，青春期恰恰是最不安分的年龄。知识不能作为青年人恒久的兴趣动力，生活的多姿多彩才能够满足青年人的成就感，就好像老年人即使钱多也不一定能感到幸福一样。我们的心理特点是需要多元的外界刺激。青少年是最容易出轨的年龄，因为他们讨厌单一稳定的生活。有的心理学说青少年时期是"急风暴雨"，就是因为青少年总是在开拓生活中新的领域，在中老年人眼中就是不老实，太轻浮。

　　现在我又有新的困惑：我和班级里女同学来往太多，主要是C、D、L。可能由于最开始她们以为我是一个难于接近的人，上个学期从来没有和我主动讲过话，这个学期我那张看似冷淡的外表逐渐被看穿。我由于学习委员的工作经常和同学交流，一下子把我和女生的隔阂打破。这下可好，上下课总是能碰到这几个女生，然后讲几句青年人特有的废话。女生的事情我也能知道一些，我那个鞍山的师兄还喜欢上D，一天到晚跟我讲他的感受。最开始我以为是开玩笑，还和他正正经经地开玩笑，后来发现他是认真的，我马上说清楚我以后再也不想提起这件事情，可是这个"老乡"以"钢城380万人民"的名义缠着我。他不敢说的话还让我传给D，真是无奈。

最要命的是L，不知道是不是我自作多情，她先是一看见我就脸红，然后老是插嘴我和老师的谈话，好像要了解我的样子，然后说话的时候时不时有一些吓人的暗示，比如说我说我喜欢能做家务的女人（在英语角实在没有什么话题时谈到的话题：婚姻），她马上盯着我说她最能干家务，我感觉有点不对劲，然后岔开话题。还有一次，我让她帮忙做一下实验，我要求她该怎么怎么做，并且让她严肃一些，她在我面前自言自语说"竟然把我搞成这个样子,"抬起头看见我马上说"你别以为我是说你，像小孩一样'自我中心'（心理学名词：专指婴幼儿无法换位思考的思维特点）"，然后又红着脸伏在桌子上。

这些事情中很有可能一半是我自作多情，可是这些行为确实占据我一定的大脑资源。现在我刻意减少和她主动交谈的机会，也不像以前那样表示希望她参加英语角（她英语挺好的，善于交谈，有她在英语角总能找到话题）。还好，她似乎也主动避开我（当然不是因为我表现了什么），我猜是因为她觉得学习更重要。还好我经历过高中的事情（Z事件），足够成熟把握自己，知道自己该如何去做。当我们学习青少年心理的时候，我发现所有的心理学家都认为青少年最重要的任务就是恋爱、建立家庭和事业。我想自己如果再大一些可能就不会有这样的烦恼，现在之所以烦恼是因为我内部的确有青少年共有的心理特点，加上周围的氛围①。

父母给我一些意见也好，不过不必太担心，我经历过这种事情，在处理上就会从容许多，请绝对相信我，我永远没有可能出轨。我这样说是因为我在走路的时候偶尔想起这件事情，还会有青少年特有的"幻想"，比如和某某谈恋

---

① 执着和固执很难有明确的划分。我执着于自己的想法，将一切看得"非黑即白"，这让我失去了体验正常青少年应有的心理体验（可能会对人格形成有所影响，但是心理学在这方面并没有严格的证据），但是却因此获得了自我认同，维护了奋斗的动力。执着必然意味着牺牲，如果牺牲是可以弥补的，那就是良性的；如果牺牲是不可以弥补的，那就是"固执"、"偏执"。而我想，谈恋爱这件事情是可以弥补的。

爱啊等等，完全是由于周围的人都是这个样子产生的内隐学习（不自觉的学习，不知道自己学到什么，但却是已经学习）造成的结果。很多时候想什么事情不是我的理智能够决定的，但是我也不刻意控制，只不过不做进一步加工而已。

我把这件事情说出来感觉好多了。这两个星期我学习的主题就是准备发展心理学考试，每一次准备考试的时候我都会发现平时学习不足。以后我不但要多阅读，而且要定期把已有知识整合一下，这样才能有效记忆（当然不是为了考试，记忆是为了能够更好地指导我的生活，这就是心理学这个学科的好处）。现在我在学习方法上的研究又上了一个新的台阶——科学地学习。以信息加工观点为主的认知心理学作为基础，加上对于青少年心理特点的把握和认知能力的了解，我的学习观点完全不同于以往。

我和同学做一个关于阅读能力的试验，就是为了检验我的阅读能力（主要是测试前意识自动加工能力）。可惜我的试验过于理想化，根本就不成功（失败）。但是我锻炼自己阅读能力的目标却是定下来，很后悔小时候读文字书太少，倒不是后悔知识少，是缺乏阅读技能的训练。不过我有信心，因为我掌握科学。

马克思主义政治经济学、发展心理学都结束了，紧接着是马克思主义哲学和运筹学。又一次新的开始。我对自己最满意的状态就是自己学得高兴，有一种高不可攀的感觉；同时把自己的知识能够应用到现实生活当中，那才真正快乐。

关于和发展心理学老师关系问题我再说一些。老师表扬我的学习是真正的"大学学习"。我为弄懂一个核心概念，读四本书横向比较和老师探讨，最终老师受到启发去查书，把问题解决。这样老师和我都有收获（老师说他以前也没有像我这样深刻地思考过这个问题，换句话说，我研究的这个问题可不是什么和老师方向没有关系的问题，恰恰相反是最最重要的概念）。我能够体会到弄懂问题的快乐，这也是为什么我总相信凡事都是可以理解的原因。因为我所经历的大部分事情都是开始很不明朗，最后都能够水落石出。这让我的学习充满动力。所以可见，发展心理学老师是很欣赏我的，他也说我很有潜力，实现我的目标没有太大问题（老师知道我要考研究生）。

老师说考研真的需要去听你所要考的学校的课，并且很多人都需要买学生笔记。想一想将来的考研之路，确实不平坦。

最近我们寝室的同学开始兴起玩游戏风潮，男生两个寝室经常一起联网玩游戏①。我在这里向父母庄严宣誓：我绝对不会亵渎我的电脑，绝对不碰游戏，请父母放心。子曰："三人行必有我师，择其善者而从之，其不善者而改之。"相对于"从善"来说，我很容易能够通过他人来监督自己。

另外，我学了一些关于中老年的心理学，我会给父亲寄一些我认为比较有用的知识，包括一些父亲需要提前调整的心态等问题，希望父亲能够较好地适应自己的身心变化。我其实并不担心父亲会犯一些中年人常有的错误，只是让父母明确知道这些常识性知识之后可以彼此监督，共同 Lead a happy life（享受生活）。心理学在中老年者部分几乎没有什么理论，都是经验总结类的研究，就好像通俗读物一样，父母不必担心看不懂。

另：我想要一两件短袖上衣，"五一"时候帮我带过来，不要买新的。

此致

敬礼！

儿子：王宝玉<br>2005.4.23

## 哪个少年不怀春

亲爱的儿子：

现在我就来说说我们面对面时无法继续的话题，关于北大，关于你对北体大的看法。当然，北大很好，北体大差一些。但是，儿子，北大也不是如想你想象的那么好，北体大也不是如你想象的那么糟。其实，按照你的水平，你早已认识到这一点，但你的感情无法让你去正视。心有多大，舞台有多大。还有一句话，舞台大小不同，却可以演出同样波澜壮阔的人生话剧。重要的是你要有一个人生舞台，就像你现在这样有一个舞台。静下来，冷静一下，你就会知

---

① 我限制自己玩游戏的手段就是买了一台比较便宜的二手笔记本，基本上玩不动主流游戏。我再一次通过创造环境来影响自己。

道，你那个舞台很不错，位置、环境都不错。它在北京，师资很好。如果你在大连的大学试试，你会发现，大多数老师不怎么样。时间会越来越让你发现那是一所好学校。

还有，最重要的一个问题，儿子，关于你在"王宝玉个人的自我表现同一性发展的问题"一文里对自己的深刻解剖，儿子，真是吓出妈妈一身冷汗。你说得很好，也说得很对，但是有的问题你是不能说的。

每个人都要有心灵的隐晦之处，这个地方，除了自己，别人不可以进来，不可以告诉别人。害人之心不可有，防人之心不可无。我想你以后还要经常性地遇到这种探讨自己心理的情况，儿子，要保护自己，说些冠冕堂皇、轻描淡写的话。你可以自己对自己进行实验，不要说出来。弗洛伊德对自己进行心理分析，受到后代人的褒奖。那是他成功了，如果不成功，就会成为有人中伤他的把柄。等你成为大思想家，你再伟大地去剖析自己吧，现在不要！

周六看到你的第十五封信，妈妈和爸爸一起坐在电脑前读你的信，我们好快乐好高兴。你和女同学的关系很正常，哪个少年不怀春，况且我的儿子又是那么优秀，当然要有女孩子喜欢。要愿意我们给你意见，我看了你的做法，觉得已经无须给你什么意见，你处理得很好，非常好。

爱情是一件美妙的事情，但又是一件麻烦的事情。你在这以前已经看到F被爱情"修理"得全是麻烦和狼狈。妈妈告诉你，麻烦还远不止那些。女人的特点是如果被人爱的话，女人最大的爱好你知道是什么吗？全世界女人共同爱好就是驾驭男人！不管多么优秀的男人，当她能驾驭的时候，女人就要对这个男人提出很多很多要求，要对男人耍赖、耍娇、耍嗲，要对男人提出很多要求。你看毛泽东，那么伟大一个男人，面对江青的耍赖，还不是无能为力，还不是迁就、忍让，最后给他捅那么大乱子。你看克林顿，美国总统，希拉里还不是照样想驾驭他，恨不能代替他。这也是当代世界为什么那么多下台或者去世总统的老婆竞选总统的原因。男人的对手是世界，女人的对手是男人。你还小，不必找个对手来烦你。

女人，是永远不知足的动物。很遗憾的，妈妈也是这样。当然，你周围的女孩都是好女孩，但只要是女孩，就难脱女人共性。妈妈很赞成你的观点，先好好学习，否则的话，太伤脑筋，太牵扯精力。因为你有太远大的目标，太崇高的理想，你现在采取的态度，就很具有前瞻性，有一点大男人风度。真的，妈妈很欣赏你。这个问题一般的男人都解决不好，像那个鞍山老乡，大多数人在爱情方面是傻瓜、疯狂的，只以为自己找的这一个不同凡响，其实是一样的。妈妈也不用给你什么意见，就按照你的心的指引，就按照你现在的做法就很好很好。

妈妈<br>2005.4.26

# 第十六封信
# 注重更加实际有效的知识

妈妈：

很抱歉母亲回大连那个晚上我没有挂电话，因为实在是很不巧，晚上四五点的时候恰好把电话本留在自习室，并且电话卡也没有钱了。我知道我是应该给妈妈打个电话问候一下的。

做了手术（手指打篮球时挫伤），这几天也可以算作是大病初愈。除了胳膊和脖子因为手术原因暂时活动不太灵便以外，身体上我基本没有什么不适应的地方，倒是一些住院期间积攒下来的事情影响我这几天的生活和学习，比如办保险，团委总是没有人，有人的时候又很忙，得让我等上半个小时才能见到"领导"，然后他再告诉我需要身份证复印件，让我后天再来，以至于这几天我去五六趟的团委。现在团委让我等他们和保险公司商讨结果。

J的事情又多一些信息。听老师说治疗期至少半年，他肯定要休学。不过如果能够治疗好的话，可以和下一届的学生一起上课。反正他是不能和我们一起学习了。

刚开始的时候由于对于精神疾病常识上的误解，很害怕他回来，可是当听到他再也不能回来的时候，我反而多了惆怅。回忆一下自己的学习生涯，似乎每个阶段都会有一个对我有一定"依赖"的人作为朋友。这个依赖指的是很亲密，个人的关系明显不同于一般朋友，我可以说一些批评他们的话而他们可以接受，并不以为意。小学的时候是Y，初中是Z，高中是W和Z。本来在大学扮演我生命中这个角色的人是J，虽然我一再批评他，但我还是表现出愿意和他建立更亲密关系，会在一起讲很多话的那种关系，我也没有再建立另一个和我有这种关系的人。现在我失去扮演这样一个角色的人，很多比较激进的观点没有人可以说，再也没有无顾忌地说话的对象，我陷于某种程度上的孤独。

看来我天生有一种喜欢教育人的习惯，所以我想当老师。可是由于没有在少年的时候克制自己这种表达对他人观点的习惯，这已经成为一种不好的习惯，如果不表达的话似乎会造成某种压抑。现在由于总是没有闲着的时候，暂时好像没有觉得很缺少什么。和以往的事情一样，父母没有必要担心得太多，问题很有可能在发展中逐渐清楚，最后化解，也有可能自然而然地找到解决方案，最重要的是我一直保持着对问题的警觉，寻找解决的方法。我向来对问题是不回避的，尤其是完全自我的问题。

至于我对J的研究最近被老师否定，我说J的病是因为人格障碍，我查书这个病叫做"表演型人格障碍"。因为J的行为表现为获得他人注意，过分情绪化。如果他们不能成为人们关注的中心，就会做不适宜的举动去争取，而且还有感情用事、对小事做出过分情绪反应等表现，这都很符合。他在学校的很多的举动都是和他以前的思想感受有关系的。我一定要把这些信息提供给老师，进而帮助医院医生确诊。

J的事情毕竟是我对别人的感受。现在我发现自己又产生一个青年人不好的行为倾向，那就是自从认为我和"恋爱"这个词有关系之后，我又开始过分注意自己的形象。这个现象在高中曾经出现过，不是什么新的现象，但是我现在对形象的注意比高中有更多自由，表现得比较明显，比如走路的时候总是想着似乎有人在看，要挺胸抬头，步伐要好。我觉得自己过分重视自己在和别人交谈时候时的方式、表情等等。

最可怕的事情是我开始时不时地思考我如果谈恋爱会怎么样，当然最后都会觉得那和我的形象太不协调了，一笑了之。这是个危险信号，我尝试用学习转移注意力，结果发现一旦回到寝室，就会想起这类事情。妈妈、爸爸，你们可曾试图克制自己这种冲动，并且获得成效。尽管你们最后还是谈恋爱了，结婚了，但我想你们还是有一些经验吧。现代的青年人想要逃脱这种"恋爱"大环境还真得挣扎一阵子。放心，我不能谈恋爱是客观决定的，而且我在学习的时候还是很兴高采烈的，在知识中我能够找到自己所真正需要的。

和班长之间有些职务重复问题，现在已经不是问题。我现在知道问题解决虽然要积极，但也不能太急。

学习上，由于住院缺几堂数学课和运筹学课程没有听课，老师讲的一些书上没有的知识我不知道，现在任务挺重，加上我要和发展心理学老师探讨语言和思维的关系，我答应老师要准备充分，另外又要在马克思主义哲学课上演讲，要准备一份关于唯物主义和唯心主义区别的演讲以及介绍人文主义，真是很忙吧？不过没问题，我已经对应付繁重任务很适应，我很兴奋又有机会展示才能了。

我现在学习课程已经比较有章法，我每天复习老师上课的内容，然后从课外阅读中获得和实际结合得很紧密的知识，注重更加实际有效的知识。这就是我现在的学习选择。

我和妈妈共同度过住院的日子，分享了一段生活，没有必要再多说什么。我知道爸爸在那段日子一定很焦急，我希望爸爸不要着急，但是又知道那不现实。总之，现在一切都很快地向正常发展，父母可以放心。

另附：我希望我们的网络通信能够减少，因为我不希望爸爸为我消耗太多的精力，这让我担心爸爸工作是否充实，而且也让我少许多独立感，希望爸爸能够理解。爸爸给我查许多资料，我真是太感动了，不过我也后悔麻烦爸爸，毕竟搜寻信息也是我必须掌握的一个重要技能。我查信息不是浪费时间，我以后一定要更多地依靠自己解决问题。

再附：F女朋友买了电脑，再没有来过。

此致

祝生活和美！

儿子：王宝玉<br>2005.5.20

## 过早恋爱会磨损斗志

亲爱的儿子：

你开始思考恋爱问题是完全正常的。哪个少年不钟情，哪个少女不怀春。这是正常生理发育，男生女生之间并不是有一点亲近就是谈恋爱。其实，我们倒觉得比正常男女关系稍微亲密一点，互相之间多讨论一些问题，那种感情是最美好的，那种朦朦胧胧的感情是最值得期待的。我欣赏你和女同学有比较好的关系，能深入谈话、彼此沟通的关系。正像你说的，同性之间，深入沟通没有异性容易。如果一谈开恋爱，就有许多实际的问题，象F那样，反倒成为负担和累赘。你有着美好的雄心壮志，不适合陷入这里面的，它会磨损你的斗志，消磨你的时间，占用你大量的精神空间，最终毁掉你的前途。看看实践中的例子，谈恋爱过早真是没有什么好处。现在爱情、婚姻对于奔赴前程来说是负担，事情一旦成负担，经济上、时间上、精神上的沉重负担，又剩下多少美好、甜蜜让人品味呢？

妈妈

2005.5.24

# 第十七封信
# 逆境是试金石

妈妈：

不要担心，我一定会克服眼前困难。

不过我最近静脉血管发炎，医生说每天都要热敷，以后打吊瓶可不能再那么快。

燥热、暴躁、狂躁、急躁。我怀疑自己到底能不能够掌握自己的情绪。为什么在夏天里大自然能够拥有一片欣欣向荣的景象，我却没有呈现相应的成长呢？是那无处不在的闷热决定我心态的变化，还是我自身不稳定的心态使我无福消受这大自然最具活力的季节呢？

这是我开始大学生活以来最"乱"的两周。最混乱的是对于自我形象的态度，其次是和同学关系的态度，再其次是对未来的态度，然后是英语学习，接着是生活规律的变化，还有就是学习状态，最后是生活费的紧张。

这真是翻天覆地的两周，一切都乱了。光是陈列问题都让我不知道还有什么连词可以使用，下面让我一一陈述吧。

不知道我在父母心中除了是"你们的儿子"这个形象以外，是一个怎样的形象。总之经过这将近一年的自我塑造，我所希望的自我形象是学富五车，不苟言笑，为人谦和，洒脱大方，温文尔雅。当我自己挖掘这些自己真实想法时，才发现这些想法真的不是能够在一个现实世界里完成的。分析一些自己焦虑的对象和原因，无非是很在乎别人如何看自己，自己对自己的言谈举止是否满意等等。所有的焦虑产生的原因都是一种对比的结果，就是对比理想的自我形象和现实的自我形象。

这一周里，由于我决定锻炼，增加学习英语的时间，还花费不少时间做效率很低的课程整理工作（保险、复查、踢足球，和同学一切进行的活动增多，

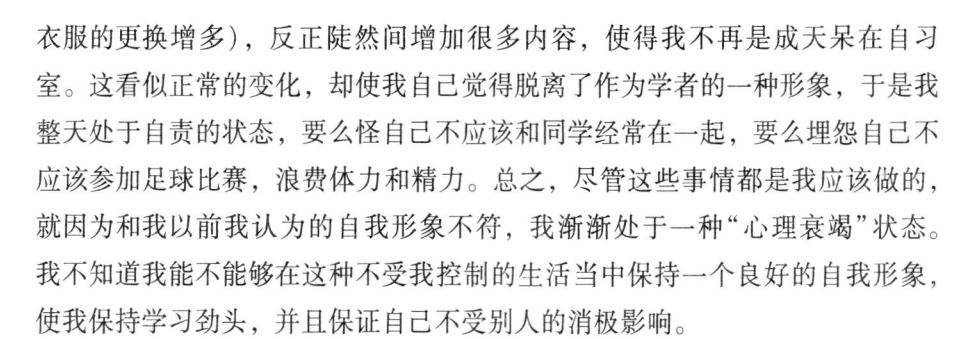

衣服的更换增多），反正陡然间增加很多内容，使得我不再是成天呆在自习室。这看似正常的变化，却使我自己觉得脱离了作为学者的一种形象，于是我整天处于自责的状态，要么怪自己不应该和同学经常在一起，要么埋怨自己不应该参加足球比赛，浪费体力和精力。总之，尽管这些事情都是我应该做的，就因为和我以前我认为的自我形象不符，我渐渐处于一种"心理衰竭"状态。我不知道我能不能够在这种不受我控制的生活当中保持一个良好的自我形象，使我保持学习劲头，并且保证自己不受别人的消极影响。

我发现我染上许多毛病，晚上总觉得要吃些东西——以前我很少吃东西的，然后就是周五和周六晚上总是睡得比较晚。我知道自己的变化很不好，也试图改变，可是这两点改变的效果不是很好。我想从父母那里获得力量，"痛改前非"。我真不想也不敢说自己在堕落的边缘，但其实我已经默认这一点，而且我们的马哲课老师也总是强调我们学校不具备学习氛围，并告诉我如果想要学习哲学最好去北大听课，而且还透露出一种想法：哲学的学习一定要在一个能够探讨的氛围内，心理学也是如此。因此又一个几乎不现实的想法来到我脑中：复读。在坚持这么长时间以后，终于觉得有些东西是克服不了的。这包括如何增加灵感的氛围（有人和我探讨问题）。我想大概复读是不可能的，那么我现在一定不能随波逐流，我不想再以要和同学保持一致步调来获得好的氛围而放弃自我①。

C最近要进行一场辩论，是关于大学生心理问题的。因为北大"五一"前后有一男一女跳楼自杀，人大举办这场辩论。我为给他提供一些素材，开始自习心理健康，收获很多，给他很多很有启发性的提议，自己也觉得受益匪浅，相信一定能够帮助解决自己的心理问题。但是在经过一周的思考，在生活中品味心理学家对于心理健康问题的理论后，发现我的心理问题依旧，只不过内容不同而已。

我和爸爸大概讲过，比如我因为英语学习效率下降而苦恼，然后我找到心理学依据，这是"心理衰竭"的问题，我所要做的就是认识到自己所受到的压

---

① 当我对现状不满的时候，也会责怪自己过去的选择。但是大学四年的经历告诉我，只有对自己的选择负责才是最正确的办法，思想上的起伏需要的不仅仅是用智慧去化解，有的时候也需要时间。再就是，我尽量不在情绪不好的时候做出决定，因为经验告诉我，情绪不好的时候所做的决定往往基于当前体验而不是理性根据。

力，给予自己支持，但是最终我发现我还是很焦虑（轻度焦虑）。我想这是考研所必须经历的宿命，可是我又转而埋怨自己英语学习方法缺乏动力性，使得我自己不能够自然地、有兴趣地坚持学习，结果我还是很烦躁。我管这种现象叫做"心理的动力替代现象"，意思是，不如意的事情的发生肯定要导致心理的变化，无论心理学家怎样研究，只可能解决第一层的心理问题，不能够解决个人产生的第二层心理问题。这一层的心理问题是由于第一层心理问题在没有改变现实的情况下得到虚假的解决，人内部自然产生的补偿性问题。简单地说，问题依正，人还是会焦虑。

只有现实问题的解决才能够真正解决心理问题。我觉得心理学和哲学、文学一样，它的作用不具备发现性。我对于心理学的兴趣纯粹是为了解自我，可是如果不具备像数学这样的工具，很难在心理学的道路上走出自己独特的道路。老师也都明确地告诉我，本科学习心理对于研究生的研究没有什么实质帮助。几乎我所问及的"先人"都说不知道自己本科学到什么。我想我应该学习一些技术性的东西，比如物理、数学等。我不是要在那些领域做出什么成绩，只是为辅助我将来的发展，读书和操练要同时进行。我一定得在数学方面有所特长，因此这个假期就又有一项新任务：自学数学。

这一周我逐渐增加英语学习时间。种种信息表明，即使根本没有学过专业课的人，只要英语强，也可以出国、考研，这大概就是中国特色吧。在花费大量时间背诵单词以后，发现效果不太好。我和一些人（包括英语系的同学）在交流过程中了解到英语系的教学并不强制学生去背单词，只是要求学生在阅读中自然记忆一些单词，而且他们也没有必要像我这样一遍又一遍地复习，只是大量地阅读。我相信传统的英语教学一定是有道理的，我又开始想转变一下背单词的方式，也许尽管在阅读中背单词很难像背字典那样扎实，只要加大阅读量，自然会有所受益。毕竟我从没有进行过大量的英语阅读，再加上我认为本科学习过多的心理学知识对将来发展实在没有什么大益处，我想干脆把本科变成英语专业，为考研和出国，一心一意把英语搞好。对于心理，我只要把考试应付下来，再做一些课外阅读就可以。

我本来按照经验对于现在变化比较大的生活制定计划，可是居然完全没有效果，这是以前从没有发生过的。要么学校开会，要么有比较有意思的讲座，要么就是有足球比赛，再加上每天都有体育活动（我的计划里下午要有半个小时的锻炼时间，但是经常被踢足球比赛所取代)，每天都要洗澡。下午自习室里又非常热，学习的时候往往大汗淋漓，根本无法集中精神。我感觉一天当中自己可以支配的时间减少，只有晚上。由于非常热，我又想许多办法降温，开始是买一把扇子，最后是买饮料。这又导致钱的流失。其实导致我感觉上"乱"的最主要原因就是生活规律大变化。我决定以后不再节外生枝，有那么多想法，同时在心态上接受这种变化，因为那是必然的，而且要求自己在学习的时候更加认真，以弥补自己感觉上的缺失(觉得自己不够努力)。

现在我寝室同学得知我要去自习时的反应很奇特："又去自习啊?"似乎我去自习对他们伤害很大。W说："因为你去自习使我们觉得很内疚。"我想，从他的话中父母不难体会他们现在的状态。自从我出院以后，我发现他们陡然间变化很大。以前我的存在给他们一定的压力，使他们觉得应该矜持一些，可是就在我住院时，他们没有这种压力，终于全面"爆发"。现在整个寝室简直就是游戏场，而且F女朋友每天都来，这也是导致我想到"复读"的原因。毕竟都是年轻人，最重要的还是自己决定自己的生活方式。

最糟糕的是，他们去参加安利的"直销"机构，我真有点害怕。Z一天到晚跟我们宣传他的什么"安利营养学"，然后时不时地想要拉我成为他的"下线"。我知道安利是个比较正规的组织，而且没有非法组织那样危险，毕竟他们的宗旨是"从周围亲近的人开始发展"，所以我真受不了周围有人要卖东西给我。这些也不是关键，他也说不会卖东西给我们，可是这样他们的心思更加不会在学习上。我唯一能够做的就是坚持自己，这样也好，越这样我越有一种危机感，更加努力。我就是这么逆反，不是吗?

关于生活费问题，我是这样想的：从现在的发展态势来看，我以后要做一个清贫的学者，我应该习惯于清心寡欲，不能有太多欲望。我现在就应该减少花不必要的钱。经过这两周我发现自己在这样的环境里比较难坚持，我想用硬约束来限制自己，因此我主动提出减少生活费。不过以后每个月如果有必需的花销，我会在考虑周全以后决定是否花钱，毕竟我不会轻易向父母开口要钱。这是一个比较好的方法。

为了让自己继续保持学习劲头，我不得不付出更大的努力和精力。现在我正在努力和北大同学联系。我已经弄到一个北大心理系学生电话，不过还没有联系。我要让一切不适宜的想法(谈恋爱、和同学关系问题、生活问题)都被淹没在不断追求知识的过程中(其实就是注意力转移)①。

希望父母一切都好,我也会像父母每天都登山一样,保持对生活的一种积极的态度,不断挑战自己。对于一个年轻人来说,再大的逆境也都是试金石。我最大的问题就是要用自己的行动使自己对自己充满信心。这已经很不错,很多人的焦虑来自于外部原因,我唯一要做的就是努力、努力再努力。

此致
敬礼!

儿子:王宝玉<br>2005.6.4

## 沉静、沉静,一定要沉静

亲爱的儿子:

做一个学者,不但要有学问,还要有学者气质,那是后天修炼不来的。你现在具有与生俱来的学者气质,但你修炼不够——时间不够、知识不够、阅历更不够。你具备做一个学者的基因,你的表现、你的能力都使你具备这一切。所以你不能着急,不能太在意自己的形象,时时在检查、反省(三省吾身)自己的行为是否像个学者。俗话说,功到自然成,当你的学识你的阅历到达的时候,你无意之间流露出来的气质,人们会自然而然地认为你是学者。有了这种准学者气质,可不是故作学者姿态,像千年的狐狸修炼成妖精一样,你还要修炼。

沉静、沉静,一定要沉静,不要焦虑,安排好生活,儿子,你是最优秀的。

谁也不能一夜之间读遍所有想读的书,学遍所有想学的知识,只能一天一天来,一个小时一个小时去学。但你四年学成后,举手投足间所流露出来的学者气质就不需要你去刻意追求,你已经是了。

妈妈<br>2005.6.8

---

① 在这一点上,并不能说我的选择就是正确的,只能说我选择了为实现自己目标所付出的代价。从我的经历来看,不曾经历过亲密关系的后果之一就是保留了独生子女特有的自私、缺乏责任感的缺点。

# 第十八封信
# 不能随波逐流

妈妈：

我时间不多，所以只写一点想法，就当我发牢骚吧。

本来想写给马哲老师的，但是一想这些话还是跟父母说吧，要不然妈妈又好说，不要不要不要了。

### 我想成为什么样的人？

父母：

在我急功近利地追求"大道"（成为明理君子）的时候，却发现自己南辕北辙，离"大道"更远。父母提醒我要培养自己的学者气质，但是我周围很难起到正面影响，我也发觉自己充满戾气。我想培养自己的学者气质，时时刻刻谨小慎微，不虚度青春，每分每秒都投入在自己的理想上。老师在国学上的造诣在课堂上让我很羡慕，所以希望老师赐我几个字，作为我的座右铭。

我立志于学，用陶渊明的话说："富贵非吾愿，帝乡不可期。"希望自己的心胸变得更加宽广，希望自己远离诱惑，不要像有人那样沉溺于视听感官的娱乐当中。我希望自己谦虚但不失霸气，温和但不失锐气，博学而不迂腐。

也许我对环境太苛求，但是我担心过分的适应会让我对自己的要求降低。别人可以把青春虚度，我绝不可以！我一直希望用自己的行为去影响他们，可是就在这期末考试前的最后一周，我为了休息在寝室里听歌，他们居然幸灾乐祸地认为我要和他们一样玩。我能有怎样的感受？（我立即回到自习室）我改变不了他们，那么就很有可能被他们改变。我希望在我的床头能够有几句警示自己的话，随时随地告诫自己：要清醒，不能随波逐流。

我敬佩那些刻苦勤奋的人，而不是那些不需要努力的天才。以前 CJ 很好学，只是家庭教育和学习习惯不好，导致成绩不好，但是他时刻准备努力的劲头却和我志同道合。我多少也算有个能够沟通的人。如今，大家仿佛都期待着我和他们同化，而我已经没有能力去影响和改变他们，这是我从上学以来最担心的事情。以前我太自负，认为"我"的力量是多么的强大，无论在哪里我都能创造环境。心理学认为在人的毕生发展过程中，人和社会是互动的，即社会如何影响我，部分地受我如何反馈社会的影响。遵循这个原理，我希望继续努力塑造理想中的自我，进而"挣扎"着去改变一下环境对我的影响①。

我还没有遗憾在大学四年里缺少多少学习的机会，在这四年里我本来应该从周围的人身上学习到更多更宝贵的知识，如今却只能像蜡烛一样，用泪水弥补自己为照亮别人所产生的消耗。

希望如妈妈所说，大一的行为能够看出大学四年的趋势是真的。我最担心自己被消磨。很多知识分子不就是在那个年代被改造成为"红"而"专"的造反派吗？

祝父母健康快乐！

儿子<br>2005.6.20

## 你终究会胖起来

亲爱的儿子：

今天《大连新商报》报道几个大学毕业生的毕业心声。理工大学校长对学生说，大学里领先一步，同龄人中领先一辈子。还说，一年看四年，四年看四十年。意思是，大学一年级的表现决定大学四年的表现，大学四年的表现决定

---

① 在讨论这个"影响"环境问题的时候，很多人都不能认同我的态度。我当然理解他们的观点，而且也承认个人很难影响环境这个事实。但是从为自己发展的角度来说，我所应该相信的并不是事实（这种事情本身也无所谓事实），而应该是对我有利的信念。相信我能影响环境，就使得我有机会、有动机去影响别人，最终的受益人是我。毕竟我不想改变自己，而且在这样的环境当中，我担心改变自己意味着变得平庸。

你四十年的成就。从这个意义上讲，你这一年的成功，已经为你四年、一生的成功打下重要基础。不要浮躁，不要焦虑，慢慢学，休息好，吃好，睡好，儿子，你会赢得你所希望的。不能一口吃个胖子，一小口一小口持续地、认真地专注地吃，你终究会胖起来。

妈妈

2005.6.21

# 第十九封信

# 父母的支持是雪中送炭

爸爸妈妈：

  读了母亲的信，我情难自已，在体内压抑好久的泪水终于找到出口宣泄出来。独立久了，偶尔体会一下被人关怀的滋味，真是……

  实在是非常抱歉，以考试为理由没有写信，我想父亲是担心我们停止互相通信的习惯，所以让妈妈写回信的吧。等明天考完运筹学我立刻给您们写信。爸爸妈妈的鼓励太温暖了，好久没有的温暖。不过这是成长的烦恼也是成长的必由之路。我总需要被肯定，不管是因为人格原因还是因为我所属于的动机类型（我已经印证好几次，自己是多血质、高成就动机和高权利动机以及 A 型人格等等），总之在缺乏支持的环境下表现出不适应是我成长中一个比较大的障碍。在没有克服这些自身困难之前，父母的支持的确是雪中送炭。

  普通心理学我已经背了好长时间，不过这一次同以前备考不一样，我"采访"了几个对付考试比较有能力的女同学，学习一些经验，应用于我的准备当中，希望通过这次考试看一看结果。连续几天的地狱式应试状态的确让人吃不消，还得练啊[①]。

  爸爸写诗了？能不能发给我看一看？最近南方发大水，让我们北方人显得好不自在。

  关于外语学院那个同学，我当然可以和他见面。不过我相信没什么用，就好像我们和您们的北大同学见面以后也没什么效果一样。如果是出自那个学生本意的话（不是他父母的意思），我当然没有理由拒绝，我也想借机到北外看

---

  ① 学习过程本身也是人的行为，也就是心理学的研究对象。而作为准备成为科学工作者的人来说，任何课题都应该以"科学"的态度去应对。所以我就以类似"研究"的态度去看待"学习"过程。虽然这多少有些刻板，但是一方面会很有收益，另一方面也进一步向自己证明自己的志向。

一看能不能有所收获。

儿子：王宝玉<br>2005.6.26

# 第二十封信
# 提高效率要抓住概念和主干

妈妈：

　　刚刚考完"运筹学"，我正一个人坐在偌大的一个教室最后一排。这三周可以说没有什么大事情，都是一些琐事。最大的快乐就是读妈妈的信。"众人皆醉，而我独醒。"我只能一个人享受自己的快乐，无法和别人分享什么。

　　考试糟糕透了。这位运筹学老师是我一生遇到过的最奇怪的老师。他教授的课程无可非议，很有启发也很有深度，可是他对待学生的态度很奇特，不顾同学们"听不懂"的反应（我能理解老师讲课的意图和大概框架，但是具体内容也不太明白），一意孤行。

　　前两周我给同学准备复习材料（其实是给自己准备复习材料），累得够呛，先后修订出四个版本的复习资料。我给同学打印复习资料花了135元钱（班费），可想而知有多少东西。这个过程对我是有利的，既锻炼了自己的总结复习能力，又能够帮助同学做一点事情，获得一点儿满足感。其实真正需要这些材料的也就那几个男生。我并不是专门针对同学进行总结的，而是想在这个过程中学会如何高效率地总结。

　　我和一些女同学彼此交流复习经验收获也很多。比如这一次老师要考选择题，我不觉得有什么变化，可是Y同学说因为有选择题所以老师很有可能考细节的问题，不能像以前一样只是把重点看一遍，忽略很多根本不可能考的东西。真是一语惊醒梦中人。我才知道为什么考试要保留选择题这种类型。由于复习得比较刻苦，我也总结一些经验：面对大量需要记忆的东西，不能用我以前的办法一个一个地背诵，还力求背的和所给的内容基本相似，重要的是要抓住概念或问答题的主干，留下印象，在浏览句子的时候不能按照顺序读，应该跳跃式地把主干先记住，然后再靠自己思维的组织能力把修饰成分自己"想出来"。这样背诵的效率就会大大提高。妈妈可能对这些不感兴趣，可是将来面临内容更多的考研，这些经验会非常有用的。

妈妈说玩游戏是浪费青春，这提醒我：我正处于人生中的黄金时段，每一分每一秒都弥足珍贵，以后要更加重视时间观念。

我其实觉得这个学期没有上个学期进步大，因为我几乎没有像上学期那样读书，比如哲学、经济、历史等。我只是读很多心理学书，心理学的知识大部分是技术层面上的知识，我是懂了不少，思维能力却在退化，而且像以前那种"恍然大悟"的情形也少很多。到大二，英语考试马上就要来了，做了几套四级考试题，感觉和高中差不多，听力和以前一样糟糕，词法题还是大部分不会，除单词多认识几个。听说我们院有一个英语很强的人，他天天把耳机戴在耳朵上从不拿下来，我想自己的练习可真是太不够了，从今以后，我就要那样练听力：什么差，练什么[①]。

我发现自己有点像贾宝玉，和每个女孩都有很好的关系，和女同学交流的时候我才觉得感情表达得比较真实，和男同学说话就觉得好像得学会他们的那种交流方式，要说一些伪装的话。妈妈又说什么和女同学保持那种朦胧的感觉最好，这简直就是火上浇油，我和女同学交往比和男同学多得多。F的女朋友就说我有"女孩缘"，吓我一跳。

考完试就要军训，我们班还要集体出游，Z同学顺便要过生日，我应不应该送礼物呢？

每次我把自己的文章给您们看的时候，总是被表扬，真是受之有愧。我因为有些气愤，所以写了一篇比较偏激的文章。这篇文章是由我两个"思想火花"构成的，写的时候完全是意气用事。不知道妈妈为什么说我的文章好，能表扬得具体一点吗(开玩笑)？我觉得自己一定得学会写散文，否则将来少一个活路："作家"。用文学语言表达的意思的确比推理式的语言更容易让大众接受，比如L写的："当文学有了电影这个小妹妹的时候，神秘的历史长河就容许我们大多数人脱掉鞋，光脚在水边徜徉了"，其实这句话表意不清，但是谁都明白她什么意思，最终也都能够劝服自己相信这句话的确有道理，还要顺

---

[①] 英语在大学里的重要性不言而喻，所以英语学习方法就格外重要。也许不会有万金油般的学习方法，但是会有放之四海而皆准的原则：不断总结和坚持。

便表扬一下这句话的"含蓄美"。不管到底电影是不是文学的通俗化，人们都欣然接受这个观点。这就是"含蓄"的好处：让你忘记批判的态度。

我一说什么理论，总会招来强烈的"反响"，就因为我从来不"含蓄"，听众时时刻刻不忘自己是一个"批判者"。尽管我喜欢探讨，可是这样的话想要立足就比较难。没有谁的理论能够是完美的，只有让人先在态度上承认你，然后你才有机会进一步发挥自己的才能。我得掌握"含蓄"的能力。

一不小心又说这么多，明天要考普通心理学和数学——最重要的两科。我也该吃饭了，希望爸爸妈妈能够天天有个好胃口。

儿子：王宝玉<br>2005.6.27

## 积蓄力量再出手

亲爱的儿子：

妈妈说你的文章好，可不是因为你是我的儿子。妈妈最近看到两个比较有文采的孩子的文章，一个是你们班级的L，一个是妈妈同学的儿子。今年参加高考，他爸爸请妈妈去帮助报一下志愿。看了他儿子的文章，我对他说，你儿子有文学天赋，别辜负了。儿子，你和他们不一样。你并不是不会写那些文学的东西，记得你刚上大学给妈妈写的文章，描写你的心情和学院景色吗？写得就很好。而你的这篇文章，通篇都是思想的火花在闪烁，如果有一点情感的东西，不就是一篇思想内涵丰富、文采华丽的好文章吗？不必着急出手，积蓄力量吧，一旦出手，就要不凡，就要让人刮目相看。

妈妈<br>2005.6.30

# 第二十一封信
# 没有死记硬背就没有灵活运用

我在一个高水平的环境里可以忍受默默无闻，我的动机来源于恐惧（心理治疗里的名言）。在一个我评价我的环境里，我担心自己失去清高的自我。我极力争取在所有方面都最好，是一种永远不能满足的恐惧。

## 大一下半学期个人总结

与上半学期对比，下半学期重点主要集中在英语单词的学习和专业课的学习。可以说，这个学期是我迈入心理学专业的一个转折点。

在学习方面，背诵英语单词占据大部分的时间，成果在最近的阅读当中初见成效。可以说，无论是阅读哪一方面的阅读材料，都能发现我辛辛苦苦背诵的单词，这正是我所预期的。尽管有些单词我只是面熟，这也已经达到目的，我对这些单词的掌握就会更深。C在英语班学习的过程中告诉我，老师对他们说英语单词就是得死记硬背，没有死记硬背就没有灵活应用，否则其余都是空谈。

我很重视英语单词的记忆，但是反过来我又不像高中那样完全依赖于"死记硬背"地背字典，而是尽可能减少死记硬背所消耗的时间。我觉得根据传统的英语学习方法以及心理学当中关于语言获得的知识，我认为语言的基本要素只有在完整的语言环境中才有生命，必须通过阅读才能更深刻地把握单词的用法，而不是仅仅为应付考试。

一个英语单词的意思并不是和汉语一一对应的，它的用法很灵活。在参加"洋话连篇"的对外公开课过程中我认识到，一个单词的意思是具有民俗性质的：在不同语境当中的单词的使用并不是一开始就规定好的，相反是在不同语境当中迁移单词的意思，最后或者由于权威人士的确认，或者普遍使用后的约定俗成，导致一个单词新的意义产生。一个单词最根本的意思其实并不多，关键在于理解一个单词的意义是如何迁移的。

光是背字典是不可能背住所有迁移后的意义，只有在阅读中才能感悟到一个单词不同意义的根源。以上就是暑假和下个学期学习英语的指导思想。总结一句话，在英语学习方面，大一下半学期任务完成得比较好，奠定了良好的基础，下个学期将开始更全面地掌握阅读技巧和单词在不同语境中的含义。

在过去一个学期里，另一个学习重点就是"心理学"专业课的学习。正如我前面所说，这个学期是我迈入心理学专业的一个转折点。从"发展心理学"开始，到"普通心理学"的学习，我付出比较多的时间和精力，阅读了超出课堂范围的一些书籍，培养了对心理学专业的兴趣，获得不少专业知识，也建立起一定的专业素质。幸运的是，我们学校由于心理学专业建立不久，没有形成过分专业的教育体系，所以课程设置还是沿袭了其他名牌大学心理学专业的课程设置。我很幸运地在这样一所刚建立心理学专业的大学里接受正规的心理专业教育。

我获益最多的是"发展心理学"的学习。在迟力忠老师耐心教育下，我培养了对发展心理学浓厚的兴趣，也正是这种兴趣促使我阅读一些课外书，我对于儿童教育以及儿童成长获得很多理论性的知识。可以说我是按照学习哲学的方法来学习发展心理学的，因为发展心理学是由几个非常重要的对立理论构成的，正如哲学学派一样，而且他们的理论内涵相当深刻，启发性远远超出心理学范畴，进入生活以及其他学科领域。

关于儿童发展的生态系统理论，在发展心理学当中启迪我们摆脱单纯从与婴儿最接近的父母和家庭中寻找儿童发展的影响因素的做法，而是通过在除父母的微环境以外的小环境、大环境和社会环境中寻找因素。具体来说就是，父母的性格是由他们所处的环境决定的，而他们的性格会直接影响儿童的性格，研究当时社会对婴儿父母的影响也成为发展心理学研究的对象。这种开阔视野式的理论对我观察生活中的种种现象，判断其原因同样具有非常大的启发。如果要总结发展心理学的学习，那就是既锻炼思维，也学到知识，效果很好。

对于普通心理学的学习就不如发展心理学那么理想，由于对于普通心理学这门课程的重视，我还是自己进行课外阅读，自己完成普通心理学这门课应该完成的任务。通过一次和北大一个不知姓名的大一心理专业学生的沟通，我了解到，普通心理学的内容虽然极其繁多，但是这门课程的根本目的不是让你掌握它们，而是一个概观，更多的是让你产生兴趣，让你知道自己将来在这个领域内可以干什么。老师也总是强调让我们知道什么是心理学就达到了学习目的。

我通过浏览另外两本外国教材，弥补课堂上缺憾，效果比较好[1]。我获得很多对我生活有很强解释力的知识，由此产生对心理学极大的兴趣，在这一方面比发展心理学获得更多。由于普通心理学是一个概括，我总是接受现成的知识，而且是内涵较浅，一说就明白的那种技术性知识，致使我的思维能力没有得到锻炼，导致我下学期觉得自己思维迟钝。再加上学习英语没有时间看更多的哲学书，我整个后半学期思想发展处于停滞！回想这段时间，我"灵机一动"的时候少很多，苦苦思索的时候也少了，我现在和别人争论的时候显得有些木讷。这是我最后悔的一件事情。总结一句话，收获不少，但是兴奋点比较少。

其他学科的学习，最值得一提的就只有运筹学。我遇到一生当中最奇怪的老师，他属于那种自认为"卓尔不群"的人。一方面他的傲慢虽然想要伪装，但是在不经意间又表现得非常明显，伤害许多同学。另一方面他表现得既有责任感又没有责任感：他为了能够让我们学到真正的知识，不顾来自同事和学校以及学生的压力坚持自己的教学内容，教我们数学的本质和奥妙，这包括数理逻辑和他从数学当中体悟到的哲理，对我来说这简直就是雪中送炭。我早就意识到自己脱离理科思维和自然科学好久，我又对数学有着巨大的热情，所以我如饥似渴地吸收着老师教给我们的知识。

这期间我甚至因为害怕老师改变教学内容而和同学站到对立面（具体是这样的：同学们一致要求老师改变教学内容，否则就换老师，我作为学习委员，发表了与同学们完全不同的意见：支持老师继续自己的教学计划。父母不要把

---

[1] 就心理学这门学科而言，培养兴趣是第一步。而阅读国内的教科书就等于葬送了兴趣。我并没有把兴趣当成是一成不变的，我也并不能说自己从一开始就喜欢心理学。但是我的态度很坚决，就是让我自己喜欢上心理学，就好像先结婚再恋爱的过程。至于兴趣和目标的关系，在我看来就是人权和主权的关系——人权大于主权，所以为了目标我刻意忽视自己的兴趣（更主要的是这个时候根本无所谓真正的兴趣，只是第一印象而已，并不值得作为选择的依据），培养新的兴趣。幸好当前翻译国外的教科书比较多，而且国外教科书的趣味性远远超过国内教科书，所以我学习普通心理学基本上主要是围绕国外的教科书进行的。

事情想得太严重就可以)。现在我已经读完一本《数学与哲学》的书,收获远远不止那薄薄的一本书,我现在再重新理解笛卡尔的哲学思想,简直太明白不过,根本就是数学思想的迁移!同时通过这门课,我不自觉地发现数学的重要性。因为无论是学习心理学还是哲学,数学的启发都是必不可少的。它的作用不仅仅是工具,同时也是一种思想的启迪,换一种更加准确的思维方式。这个假期我安排自己要进行数学学习,不过限于时间问题,更多的自习任务只能放在下个学期。

在学习方面这个学期开始进入真正的知识学习,同时也开始专业化的过程。可以说我很幸运同时也是不幸的,没有遇到对自己将来干什么的苦恼,只是遇到什么学什么。不过仔细思考一番,发现自己的兴趣已经超出所能承受的范围。一方面我想要在心理学方面获得更多知识,这完全出于学生的职责:教什么学什么,并没有考虑过多。另一方面我总是时刻提醒自己不能放弃哲学,认为只有哲学使我觉得自己的思想在不断升华,认识在不断提高,思维能力在慢慢增强。

一方面心理学知识给我提供一个思考的视角和一些恰如迁移后的感悟,并不能帮助我获得思想方面的进步,或者说帮助很小。另一方面出于对理性的崇拜和对感性的躲避,我又强迫自己对数学产生遥远的渴望,总是把数学放入自己的学习计划当中。这些学习目标的矛盾使我暂时决定自己的学习目标:英语、心理、哲学、数学。在大学四年里我肯定只能完成两个目标,至于是哪两个目标,这就取决于我大学四年的目标。我大学目标很简单,考上最好大学的研究生。现实就逼迫我回到现实当中来,一切为了考试,英语和心理是主线,其余就作为业会爱好。

在生活方面,整个学期我没有遇到太多烦恼,就是最后的期末和军训期间,由于对周围人的行为感到一种对自己的威胁,产生一些烦躁情绪。这难道不是很正常吗?我拥有一颗傻傻的善良的心和一张信口雌黄的嘴。我似乎也担心他们的将来。对周围人行为的关注的动机是一颗善良的心,但是产生烦躁情绪的原因却是自己如何解释对他们行为的看法。为别人的行为感到遗憾,每每看到别人玩游戏时候就会有种触动。可是后来我把这种触动解释为担心他们的行为会影响我。其实这些消极影响肯定会有的,但不一定是使我应该产生消极情绪的主要原因。

我确实沾染不少坏习惯，比如在军训时听到脏话多，导致我也不自觉地说脏话。我现在正竭尽全力地去掉这些不好的习惯。由于对环境的消极分析，导致我决定躲避周围的人。我把作息时间和同学错开，在军训时候一句话不说，休息的时候也和其他人分开坐。正如父母说的，我的学者素质还远远不够，我因此做出很多过于个性化的行为。我感到自己很不冷静，对自己的冲动、幼稚的行为感到后悔。我教育自己，要学会忍耐，学会做一个小角色，学会不断调适自己的心理，学会低调。其实我在高中的十班里，一直很低调，在同学面前表现得很"低"。这说明我是按照环境来决定自己姿态的。

我在一个高水平的环境里可以忍受默默无闻，我的动机来源于恐惧（心理治疗里的名言）。在一个我评价我的环境里，我担心自己失去清高的自我，我极力争取在所有方面都最好，是一种永远不能满足的恐惧。如果说这个学期我被这种永远不能满足的恐惧左右的话，下个学期我应该把自己的定位稍微与社会脱离，做一个独立的自我评价，更切实地发展自己的强项，没有必要为了"填补"自己的恐惧而过分要求自己。建立独立的人格和独立的自我评价是我摆脱人际关系阴影的首要任务。理想的人际关系状态应该是 lukewarm（不冷不热）[1]。

经济问题我想我处理得还是不错，没有出现紧张问题，但是也没有出现很多剩余，这并不是说我花了不必要的钱。我只是觉得没有必要为了省钱而花费过多心思。如果父母削减我的开支，我也很容易适应，我相信。

最后总结一下，学习上还是要戒骄戒躁，贪多嚼不烂。我改进学习方法的进程已经达到比较完备的地步，现在需要的就是耐力，学习、复习、再学习、再复习。大学四年应该有炫耀的一方面，但更多的应该是默默耕耘。抓住机会满足自己的虚荣心，和女同学交谈缓解心理压力，刻苦学习是最终目的。生活上不冷不热，平心静气，保持一贯性。

父母夏天要注意避暑。

儿子<br>2005.7.28

---

[1] 虽然不能说这些理论被应用得恰如其分，但是可以说学习心理学的确对我自身的帮助很大，尤其是在处理人际交往和个性的平衡方面。

## 总结人生会少走弯路

亲爱的儿子：

　　看了你写的大一下学期个人总结，写得非常好，而且很真实。我的儿子不是以年计在成长，是以天、以小时计在成长。这样善于总结经验、总结人生会使你少走很多弯路。

　　想到寝室里只有我儿子一个人放弃假期，孤孤独独、在酷暑中坚持学习，妈妈心里还是有点难受。我知道这是你自己的选择，知道这是我儿子的独特之处，只要是你喜欢的，妈妈就会支持你。

妈妈

2005.7.31

# 第二十二封信
# 假期进行专门考研训练

妈妈：

在读《英国通史》时没来由想到一段话，就当作这封信的开头吧：

"我喜欢一个人在寂静的远处游泳，因为那个时候我才能体会到游泳之中真正的乐趣。当前方没有人的时候，远处雾蒙蒙的小岛勾勒出一片抽象的边际，只能用无边无际来形容；蔚蓝的苍穹更让人感到一种渺小的恐惧。我全身浸泡在深沉浑厚的大海里，仰视着无垠的天空，整个人仿佛都被分解在这两个地球上最大的无穷当中。我在无穷当中谦卑地嬉戏，就如同在父母爱的枷锁中幸福地成长；浩瀚没有成为压力，反而成为我获得快乐的平台：卑微与快乐，两种正反情绪，在天空和海洋之间相辅相成。"

我真的不知道为什么会想起这段话，第一句话可以为证：其实我并不喜欢游泳，可是这段话居然说我喜欢游泳，很明显这段话是一种灵感，是经过潜在的文学加工的。我仔细研究一下这段话，大概还有一层更深的意思：父母对我无私和浩瀚的爱不是一种压力，而是一种幸福。

说实话，在新东方上课的这两周里我对生活并不是十分满意。因为我不是一个喜欢奔波的人，每天要很早出去，回来的时候全身臭汗，只有三分之一时间可以自己支配，我的确不能很兴奋。不过这纯属感受，应该说我的确学会很多学习英语的方法，而且获得很多关于出国的重要信息，尤其是后者为我将来的目标提供了重要参考。

我现在对未来的打算基本上已经成形：考取北京大学心理学研究生和博士生，然后出国深造，最后回国当教授。我不想在本科毕业后直接出国，毕竟上北大是我一直的梦想，我不想把遗憾留在中国就出国去完成另一个梦想，现在一切都指向考研。在未来的大二这一年里，在学期内我要努力培养英语能力，假期的时候进行专门考研训练，这包括：马政经和马哲的应试训练，专业课的背诵以及历年考研试题的研究①。

　　这一切确实很功利，对我来说我无路可退。现在的形势决定我大学四年一定不能过得很潇洒。我想之所以有很多工作后考研究生成功的人，就是因为他们能够一门心思地专门应付考试，不像应届本科生大都是临阵磨枪而且精力分散。我就是要利用自己"高瞻远瞩"的优势，抢占先机，先发制人。大二假期任务也很明确。至于大三我要跟定北大课程，专门去北大听课，抄笔记，做最后的工作。至于托福和 GRE 等出国考试，我只是在平日背单词，不做像对四、六级考试那样复杂的训练。我会在考研后再考托福和 GRE。

　　在新东方里我不仅仅学到经验和方法，我还获得信心。当然我不是指我比学校里 400 多个人都强，而是指对于托福和 GRE 的心态。以前我总认为这些考试只有像尹亮(高中同学，现就读于哈佛)那样的人才能考取高分，可是这些老师都说只要你能下苦功，即使基础不好也能拿高分(他们是很诚恳的，并不是推销新东方)，更何况我基础不错呢？这对我很重要，这使我能够安心地去考研和安排自己的计划(告诉你们一个事实，他们新东方年轻老师年薪至少 10 万)。

　　在接下来的两周我要主攻计算机，因为我发现后面的内容比较复杂，得花点精力。我从来没有为及格而应付考试，尽管其他人都说只要能及格就行，可是我真的缺乏这种经验——我只会以满分的要求去学习。

　　现在我的生活的确有些散漫。我跟父亲说过我最近在看 *FRIENDS*——一部美国电视剧。它是全英文的，我本来是想当作学习的，可是因为实在太有意思了，有的时候我能从 10 点一直看到凌晨 2 点。大概有三天是这样的。请父母千万不要责怪也不要担心，你看我都说实话了，说明我还是意识到这是个问题。其实一方面因为白天听课不需要太多精力，一天只睡 5 个小时也没什么关系，另外看这个电视剧帮助我英语学习，巩固很多单词，学会不少口语和俚

---

① 虽然我一直将考研放在心上，但是做的工作是以学习知识为主的。我并没有比别人更早地开始准备考研，只是希望自己在四年里各个方面都做得尽量优秀，并且让"考研"作为我选择做哪些事情的一个标准。

语。另外就是说话更有"洋味"①。马上就要看完了,就请父母不要担心,希望我想象中母亲皱着眉头的样子不要成为现实。

我已经是一个青年人了,生活中多一些非规律性的东西很正常,希望父母谅解,就好像你们在年轻的时候一定也会做一些明明知道不对的事情(当然不会出格)。青年人就是这个样子的,要是太规律就不正常了。

妈妈一定要玩好,因为当我已经大部分独立的时候您终于可以暂时撇开母亲这个角色多为自己生活(当然你恐怕以后都得扮演妻子的角色),我希望看到母亲活得很精彩。爸爸也是一样。

祝活得精彩!

您的儿子:王宝玉

2005.8.6

## 只做不说才好

亲爱的儿子:

你对自己的设想,妈妈没意见,只要你觉得对,就去做吧。但我和你爸爸一致有这么一种想法,你可以想去考北大研究生,并且也奔着这个目标去,不必要说出来,闷着头干就是。你这个暑假放弃回家在学校学习,就这种拼命精神,一定会有成就的,一定会实现自己的想法。何必说出来呢?一旦有什么反复,没考好怎么办?给自己留条后路,儿子,不要说。

妈妈

2005.8.11

---

① 关于看美剧锻炼英语能力的说法,不同人有不同的见解。我的观点是:娱乐不可能学习,只有反思、总结、重复才能够真正锻炼英语能力。如果做到这些,那么估计看美剧也基本上没有什么娱乐成分了。

# 第二十三封信
# 效率从铂金情绪而来

妈妈：

这两周是得遂心愿的两周。我终于完完全全独自一人生活一段时间。不出所料，当我有足够的时间和空间，享受属于自己世界的时候，收获总是特别多。

我总有这么一种幻想：上午从7点开始学习到12点，下午从1点学到5点，晚上从6点学到10点，一天会有13个小时的学习时间，这是我所能想到的最刻苦的学习计划，我终于可以自我安慰成为一名"学者"。如果能够按照这个计划执行一个假期，那么……

可是现实中，我发现自己掉进一个误区，似乎是为学习而学习，为满足自己作为"学者"的虚荣而学习。这使得我在自习过程中时常感到某种空虚，似乎只要我坐在那里，不停地看书，就可以获得最大的快乐和最多的知识。

有一天，当我在实在看不懂计算机书的时候，随便拿起《哈利·波特》，无谓地翻看。陡然间我意识到，我什么都没有学到，或者学得非常少，远远不是我所看的书那么多。对于英语，如果想要从阅读中有所收获，必须有非常持久和认真的注意力，仔细分析每一句话才能有所进步。计算机同样如此，越是不懂的地方越应该努力地看，为什么我反而不看了呢？以前我都是这个样子：一本一本地看书，脑袋像过电影似的（除了看课外书，比如《英国通史》、《数学与哲学》等），我觉得时间过得很没有价值。我开始认为这是因为我没有调整好状态，于是喝饮料，洗个脸，可是不过半个小时还是回复原来状态。

终于，我知道问题出在哪里。学习最关键的是态度，这没错，可是获得知识途径中最关键的是效率。我态度很好，但是没有把握好效率。效率从何而来？效率从积极的目标和适中的情绪（铂金情绪）而来。我根本不是希望从获得知识方面来获得快乐，而是希望从"我正在学习的"这种状态里获得快乐。形式成为我所潜在的快乐来源，而形式是很容易达成目的的，只要我坐在那里，读书，无论读什么书，我都能满足自己，可是这根本就错了①。

从这个学期开始，我就体会到在自习室里的这种空虚，但是我认为那是一个青年人对学习"自然的感觉"。其实不然，这恰恰是我在摆脱上大学那种新鲜感之后所要面临真正的学习生涯后的第一个需要解决的问题：如何获得一种持久、有活力的学习态度，使得学习真正成为我的生活。现如今，很明显，我将学习看作一种标志，一个表现我与众不同的标签，我只是利用这个标签的样式来满足我需要从生活中获得的东西：快乐。

每个人都应该从生活中寻找到某种满足。如果工作是你的兴趣，那么是幸运的，你就可以轻松地从耕耘中收获果实。如果不是这样，那么就需要从朋友或者家人那里获得生活所能提供给你的快乐。人生是漫长的，需要有一个稳定的满足的来源，因此每个人都会有自己的职业、家庭。这就是生活的最基本作用。

我不可能不建立自己的生活模式，否则的话我会感到各种烦恼、孤独、落寞、暴躁。这就是那些既没有工作、也没有家庭的人走向歪路的一个原因。所以很多人自从有了家庭，以前的激情都可以放弃，因为他们已经寻找到自己的生活模式，可以像农民那样，只要播种，就可以获得稳定的收获。青年人在没有建立自己的生活模式以前，会很冲动，因为他们没有一个稳定的生活模式，他们只有不稳定的朋友、同学关系和即将脱离的父母，他们会有无穷的本能冲动去获取这种满足感，因此恋爱、政治运动，都是很激进的手段。对稳定的追求应该是人的本能吧，这也是世界之所以如此的原因吧。

我很幸运地清楚自己想要建立一个什么样的生活模式：学者生涯。但是我没有获得这个生涯所应该具备的心态。比如妈妈天生就具有做自由职业者的心态，那就是渴望自由，希望无拘无束，所以妈妈会比较快地适应这个角色。可是对于我来说，现在完全用一种错误的心态去适应我的选择。就好像卧底的那

---

① 这个观点成为了我以后所有学习计划的原则——追求"效率"而不是"工时"，重"实效"而不是"形式"。这个问题对很多人来说可能并不是问题，但对于像我这样急切向自己证明自己的人来说，往往是一个逃不掉的陷阱。当我试图改变自己的时候，有些时候形式会有很重要的意义，这也是为什么有些时候我会在形式上投入过多的关注，反而造成了反效果。

种感觉，最终造成我空虚的感觉。因为我早已满足自己（形式上），可是我又不是从获取知识中感到快乐，工作成了异化。

我不是想说我现在很厌烦学习，相反地，我对历史、心理、哲学还是非常感兴趣，从对《英国通史》的爱不释手就能看出。我现在所要做的就是纠正心态，一个学者不会是为虚荣而去学习，一个作家不可能单纯为利益而创作，我要勇于面对自己，面对一个虚荣的自己，回归学习的实质，从自己的学习生活中找到归宿。

以上是理论方面的问题，具体来说就是要对学习进行分类。心理、哲学、历史等我感兴趣的项目我要研究地学习，不能急功近利，而对于英语、计算机，我要像高考那样，制订计划，紧张而高效地学习，而不是像现在那样和看心理学一样。

在生活方面，我有一个比较严重的问题：我的体质太弱了，这和我1.83米的身高完全不相符合。昨天打篮球，不到10分钟，我已经气喘吁吁，过半个小时，我居然全身乏力。我记得以前虽然我会说自己很累，但是一旦想要用力，总是给人一种势不可挡的感觉，可是现在我真的是没劲，而且我很容易得病。有一天晚上，我用凉水洗洗澡，第二天就感觉感冒了，幸亏我及时吃了大姨妈给我买的药，现在已经好了。现在我连凉水澡都不敢冲了，这可太不像话了。

我现在又发明了一种休闲娱乐的方法：骑自行车。这几天北京的天气好得可以和大连相媲美。一个人在学校里骑车，感觉很潇洒。另外就是我的生活比较规律，没什么事情，唯一苦恼的就是计算机感到很大的压力。不过我想这和考研一样，就看谁能在看不到希望的时候坚持下来，谁就是胜利者。这种经验对我考研来说真是太珍贵了。

现在我每天花大把大把的时间在计算机上，英语只用2、3个小时。我和同学也很少讲话，一天大多是自言自语，大部分时间不说话。不过我没有什么不好的感觉，只是我知道开学之后我又得用一段时间来恢复我的"说话"能力。

祝身体健康！

儿子：王宝玉

2005.8.20

# 第二部分（大学二年级）

# 拒绝沉沦，用意志战胜欲望

在大一的一年里,我养成了学习生活中各个方面的习惯。但在刻板的生活模式当中,我很自然地忽视了大学生活里最平常的一部分:人际交往。我一般不参加社团和班级与学习关系不大的活动。但是我上课积极发言,在各种学校的讲座上也常常提问。所以有趣的结果是,**很多人认识我,而我认识的人极少**。

如果说因重视人际交往而受人欢迎是大学生的基本需求的话,我明显没能满足自己的这种需求,后果就是自然会被一些事情所烦恼。而从某种程度上来说,人就是需求什么就做什么的动物。我也曾试图偏离刻板的生活模式,开始和寝室同学一起出去吃饭,也卷入到再自然不过的大学人际交往当中。而种种松动的迹象激发了我的内疚和恐惧。这有点像《摩登时代》被异化的卓别林离开机器后就无法正常生活一样。在内疚和恐惧的支配下,我从大二学年一开始就试图更加刻板、极端地制订计划。可能是受到心理学当中各种理论的影响,我试图将如何提高学习效率、将自己生活当中种种与学习有关的细节都理论化。因此在和母亲的通信中,我像一个研究学习心理的人一样对自己的学习生活进行分析和总结。虽然心理学与实际生活的距离并没有那么远,但是还是有点像我听父母说的,一位热动力学教授试图用研究锅炉的理论去理解人生——有点不太靠谱。但是现在看来,我此后的人生一直受益于当时的反思。

大学里有很多诱惑:游戏、恋爱、影视娱乐、消费、出游等等。而且大学校园文化将这些东西都合理化了。有人说看美剧可以提高英语水平,有人说听歌能缓解压力,有人说恋爱会提高学习效率。在我看来,这是大学里最甜蜜、最具有诱惑性的谎言。我和所有大学生一样喜欢这些休闲事物,甚至有过之而无不及。只不过我从来没有忘记自己的目标,我也总是在"忆苦思甜"。**和母亲的书信交流也增加了我对自己和对家庭的一份责任感,没有忘记自己此时此刻所应该扮演的角色**,所以我制订了更多的计划,开始了自己通过"营造环境"来影响自己的计划。这个计划的灵感当然是来源于心理学的一些基本原理(我记得很清楚是班杜拉的"三元理论"给我的最初想法)。我也和母亲在信件中讨论过如何处理与女生日益亲近的关系。其实,我对恋爱有害学习的刻板来源于读高中时学校的严格管理,只不过到了大学也没有改而已。因此整个大二,效率、计划、反思成了家信的核心词汇。

# 第二十四封信
# 开学之前要做出计划

妈妈：

  我和大姨还有二姨玩得很开心，而且大姨还送给我一个"通票"，我实在是非常高兴。

  曾经浪漫的个人生活终于变成现实。与其说这是一趟梦之旅，不如说是迟来的实践之路。当两者的差距渐渐地浮现在每天生活当中的时候，早已习惯这种差距的我还是被接踵而至的问题所烦恼。**也许人就是生活的维修工，努力把现实装饰成梦想中的样子**，当终于能够沉浸在理想世界的时候，又已经被疲惫和新的梦想所 annoy（烦扰）。我曾经努力地构建自己所渴望的生活，但是似乎梦想总是容易忽略一些生活中最根本的元素。看来梦想也要从现实里起飞。

  这两周是我体验个人生活的最后两周。我应该可以做出一些总结性的经验了。每次在开学之前我都会做出一些计划，这一次也不例外。对于我体质问题、学习问题、人生问题我已经做出实际行动，包括打篮球、提高效率、提醒自己的心态等等，但是我想首先谈一谈在同学们回来后一天里我体会的变化。

  一句话概括来说：我讨厌孤独，但是喜欢独立。无论是学习还是生活我希望能自己做出决定，但是我绝对不排斥别人的意见，前提是我去主动寻找帮助。我讨厌孤独，这可以从我始终在寻找可以交谈的对象看得出来。我的心其实是很独立的，这是始终不变的，不论是自己一个人还是和同学在一起。

  今天我和大姨他们一起去登长城。八达岭我已经去过两次，这一次去我还是有很多的收获。了解许多长城的历史，而且锻炼身体。最大的收获其实是大姨送给我的北京名胜通票。几乎最有名的景点都包括在内，我可以半价甚至免费去玩，我正好想更多地走出沉闷的教室浏览北京文化，这真是天赐良机。我已经一个人生活，现在我又可以一个人旅游，我深深地体会到我总是获得上帝的眷顾。

　　同学都回来了，一切似乎没有什么太大变化。F 变胖了，170 斤的体重已经属于"偏胖"。Z 失去女朋友，希望一切重新开始。W 最稳定，爱看电视，尤其是更爱看足球。他们都"报告"说假期没有学习，我想我需要更加努力，因为我甚至不知道自己假期做得是否足够好。开玩笑呢，我进步了，而且以后还会进步得更多。

　　我现在身体开始好转，能够感觉得出来。我还是觉得打篮球是最好的综合性锻炼方法，比跑步和做仰卧起坐更有效，这不仅牵涉到所谓的有效锻炼部位，也和兴趣有很大的关系，而且 F 也要和我一起打篮球"减肥"。我以后就主要以打篮球来锻炼身体。

　　爸爸问我有没有写什么东西，我很惭愧，因为读书的时候被兴趣驱使的缘故，连续不断地读，没有停下来思考些什么。在我的计划里，已经明确地把写作作为一个任务，以后会有作品的。

　　关于和同学在"十一"上大连玩的事情，我和他们再谈一谈，不知道他们是真想去还是说说而已。

　　新学期，我给自己写一些警句：

　　**厚积薄发**（针对自己急于表现自己学识的毛病）

　　**冷静温和**（针对自己容易做出冲动决定的毛病，并且容易走极端的毛病）

　　**摒除杂念**（针对自己总是被一些"奇思怪想"打断而降低效率）

　　**坚持不懈**

　　**积极向上**（做事情的时候要积极、迅速，不做消极的行为）

　　不知道这些是不是针对我所有的缺点，希望妈妈提意见。

儿子

2005.9.3 晚 11:20

# 第二十五封信
# 养成学习生活规律来提高效率

妈妈：

  今天我去民族大学民族展览馆，一大堆数字我根本记不住，只是知道民族的复杂性。

  中秋节刚刚过去，心淡许多。和同学野餐的时候，不自觉谈到大连，谈到家人。我从来没有努力正视过自己对父母的感情，可是十五的月亮给我一次机会。也许我并不像我自己描绘的那样冷漠，相反有太多的感情在自己心中，只是自己从来没有看清楚而已。朦胧的明月啊，为什么看着你我会有莫名的感动？为什么看着你就好像向知己吐露心扉？难道你就是我的心？难道你能代表所有游子之心吗？拖着疲惫的身体，同学们的吵闹声已经远去，只觉得无垠的空间只留下我和明月。我们两个有种默契，无语的彼此欣赏，彼此慨叹，心中的感觉说不清，道不明。

  我以前最恨的就是模糊的感情，能有什么比清楚的理智更有力呢？可是生活中的点点滴滴都是我思维的元素，这千头万绪我怎能理清？索性，任由这些不理性的感情在我胸中混乱，任他们扰乱我的理智。月亮大概也是如此吧，否则为什么要用那皎洁的月光去掩饰身上的凸凹不平呢？这就是我和月亮的默契，我们一起让感情放纵理智，原谅对方的懒惰，观察一下在这杂乱的混沌中彼此之间有没有些共同的东西。我看到原来狡猾的月亮一直在欺骗着我，她皎洁的月光其实正是来自太阳，她渴望太阳。我呢？青春的朝气中是否也有些许做作的成分？也许我之所以能够发光，正是因为我还有一个家[①]。

---

① 练笔之作。

无疑地，这两周我很忙碌，而且也很充实。其一表现在我努力学习的计算机获得成果，其二是我去北大旁听收获很大，其三是去了一趟北京天文馆，开始自己"行万里路"的旅程。现在已经是开学第三周，我有一种奇怪的感觉，就是虽然我感觉时间过得很快，但是每一次听课的过程我都历历在目，犹在昨日。

这两周我做了如下事情：听"哲学与当代中国"、"哲学导论"、"西方哲学原著导读"，参加一次北大英语角，熟悉北大图书馆，去国家图书馆借三本历史书（俄、美、德），去参观中国古生物馆和北京天文馆，参加全国计算机考试，在学校里获得计算机免修资格。德国史已经看一半，同时开始看一本图画版的美国史（图画会留下比较深刻的印象）。可以说这些是"战绩"。但是背后当然也有让父母担心的事情发生，英语一天顶多学习一个小时，听力计划没有执行，专业课书只读课本，没有付出过多精力。我想这是一种交换，有所得必有所失。

我的头脑如果不被灌输一些新的思想，会感到死气沉沉。听哲学课也不再是为了考研，纯粹为履行一个青年人应该做的事情：接受新思想。当然我向来都很有爆发力，所以"万事开头难"这个古训不太适合我。以后我还是会回归的，我制定了新的计划，力图把两者平衡。

我并不是盲目地乐观的，我对自己有一点很不满意，就是在假期中决定做到的效率问题。因为学习时间比较紧，我必须抓紧时间学习英语和专业课，可是我不敢恭维自己的效率，而且在安排上经常出现漏洞，体现我这方面能力的缺陷。这个星期我决定先从规律入手，争取利用养成学习生活规律来提高效率。

父母担心我过多地去北大听课会影响学习。俗话说："磨刀不误砍柴工"，一心只读圣贤书的年轻人的一生将会留下灰色的一笔。父母读大学的时候可能已经过了那个年龄，所以体会到的只是如何学习，而没有体会到在学校里的年轻人与社会的关系。技术与社会的结合才称作知识。我想那些大师们并不是单纯依靠读书或者通过过苦行僧的生活获得社会的认可，大部分的人是利用已有的知识与社会结合，获得社会共鸣从而引导时代。这是我从"哲学与当代中国"课堂上体会出来的。

我需要了解社会，和别人不同，我要了解的是当代社会需要什么思想，他们的思想中有什么是桎梏，有什么是陷阱，他们到底为什么而苦恼。这样我学习的知识才能够有方向，否则就好像破铜烂铁不组装不可能成为机器一样。这大概就是所谓的知识服务于社会的原理吧。

另外我承认自己有些许"北大情结"（PKU Complexion）。我似乎只有在北大的时候才能够找回昔日的自信，仿佛是一种克服自卑的过程。我不知道我的行为中哪一部分因为受这个"情结"的影响成为错误的，直到目前为止，我觉得我做的还是适度的，至于我怀揣着怎样的心情去北大，这个是过去造成的，我别无选择。我知道我还有另一种更坚强的理由使我要去北大。其实北大对于所有有志于思想的人来说都散发着无穷的魅力，不是吗？就好像学习电脑的人都希望去微软，喜欢讲课的人都不讨厌粉笔。

中秋前夜我是在大姨家度过的，二姨和马腾哥哥都在，大家也算小团圆一把。我很高兴的。大家都需要彼此支持才更加自信，这是互利互惠的事情。亲情无疑是最好的平台。中秋之夜我和寝室里的同学晚上一起在体育场"野餐"赏月。大家讲一些无聊的鬼故事，敞开一些无聊的心扉，开一些无聊的玩笑，张开嘴放纵地无聊地笑一笑，吃着无聊的零食，看着自己都无聊的月亮，最后却得到一个并不无聊的夜晚，这真是一个奇迹，不是吗？

爸爸上课不累吧，休息得好吗？"保先"工作现在真是如火如荼，就连马腾哥哥也要赶时髦"保鲜"（保持和女朋友的新鲜感）。妈妈是不是还在努力地写文章，否则就是躺在床上，吃着葡萄，看着电视，打着饱嗝。一定要保重身体，然后获得快乐。听大姨他们说您们买衣服都挑特别鲜艳的颜色？这个我同意，因为我也愿意选鲜艳的颜色，在大连买篮球鞋的时候我就选择了一个橘红色的鞋。这充分说明爸爸妈妈还很年轻，如果我回去看到父母穿着灰色衬衫的话，我一定会给您们买一件颜色鲜艳的衣服。

这次我们同学去大连，父母不要准备太多，别太费心。我们大部分时间会在外面呆着，海鲜什么的也不用提前买（是不是十一的时候海鲜贵？），千万别在意识上当作准备一次战役一样。我发现父母有的时候不会放松，这样很容易疲劳。如果因为我们的到来使您们疲劳的话，我就不让他们来了。

这个星期我的计划是开始英语计划，我希望在四级考试中拿一个好分数，同时听力方面有所突破。我想去一趟民族大学看一下民族展览馆，然后是听北大试验心理学的课，最后是完成《德国史》，写一篇关于英、法、德三国史的文章。哎呀，一下又有这么多任务，又是一个"多事之秋"。
  此致
敬礼！
  祝越活越年轻！

王宝玉<br/>2005.9.20

## 家是向上的动力

亲爱的儿子：
  你在实验过程中，是否需要妈妈做什么，和爸爸，我们都会全力支持你。读到这儿，你大概要发笑了。你大概要认为，我们能支持你什么呢？儿子，千万别那么想，弗罗伊德对自己童年的回忆对他理论的确立起不少作用呢！如果你需要，妈妈愿意敞开心扉，帮助你做实验。只要是关于人的心理的，我们都会帮助你的。关于爱情、情感方面的心理，你可以征求两个哥哥的帮助，会有用。我看过心理学书籍，很多心理学家实验的对象都是自己的家人或者朋友呢！

妈妈<br/>2005.9.23

# 第二十六封信
# 认真做好手头的事情

妈妈：

爸爸现在又出差了？

收到我的文章了吗？我总算在星期四抽出一个晚上时间写了这两篇文章。写完之后我自己也有些感想。

首先我发现自己在进行对人物的细节刻画上挺有天赋。在我笔下的Y是不是很有特色？大概是因为这种感觉是发自内心的，所以写的时候比较认真。另外我发现大学生活的确是一个能让那些曾经拥有过大学生活的人感兴趣的话题。而且正如母亲说的，大学外的人对大学生活都有种好奇。我想补充就是即使是大学里的人，也很有兴趣读别人笔下的大学生活。我应该尽量搜集一些真正来自大学生活的素材，一些在这里很平常，但其实充满年轻人特点的生活习惯（语言），把这些材料整合起来，一定会有用的。

从上一周开始我就去上"共同体"的课程。我选修的是"《论语》中的人生智慧"。让我庆幸的是，这门课的老师非常适合我，而且态度很认真，内容也符合我的要求，真是太顺利了。这个老师是北京大学古籍管理专业的博士生。我问他为什么不留在北京大学，他说北京大学有规定，不允许本系的研究生和博士生留校，只能在外校磨练几年以后，或者在其他专业考博士才能留校，以促进学术交流。这个规定挺有意思。他是从苏州大学考取北大博士的。尽管课堂上他讲授的大部分是一些论语常识，我略知一二，但是他带给我的一些中国国学的常识和中国传统文化的一些知识真是太宝贵了。这门课我想好好上，自己准备一些问题和老师交流，弥补自己国学方面的缺陷。

我最近逐渐意识到一个问题，那就是在我的成长中我大部分的时间是接受各方面的知识，力求作一个知识广博的人，而这在现代社会是不太适应的（除非作管理型人才）。这种广博唯一的好处是让我能够广泛地、多角度地思考一个问题，能够挖掘一些只研究一门科学的人所无法发现的一些常识。而如果我想成为一个学者的话，首先要先专业化，把一门学问做得很深，然后科学地搞研究，这是不适合我的，我讨厌细节。现在我正在学习"实验心理学"，那一整套和物理、化学没一点区别的科学方法，让我不禁眉头紧锁。文学家并不需要有某一门的专业知识，但是一定要"well-informed"（接触的信息量多，聪明的），他们能够感受社会的变化，能够反映大众的需求和感慨。我想我更适合作一个文学家。

我最近每周去北大听"实验心理学"的课。这些老师真的很和蔼，还在课堂上为旁听的学生着想。但是我查一些资料才知道北京大学心理学专业的录取比例是200∶7，这还是2003年的数据，现在更是有增无减，而且对心理学了解的越多，我发现越困难。北大的学生能够做30多个实验，而我们充其量能做10个实验。我猜想父母可能早已预见到北大研究生不好考，所以想让我接受在北京体育大学读研究生，是不是？

尽管眼前困难很多：我们的课程安排和北大完全不同，两本教材的差别是思路上的不同；北京大学的考研资料极其短缺；北京大学考研竞争十分惨烈。但是我想我还是相信自己拥有"天命"（一种悲观情绪下的挣扎），也有这个实力和耐力挑战自我。现在我们没有心理统计学的课程，可是还在勉强地进行实验心理学的课程，现在自习心理统计，然后问过北大心理系学生才知道他们用的是英文教材，因为中国暂时还没有比较通俗易懂的心理统计学教材，我只好也买一本英文版的心理学统计。为了能够提前为考研做准备，我买了心理学考研辅导教材，然后同时看三本教材，同时还要应付即将来临的四级考试和口语考试，每周还要和同学自己组织做实验，还要参加开学这一阵子特别多的班会。看起来还真是忙啊！

我最担心的还是在忙碌的表面下忘记确确实实地学到知识，而只是走马观花般地完成任务[①]。在我和Y做实验的时候，她说我总是把忙碌和紧张或者重视的态度表现在外表上，我恍然有所悟。我并不是一个能够对生活应付自如的

---

[①] 忙碌本身不是收获，收获在于忙碌后总结的经验和积累。很多时候，忙碌其实是逃避扎实学习的借口，所以我并不认为每分每秒都有工作就是一件好事情。相反，如果忽视了真正应该做的事情，忙碌反而会因为成了一个非常充分的逃避的借口而十分危险。

人，很容易迷失在忙碌的外表下，忘记从容和冷静。所以现在我并不让自己相信自己很繁忙，只是认真地做好手头上的事情。我也只能如此了。

　　这个星期发生很多有意思的事情。比如说我们同学一起去一个叫"避风塘"的自助茶楼玩；在评优的时候经历一段风雨，因为选票的问题我们向学校申请增加一个三好学生的名额；我们寝室一起在寝室里吃火锅；我们班在学院篮球联赛里取得首场胜利(因为上一年我们输得太惨了，所以这一次和大三的学生一起组队)；我现在已经锻炼出在电视声音里读书的能力，晚上11点之后我还能读一会儿书；我们实验小组做了一次成功的实验，我写出一篇比较"专业"的实验报告；我听见一个男生向一个女生表露爱情的全部对话(我怀疑他就是想让我们听见)；总之，生活是丰富多彩的，就是图书馆的书过期了，白白交了15块钱罚款，真心疼。

　　天变冷了，妈妈一定要注意保暖，但也不能因为冷而赖在床上。爸爸也要注意身体，至于退休的事情，只要决定不是因为一个个别事情而冲动做出的，我尊重爸爸自己的选择。当时爸爸给妈妈一个机会，现在我和妈妈也给爸爸一个做出自己选择的自由。爸爸应该相信我们，我们也相信爸爸，因为我们大部时候拥有共同的角度，彼此又是那么了解，总能够为对方设想。就是这样，我们家就是彼此支持的。

　　此致
敬礼！

儿子：王宝玉<br>2005.10.20

## 读书是创作的资本

亲爱的儿子：

　　儿子，妈妈最想对你说的是，你终于想到要做一个文学家了，对枯燥的实验没有兴趣。妈妈要和你说说我的看法。是的，儿子，你迟早是要成为文学家的，但绝对不是现在，绝对不是成为你所说的文学家。你有极好的理性思维天赋，你有哲学思维，又有敏锐的观察力，你将来要成为萨特式的作家，你必须一如既往地认真学习，必须成为心理学家、思想家以后才能成作家，而不是现在。

　　天道酬勤，最可怕的人就是聪明又肯用功的人。你现在只管努力学习，甚至于写文章都是可写可不写的，准备好资本，写文章不着急。磨刀不误砍柴工。

妈妈

2005.10.25

# 第二十七封信
## 青春不应挥霍

妈妈：

　　过去的日子，总的看来好像是平淡无奇的，时间好像没有留下什么令人印象深刻的痕迹，但是在这段积累的日子里，每一天的学习，每一滴汗水，每一份灵感，都见证着一个有志青年的成长。总是过分强调充满色彩的青春，现在也该返璞归真，领悟一下年轻的真正意义。

　　如果说人生有如四季，青年无疑就是夏天。炽烈的阳光，充沛的雨水，带来的是茂盛的绿叶，灿烂的花朵。五彩缤纷不足以形容其中之美，因为生命力的内涵使这种美具有形式和内在的统一。枝干张牙舞爪地生长，花朵争奇斗艳地开放，这一切足以吸引所有的路人驻足观赏，就连那些冬夏常青的松柏也会惊叹，而让自己深沉的绿让位于这些朝气蓬勃的艳绿。

　　如果能够从更宽广的视野来欣赏，会发现这些美并不能算得上是上天的恩赐，因为大家都是一样的，都是如此的活泼、美丽。而真正的美在于脱俗，在于卓尔不群。青春的外表能够炫耀的对象就只是那些枯藤老树而已，可这种比较怎么可能和青年人的那种骄傲相称呢？其实真正的竞赛不是在艳俗的外表上，而在内部的积累。到了秋天，果实种子孕育着的美，充实的美，可以延续的美——成为评判的唯一标准。这个时候，年轻的资本获得回报。绿叶是为了能够更好地吸收阳光，花朵是为了能够更好地培育后代。不要忘记，青春的精力并不是用来挥霍的，而是为了掌握明天自己真正的辉煌。

　　妈妈，其实我很不喜欢这种文字，因为它根本经不起推敲，只是用那些不容易证明的表面上的道理胡扯而已。比如说，有人会说这种价值观有强迫的性质，为什么不能挥霍青春，为什么一定要为未来负责？这些问题才是最迫切需要回答的，不是吗？

上两周我主要在学习心理统计学，然后是实验心理学，然后是做实验、分析数据，然后是做英语题，然后是运筹学的问题，最后是读完《德国通史》。正如我开头说的，我想写信的时候真的觉得没什么好写的，可是仔细一想，我终于把青春的精力用到正途上。这当然值得庆贺，不是吗？

至于我上次提到的两个人如何谈恋爱，我觉得我不可能写得很详细，没有一点儿水平，一点儿也不浪漫。那个男的干脆就是直抒胸臆，上去就说："我是认真的，我真的喜欢你。"说完就要上去亲那个女孩（先左顾右盼了好一阵，看到我之后居然没理会我的存在，可见他真是胆大妄为）。那个女孩就像是电视剧里80年代的丫头，还不好意思，满脸的笑（就是那种半推半就的），把他的"嘴"推开，然后就是笑着不说话。那个男的拉着女的手等一会儿不耐烦了，就干脆什么也不说上去要亲。结果这下女生似乎动怒了，把脸板起来，背过身去看书。那个男的好像很气馁，也终于把那只一直握着女生的胳膊的手收回去。可是过没一会儿，那个女的又一脸傻笑地坐到男的身边，谈论"学习问题"（一看就知道是装的）。紧接着两个人似乎觉得周围的人有些碍手碍脚，背着书包走了。我得出的结论是，一旦问题要进入实质阶段，没有经验的年轻人就会完全丧失刚获得的一点点成熟而变得幼稚。我从来不敢设想自己要和人谈恋爱，那简直就是诸葛亮卖猪肉的感觉。

至于L的问题呢，我觉得我处理得不错。我和她在吃饭的时候进行一次交谈，彼此阐明误会（其实也没什么误会），我也说清楚我无法把个人利益和集体利益分得很清楚的事实，但是最后用事实上的让步来作为我的证明。我保证她能拿到一等奖学金。她还说她们寝室的同学一致认为我是一个好人，从始至终。我人缘还是不错的。最终我和她都是三好学生。

大学里总是会有关于荣誉、奖学金的争吵。虽然这些很重要，但是在大学生群体当中，如果与同学在这方面产生争议，就会丧失号召力，而丧失号召力就意味着降低了你影响环境的能力。所以我的选择就是牺牲自己的一部分利益，换取我的号召力。事实证明，我所看到的长远利益是确实存在的，而且较之短期的物质利益更为重要。

关于写作的问题，父母有一种习惯的认识以为我又要改志向了。这一次不是，这一次我从实际出发，知道我必须拥有一个稳固的社会地位，写作只能成为副业。妈妈，我知道您的"下岗经历"。所以我知道现实的压力是怎样左右人的决定的，我根本不想铤而走险，我也不敢。所以我明确地说，我的目标没变，还是考研，然后出国，最后等有了稳定收入再开始探索自己的文学创作之路。

考研资料我已经拿到手，以后考研学习就会更加具体地开始执行。这个假期我要自学马政经和马哲，告诉爸爸我这次回家一定要拿书，而且一定会读书。大二，我得起飞。

昨天一天在外奔波其实并不累，就是觉得这样花费时间有点奢侈。不知道妈妈现在时间利用得怎么样，自由是好事，但是没有调控的束缚也很容易产生低效率。不过妈妈不要把我们说挣钱的事情当真，妈妈能够从写作中得到快乐是最重要的。如果写情感稿子没意思，就干脆不切实际地写一些文学文章，这才叫自由，叫潇洒。挣不到钱怎么了？能忙里偷闲才叫本事！

此致

敬礼！

儿子
2005.11.6

## 华丽文字是作家必备能力

亲爱的儿子：

你的信写得太好了，一番描写完全误导了我和你爸爸。我们为你细腻而富有想象力的描写叫好，接着就看到了你对自己青春描写的否定。真是太有意思了！尽管你否定自己的描写，妈妈作为一个搞写作的人还是要告诉你，你写得很好，这种描写不是随便谁都能有的，即使有的作家，甚至是知名作家也不见得能写出来。尽管你不喜欢这种文字，作为一个作家，这种能力却是应该必备的，是当一个作家的前提条件。当然，真正的大家是不用这种华丽语言的，不用归不用，你却要会用。

妈妈
2005.11.8

# 第二十八封信
# 向下一个目标努力

妈妈：

我 20 岁了，从数字上看完全不是孩子了。

我好像第一次经历这么热闹的生日。

当八个男、女同学们围在我身旁，伴着生日蛋糕上摇曳的蜡烛唱起"Happy Birthday"的时候，我却想起自己以往的生日。

除了爸爸因为生日晚餐上某一个细节的不到位而发发脾气，妈妈因为做菜而略显疲惫以外，我对每一次生日还是留下美好的回忆。这一次不同，我不像以前那样对于父母准备的晚餐带着童年的幻想，也没有抱着从父母那里获得赞扬和关爱的期望，只是仿佛履行责任般的"请客"，没想到却获得一次难得的经历。

和至亲的人一起分享快乐本来应当是最幸福的事情了，就好像我以往的生日大都是和父母三个人过一样，可是似乎总觉得人少了点。父母的性格影响我，使我总觉得自己应该是一个孤独的人。不过生日应该是最符合我性格的选择，再加上来到一个不如意的大学，我似乎更应该远离"群众"，而走上"文化苦旅"。

可惜事与愿违，同学们很热心，非要给我过生日。在食堂里，我们九个人坐在饭桌前一同分享我成长的喜悦，当然饭桌上是说不了正经话的，只能谈些发生在我们周围无聊的奇闻轶事，不过当他们把生日帽子强行戴在我的头上，又"逼"我在吹蜡烛之前许愿的时候，然后一起给我唱"Happy Birthday"的时候，在我的体内，有一种莫名暗流在涌动……①

---

① 群体生活总是有利有弊的，这是为数不多的有利的一面。

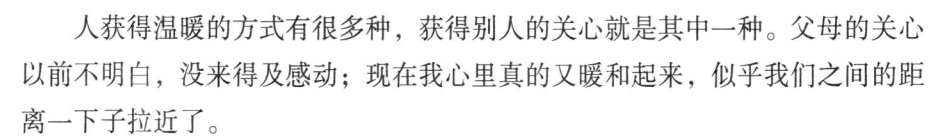

人获得温暖的方式有很多种，获得别人的关心就是其中一种。父母的关心以前不明白，没来得及感动；现在我心里真的又暖和起来，似乎我们之间的距离一下子拉近了。

对于人来说，感情不需要理智的支持，这是人的本能需要，每个人都会有感情给予和感情接受的能力，不需要学历，甚至不需要素质，人都有感情。如果感情是建立在理性基础上的话，那么杀人犯就会失去母亲，孤独的学者也不会去寻找可能的解脱（理智的好奇其实是一种与世界之间的感情）。人们都是本末倒置，把理智当作快乐的来源，殊不知其实感情是一种俯拾即是的东西，只要你肯弯腰。

所以说电影里身份悬殊的婚姻是有道理的，因为人都把世界看得太冰冷，对感情太执着，总是以为真正的感情只能有一份，不肯放弃眼前所拥有的爱情。这种欲望是贪婪的，和对金钱的欲望没有什么区别，是迷茫的结果。只要仔细发掘，你会惊讶地发现，原来任何人都可以是感情的供应站。

妈妈，我20岁了，虽然有点不情愿，到底还是又长大了一岁。记得去年这个时候，我一个人给自己定下目标，一定要走出高考的阴霾，向下一个目标努力。经过一年的努力，那些话已经应验大部分，不再是小孩冲动的戏言。如今我又要定目标了，所以在许愿的时候我向冥冥中的神说出自己的心愿。父母都知道这个心愿，说出来就不灵了，还是让神监督我吧。

正如文章里说的，我知道我可以从同学那里获得很多东西，比如感情上的充实。以前我把一切细节都和自己的成长挂上钩，总是认为说一句话都会影响我的学习，那当然很痛苦，现在我释然多了。

这两周还是忙专业课，看了不少论文，写了几篇应用统计学知识的实验报告，就像我跟爸爸说的，我觉得自己越来越"入门"。我可以运用心理学专业词汇来思考问题是一件很让人高兴的事情，而且无论什么时候我的头脑中都有新的想法，这让我觉得自己一定会在心理学中有自己非凡的建树。

寝室里发生了比较有意思的事情。F在和女友分手的一个星期里，不但没有消沉反而奋发图强，开始学习！在大哭一场之后，他把电脑里所有游戏都删了，然后问我一些学习问题，还坚持一个星期每天都去自习室自习。我当然支持他。后来我才知道，原来这都是因为Y和他分手的原因。结果刚过一个星期，他俩又和好了。我真是无言以对，幸亏没在他们分手的时候说Y的坏话。

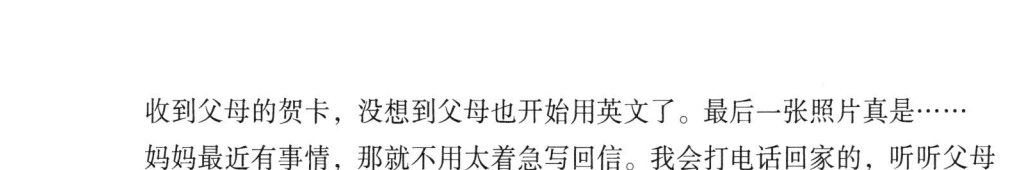

收到父母的贺卡，没想到父母也开始用英文了。最后一张照片真是……

妈妈最近有事情，那就不用太着急写回信。我会打电话回家的，听听父母的声音心中总是踏实的。

祝健康和睦！

此致

敬礼！

儿子：王宝玉<br>2005. 11. 18

## 作家是什么？

亲爱的儿子：

看你的文章，很多一句话就可以写成一篇文章——《吃的泡面比走的路还多》，让妈妈立刻想到有的孩子因为谈女朋友，为给女朋友买零食，只好自己天天吃泡面。《看见那个见谁都打招呼的人了吗，那就是学生会主席》，简直太有意思了。我相信，每一种说法，每一个观点，都是你长期观察的结果。作家是什么？作家就是有一双观察的眼睛，有一个敏感的心灵，并能把这些记录下来的人。这些，都是你未来的宝贵财富。但我觉得，你现在倒不必着急写文章，打好专业课基础。如你所说，在心理学上有非凡的成就，那时候，再写什么都不迟。你说是不是？

妈妈<br>2005. 11. 20

# 第二十九封信
## 读英文原版教材

妈妈：

开头的文章因为太仓促写得乱七八糟，不过真话倒是不少。"你学习那么刻苦，难道平时除了学习不干别的吗？"

"我不喜欢心理学，但又不知道自己喜欢什么怎么办？"

"你和同学的关系那么好，可是我已经习惯被冷落，不知道这样好不好？"

当这样的问题迎面而来的时候，我感到的是肯定和信任。我相信，这些都是我平时努力换来的。当然也不能否认这位女同学可能有"不良"企图。我以前大多数的时候都是向别人倾诉，今天角色颠倒了，我头一次听到一个女生向我倾诉（当然不是表白之类），我的感觉好像坐上讲台作演讲一样，很自豪。我可能并没有在乎她在学习上多么需要帮助，但是我只感觉到自己很需要这种肯定。我想我和她在使用着不同的思维模式，进行着同一场对话。

她说她为了学习而和寝室的同学疏远，寝室里的同学不理她，表现得很极端；她说她很迷茫，因为尽管不喜欢心理学但却还在认真学习心理学，又不敢轻易地去尝试另外一条道路；她说她没有可以说话的人，因为她关心的问题别人认为很古怪，比如"为什么世界不可以没有战争"。我仔细聆听着她的苦恼，试图找到我理解的成分。我发现我们之间有很多共同的苦恼，比如说我也曾因为学习而疏远同学，我也曾对自己的未来很迷惑，我也曾觉得缺少倾诉的对象。如今我有一个机会来重新看待自己过去的懵懂，仿佛坐上时空穿梭机回到过去，可以知道那是迷茫的自己。

我尽情地说着，我说出自己曾经拥有的苦恼，说出自己痛苦的挣扎，说出自己做出选择后的解脱和担忧。不知道为什么，我能如此清晰地记得自己的心路历程，如此清晰地记得自己所拥有的每一点儿痛和每一点儿收获，如数家珍。本来在记忆中已经渐渐模糊的大一立刻又鲜活起来①。

"有道理！"

当自己的意见被别人，尤其是一个相互认识的人认真对待的时候，我总有一种澎湃的自豪感和成就感。她若有所悟的眼神让我感到很舒服，因为这是一种肯定。

人们经常说"走自己的路，让别人说去吧"，在我看来，这说明我们更应该在乎自己的感受，为什么要理解别人的想法呢？但事实又是快乐往往来自于他人，痛苦也是。也许我同样也是在理解自己，只是自我中有一部分并不在自己的身体里，而是寄存在别人的头脑中。当我知道自己另一部分的自我是那么值得尊敬的时候，就好像发现自己的优点一样感到满足。

妈妈，我在很多人心中看来是一个比较完美的形象，这让我感到很大压力，其实主要原因还是我自己，因为那正是我所追求的。而当追求实现的时候，我才发现，一切都是自己给自己设置围墙。当理想中的自我在他人的印象中产生的时候，我的发展道路似乎已经决定。我的意思说，从理论上来讲，我并不是追求他人的肯定而决定自己的行为，而是因为自己的追求本身造成追求的动力，这是以他人作为媒介的。

下面开始说正经事。

明年我不想继续担任学习委员的职务，而是开始全力准备考研。因为我并不只是想简单地考上研究生，而是想有所作为，任务自然很重，而且需要集中精力。我早已经说过，我注意力比较分散，这是我很大一个弊病，外人看来并不算什么的小事都可能干扰我的学习，这其实是发散思维优势的一个副作用。

班里进行换届选举，我决定不竞选班长，因为我并不适合而且也没有精力。有意思的是，我们班班长出人意料地换了人。本来以为没有人会竞选班长，结果有人居然"挺身而出"。看来我的工作做得还不错，同学们都选举我继续连任学习委员，全票通过。

我和我们教研室的梁承谋老师进行一些谈话。他是一个很了不起的人物（上网查的），他在"文化大革命"的时候从心理学专业转行干医生，干得不错，

---

① 从技术层面上来说，倾诉一方面是快速加深人际关系的手段。但是另一方面，会降低由压力带来的动力。凡事都是有利有弊。

第二部分　拒绝沉沦，用意志战胜欲望

后来去西南师范大学当教授，把西南师范大学的心理学实验室创办成全国最好的研究感知觉的实验室，还当选重庆人大代表。在交谈过程中我体会到作为一个科学工作者的严谨和深邃。我从来没遇到过这样的人。我从他的教导中了解到什么叫科学，什么叫严谨。我第一时间的感觉是"恐怖"。我受到的震撼远比从书本上读到的大得多。我想如果爸爸听梁老师的介绍，就会感到科学太麻烦，就好像爸爸说自己不喜欢数学，一谈到数学、物理就感到"没意思"一样。不过虽然我觉得这么严谨的东西不适合我的性格，但是进入心理学大门，我知道我一定要经历一次"科学的洗礼"，就好像"五四"时期的中国一样。这对我来说是绝对的财富①。

C认为我好像能和她对话，但其实我们之间是有距离的。她关心的更多是外界，而我思考的更多的是内部的事情。比如她可能还关心世界人民的疾苦，我已经好久好久没有这么想问题了，而且我现在已经能够很好地处理如何一个人进行思想交流，并不像以前那样渴望知己。我不会主动和她交流，如果她需要，我也不会拒绝。另外我得说，我还是担心她想找男朋友，但愿我自作多情的成分更多一些。

最近我主要在读英文原版的心理学教材，一来为考研做准备（这本书是参考书目），二来提高英语阅读水平准备四级，三来储备专业词汇为将来出国打基础。另外就是进行专业论文的阅读和继续学习实验心理学。生理心理学的内容没有想象那么困难。

您们身体可好？我认为（一些推理）在入冬的时候要做两手准备，首先是要保暖以防突变气温导致得病，同时又不能立刻增添太多衣服，要适当接触一些冷空气，这样才能提高机体激素分泌的平均水平，整个冬天就会好过一点。人最好的防寒工具还是自己的身体。我现在还没穿毛衣，就是因为我稍微忍了一段时间，现在感觉并不很冷。

此致

敬礼！

儿子<br>2005.12.2

---

① 有些体验不是从书本上能得到的。所以和老师交谈说不定就会有额外的收获。

## 要 谦 虚

亲爱的儿子：

你和梁老师的谈话，让我和你爸爸感慨万分。要知道，和高手过招，你才能成为高手。我和你爸爸上学的时候，既没有机会相遇这种高手，也没有能力与这种高手对话。儿子，你多么幸福。这次"科学的洗礼"会对你的人生产生非凡的影响，随着时间推移，这种影响会越来越大，妈妈爸爸都好为你高兴。妈妈还想说一件事情，你是不是对老师说你想考北大研究生了？你以后尽量不要在老师面前说这件事。记住，要对老师很谦虚，你会得到更多的教诲和知识。

妈妈

2005.12.4

# 第三十封信
# 不给女同学发"错误信号"

## 团课思想汇报

　　经过一个多月党课学习,我觉得自己无论是在政治觉悟上,还是在待人接物上都有很大提高。下面我就对自己的一些体会作一下总结。

　　首先给我印象最深的要数那节如何适应大学生活的课。老师详细而周到地考虑到生活中各个方面,并且结合实际来开导我们。他的有些话令我印象非常深刻,比如:"有人说我们北京体育大学是青年疗养院","有人说北京体育大学的学生的头都是偏的——睡觉睡的。"其实这些传闻我早就听说过,不过从一个"领导"口中说出来还是让我觉得有点意外。一方面可以看出现在的领导已经基本上学会"实事求是",学会"从群众中来,到群众中去"的工作原则;另一方面,在公开场合把不上台面、但是却又把很实际的问题认认真真地进行探讨,也说明他们并没有把党课当做一次行政任务。

　　我记得以前小学开大会的时候,整个礼堂坐满学生和老师,每个老师像警卫一样看守着自己的学生;在台上的校长形象总是那么的高大,她穿的衣服也一定是笔直的,颜色一定是深沉的;她说的每一句话都是那么顺畅(虽然不明白什么意思),用的字眼都那么熟悉;尽管不明所以,但是鼓掌的时机,我却把握得非常好;最期盼的就是校长讲话结束后,教导处主任会宣布"大会结束",我们就可以看一场电影。

　　到初中,记忆似乎联系起来,人虽然长大了,但是开会的感觉却没有变。只知道也许在公布学生表彰名单的时候可能有自己名字,其余都只是耳旁风。我再也不像小学时那么逆来顺受,对单调乏味的会议总是抱怨不停,记得再开会的时候还有人敢给老师念错字喝倒彩，我差点也凑热闹。那个时候就觉得奇怪为什么没什么事情就要开会呢？不过那个时候有点以自我为中心，猜想老师是为折磨我们所以才开会。到高中也没有多大长进，更糟糕的是自己在班级里成绩并不突出，结果连听到自己名字的机会都很少，更加觉得开会纯属浪费时间。

如今在大学里当班干部才发现原来有些会还是非开不可的。比如班干部之间要讨论一下如何调节同学间矛盾问题，要是不开会的话，谁也不可能在没有人支持的情况下莽撞地去捅马蜂窝。在会上班干部都各抒己见，最后统一思想，由班长出面调解。现在我成了会议的发起者之一之后，才知道会议是分有用和无用的，只是自己小时候经历太多无用的会议才觉得开会是一种形式[1]。

我想之所以开会是因为有些事情要大家商量，并且内容是一些具有共性的事情。如果开个会议，只有一个人发言，只有一种声音，那么这个会议肯定就是形式主义的。

口语证书拿回来了，奖学金也有证书，计算机也有证书，然后英语配音大赛也有证书，这两个星期可真是"证书"的星期。我自己当然很高兴，觉得自己的付出有了具体的回报。我想把这些好消息告诉父母，告诉英语老师，告诉我的好朋友，让愿意和我分享的人一起分享。我其实理解宿舍同学的感受，所以就很容易释怀，不像以前那么"耿耿于怀"。

这两个星期我主要在忙运动心理学的考试（刚考完，考得还行，不错，挺好，不用担心）和实验心理学的复习。有几天确实挺累的，从早到晚学 9 个小时，虽然累还是挺佩服自己的，第二天去打乒乓球慰劳一下自己。我发现学习时间越长，我对自己的学习效率问题越敏感。我现在看书比以前轻松许多，不是说读书容易，就是不像以前那样总担心读书却觉得脑子里一片空白，因为我基本上已经能够自觉地进行概括和总结，并且进行实时的陈述，虽然学得有点慢，但是心里的充实感却是有增无减。

我现在成了大债主。F 欠我 100 块钱，J 欠我 10 块钱，英语系一个大连老乡更是狮子大开口问我借 200 块钱救急，不知道自己这么随便借钱到底对

---

[1] 这让我改变了对学生组织的态度。有些事情的确需要一个更高级别的组织才能解决，而只有存在问题，组织才有存在的必要，所以我以前所参加的"组织"只不过是形式化太严重，所以我没有看到他们的实际意义。

不对。

考研的学习是比较缓慢的,我觉得自己无论如何都不能急,可以说我成也因为"快"败也因为"快"。我的思维比较快,对信息的组合也比较快,能够有一些发散性的思考,又因为求快,导致做事毛糙,经常被老师说基础不好,真是有点冤。我想与其改变自己的毛病,不如适应自己的毛病。我读书不可能像有些人那样读得很细,效率很高,我可以有我自己的方式。我读得快的话,我就把别人读一遍的任务分解为读几遍的任务,比如第一遍得出大致结论,对自己的结论形成疑问然后进行第二次阅读。第二次阅读抓住每个单元的内容核心。第三次阅读看细节与核心的关系。其实这样方式很适合我,我现在都是这么读,包括考研教材。

这个星期四我去国家图书馆的国家音乐厅看《无极》。本来打算和同学一起去,可是我比较喜欢一个人看,而且我有点害怕C。这个问题我得说清楚一点。自从那次和她进行比较"深入"的交谈之后,她和我的沟通明显增多。比如找我问专业课的问题,上课时主动和我讨论。有的时候我觉得她是没问题找问题来问我,而且从不同侧面和正面直接接触。问的问题都显得好像没经历过考虑,很单纯。比如运动心理学问题,我在高中的时候也愿意自己想问题来进行思考,可是发现那样的问题往往是在知识有局限的情况下产生的,并不是启发学习的良好线索。时至今日,在应对考试的时候我不会再自己异想天开地猜测考试题,而是扎扎实实地掌握好概念和核心理论,至于如何整合,那是建立在对概念和理论的理解之上,不能够一步到位,也不能强求。给人的感觉就好像当我们探讨经验论和唯理论的时候,她突然问:"经验论就是唯物论吧?"没错,两者是有关系,但是如果把握住经验论的理论出发点和时代背景,我想,我不会这么问问题。这些都是我对她个人素质的推测,不过她在我面前表现出来的却完全是一副爱学习、好思考、品行端正的样子,这就让我提高警觉,因为如果我的判断没有错误的话,她的掩饰就是别有用心。

这些都是她个人的原因导致我不想和她靠得太近的缘故。另外,我希望和所有女同学都保持一样的距离,没有厚薄之分。如果我和她显得比较近的话,那么很多和她对立的女同学可能就会和我疏远,这是我不想看到的。

不管怎样,我以后不会再主动和她进行沟通,也不会在别人面前显得和她走得比较近,不能给她发出"错误信号"。

另外我破天荒买了一瓶洗面奶，因为我脸上的粉刺实在让我无法忍受，很多粉刺的色素已经沉淀成痣，我越来越像爸爸！！！！！我脸上的粉刺几乎是周期性循环，一周一个循环，要么是上嘴唇附近长一个，要么是额头长一两个，要么就是太阳穴，最后就是颧骨上。我分析主要原因是睡眠不足，其次是蔬菜吃得不够，最后是洗脸不彻底。妈妈帮我问一下爸爸，爸爸是不是在大学经常熬夜，所以脸上有很多痣？

此致

敬礼！

儿子<br>2005.12.17

## 理性也是力量

亲爱的儿子：

和 C 的事情，妈妈很赞成你的观点。有很多人，在感情上"破裤子缠腿"，藕断丝连，引出许多麻烦，后患无穷。有人对异性的进攻不感冒却不拒绝，不表示冷淡，错误的信号常常导致对方错误的想法，无端生出许多麻烦来，适当的疏远是必要的。毕竟对方是女孩子，不要给人太突兀的感觉，要尊重对方的自尊心，当她明白你的心情后，我想她会知难而退，她也是有自尊心的。

儿子，妈妈要称赞你，你的理性使你少犯很多年轻人容易犯的错误，少了许多不应有的麻烦。很好，真是太好了！你的分析和行为说明你的成熟和能力远远超出你的年龄。妈妈很欣慰，因此也很放心。

妈妈<br>2005.12.19

# 第三十一封信
# 从电影中体验细腻感情

妈妈：

如果要去看《无极》的话，您一定会大失所望，这是不可避免的。

但是我为自己看电影找到一个很好的理由："扩展想象力。"我们在心理学课堂上听放松暗示材料，当旁白说："你现在躺在绿色的草坪上，仰望天空，很放松，很放松……，鸟儿在歌唱，白云在飘荡……。"然后我问老师："这种材料得有针对性。比如我很少有躺在草坪上的机会，在头脑中形成自己躺在草坪上、鸟儿在歌唱的情景，我也只能想起家里早晨起床的时候那种像乌鸦一样的叫声。"这说明一个很重要的问题：在头脑中表象事物是要有事实经验的。比如妈妈是作家，如果没有看过类似《十面埋伏》这类颜色华丽的电影，我想您很难想象出那么美丽的背景。

想象并不是没有根据的，甚至包括梦，那些脑海中的背景大部分都是事实经验拼凑的结果，如果有事实经验，就能够把脑海中所要想象的形象表征得更具体。这种表征有时候还是自动的。妈妈一定要看电影，多体验感情（看电视剧是一种方法，不过得带感情地看，这也是为什么都市人的感情比较细腻的缘故）。这是我从课本上的理论加切身感受得出的推论。

今天我和梁老师又进行一次谈话，是关于考研究生的。我跟老师说我的理想就是能够在大学里做一个教授，给同学讲课，做自己喜欢的研究。而且我也再次明确我想考北大的意愿（妈妈，我想像梁老师这样的人的心胸是很宽广的，更何况梁老师还经历过那么多挫折）。我相信梁老师通过我的提问对我能力的一些表面了解会理解我的感受，而且老师上课也经常说，机会总是有的。我听了这些，心中很受鼓舞。老师自己说他以前的确干得挺辉煌，2003年诺贝尔奖获得者（一个致力于经济学领域的心理学家，研究认为管理者的决策是非理智的)来中国时,就是由梁老师全程陪伴。虽然这不是他能力的直接证明,但我想能够被诺贝尔奖获得者知道和了解,并且予以信任一定不是一个简单的事情。我跟你们说了吗?我奖学金已经拿到手了,800元整。我明天就存起来。

就在我要发信的时候,又有一个好消息,我们被推举为党外积极分子。

我们14号期末考试,19号考完,我20号坐车,21号到家,2月20号开学。

儿子
2005.12.20

# 第三十二封信
# 制定目标重要在做

妈妈：

　　四级考试终于尘埃落定。不管是"运动心理学"的考试，还是四级考试，在考试前的复习总是乏味但充满希望。我用一个星期准备四级考试，然后一周里开始准备"实验心理学"复习材料。生活就这样以考试为核心运转着。虽然我早已经习惯这种生活方式，并且学习内容的枯燥也并不使我厌烦，但是我发现当学习目标完全不是出于自己兴趣的时候，很容易就陷入心理疲劳。我的意思是，在四级考试以后，我出现厌学情绪，我想尽办法，比如出去看电影，或者和女同学一起活动，去北大呼吸一些新鲜空气。总之我尝试很多办法，但是成效甚微，我发现自己在自习室里很难平静。并不是说有什么东西使我分心，我就是很希望自己能够得到一种身心上的彻底放松。不是通过一般的娱乐方式，就连自己也不知道到底要通过什么样的方式。

　　不过还好，事情没有我想象的那么糟糕。当我随意翻开自己感兴趣的书时，还是很容易读出兴趣来，但是在考试压力下，我很难给自己时间做这些事情。我希望尽早找到放松的方法，并且摆脱考试压力，按照自己的兴趣来分配自己的时间。

　　马上就要开始准备期末考试，我希望自己能够再在应试的道路上更进一步，无论什么方法经验都是在实践中得来的。正如梁老师说的，其实目标的制定不是策略的问题，而是做的问题。在准备"运动心理学"的过程中，我发现自己对考试的把握比较得当，可以说是自己以前总结复习资料的成果。我作为学习委员总结资料，锻炼我自己应对考试的能力。这一次面对内容很丰富的"实验心理学"和内容杂乱的"生理心理学"，我会更加努力复习、总结，为将来考研增加筹码。

考试一结束，我就开始学习考研的政治理论。

祝父母元旦快乐！

此致

敬礼！

儿子<br>2006.1.1

## 大气之人有傻气

亲爱的儿子：

妈妈看了两个女孩子写你的文章，而且看了好几遍。真的很有意思，她们对你的评价有的是对的，有的是因为不了解。比如，她们共同觉得你把自己做的考试总结发给同学的行为有点傻。其实，你做的过程就是自己学习的过程，自己总结的东西能和别人总结的一样吗？完全不一样的！一个真正意义上的人，是要有大气的，大气的人往往在小事上表现得迟钝甚至看着有点傻，不必放在心上，不必百感交集。但有一点可以证明，她们都很关注你，你的很多言行她们都一一记在心上，由此可以看出，我儿子是一个优秀的被女孩子喜欢的男孩，这让妈妈好开心。

妈妈<br>2006.1.2

# 第三十三封信
# 制定考研学习计划

妈妈：

也许冥冥中自有天意，在这一周里我做了对我整个大学生活相当重要的计划——考研学习计划。到2008年1月份还有不到两年时间，如何高效率学习参考书，然后尽可能扩展课外阅读（不仅仅是为了考研），这些都需要一个起码的计划，使得学习能够进行得有条不紊，做到心中有数。我在整理所有的已有材料，然后咨询相关人士，大致勾勒出今后两年的学习安排①。

**大二下半学期**：实验心理学+普通心理学+六级+扩展阅读

**暑假**：心理统计+考研英语+对实验、普通心理学的复习

**大三上半学期**：心理统计+实验心理学+普通心理学+测量+SPSS

**寒假**：复习实验+普通心理学+心理统计

**大三下半学期**：社会心理学+认知心理学+发展心理学+英文原版书+读论文+普通、实验心理学

**暑假**：政治理论

**大四上半学期**：政治理论+普实社的归纳复习+统计复习+考研英语

**基本指导原则就是**：普通心理学和实验心理学要在第一遍学习的基础上，在所有时间里进行复习归纳，加深理解，同时心理统计要多做练习题。在执行计划同时，仍然要重视课堂学习。

在所有专业课中，最重要的是普通心理学、实验心理学和心理统计，其他的比如社会心理学、认知心理学、发展心理学都是次要内容，并不要求像三门

---

① 大学里同学们经常说的一句话是：计划总是赶不上变化。虽然这句话本身没错，但是如果真的相信这句话反而不去制定计划，我觉得那可真是聪明反被聪明误，得不偿失了。因为有计划，才有积累；变化是必然的，但只说明计划是要随时修改的。

主科那么严格。

同时咨询之后也基本安排好复习教材：

普通心理学包括：北大教材、*Psychology and Life*（中英文），社会心理学北大教材。

实验心理学：北大教材、华东师范大学翻译书、认知心理学。

心理统计：甘怡群《心理统计》（北大制定参考新书）、张厚粲《心理统计》、*Statistics and Science* 英文版。

以上是考研必看内容，至于扩展内容，按照前辈的经验那就是越多越好，而且对于那些比较抽象的问题，比如理性问题和杨振华的那些题，前辈说基本上没有什么标准答案。考研题基本上就是前面的选择题是靠基础，后面的简答题的前半部分靠基础，以后的题都是考素质。

这一周工作的意义毋庸多言，更重要的是以后的工作。既不能犯以前的"大跃进"错误，要防止贪多嚼不烂；又要防止懒惰，因为这个计划从两天的实践来看基本上还算宽松，更重要的是要求理解深刻，并且扩大知识面，要坚决避免因为有剩余时间而有所懈怠。其实我以前都没有犯过这样的错误，并不意味着以后不会犯这个错误，而且有可能这会是我以后最大的敌人。总之，保持一个适当的学习进度，并且保证质量是最重要的。

因为我们教研室没有老师愿意教授"心理学史"，这个学期的"心理学史"课程取消了，这令人非常遗憾。课程无论松紧计划都会严格执行。

刚回到学校，读书的感觉还不是很好，读两、三段就会分神，不过这也正常。在父母身边享受父爱、母爱，大脑的确变得迟钝，就好像爱情会让人变傻一样。

妈妈如果想要看那个《变态心理学》，我推荐一本书，就是《变态心理学基础》（名字多少可能有点出入），陕西师范大学出版社，因为是外国人写的，通俗易读。其实妈妈不用看太多理论，只要能把其中的例子看明白就受益匪浅。

儿子
2006.2.18

## 归 心 似 箭

亲爱的儿子：

　　正月十五晚上，看着你归心似箭地踏上返程火车，尽管你在笑着和我们说话，隔着窗户与我们寒暄，尽管当火车开的时候，你也一副恋恋不舍的样子。但妈妈知道你的心早已飞了，飞回你的学校，飞回你向往的学习生活。对未来的憧憬，对目标的坚定不移，使你无心在家里呆下去。我们很理解自己的儿子，这是一个有大志向的人必须具备的。

　　年后第一封信，你向我们交出未来两年的学习规划，我倒宁愿相信，这个规划早已存在于你的脑海中，你才那样迫不及待地要回去。

妈妈<br>2006.2.21

# 第三十四封信
# 到处都能遇到恋爱这个主题

妈妈：

　　这封信挺长的。

　　还有我的思想火花。

　　**人与人的交往就好像过年时朋友间互赠礼物：包装都是那样的精美，但是不必拆开包装我们就能知道一个真正的朋友和一个普通朋友的区别——重要的是盒子里面的东西。**今天我就试着打开这些精美的包装，想要看一看有没有惊喜……

　　我总是自诩为一个尽职尽责的学习委员，这大概因袭父亲基因的缘故吧，所以经过开学这段平淡的时间后我就开始琢磨着要做些事情。正巧上个学期的英语成绩出来，由于学校对英语考试制度进行改革，去掉往日能够帮助学生提分的平日成绩，我们班出现一大批英语不及格的人。加上上一年中我们在评优过程中因为对于成绩、绩点等评判标准出现分歧，我决定组织一个班会，将学校所有关于绩点、毕业证和学位证获得条件的信息详细地传达给同学，同时以"我的计划"为主题，让每个同学在大家面前宣布自己的志向，以指导自己的学习生活。

　　我很快和班长组织好时间、地点，并提前通知同学们做好准备。我希望通过这样一个并不太费事的方法履行我的职责。孰料，这个班会好像给了很多同学畅所欲言的机会，很多同学居然把自己最真挚的"理想"都说出来。

　　一开始同学们都很沉默，没有人愿意主动发言，我也算早就料到，干脆先说一些圆场的话，然后摊派，让班干部先说，除了我和班长就是 H。她是一个平日里很安静的女孩，给人的感觉是一个很大度、并且能够倾听别人的女生。她给我们更多的是娇柔的一面，很难看到她有某些现代女性身上普遍具有的乖戾。她倒诚实得出乎我的预料:"我不是一个有远大抱负的人,我就想毕业后找到一份工作。我不想考研,也不想干太累的工作,钱只要够花就可以。"

掌声稀稀拉拉的,我也跟着象征性地鼓鼓掌。紧接着,是坐在她后面的女生L。她是那种典型的模特:身材高挑,身段比率搭配得很好,并且还有很好的步态,这应该归功于她运动员的出身。她说话总是慢条斯理,性情不是很稳定,是心情好坏都能从脸上看出来的那一种。她是北京人,很会玩儿,曾经组织我们一起去"避风塘"玩游戏。我对她的羽毛球技术很是佩服。从她的表情不难看出她心情不错,大概会说几句无伤大雅的笑话,果然,她一开口就说:"我现在最大的目标就是——把《火影忍者》(漫画)看完。"

还好大家都笑了,否则没有掌声的话就有点尴尬了。我现在觉得这个"志向"大会可能不是一个好主意。随着他们"袒露"自己的"志向",我进一步加深了对他们的理解。

又经过几个人,他们都说了一些耳熟能详的话,比如"我要考研,但是想回家";"我不喜欢心理学,所以现在还没确定将来要学什么";"我这个人从来不定长远目标,这个学期我要把"魔兽"玩好,然后在第二次考试中把四级过了。"

只剩最后几个女生,一直沉默的X终于犹犹豫豫地开了口:"我……我想要个女儿。"整个教室登时爆笑。本来还有些害羞的她,反而突然很不满意地说:"这有什么好笑的,哪个女人不想要孩子?"原来幽默也可以是无意的,她的话就好像掉进油锅里的葱花一样——爆锅了。

我问她:"这只能算一个希望,那你准备怎样实现这个希望呢?"她看了看我,叹口气,然后把下巴靠在桌子的手上幽幽地说:"所以我现在要好好学习,争取找到一个好男人。"如果有新闻要报道这次班会,那么他们一定认为这就是本次班会的高潮——几乎所有人都在笑。

可能是因为到目前为止我最了解的女性就是妈妈,我认为现代女性已经完全不同于传统女性,她们都具备和男人一样的野心和能力,甚至有时候出于一种"证明"的欲望,她们比男人们还更具有爆发力。可是眼前这位女生似乎是一本活的教科书,让我真正认识到传统对女人有多大诱惑力。

小的时候谈理想,那都是空中楼阁,正是因为不现实,那些梦想都是那么的动听;经验告诉我,大学四年,人都学会现实,这是走向适应必需的一步,梦想也会变得更加具体，或者更加容易实现。但是如果梦想已经到要生一个孩子，要收齐一套漫画书，那么梦想的实现会很容易啊！

妈妈，这个星期实在是发生太多的事情，而这些事情又都只是发生在我这个不过两斤重的脑袋里，我实在不知道怎样才能说明白。

我最开始迷惑在自己的目标当中。我说过在这个学期里我会疏远同学，一心学习，但是实际上我没有做到。在学习之后，每次回到寝室，还是要开不同的玩笑。只过了一个星期，我开始厌恶自己，觉得自己是在堕落，是一个已经无法摆脱平庸的废物。但是我发现，真正烦恼我的其实不是因为和同学们的接触而导致的，而是自寻烦恼。我总是在头脑中临摹着自己的形象，只要生活中我有一丝一毫的差异我就惊恐，我就反思。恰恰是这种刻板印象牵涉我的精力。我求学是为获得快乐，我和同学讲话也是为获得快乐。我仍然保持着刻苦的劲头，那么何必杞人忧天呢？我直到现在才发现真正需要解决的问题是如何集中精力去学习，而不是如何把自己刻画成一个自己希望的人。

第二个星期，我又进入到了下一个困惑。我开始考研的准备，心理学第一章的内容大部分是讲什么是科学，为什么心理学是科学的，我看了很多关于科学哲学的书[1]，对于科学的定义，真理的标准等问题有更丰富的认识。正是因为这样，我发现自己进入到一个不想进行选择，可是又非要进行选择的境地。当时我做出的选择就是回避，因为我觉得这个时候进行决定有些太早。我没有必要这么早形成一个对科学的成见，我知道早晚有一天我会再一次思考这个问题。

最后一个困惑可以说是致命的，它几乎要摧毁我的自我。有位女同学今年的打扮完全变了，而且恰恰使她显得非常美丽。我本来只是偶然想一想如果我和她是男女朋友关系会怎样。我其实以前看到美女经常会这样想，只不过每一次都会觉得很滑稽作为结尾，然后从此不再想起。这一次我的脑袋似乎出了毛病，我竟然不停止地想起我和她在一起的"美好"情景，我被自己吓坏了。除了在学习非常投入的时候，几乎只要我的精力一分散我就立刻会想到她。因为此，我苦闷整整一星期，整个人都变得消沉下来，最后在游泳课之后得了

---

[1] 这个明显不是正确的考研策略——扯得太远了。

感冒①。

　　妈妈，我得对您说，这种感觉不是您说的那种"心动"的感觉。我认为这种不停的"联想"是由环境导致的。从音乐到电影，到周围的生活环境，几乎每一天都能够碰上恋爱这个主题。在上大学的最开始阶段我自觉地建立心理防线，抵制任何这种想法，后来成功地克制自己被环境诱导的可能性之后，我掉以轻心了，还经常拿这个开玩笑。我曾经帮助鞍山老乡找我们班女同学，我认为我已经是"金刚不坏"之身。没有想到，不知不觉地我竟然有一种想法，就是如果全社会都这个样子，为什么唯独我不是这样呢？这是典型的从众心理，更确切地说是一种被动的趋同心理。为了验证这一点，我联系C，和他在人大见面。

　　我们一起在人大食堂吃饭。我问他，他周围是不是也到处充斥着"恋爱"的氛围。我本来希望他给我一个否定的答案，使得我自己憎恨自己，这样一种自尊和自傲的心态可能把我从这个泥沼中拯救出来。但是他给我一个肯定的回答。我告诉他我最近的困顿。他说我对自己要求太严格，而且嘲笑我没有经历过就否定是不对的。当然这些我是根本听不进去的，因为我知道有更现实的问题使得我根本不可能走上"恋爱"的道路②。

　　我试图从另一些渠道来获得一个心理支持，使得我能够自然而然地摆脱这些倒霉的想法。我又询问我们的"学习心理学"老师："在你们那个年代，没有'恋爱'的社会潮流，那么你们生活得快乐吗？"老师说，她的大学生活非常快乐，尽管没有恋爱的想法。我再次确认我受到社会不良风气的影响，并不是说我一定有某种需要。

　　那么究竟是什么使得我的心这么地浮躁呢？我觉得如果这个问题不解决的话，起码在很长一段时间里我会产生偏激的想法，做出不现实的举动，就好像以前那样。于是我继续努力。我开始主动和女同学交流，新学期开始的这个班会，我之所以提议举办这个班会，很大一部分动机是为能够再一次在同学面前展示自己的能力（我给他们算绩点，讲学校的政策，耗费我不少精力呢，全都

---

　　① 对漂亮女生心动看来是在所难免。不过之后关于这个女孩的一些故事让我明白，我只是被她的外表吸引了，如果在一起，肯定是无法忍受她的性格的。

　　② 我想要做的就是了解是不是只有我们学校是这样。虽然现在看来，自己的确有些较真，但是这个方法应该是没有什么错误：和其他学校的同学聊聊。这样做减轻了我当时不少的心理压力。

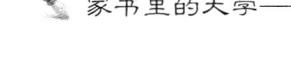

是为能够恢复正常)。

一方面我和女同学一起吃饭,和她们谈笑;另一方面,我激发自己学习兴趣,在完成必需的任务之后,我读历史书并且按照专题学习心理学,翻阅我所有的书来努力构建自己的理论(这是我最喜欢的工作),渐渐地(或者说是突然的)我发现自己终于摆脱无意的"幻想"。有一天院里召集班长和学习委员开会,要求我们带一名能够提意见的同学。正巧我又遇到她,我感到自己很自在,似乎没有像最开始那样连正眼都不敢看她一眼。我对她说:"你这身衣服和头型真的很适合你,你打扮得很漂亮啊!"她笑了,还好,我终于恢复正常状态。

我终于明白我"把持不定"的原因。放这么长时间的假期,我缺乏和社会的沟通,尤其是和异性的交往,我这颗年轻的心极其渴望交流。一回到学校,我又有些克制自己,不允许自己和女同学讲话,导致自己内部的冲动演变成一种"恋爱幻象"。

目前为止,这个问题可以说已经解决。我和包括"她"在内的所有女同学都恢复正常交往,也就是"有说有笑"。经历了这点"波浪",我发现自己应该可以在思想上独立生活。

最后一个困惑是关于考研的。我到北大听了一节"社会心理学",授课的正是北大最著名的心理学教授,他也是北大教科书的编纂者。我很高兴。但是上课的时候,这位老师似乎一直在谈论他们北大培育的心理学工作者如何在国外"很牛",然后再说他那一届的北大心理学毕业生如何如何优秀,只有四个人留在国内,其他的都出国并且成为教授级人物。他没提到过一位外校考研到北大的人现在如何出色。我又想起在北大网站上看北大研究生导师的资料,几乎都是社科院、北大本科生和北师大、浙大人的天下,再加上听说北大去年14个名额中只有两个是公费,一位正在考北大研究生的师兄(我在购买考研资料时认识的)甚至说他这一届根本没有给外校学生留公费名额,所有人都是自费。自费意味着要自己租房子,还要付更贵的学费。我觉得如果我考上北大的自费我很难心安理得花父母的钱,除非我赚了奖学金否则我一定打工挣钱,不让父母再为我额外付出那么多。

怎么样,是不是很刺激?但是最后还是不用母亲担心。我的感冒随着心理问题的解决已经好了。现在一切已经正常运转将近一个星期。我本来上个星期就打算给您们写信，征求你们的意见，但是我还是希望自己解决问题。

　　妈妈对于拥有自己的博客一定很兴奋，所以我也跟着兴奋。如果搞好的话，可以说是妈妈从辞职以来又一个新起点。祝贺妈妈的同时，希望妈妈能够获得人生事业的新高峰。

儿子<br>2006.3.5

## 父母孩子要各司其职

亲爱的儿子：

　　妈妈看你的信，听你和爸爸的电话，你好像都在强调一个问题，我不能考自费的，我不能让你们给我出那么多钱，我要自己打工。儿子，你说的是多么傻的傻话。妈妈爸爸挣钱为什么？最重要的就是在你前进的路上，不因为经济原因而为难！学习是你的事情，考研是你的事情，学费是我们的事情，我们要各司其职，谁也不要破规矩，谁也不要越轨。学费不是你考虑的事情，只要你考上，公费也好自费也罢，妈妈都会负责。心理学上成功人士的12个条件里就有1条：比较宽裕的物质生活。你很难想象，一个没有明天饭票的人，一个没有学费的人能全心全意学习。真正的大学者必须有好的物质条件，我们能给你提供这种条件，你不必去为它考虑。林语堂、胡适、陈寅恪哪个不是在家中雄厚财力支持下，中国学完到世界学，才成为学贯中西的大学者。学贯中西要有物质基础，那可不是说话的事情。我们挣的钱虽然不多，供你读书还是够的。儿子，这个问题不用你考虑，你全力以赴去学就行。

妈妈<br>2006.3.7

# 第三十五封信
# 给自己一个理由

妈妈：

　　心情愉快地读这封信会有很好的效果。

　　对我来说到底什么是快乐？这个问题和哲学家追求实体有些相似。和同学在一起，可能会有黄色笑话般的愉悦感，会有共同分享的喜悦，但是这种表面的享受是如此脆弱，以至于一点点的摩擦就会让自己怀疑以往的快乐是否真实。视听娱乐更是短暂的可怜，除增长见识之外毫无所得。如果说我经历了这么多有什么发现的话，那就是从书中明白道理的快乐最真实。以前我曾将之解释为"骗自己的把戏"，但是唯一能够在我堕入低谷的时候仍然能够给我提供动力的就只有这个"把戏"。无论深浅，对自己的疑惑和周围的事情进行解释都是一件令人明快的乐事。

　　我对自己的要求从没有变，也不敢改变，因为担心那会是堕落的开始。爱心的家教居然培养出一个对自己如此严格的人，这不知道符合怎样的理论。我不甘心做一个平凡的人，我既要在外人面前尽情展示自己的才华，我又渴望自己拥有压倒一切的实力，这有那么一点儿强迫的意味。我现在很多工作都做在表面上，这使得我在基础工作方面不是很出色。我希望自己在所有方面都是最优秀的，尽管现实使我在很多方面放下包袱，但是这种偏执使得我不断地反思，不断地自责。我不知道自己从成功中获得多少，但是我知道我在失败后多么痛苦。我总说自己对快乐记忆太少，对痛苦回忆太多。我难以割舍在众人面前出风头的快感，又希望自己能够脚踏实地，学有所得。

　　我多愁善感，想得很多，经过父母的这种教育我已经不可能再考虑女朋友、结婚这类事情。虽然我父母是幸福的，但是我对婚姻没有好印象，而且对自己的刻板印象是如此强烈，以至于一想到自己和某个女人在一起的样子就想呕吐。但是社会压力（我们学校）再加上雄性激素和随声附和般的与同学探讨恋爱问题的习惯使得我竟然把自己困住。我知道如果有女朋友，我会痛苦一辈子，因为那代表着童年梦想的毁灭，自我形象的摧毁和平庸。如果我刻意躲避这个问题，同样也会有很多不舒服的感受，就像我现在这个样子。权衡之下，我想必须找到一个 outlet（出口）来释放，但是没有任何结果，我需要倾诉，需要和异性交往，这完全是为了满足社会压力和激素的要求，认识上我始终保持清醒，最后的底线永远不会被跨过。

周围的人，彼此之间好像保持着正常的关系，我感觉到的是一种彼此压制。我尝试过鼓励他们，没有换来他们对我的鼓励。父母虽然自始至终支持着我，毕竟在你们的保护下我永远觉得自己没有独立，就好像过幼年期仍然依赖于母亲的小猩猩。我要另寻出路。所以我寻找一个人，我们俩志向不同，但是有一点相同，那就是知道用自己的努力和汗水来获得成绩。这是我找她的原因。我希望在这个学校里能够有一个彼此鼓励、互相比拼的人。我没有任何资格提出任何要求，经常能够把自己保持在一个工作、学习状态，思考问题。不知道能不能够得到理解。

我曾尝试过孤独一个人生活，最终孤独战胜了我；我也曾经尝试过和大家混成一片，结果我固有的德操将我谴责得体无完肤。我一方面要适应社会，一方面还要适应自己。我从来不说自己因为某个个性原因而需要做什么，我只是在常规的生活中仿效成功的人告诉自己"应该"做什么。

妈妈，我又迈出一步。在解释之前，希望您能带着对我的信任和鼓励支持我。

我要有个性才能突出。我说过"适应意味着平凡"，其实我所指的那个人就是我自己。我好久没有下超过两个星期的决心，好久没有做过让自己高尚德操心满意足的行动，好久没有体验不同凡人的生活。为了能够专心学习我必须获得动力，尤其是有像考研目标这样的学习生活，否则我只能散漫地乱看书，随着自己喜欢的学习方式去学习，这样的学习很明显不符合"要求"。当有目的的时候，我只有从虚荣心的满足中获得前进的动力。这就是为什么我在高中的时候别人下课休息我在学习，而在家里我却经常注意力无法集中的缘故。

我的个性就是自闭和释放的猛烈碰撞。既然自己无法承受远离梦想的苦楚，那么干脆承受不被平凡理解的不安来奔向梦想吧！是你们培养了我对自我实现的追求，如今我正在这条道路上前进。我不能躲避一切交流，我希望找到一个具有性质上的优势的人来作为我沟通的对象。今天我鼓足勇气，约请一位女同学到北大。

我绝对没有想要谈恋爱。正如前面我所说的，我是希望有一个竞争和交流的对象。我可以从她身上学习，这使我得到安慰，同时能够接触一些好的影响而又不至于陷于孤独。这些听起来像托词，但是我的确是这样认为的。换一个角度来说，社会给我的影响（正如上一封信我和C探讨的问题）实在大得可怕，这也是社会心理学如此给我震撼的原因（我开始自学"社会心理学"）。躲避只能使自己无休止地做着思想斗争，不如欺骗自己的激素和倾向，用一个包装来换回心理的宁静。我首先找到一个倾诉的人，就好像泄洪一样（这个比喻有点危险……）。我也不会依赖，因为高中的经历使我知道一厢情愿地依赖的后果简直是灾难①。

我也接受很多西方人的观点。他们经常和女生一起出去，他们的目的是希望找到女朋友，但是绝大部分最后都只是好朋友。我根本不需要作太多的解释，我只是和一个女同学一起出去玩而已。我只是担心父母和自己没有心理防线。

妈妈，如果说您抱怨我怎么总是不能完全静下心来学习的话（当然我从来没有中止学习，我现在只比计划进行得稍微慢一点，因为我在探索如何能够真正在准备考试中获得能力），那真的是太正常不过。我所做的抉择塑造我自己。我以前很迷信社会标准，现在我希望在自己的道路上走出辉煌。

除了这些让父母担心的事情，还有一些好事情。基本上探索这么长时间，我对应该怎样在应试的情况下增长能力有些心得，能够按部就班地读书。而且我还和迟老师进行一次长谈，他对我很有信心。我也准备开始写一些心理学文章，恰巧一个叫《青年心理》的杂志向我们办公室约稿，心理学老师也鼓励我投稿。虽然不是什么学术文章，只是科普类读物，我决定开始一些尝试。

希望我曲折的心理成长经历能够成为父母赏心悦目的读物，父母不要过分地关心主人公的感受，免得"关心则乱"。毕竟经历越坎坷，收获越多——只

---

① 通过和那位女同学一起去公园，我了解到我们两个人之间的差别如此之大，而这种差别是不可能在普通交往当中了解到的。我也很庆幸自己选择了这种方式去了解对方。

要我还怀揣着信仰而活着。

儿子<br>2006.3.19

## 知子莫如母

亲爱的儿子：

　　你说了很多道理。儿子，你的道理有些妈妈现在理解起来已经有点困难，你的超常的理性思维真是越来越精英，好在妈妈的水平使我还能够从字里行间看出真正的目的。你用很多理论为自己和一个女同学的交往找到依据，儿子，正如你所说，雄性激素和随声附和般的……把我困住了。

　　儿子，你是从纯精神的角度讲到这个问题，你邀请一个女孩子和你一起去北大。我们母子是心灵相通的，为什么不能告诉妈妈这个女孩子是谁，是你们班级的吗？还是别的系。如果是你们班级的，叫什么名字，妈妈可以从照片上看看啊！希望你看了这封信，能给妈妈一个短消息，关于这个女孩子的具体的消息，好吗？

妈妈<br>2006.3.21

# 第三十六封信
# 把不同的理论变成自己的话

妈妈：

下午要打篮球。我这周只游一次泳，今天要锻炼一下。你的博客越来越热闹了，真替妈妈感到高兴。希望妈妈也能为我高兴，因为我最近两个星期非常平静。

我忘记了我是否告诉妈妈我和那个女同学谈了什么。其实当初我做这个决定的时候有做最坏打算的准备，我担心自己一发不可收拾，变成一个一天到晚想要找人倾诉的疯子。也许是心诚则灵的缘故，事情没有恶化，我获得了我祈求已久的宁静。

我跟她诉说自己多么讨厌自己为了适应而和人打交道，对自己梦想的执著和恐惧，以及自己如何躲避谈恋爱，还有对一些人的"意见"。我几乎把我能说的话都说一遍。这些话我都跟父母说过，可惜最后都是靠我自己消解，烦恼就好像胃病一样不时发作。相反，现在我都几乎忘记我为什么因为这些事情而烦恼。说是忘记也不确切，关键是这些事情一旦被想起我再也没有烦躁的感觉，只是很平淡，最后渐渐地也不再想起。我和外语系同学聊天的时候她也问我：如果我只是倾诉也并不能解决问题啊。我很自然地回答说："其实那些根本就不是问题。"

现在我读书的感觉超棒，读书速度和质量都猛增。我现在已经读过《日本史》(后一半)、《非洲文化》、《拉丁美洲博览》(这本书既不是史志也不是文化史)，然后又看一半的《希腊神话》(精美图画版)，《认识发生论》也已经读三分之一了，更主要的是在学习心理学中我参考了《心理学史》、《20世纪心理学家名家名著》的内容，既看原著，又参考比较经典评论。我现在生活的态度几乎已经俨然是一个心理学专业学生，无论对什么事情我都忘不了和最近学习的内容联系，如果稍一思考还能和普通心理学内容联系起来。

我同时进行实验心理学、普通心理学、学习心理学、心理学史、社会心理学的学习，果然验证梁老师的话，就是心理学这个东西是不断反复学习的过程，我感觉懂得的东西越来越多。在解决鞍山老乡心理问题的时候，我能够一连说出好几个心理学原理，既有社会心理学的，也有普通心理学和学习心理学的，不管他明不明白，反正我心里可是乐滋滋的。可惜最后他说我说的这些都是原理，解决不了他的问题。谁管呢，反正只要我学得高兴就行。

我开始把一些事情付诸实施。我刚开始和研究生联系，希望能够获得实践的机会，然后我打算再写一些思想性的东西和自己的研究设想，下一周到中科院找一个老师推荐自己。军训论文现在停滞下来，因为没有找到很好的突破点，不知道怎么和心理学联系起来。

最大的宁静在心中。为了保持这种宁静我采取不同的措施，我担心同学会误解我，所以我邀请 L 和我一起出去玩，虽然她没答应，但是起码让别人知道我只是希望和女同学多交往获得一些快乐的大学回忆。同时我还经常和女同学一起吃饭聊天，包括英语系和人体系的。

这样不用费什么精神，就是吃饭的时候碰见她们，不像以前那样躲躲闪闪，主动和她们一起吃饭。每一次交谈之中，我都不经意地说出自己的一些心事，其实我没指望他们理解，但是心情就放松多了。

不过我另有一个发现。我才知道什么叫没有共同语言。我和她说那么多话，无论我怎么鼓动，她都很难表态，最后她无奈地说出一句："不行，你和我不一样。"当我主动和别的女生讲一些自己感受的时候，她们的回答大部分明显地让我感觉到他们没有理解我的话，而且都说我太理性了，和她们不一样。如果说谈话的我是很幽默的，经常能够活跃气氛，但是一旦要谈一些实质性问题的时候，往往就是我一个人讲，而且讲着讲着就讲到我一些"思想火花"上去，她们就忍受不了，我也就停下来不说了。我们之间果然有沟通障碍。正像美国电视剧中 Joey 说的："我是一个男人，所以我总有需要（和异性交往）。"和女生多谈一些话，我觉得就是让青春的自己缓和一下，然后让自己这个稍微超前成熟一点儿的理智思维能够安静地思考问题。

我现在的生活必不可少的因素是：钻研一个个心理学问题的快乐、同异性交往的快乐、欣赏音乐的愉悦（我买了很多不同风格的音乐，有那些很经典的欧美音乐和西非、希腊的）、读书之后的收获感（读文学作品和理论作品的感觉真是调动不同的思维），读希腊神话和历史书时就好像口渴时喝可乐的感觉，越喝越想喝；而读《认识发生论》的时候就好像高中做数学题一样，一旦有些眉目就好像进到一个世外桃源，非要把全景都看一遍，停不下来，否则就是苦苦支撑等待黎明。

可能因为我在这里很强势，这群女同学似乎可以包容我所有的奇怪举动，真有意思。

这个星期我花钱花得比较多，大概1 000多块钱吧，而且修MP3 花180元，真是太不值了（我修好一次后，旧问题解决，又产生不能充电的新问题，我信不过那个修理的人，又换了一家）。因为我每周六都到国家图书馆、中关村图书大厦去放松，看到实在喜欢的书我就买（千万别想得太过分），然后在外面吃饭。

除了告诉您我现在做的比较不一般的事情以外，我还得向您如实汇报我的真实生活。我每天6:50起床，8点准时开始自习、上课，除了周二和周四下午打篮球外，都在自习室里。每天保证一个半小时到两个小时的英语学习，包括阅读、听力和单词背诵。然后就是考研准备，一周进行一章，把所有手里有的材料都要读到，把新获得的知识单独总结，把应该重点掌握的知识单独总结，把概念单独总结，尽量把有不同说法的理论变成自己的话。其余时间就是读《社会心理学》、《心理学史》、《认识发生论》，吃饭后看希腊神话、历史书、听音乐或者在中午时候小睡一下。星球六除非非常紧张，否则我都会花一个上午的时间出去放松。星期天在自习室呆一天。差不多就这些（这个周六我比较忙，得写"学习心理学"作业和妈妈的信）。还有，现在周三和周五都得上党课。

静静地，静静地，我的心回到轨道。

我们现在打水、洗澡都开始收费，不过钱不多，一个月增加10元。

儿子<br>2006.4.3

## 常态的生活才是真的生活

亲爱的儿子：

　　看了你上封信，妈妈最高兴的，也是要向你祝贺的就是，儿子，你终于回归常态。任何人都不可能每天生活在人们的注目中。明星们可能是这样，但他们失去常态，不是正常人，失掉正常人的幸福和平静。经过将近两年的修炼，终于悟到"最大的宁静是在心中"。当你能以常态的生活状态对待生活，对待学习，即使取得再大成绩，也能坦然应之。这可不是一般的功力，说实在的，妈妈现在也没有修炼到，但我希望你能修炼到。你是男人，你读的书比妈妈多那么多，你将来会面对更多的繁华和热闹，必须有这种常态。

妈妈<br>2006.4.7

# 第三十七封信
# 正常地经历青春时光

妈妈：

我们班女同学都说比较喜欢你博客上的文章，但不喜欢我的文章。

自从上一次约一位女同学谈心以后，我觉得和异性交流是一个减少焦虑的好办法，我又请另一个女同学和我一起去逛街，"顺便"给我买一身衣服。

小时候，每一次逛街，最高兴的就是父母给我买零食，而最不喜欢的就是要陪着妈妈到处乱"逛"。那个时候可能是禁不住零食的诱惑所以才和父母一起出去逛街。不过每当我拿着零食等母亲看服装的时候，我还是会和父亲一起抱怨："这个妈妈，不买你看什么。"长大以后，对零食的要求不像小时候那么强烈，几乎就再也不和父母一起出去逛街，那些大声叫卖的小贩、人头攒动的街道、讨价还价的吵闹声都一起和童年被尘封起来，变成往事。

到大学，爱逛街的就是那些少男少女，他们有的成双成对，也有的喜欢独自享受。成双成对的一定是男生陪女生，男的是被迫的，女的则是利用这个机会来考验男友；至于那些居然一个人逛街的人，我的解释是——这个社会总有怪人吧。

不过我可不是一个那么容易接受定论的人。我始终怀疑如此令人难以忍受的逛街会成为这么多年轻人消磨时间的方式？我打算试一试，看看那些逛街的人到底有怎样的心情。

无论我怎么解释，我还是觉得自己的邀请有些唐突。不过还好，我给女同学的印象自始至终就是"怪"，她也见怪不怪。不过我跟她说的理由可不是要"体验"逛街，而是说我觉得她比较有品味，正好自己没有合适的衣服穿，希望她帮我挑选，她没有怀疑就答应了。

我以前从来没有专门去挑选过裤子，以为挑裤子一定很麻烦。恰恰相反，看遍所有的服装店，发现对于年轻人来说裤子无非有三种类型：运动裤、牛仔裤和休闲裤。真不明白就三种裤子怎么会有这么多人卖，而且款式又看不出有什么区别。倒是我的这位向导左挑挑右挑挑，让我试不少。这一次我不像小时候那么反感，因为我也在寻找一条合适自己的裤子，并且觉得这比较重要。

我们探讨颜色的问题，以及到底是复杂的款式还是简约的款式适合我。最后我们找到一件我们意见比较统一的休闲裤。在她和售货员经过一番唇枪舌剑之后，我们买下那条裤子（65元）。于是我们接着逛。整整过两个小时才买了另一件衣服。不过我倒并不觉得累。

中午吃饭的时候当然是我请客。现在已经买完衣服，在衣服上也没什么好说的了。现在明白为什么我不喜欢逛街，而绝大多数的少女和一部分少男喜欢逛街。这主要看你重不重视自己在别人眼中的形象和你对自己的综合评价。社会心理学中认为人有一种"探照灯效应"，就是容易夸张自己的特点在众人面前的醒目程度。

当一个人关注外在，那么这一点点的探照灯效应就会使得绝大多数的人认为衣服是他人对自己的第一印象的关键因素，理所当然地认为在挑选衣服的时候要仔细认真。这倒并不是说他们只注重外表，只是当需要买衣服的时候，他们会把挑选衣服看做一个非常郑重的事情。能够促进探照灯效应的因素之一就是个体对自己的综合评价。当一个人不觉得自己的能力、气质等内在品质更吸引人的话，那么他自然而然地会把评价的指标放在外在内容上。我不喜欢逛街，可能是因为我对自己的理想有很高的评价，并不认为好衣服如何重要，但是一旦我有意识地将选择衣服作为自己的目的，逛街也就不那么枯燥了。可见一个崇高的理想对我来说有多么重要。

在整个逛街的过程中有一幕给我留下很深的印象。当我穿上新买的衣服之后，她为了看合不合适，用手将我肩膀上的衣服揪平。这一刻我想起妈妈，我想起妈妈看我穿上新衣之后那慈祥的眼神。这眼神中饱含关心、温暖和关注（罗杰斯认为，一个人是否能够做到本真生活，是否能够得到无条件关注是最重要的）。看来我的心多多少少有点孤独。

在回学校的路上，她跟我说一些关于女同学对我的评价。因为我平时和C说话比较多，所以她们女生经常"逗"她（就是男女朋友这类玩笑）。我很严肃地跟她说希望女同学能够成熟一点，不要开这种无聊的玩笑，也不要低估这种玩笑的力量。她又问我是不是对L有好感，我也很"严肃"地跟她说不应该这么想。最重要的是，女生认为我是"徜徉在万花丛中"。我很无奈。

的确我和女同学打交道比较多。比如中午吃饭的时候我并不会避开她们，而是主动和她们一起吃饭；平时遇见女同学经常攀谈几句；出于工作需要又和女同学经常打交道。不过我还是很"严肃"地跟她说，如果大家都成熟一点儿的话，就不会这样说我；相反，到现在还会因为主动和异性交往而害羞的人才是幼稚的。

我猜想这是我第一次和女同学一起逛街，也很有可能是最后一次。这都无关紧要，重要的是我经历过了。

这一周任务比较多。计算机考试、邓论课下周考试、学习心理学下周期中评定（不考试，但得模拟讲课）、计算机作业（我给自己一个太难的任务，现在骑虎难下）。这个星期我没有进行考研复习，这也在计划当中。

我虽然决定自己要走一条求学的道路，但是我也希望正常地经历青春的时光。就好像爸爸妈妈不想让我因为学习而失去童年一样，我仍然在努力，同样要拥有一个美好的青春。

儿子<br>2006.4.15

## 做阳光男孩

亲爱的儿子：

妈妈想跟你说个问题，就是你对女同学的态度。儿子，正如你所说，因为你比他们高，所以他们宽容你的所有毛病。想过没有，也要对女孩尊重，更要珍惜女孩。女人天生是和男人不同的，她柔软、敏感，女人是要男人来保护的。因为你轻而易举地得到女孩的垂青，你不太懂得珍惜女孩，这不好。儿子，一定要对女孩非常有礼貌，不要说可能伤害他们自尊心的话，比方说，女孩不漂亮啊，女孩不聪明啊。这会让他们非常非常难过的，在这方面，你还需要历练，需要学会尊重、体谅女孩子。

妈妈非常同意你的那个观点，要走一条求学的路，但也能经历青春的美好。不要做书呆子，你也不是书呆子，你是这个时代的阳光男孩。

妈妈<br>2006.4.18

# 第三十八封信
# 理财也是人生重要内容

妈妈:

好久没有这么快乐地春游了。

在学习上我很容易满足,只要能够读自己喜欢读的书,能够获得知识,能够和人争论我就心满意足。但是作为一个充满热情的年轻人,生活似乎总是不能满足我的需要。即使是在课堂上侃侃而谈,在同学面前掉书袋,和女同学一起谈心,和女同学一起逛街,自己一个人上北大听课,一个人看电影,一个人看展览,和寝室同学一起吃饭,这些都没有让我得到满足。我实在不知道自己到底需要什么。

这次春游我们要去一个叫做桃源仙谷的地方。天公作美,那天没有风(稀罕啊),阳光明媚。其实我的热情并不高,还在想怎么挖掘这一次春游的价值,千万不要留下一个无聊的回忆。一路上我就组织大家"对歌",好不容易把车上的气氛弄得比较活跃。事后W还说多亏了我车里才没有死气沉沉地。

一路上风景一般,除了一看就知道是用炸药炸出来的岩石景观以外,唯一的亮点就只有那时不时涌出地面让人惊喜的小泉。同学都放下了包袱,显得很自在。洗手的时候,L朝我泼水,我也不像以前那样爱理不理,干脆也朝她泼水。看来我还是会任性啊。妈妈,你还记得我任性时候的样子吗?就是当年那个摇着您的手拖音拉调撒娇想要买零食,或者在您做针线活的时候,在床上上蹿下跳不安分的那个我?尽管我不愿意也认为不对,我还是挺喜欢抛开成人的规矩,再任性一下的感觉。我发动男同学把那个"坏孩子"H抬了起来拍照,还和L拍了一张动作比较夸张的照片(可惜被她给删了),然后在山顶上一本正经地照了一张读书的照片(动机比较复杂,一方面我觉得自己就应该是这个样子,另一方面也是跟自己幽默一下)。在路上,我和不同的女生谈话,增进了解(可惜我最近读到依据英文谚语,让我觉得有点矛盾:交流可以增进了解,但是只有孤独才是天才的学校,这些还都不是最精彩的部分①)。

　　下山的时候,我们听信当地农民的指引,走一条比较"快捷"的小径下山。可是这条"路"根本就不是路,岩石加上沙子成为我们最大的敌人,每走一段就会遇到又陡又滑的小坡,加上没有树,无论是谁的父母都不会同意我们来这种地方。我们决定手牵着手一起走,我前面拉着L,后面拉着L。L很瘦弱,但是我一直擎着她的手,才发觉自己其实并不比她强壮多少。L有点女强人气质,每次都得我提醒她和我牵手她才肯牵手。明明是我拉她一把,她还说是她"救"了我,我当然不和她争什么。就这样一个小时,我们相互提携,一直牵着手走下山。我的手里一直在冒汗,这可不是因为和女同学握手害羞产生的汗,而是担心她们摔倒,一刻也不放松才出的汗。当终于来到平地上的时候,不同的人发出不同的呐喊。F喊道:"终于可以回家了。"前面有人喊:"成功了。"L喊:"我爱心理班。"班长喊:"谢谢大家!"

　　合作就这么简单。在困难面前,有共同的目标,人们就会凝聚起来。社会心理学研究种族偏见,认为只有让不同种族的人拥有共同目标,才能够克服种族偏见。共同目标连刻板印象都能够克服,更何况来凝聚我们一个班集体。在这里就可以说是同样的目标使得我们团结在一起,所有人都感受到这切实的精神享受。L会喊:"我爱心理班。"虽然这太直白,不过也证实我的想法。最感动的要数班长,他一直在追求把我们班凝聚起来——以前我们班同学都说我们班如同一盘散沙。

　　我很珍惜这种精神享受,可能是中国人特有的集体观念。《亚洲史》作者把东西文化的差异绝对化:西方——个人主义,东方——集体主义,从这种经历中体会到的快乐格外得多。即使是素质低的人,聚集在一起也能够产生一些高档次的精神食粮。

　　如果说下山算这一天的高潮,晚上的聚餐就又是一个高潮。我发觉今天大家都体会到同样的凝聚力,这是一个增进了解的好机会。我告诉自己一定要让同学之间有更多的了解。我就想了想学过什么心理学原理能够有所帮助,陡然

---

①　我对这句话有非常深的体验。每当我孤独一人自习的时候,我的收获是最大的;虽然和同学在一起消磨时间也会有快乐的体验,但是从功利的角度来讲实在是一无所获。

想到以前看关于如何建立两个人彼此喜欢的条件的内容，里面讲到两者必须建立"互惠"关系之后，人们就会彼此产生"喜欢"的感觉。我决定"牺牲"一下，首先曝露一些自己的过去，然后诱使同学们彼此稍微袒露一下心扉（互惠）。没想到这个小小的"阴谋"居然成效显著。所有同学都自曝"情史"（除了这个还能是什么）。有的说自己曾经有几个男朋友，有的说自己曾经面对女生的表白，还有的说自己刚失恋。反正整个包间的气氛异常亲切，有点像爸爸妈妈同学聚会有些同学歇斯底里的那种情况。她们之中有比较聪明的，说"不说我们都认识的"。我有些庆幸，真害怕会因为口不择言，影响同学之间关系。

同学关系倒是更亲密了，每个人情史居然都差不多。我问他们怎么开始的，如何宣布结束的，她们都说开始的时候很朦胧，结束也很朦胧。我其实对他们怎么能说出"分手"这两个字挺感兴趣的，就问其中几个人。他们的回答大致意思是：不来往了，也不用挑明，彼此都明白。

我们一直聊到饭店关门。大家都说这是不平凡的一天。W更是兴奋得一个晚上睡不着觉（因为他向大家说自己曾经直接面对女孩的表白，并且拒绝了，他觉得很害羞）。

妈妈，我的计划基本上就要完成。一般"有闲青年人"的生活我觉得我至少大概知道一些。首先是和同年龄的女孩子进行精神交流的那种感受，如果真的可以的话，对于男人来说的确是一种放松，但是问题就是精神沟通需要的条件太苛刻，思考的方式更是迥异。紧接着是和女同学一起逛街。这肯定是现在很多青年人的一种普遍行为。到底这种感觉是怎么回事呢？正如我以前对"逛街"的一番思考，这是由一个人的志向、生活关注点决定的，社会因素并不是主要的（也就是说大部分男女逛街并不是为了例行谈恋爱的公事）。如果说我有一点儿快乐的话，也和前面一样，只是存在于同异性交往的过程中，别无其他。

至于我和C之间，我的行为是出于我高度警惕和自我防御的需要。我不允许因为和一个女同学的交往而损害我同其他人的交往（因为女生传言我和C走得很近，很多女生对我敬而远之）。我很坦诚地告诉她我的想法（邮件里）。

这两周我开始准备六级考试。不知道为什么，身体总是很累，腿总是有些酸疼，可能因为每次打篮球都比较拼命的缘故。另外因为做好长时间应试性质的功课，现在有些厌学。不过这对我已经不是什么新鲜事，我只要先读一些自己喜欢的书，恢复一下读书的习惯就好。

生活费提前枯竭真的使我很惭愧。我觉得这不代表我理财上有问题，或者生活有些奢侈。买书（160元，《教育心理学》、《圣经》、《伊索寓言》、《希腊神话》）、春游（55元车费加门票＋30元零食）、请客（65元）、买电（20元）、考试报名费（报名费＋10元照片＋30元英语竞赛报名费）、修MP3（80元）、买衣服（65元＋55元＋30元）等等，再加上丢卡又花了20块钱的手续费和工本费使得我在最后几天一点钱都没有。总共算下来，我吃饭花的都是小金库里的钱。最后再花300块钱修电脑。很多事情我都没有预想到，也没有进行预算，最后就捉襟见肘。再加上吃饭的正常开销450元，车费、复印材料、水果、生活用品、洗衣服、洗澡等杂项大概有1 500元以上。

以后不会再这样。我算一下，一个月吃饭500块钱肯定足够，其余400元钱合理安排的话，每个月应该有100多元的剩余。以后我会以这个为大致预算，一定不会出问题。我也不需要妈妈给我垫钱，这是成长的代价。

最近我给爸爸发了两个思想火花爸爸收到没有？还有对于那个"行为是否是由心灵指引的"这个问题似乎是我很久以前想的，缺乏心理学训练的语言使得论证显得苍白而且不深刻。我已经写了新的观点，就是那个评论提到的班杜拉的观点：三元论——行为、心灵和环境，我也有自己新的创见。看到自己陈旧的观点被别人用自己明白的道理来评论，我有点难受。

妈妈如果真的希望能够从心理学中获得一些对自己作品有益的元素，我认为关键是要对生活细心、敏锐，然后就是读书。光读书很难联系实际，如果能够关心生活中的各种细节，然后进行一些简单的分析，在读书的时候就很容易将那些枯燥僵化的原理联系到实际中。我之所以能够用心理学知识吓唬人，知识丰富倒不是主要原因，只是因为我读书的时候就已经将原理与我自己切身的体会和已经进行过的业余分析联系起来，每次讲心理学原理的时候都有一种感同身受的体会，讲得也绘声绘色。妈妈也可以这样。用学习心理学的话说，学习的实质是在自己已有的认知结构之上将新信息同化，形成新的结构，因此关键是要拥有自己的一套结构（想法），然后再去学习。光学书本是很难应用的。

明天我要去首都博物馆，那里有大英博物馆全球巡展，真是千载难逢的机会，只可惜有两个女生要和我同去。玩倒是可以一起玩，学习最好还是一个人。

妈妈要注意身体健康，爸爸也要少吸烟，多健身，保持身心愉悦，从博客上攫取最多的快乐。爸爸妈妈真的很幸福，在这个年龄(青年!)找到兴奋点，而且还拥有追求快乐的条件，可以不断地丰富自己的精神世界。生活习惯保持在很适当的水平上，对物质没有过多要求，不会为维持生活而疲于奔命。爸爸妈妈一定要珍惜现在的生活。我也会努力的。

爱您的儿子
2006. 4. 29

## 手中不能没钱

亲爱的儿子：

关于生活费用的问题，我想多说几句。虽然你认为这并不代表你的理财能力有问题，但妈妈还是想说，量出为入、计划用钱，不能让手中一点钱没有，你这次做得真是不太好。没钱了，应该赶紧告诉妈妈，讲明问题，我会给你寄的。

经济问题是个很重要的问题，你会说废话。就是这个废话，很多年轻人不懂，现在有什么"月光族"。每个月挣的工资全部花光，这种世界末日的生活态度你可不能学。

妈妈下个月会给你寄去两千元钱，一千元存到小金库里，以备不时之需。这一千元不是给你花的，是准备意外时候用的。我希望我的儿子不重复父母当年的窘迫，正因为此，给你多寄一千元。

妈妈
2006. 5. 2

# 第三十九封信
# 整顿思想，约束自己的行为

妈妈：

希望妈妈不要太累，也不要太懒。

"一切为了理想，理想为了一切。"

"五一"从温泉回来，我决定再做一个计划，让自己振奋一下。并不是因为最近学习状况比较差，反倒是因为最近一些令人鼓舞的事情，使我决定让生活更苛刻一些——苦行僧只有吃苦才能快乐。先是马玉虎和王震龙都说我和高中的时候一点也没变，还是那么"神经质"（?!）；然后是遇到一个刻苦好学的大一新闻系学生，说她愿意付出多出常人五倍的努力去实现自己的理想。这让我觉得这一年半多的时间里我做得很成功，而且方向很正确，换句话说，路线是正确的。我总是有个习惯，就是在一个稍微有那么点儿起点意味的时间，重新制订计划，当做一个起点，整顿一下思想，约束自己的行为，就好像刚上大学时的那个样子。似乎每当来到一个起点时，我就感到拥有更多的力量和信心。

现在我又找到一种新的思考方式，当我为一些事情烦恼的时候，我就问自己："这件事情与我的理想有关系吗?"如果没有的话，就不要去理它。如果我选择的是一条出类拔萃的人生，就没有必要像常人那样把自己的生活塞进各种"佐料"。

回忆过去，我记住的是塑造我保守性格的宋老师，让我沉稳的李春梅老师，发掘我才能的刘艳华老师，以及我学习电子琴、参加管弦乐队，进入四十七中小班，报考二十四中，挣扎在前 50 名。我的记忆都围绕在我为争夺制高点的生活周围。这些事情无论什么时候回忆，都那么鲜活，都能让我产生身临其境的感受。这说明我的生活是一条有方向的路。我从来没有随遇而安，也从未放弃过追求，去追求最高的境界。构成我生活的欢乐和苦涩都来自于这个理想，只是从前从来没有觉得理想与现实居然靠得这么近①。

面对着更多的选择、更多的情感、更多的困惑、更多的机会、更多的信息，我才发现自己如此地需要一个方向。以前我认为我的生活是别无选择的，其实我早已做出选择，现在，我心甘情愿地继续这个选择，在此之前，我必须明确选择对我的意义。

独自一人呆在社会里，没有家的包围，没有学校的限制，没有社会的照顾，各种各样的事情都会发生在我身上。延续过去的习惯，面对无数的选择，我都会苦恼；对不同的事情，我都要产生情感反应；对每个机会，我都要去把握；对繁杂的信息，我都要去分辨。所以我会不停地有情绪起伏，我会困惑，我会疲劳，哪怕我既没有失去也没有获得。从生活的角度来看，这其中无论是欢乐还是成功似乎都是一种苦难。

"苦难终结于人们找到生活意义的那一刻。"

我的理想、生存意义是：我要成为中国最伟大的心理学家。

事情似乎变得简单许多。

"人不能摆脱控制，只能选择摆脱某种控制。"（斯金纳）

"人生而自由，却无往不在枷锁之中。"（卢梭）

人唯一的自由好像就是选择某种控制或者说"枷锁"。

我选择的是一条做强者的道路，而成为强者注定是要牺牲的。

我曾经觉得尼采的理论只适合强者，我从根本上来说是一个享乐主义者——我做的一切事情都是为了得到快乐、放松，而不可能因为有苦难等着我去克服而感到快乐，因为疼痛而感到兴奋。在我眼里，那多多少少是一种病态。

但是我的生活轨迹似乎已经决定我渴望成为强者。

思想总是复杂的，原则却是很简单的。我以后就以成为中国最伟大的心理学家作为自己的目标，来计划自己的生活。

可以说我制订计划的初衷就是这样的。

现在我只解释了开篇那句话的前半句。后半句的来源在于我要拥有一个青年人的生活的想法。之所以决定用一个目标来安排自己的生活，就是因为我要求

---

① 对于我来说，虽然有放松心情的功能，但是同时也是非常危险的。因为回忆过去成功、失败会降低适应当前环境的积极性，同时削弱应对现实问题的斗志。所以我经常主动打断寝室同学之间"忆往昔"的谈话活动。

自己的生活充满动力、效率，绝对不是僵化的、功利的。生活是先于目标处于第一位的意义，所以我说"理想为了一切"，只是有了理想的生活更独特、更充实。

"五一"期间，回到学校之后我用四天半的时间读书，完完全全地呆在自习室里，只读书。在之后一个星期里我贯彻计划，大量减少呆在寝室里的时间（其实这只是一个客观指标，表明我一直严格要求自己），取消零食，白天也不再听歌。因此感觉读书的时间陡然间增加不少（时间果然是"挤"出来的）。

最关键的是这个星期我和女生的来往减少许多。

妈妈一个人在"五一"做了什么？

儿子<br>2006.5.12

## 怎能不骄傲

亲爱的儿子：

这真是一个值得纪念的日子，2006年5月13日，我的儿子用自己的学识征服了来自奥地利弗洛伊德大学的代表。其实，这种事情并不少，传奇在你只是一个20岁的大二男孩，而他们是大学校长、教授、学者，他们回答不了你的问题。你真是太棒了，太可爱了。（具体内容在下封信）

儿子，真是太好了。虽然，人们都说机会给予有准备的头脑，但这个机会什么时候来呢？没有人知道，甚至有人一辈子也没有得到机会，所以有"怀才不遇"这个成语。还好，你没生长在那个时代，你的努力终于在机会到来的时候让你发光放彩。你真的是最好的，你让我们骄傲。昨天晚上放下电话，你爸爸蹲在外屋地上默默抽烟，那是在品味他儿子的成功。今天早晨，我和你爸爸去爬山，我说你不准骄傲。他说我怎么能不骄傲，我的儿子这么优秀，我能不骄傲吗？

妈妈想对你说，你爸爸可以骄傲，妈妈也可以骄傲，你不能骄傲。你只是朝着成功迈出坚实的一步，你这还不是成功。成功还需要你付出更多努力。

妈妈<br>2006.5.14

# 第四十封信
# 在强大毅力下，与游戏隔离

妈妈：

我之所以这个时候才给你写信，是因为我在这两个周末分别尝试了不同的休息方法，希望找到最好的消除疲劳、积攒精力的途径。

不会休息的人就不会工作。以前对这句话了解很少，直到在这个学期为追求更多的阅历和读书两不误，导致身心疲劳的时候我才明白这句话的教训。我在周末的时候出去逛北京，平时刻苦学习，但是发现周末出游并不是休息，反而让身体更加疲劳，以至于影响平时学习。

如果回到以前那种"两耳不闻窗外事，一心只读圣贤书"的状态，肯定会让我后悔的。上一次弗洛伊德大学院长对我说的话我仍然记忆犹新，他说做一个好的心理咨询师，理论和技巧并不是最重要的，丰富阅历则起到决定性作用。尽管我并不想成为一个心理咨询工作者，但是通过和这位院长的谈话，使我认识到，在了解别人、了解社会的时候，阅历起到构建框架、指导思路的作用，和读书一样，丰富的经验可以让自己思维更活跃，发散的范围更加广阔，在青年阶段，应该尽量接触更多不同的人，经历不同的事，挑战自我，广泛涉猎。

现在的问题是，怎么能把出游和学习结合在一起，把出游当成高效率的休息（读书毕竟耗费精神）。我做了两种尝试。上个星期我和L一起去植物园赏花（顺便去了卧佛寺），这个星期六我一整天呆在寝室里，在床上看书和上网，玩游戏。后者看上去是比较纯粹的休息（妈妈爸爸不要惊慌，从大二开始我已经没有玩过游戏了，这一次只是想知道玩游戏到底能不能达到休息的效果，如果玩游戏真的能让我恢复精力，那么周末适当安排点儿时间玩游戏，并不是什么坏事)①。

  我发现，如果带着研究的态度去面对自己的行为，会有很新奇的发现。我和L在植物园逛大半天(只花20元钱)，虽然走不少路，但是回来之后我心情非常地畅快(不知道是不是花香起到额外变量作用)，第二天就不再感觉到身体疲劳。这个星期六，在寝室里呆一整天(我从上大学来的第一次)，发现这种比较颓废的休息方法，搞得我有点昏昏沉沉的，而且我真的又开始想玩游戏！我的精力被游戏吸引了。看来我还是没有对游戏免疫，只是在强大毅力下，断然与之隔离而已。在床上读书，固然很惬意，但是很容易睡着，而且不能进行深层次思考，我读很长时间《精神分析引论》，居然一点儿思考都没有。

  以前我想让逛书店成为自己的嗜好，每个周末到书店看看新书。但是那样真的很累，每次回到学校，晚上自习时都很疲倦。星期天的时候，也经常会感觉到身体的倦怠。这种休息仍然没有脱离书，并没有与社会、人、自然的接触。总的看来，以往看似纯粹的休息，会有不良的后果，强迫性的"健康"休息太做作，最好的方法是进行丰富的旅行，最好有人一起分享。

  植物园里有漫山遍野的花，硕大无比的月季花、清香四溢的芍药、淡雅烂漫的牡丹花和五彩缤纷的野花，以及奇形怪状的不知名字的花。我从没有见到过那么大的花，也从来没有闻过这么多种不同的花香，也没有看见过五、六只蜜蜂在一个花朵里采蜜的情景。我跟L说，唯一的缺憾是，这么艳丽夺目的花都生长在一起，失去他们最重要的品性：孤傲(要么怎么说"孤芳自赏"呢)。她说这样才热闹。但我说对于人来说，只有万绿丛中的一点红，才会让我们有那种惊喜的感觉。

  在卧佛寺，我们参观了修筑于元朝时期的卧佛，拜过弥勒佛、释迦牟尼、阿弥陀佛以及观世音。我们是有佛必拜。看过《圣经的故事》、《古兰经》，我发现宗教里很重要的两个要素是神的宽容和严厉。一方面要让信众感受到神的无限包容，另一方面还要让他们对神产生畏惧。宗教里面讲道理的成分很少(托马斯·阿奎那是基督教已经盛行以后的理论工作)，重在让人在情感上找

---

① 因为我买的电脑配置并不高，所以玩游戏的过程对我来说反倒是一种折磨：看着画面上的人物跳跃性地前进，只让我平添焦虑而已。这证明我创造环境来影响自己的方法成功了。

到寄托和依靠。当我看到四大天王那凶神恶煞的狰狞面目和弥勒佛以及观世音慈祥和蔼的笑容时，更加印证自己的观点。

我拜佛的时候，本来想像以前那样希冀顺利考上研究生，但是我转而想到《伊索寓言》里一则故事，讲商人总是把好运归于自己的努力，只有当失败的时候才埋怨命运女神不眷顾。现在考研的事情是我力所能及的，需要我自己的努力，并不需要不确定的命运来决定。而父母的身体健康是我最关心的，又是我力所不能及的，所以我只能把美好的祝愿作为自己唯一可以做的事情。我就诚心诚意地拜佛祈福，希望父母身体安康，长命百岁。我不怕说破自己的愿望，而更希望父母知道我的心意，就算为了我也要更加注意自己的身体健康。

上一次弗洛伊德大学来我校学术交流时举办一次讲座，分别由弗洛伊德大学的校长、团体心理学学院院长和一位留奥华人进行演讲。在校长进行演讲的时候，我用英语提出关于波普尔科学观对于弗洛伊德理论冲击的问题。校长说他没有想到会有人提出这么有趣的问题，没有充分的准备。之后张力为老师邀请我和另一个提问的研究生和学校领导以及弗洛伊德大学的来访人员一同共进午餐。在餐桌上我和那位院长又进行了很多交流，他们夸奖我，说我非常优秀，他们有意向和我们学校进行学生交流活动。那个留奥华人说我提出的问题比北大学生更有水平，这让我很高兴。

事后，我感谢了张力为老师，是他别出心裁邀请两位学生。我知道他是为我们提供机会。

这个星期我可有点"得瑟"。弗洛伊德大学来访那一次我在心理学专业学生面前得瑟一下，然后这个星期五又在一次两个美国心理健康专家的讲座上露一把脸。我先是提出一些比较专业的问题，然后又上台帮助他们表演戏剧。总之我整个人现在有点"轻浮"。下个星期我主要工作就是静心。

祝身体健康！

儿子
2006.5.28

家书里的大学——一位保送北大读研生的成长历程

## 要有远离浮躁的定力

亲爱的儿子：

你已经超出你的同龄人，已经很优秀，你继续孤独地读书，自会有结果。不必现在就去要一个结果。这个世界很浮躁，人们都希望尽快成功，我想你也受影响。但你是有理由沉得住气，有理由置自己于孤独的境地。因为你理性，因为你有父母精神和物质的支持，不是吗？

读万卷书，行万里路，那是过去的时代对读书人的一种要求。现在已经没有意义，你还忘记一句话，秀才不出门，便知天下事。妈妈不是反对你出游，而是说目的太明确的出游，其实不一定带给你什么真正的阅历和生活。过去讲作家要深入生活，作家协会组织作家去农村去工厂体验生活，有什么用？写出什么传世名作？到目前为止，流传千古的作品都是作家的亲身经历。《红楼梦》、《飘》等等等等，哪个不是？

妈妈<br>2006.6.3

# 第四十一封信
# 有了记录的生命更真实

妈妈：

感觉好久了，没有静坐在电脑前仔细回顾自己最近一段时间的生活，然后整理一下所有有意思的、值得记忆的、令我烦恼的、令我快乐的事情，将一切都告诉远在家乡的父母。真的是只有失去才知道珍惜，原来写信已经成为我生活中非常重要的中转站。每当疲劳的时候，就停下来休息一下，回头望望，分享一下往事，甩掉一些包袱，重新振奋，继续上路……

没有留下记录的英雄是苍白的，就好像没有三国演义就没有如今的张飞一样。很多人，向着目标都在奋斗着。他们真的是心无旁骛，生命就像划过湖面的飞艇，在周围扬起激荡的浪花，哪管水中的鱼儿，向着前方一路飞奔。真的是很喧嚣，精力就像发动机里的柴油，一点点地挥发，变成蒸汽然后在火花中燃烧（妈妈知道发动机原理吗？），释放出意想不到的热量和额外的轰鸣声。真的是很无奈，冲到岸边一瞬间，悄悄回头望一眼却发现，湖面依然平静。

生命的确是一条线段，分为起点和终点，还有中间的连线。上数学课才知道，原来点是抽象的，线是具体的；点无所谓大小，线却是可以测量的。

把成功看淡，把生命看轻，这似乎是天方夜谭，可是即使不能如此，我们是不是应该重视一下眼前的风景，留下一些痕迹，使我们这群难以满足的人，在回首往事的时候，看到的不仅仅是失败后歇斯底里的痛苦、冷静下来之后的计划、奋斗的汗水，还有一些更真实的纪录，一些很平淡，但是具体、惬意的片断，就好像针线一样，将我们的生活连贯起来，让我们可以重温一遍过去，让时间乘以2。

有了纪录的生命更充实。

在和毛泽东思想概论课老师互留邮箱地址之后，大二下半学期期末考试全部结束。尽管可能有些不如意的地方，我还是顺利地完成任务。

我得说，在包括考试周的这三周时间里，我过得比较浮躁。最开始的时候，为同学准备复习资料，还算抱着一点儿责任感，到后来，需要准备运动训练学考试、作业和几乎没怎么上课的教育心理学考试、作业，我就产生一种排斥感。当我把资料都准备好，只需要进行记忆的时候，我就会很不耐烦，经常起身去上一趟厕所，或者看一会儿英语，总之是做些别的事情。在心理学上这叫推延，就是为了躲避做一些事情而无意地通过找寻各种理由来拖延进行活动的时间。本质上，就是不愿做这些事情[1]。

这个问题以前也有，但是这一次引起我的重视。因为运动训练学的内容正是我所厌烦的，就好像让读书人学种地一样（当然为了填饱肚子也应该学，但是如果有更重要的事情，就不应该去学）。当期末考试结束的时候，我不是高兴考试结束了，而是庆幸终于可以做自己想做的事情了。我立刻做小学期和暑假的学习安排，制订学习计划和出游计划。这些事情都是我所愿意做的，我的精力立刻又从空气中回到身体里。

我的计划是：小学期继续普通心理学、实验心理学学习，同时注意专业英语的学习。暑假里主攻心理统计学，之后进行心理测量学的学习。这期间还要以阅读专业论文的形式进行专业英语的学习。同时英语也会安排每天的练习，方向是 GRE。

现在很多同学都很依赖我在期末时所发的复习资料，这的确提升我的威望，这也出乎我的意料。我以为他们都很有个性，除了那些容易不及格的人以外，他们不会接受我的材料。看来他们还是喜欢有人为他们减轻负担。

最近最郁闷的要属 F。好像是刻意安排的，先是在打篮球时骨折，然后在骨折后一周被 Y 抛弃。无论怎么说，Y 在这个时候提出分手实在是让人感到有些气愤。F 开始几天还没什么反应，可就在昨天晚上和 Y 在 QQ 上聊天被拒之后，又一次痛哭流涕。他满身的肌肉和脆弱的表情"交相辉映"，我实在觉得

---

[1] 在期末考试当中最经常遇到的一种心理活动就是：拖延。当所有材料都准备妥当，我所要做的工作就是背诵记忆的时候，我就会找各种理由回避这项简单但是最重要的工作。克服这种心态需要很大的心理能量，所以如果睡眠不足、情绪不振的话，很有可能就一直拖延下去。很重要的一点就是保持良好的睡眠和充沛的精力来克服这种心态。

这个场面比较幽默。我陪他去两次海淀医院，换石膏，拍片，平时由另外两个人照顾他，我晚上帮他买饭。反正他说他是郁闷极了，我嘴上安慰他，心里却说，你也真该郁闷。

经历过这种事情，更是不敢谈恋爱了。

我到历史博物馆（天安门附近）参观国宝征集成果展。

历史博物馆里展览有关于拉丁美洲文物展、西西里岛五千年文明历史展、国宝征集成果展、中国古玩珍品展。我见到很多珍品，包括王羲之手迹、巨大的西西里岛人形雕像（大概有 10 米高，靠在墙上，气势恢宏），还有看上去只是很平凡的碟子（或者说是碗），据说很珍贵的瓷器。的确是不虚此行。

另外自从我确立成为伟大心理学家的志向之后，我发现我的态度有些改变。看来真的是**目标决定一个人的志趣，目标越远大，越能包容困难，但也越傲慢**。不过我现在心里怎么想的别人也看不出来，生活还和以前一样。同学之间关系挺好，我自己也不烦恼。就好像知道自己屁股长了疙瘩，既不影响别人，也不影响自己，我的变化只有我知道。

我会再写一个个人总结，不过需要多思考一下。

不久前看见爸爸，觉得爸爸变化不大，真替爸爸高兴。不知道妈妈怎么样了。等小学期结束我就回家，到时候就知道了。有些事情信里说不清楚，等我回家再和爸爸妈妈讲。

儿子<br>2006. 6. 23

## 真正的慈善

亲爱的儿子：

你这件事做得太好了，这是真正的慈善行为。你每个星期用一段时间去帮助他人，做心理咨询，我想是很应该的，这是帮助人啊！这与心理学的宗旨是完全一致的。在学习的时候，已经在体验心理学的作用，这是很好的事情。帮助他人心理健康起来，你如果在这中间能发挥一点作用，也是功德无量的好事！你的做法，说明你的善良和可爱。妈妈希望你成为一个有健全人格的学者，你正在朝着这个目标进军。能够帮助人，有能力帮助人，是很好的事情。

妈妈

2006. 6. 25

# 第四十二封信
# 对社会承认和个人修养有偏执的追求

妈妈：

尽管有些不符合父母的意愿，我还是一个人提前回到学校开始自己的学习。外人问我为什么只回家一个星期，我会说："父母实在太想我，以至于如果我不回家那真是不孝。虽然我也很想他们（这一点是当然的了，我在学校里虽然很惬意但是并没有温暖），但是我在家里每天无所事事，就好像每天在上刑一样难受。我还怕将来我会把失败归咎于回家（这是难免的）。我还是提前回学校比较好①。"

我希望父母在理性上对我的支持可以转化成情绪上的安慰。你们的支持对我很重要，但是你们的快乐对我也同样重要，我不希望因为我这点儿青年人的锐气挫伤你们的感情，使你们有一丁点儿的难受，那样会倍加令我陷入两难的境地，有点"忠""孝"不能两全的味道。如果爸爸真的非常想每天下班回家都能摸摸儿子，妈妈也想每天在家里看着儿子晃来晃去，我一定会回家的。毕竟我过去的幸福、现在的优秀和将来的理想都是你们给的，你们的快乐就是我的满足，你们的忧伤就是我的悲哀，我们的心是用线连在一起的。

现在 W 也走了，寝室里就剩我一个人。这一层宿舍楼里也只有我和隔壁两个寝室有人。生活逐渐走上正轨，也不需要什么决心和爆发力，就这样自然而然地恢复到学习状态当中。早晨 7:20 起床，8 点开始自习，11:30 吃饭，午睡半个小时，5:30 吃饭，6 点开始自习，10 点回到寝室，11:30 睡觉。这一周打一次篮球（下雨中断一次）。在寝室里看电影（《加菲猫2》）。学习的内容就

---

① 当自己对自己的形象、目标设定非常明确并且完全认同的时候，就会有一种动力、习惯去回归到"常态"。这就是向自己证明自己的目标的一个作用。但是同样地，大家就是会变得更加自我、自私，而忽略了父母的感受。

是背单词、看心理统计、其他心理书籍。

现在看来，心理统计会提前完成任务，需要布置新的任务。我决定把普通心理学和试验心理学概念整理一下，然后按照专题的形式，把各重要理论、重要人物都梳理一下，顺便给爸爸写一些心理专业方面的记录（因为是为考试而准备的，所以不是"火花"）。

上个星期天我买几本书。《现象学方法》（据说是美国部分大学社会科学必修课）、《社会科学的方法》、《心理统计SPSS13.0步步通》（英文影印）、《英汉-汉英心理学词汇》、《心理学理论精粹》。还借了三本书：《心理学批判性思维》、《与"众"不同心理学》、《情绪心理学》。又买一盘歌剧音乐碟。

正如我给爸爸回信里说的，出国的事情还早，只要有个大概了解就可以。总之就是要么就考得很好，拿足够的奖学金，要么就不去，要去就尽量去最好的——我就是这样的。现在想起来自己为什么对自己要求这么高，其实不是父母的原因。我记得在中考前，老师都说如果没有考上重点高中会怎样怎样的，我这个人想象力比较丰富，有好几天晚上做梦自己在行街乞讨的样子，和在家被老婆管、被孩子气的情景，当时整个人在梦里被吓呆，醒来之后更是泪眼汪汪，发誓一定不能贫穷，不能平庸。虽然我的生活比较优裕，却没有那种对事业比较平淡的胸怀，以至于现在总是把"最伟大的心理学"和"北大"挂在嘴上（主要是行动上）。

有一天和我们心理教研室一个老师谈话，她说她儿子非常优秀，结果她让他上初中的时候没有择校（她儿子上的初中是一个很一般的学校）。我很奇怪地问为什么？她说她只要儿子上大学就行，用不着清华北大。其实一开始我真的非常不理解，就好像每个人一生下来就应该是为了成为最优秀的而生活的。爸爸妈妈可能和这位母亲有一点儿的相似。但是没有办法，我在梦里能够体会到真实的感情，好像经历过那些从农村来的人生活一样，心里深处有一种恐惧。他们对金钱和权力总是放不下，而我则是对社会承认和个人修养有着偏执的追求。我不能放弃北大的梦想，哪怕现实中那只不过是一个拿给别人看的标签。

可以说这也是以后我不再以"抱负"大小来评判一个人的原因。

很巧合地，就在《与"众"不同心理学》这本书里提到这么一个问题："只有'想法'是不值钱的"。一个心理学著名科普作家说他曾经接收过很多信件，都是说他们发现一些"革命性的理论"，一个可以"拓展科学界限"的理论。其实科学家也有能力就这些终极问题提出各种想法，但是我们不这样做，科学家恰恰是尽量避免思想中出现这类太空泛的念头。他认为一个看似吸引人但却无法被证实或证伪的观点，对科学来说一点儿用也没有。这些理论充其量是给人以安全感而已。

这是科学和文学的一点儿区别吧。我以前总写一些火花，虽然初衷是好的，但是那更类似弗洛伊德的理论——一种文学创见——而不是科学理论。文学就是给人安慰的(享受也是一种安慰吧)，可以很浪漫，可以有无穷的解释力，但是科学态度不允许这样。以后我有好的创意仍然会留下来，但是会避免"空泛"，我给爸爸写的大部分都会是心理学知识的总结和整理，而不再是什么"火花"。我现在才明白为什么梁老师说我那些"火花""没用"。

现在自习室里的人只有两种：考研和考出国的。我周围除 GRE 单词书就是政治理论书，学习氛围挺好的，也挺有意思的。

爸爸妈妈注意身体健康，北京时冷时热(下雨后有点冷，第二天白天就阳光暴晒)。自习室里都是恒温，我没有什么不适应的。大连这么凉快倒是让人担心，不正常啊！所以父母还是做好两手准备吧。

儿子<br>2006.8.4

## 爱情可遇而不可求

亲爱的儿子：

你和女同学的关系，你对自己上学期的做法给予很严厉的反省和批判，其实也不必。这一步迟早是要来的，早来晚来而已。如果妈妈告诉你，不准谈恋爱，对学习不好，你肯定不信。很多事情必须自己经历才有结论，才有正确的方向。谈恋爱也是如此，没遇到合适的人，没有心仪的女孩，只是想体验一下，很快就会厌倦甚至有疲劳感。这种事情闹不好，用你爸爸话讲，破裤子缠腿，很难抖搂掉。要是像拿感情当唯一的那种女孩，哎呀儿子，后患无穷啊！上帝一定会给你准备一个美丽而优秀、可爱而优雅的好女孩。随缘吧，爱情是可遇而不可求的。

妈妈<br>2006.8.8

# 第四十三封信
# 应试抓基础、学习抓根本

妈妈：

又独自一人在学校呆两个星期。在和爸爸聊天之后才发现自己居然说话都变得迟钝了。

之所以要晚一些给妈妈写信，是因为我的生活实在是相当平淡，没有什么。但是和爸爸见了面，谈谈考研、出国之后，还是觉得有值得一写的东西。

先是说考研。父亲的确给我提供不少信息，这对我准备应试有很大的影响。另一方面，我也再一次坚定向理想前进的信念，不会为了稳妥，为了任何"莫须有"的不确定性而改变自己的追求。

再说说出国。我和C通信才知道，他刚从美国旅游归来。我想他一定是有亲戚、朋友在美国，觉得现在出国的确不是什么太困难的事情。对我这样一个学生来说，出国的唯一途径就是通过考试，古往今来一直如此，没有什么本质变化。

父亲也说了，他也是一个不安分的人，我总算有些安慰，否则真是觉得自己有点太急功近利，还好毕竟还是性格遗传使然。但是有目标固然好，如何能够不急躁，不空泛，确实是我最大的难题。人喜欢抽象的东西固然好，但是容易"双脚离地"——不能够脚踏实地，所以我希望自己是一个理想主义者，在每天的学习中自己能够是一个实用主义者，两者结合起来，大方向不会错，最终也一定能够实现。

至于心理学该怎么学这个问题，爸爸来的时候，我也大致说了一些。概括起来就是：应试抓基础，学习抓根本。我当然是要考试了，所以基础一定要理解，熟练地表达；但是我将来要成为一个"伟大的心理学家"，不能像梁老师说的那样只注重基础，因为即使基础好了成就毕竟有限。心理学和别的学科不一样的地方在于，它是一个有关最本质的人的学科，需要的是对人的深刻洞见，而这种洞见并没有客观指标，像社会学的统计调查或者历史的史书记载。这种洞见的来源就是哲学，无论是研究的内容、方法和角度都是由先哲们的思考成果决定的。

我为了理解当今的心理学发展（过去、现在、将来），必须掌握与心理学有关的哲学内容，才能够把握自己的思考方向和局限范围，才能够与西方的心理学研究沟通上，否则就只能做一个"技工"，做一些不需要思考的工作。我学习的心理学知识不是仅仅为了跨入心理学研究门槛，而是能够形成我独树一帜、自成体系的基石。这些知识是我的视野和思考深度的基础，不是应付社会标准的工具①。

再说写作。其实我一直觉得自己的文笔有些"不通"，说的话自己都觉得别扭，尤其是在改写自己文章的时候，经常要重新理顺一下。我的特点就是善于比喻，希望能够创造出从来没人想到过的"意境"，我也经常为自己的"奇思妙想"感到自豪。我写的每句话之间都有省略，这是因为我从来没有想要认认真真地写过一篇文章，经常是想十句，写两句。这和我说话是一样的，我想的多，说的少，如果说话再稍微慢一点儿的话，就忘了自己想什么了。说话、写作都是一个表达方式而已，关键是能够保持思维的流畅性。我自己推测起来，虽然自己文字有的时候显得"不通"，跨越性比较大，主要是因为态度问题。我的文章必须由自己反复地一遍遍地改，查漏补缺，才能变得明畅起来。

爸爸这次来的确给我很多启发，这些问题我早应该思考过，不过就是没能自己主动去认真思考。我高中的经验就是"有问题，就解决问题，不要拖沓"，可现在问题是，有些问题并不明显，还没有到"病入膏肓"的境地（就好像我单相思那阵，直到我发现问题已经很严重，我才开始正视这个问题，其实有些晚了）。我必须有能力自己发现问题。我在想，为什么这些如此重要的事情我从来没有自己主动认真面对，更别提思考，非得有人提醒才能够认识到呢？我难道自己不应该重视、解决这些问题吗？我生活中的问题，为什么自己都能够视

---

① 真正开始了解心理学，是从了解心理学的历史、了解心理学基本的本体论和方法论假设之后开始的。虽然这只是从知识角度、而不是对心理学从业角度的理解。如果说我当时已经对心理学产生了浓厚的兴趣，而正是这个兴趣引导我去读更深层次的课外读物来补充自己的理解，因为没有人会指导我去读这些书。所以这可以看做是"兴趣是最好的老师"这句话的例证。

而不见呢？

看来想要走上真正的独立，我需要做的事情还有很多。

儿子<br>2006.8.20

## 爱是琐碎的

亲爱的儿子：

你说这两个星期很平淡，儿子，生活本来就是平淡、琐碎的。你用自己的智慧和努力得到了一个不平淡的大学生活，但长久的人生还是平淡多于不平淡。谁能总是轰轰烈烈、张张扬扬呢？眼看要开学，妈妈的心才算放下了。你爸爸说，你们班级里回来好几个人，想到走廊里不再静悄悄的，想到我的儿子不用连说话的功能都有点退化，妈妈觉得很高兴。总是一个人，难道能一点儿都不寂寞吗？我的儿子成神了，不怕寂寞？开学又开始新的攀登，朝着你确定的目标走下去吧，妈妈永远是你的支持者，你爸爸则是一个参与者。他为你查网站、查资料，忙得兴致勃勃呢！

妈妈<br>2006.8.23

# 第三部分（大学三年级）

# 拒绝彷徨，
# 朝着目标奋进

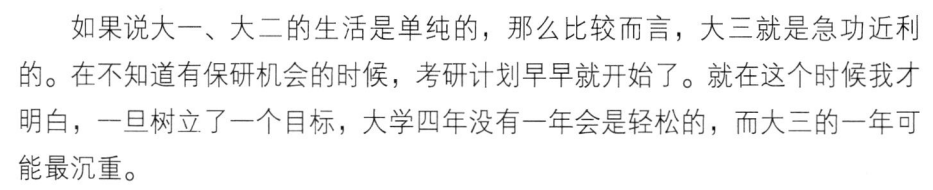

如果说大一、大二的生活是单纯的,那么比较而言,大三就是急功近利的。在不知道有保研机会的时候,考研计划早早就开始了。就在这个时候我才明白,一旦树立了一个目标,大学四年没有一年会是轻松的,而大三的一年可能最沉重。

这一年的学习心态是复杂的。因为无论学习什么头脑中都会不停地想着考研的问题。举个不恰当也没体验过的例子,这大概就好像知道妻子临产却还得工作时的感受。如果说我对自己前两年的学习还算是满意的话,这种满意反而成了第三年的负担,因为所有的付出都要在第三年转化为成果,而高考的经历总是让我对考试有一种不确定感,继而是焦虑。对我来说,烦恼越多,反思越多。我和母亲更多地讨论如何减轻自己的压力,如何正常学习,如何让状态恢复到以前。**人总不能无忧无虑地学习**,这段时间的经历无疑是无比珍贵的,因为人生总要面临挑战,而**在压力下能够保持平常心毫无疑问是成功的关键**。这就好像运动心理学当中心理训练最核心的一部分就是如何忽略环境压力和对结果的担忧而保持正常发挥。

但是母亲和我考虑问题的角度是不同的。我,一个年轻人,总是从理想主义角度去思考问题。而母亲,一个过来人,习惯于"从实际出发",希望为我的将来做最稳妥的打算。在大三这一年,我面临了独立做出选择的压力。一个是留校读研,一个是保研,另一个是放弃保研而进行看不到希望的考研。因为作为"211工程"全国重点大学,北京体育大学具有向外校推荐保研的资格。这对我来说是一个惊喜,但马上就成为了一个负担:如果尝试保研,就会分散考研的精力。与此同时,心理教研室的老师又间接地表达希望我留校保研。在我面前,是三个选择:稳妥地留校读研、光荣与梦想般地开始申请保研和放弃保研全力争取考研。母亲希望我走第一条路,她不希望我再承担更多的压力,尤其是在她看来有一个更好的选择的情况下。如果说梦想与理想一直以来都是美好而抽象的词汇的话,这个时候就具体化为明确无误的指南针。初中的时候有人曾经嘲笑我报考大连最好高中的想法,甚至包括老师。但是我做到了。现在,恩师们的期望,各种"不可能"的言论,以及完全没有先例的不确定感,再加上母亲颇具感染力的说服工作,**我很难说自己没有那么一丝的动摇,但是我很快就坚定了自己的决心**。

与其说是我的个性和理想让我做出了这个决定,不如说是这个决定成就了我的个性和理想。选择保研的决定一旦做出，我的大学生活就发生了翻天覆地的变化。成绩不仅仅只具有象征性意义，而是变得让人神经质般的重要。我开始离开书本，与教研室、学校各级机构的老师、领导进行沟通，我开始奔波于北大与体大之间。这段"社会经历"是我人生当中第一次在学习以外的成长体验。有太多要感恩的人，当然也有阻力和挫败。我很庆幸自己将这段宝贵的经历留在了与母亲的书信当中。

除此之外，我开始了毕业论文的研究，开始了对学术研究（而不是知识学习）的真正探索和学习。锦上添花的是，在这第三年，我经历了短暂的"情感"风波。这一切都让我的大三变得无比精彩，回味无穷。

# 第四十四封信
# 钱是敏感的东西

妈妈：

上个星期还在说没有什么事情，这才仅仅过一个星期，事情就一个个地接踵而至。

首先给妈妈讲一下关于我给外国留学生当导游的事情吧。

我在学校的英语课上向来十分活跃，很多人都从课堂上认识我，尽管我不认识他们。一个管理学院的朝鲜族女生就是这样认识我的。她在学校的国际交流中心帮忙工作(因为她会朝鲜语)。开学之初，新的留学生报到，需要有人带领他们熟悉一下学校环境，了解一些生活必须设施的位置，比如取款机、食堂、教学楼等等。这个女同学于是就想起我。她本来想要找英语专业的人，她在英语专业的同学没有回到学校，然后才想到我。也就是说，我是第二选择。我接到这个 offer(工作邀请)感到很高兴，前一天晚上就准备一些必要的单词。第二天一早就去国际交流中心。这些留学生中有美国人、加拿大人、韩国人(由那个女孩领着)、穆斯林(他说的国家我听不懂)。

正如我在给父亲的信里所说的，我的确发现我英语中有很多问题。首先就是不知道单词的用法。比如食堂这个单词，我查字典是"refectory"，结果那个加拿大人听了之后，笑了一下说平时他们并不这么说，那个单词一般用于公司里的食堂。然后就是很多生活用品的词汇我不会，比如打气筒、证明照片等。我本来想和他们很好地认识，以后可以多交流的，可是因为我经常没有办法对他们的话作出最合适的回答(我能回答，但也许不能准确表达我的意思)，经常无法继续交流。这不是英语角，他们的每个问题都很有内容，不是那些在英语角上可以随便回答的日常琐事，我们的交流远没有在英语角上那么流畅。他们可能以为我英语水平不错呢，没有"照顾"我，以至于经常听不懂他们的话。看来我

158

的口语只能吓唬比我差的人或者讲一些大众话题,不能和人进行深入交流。

现在我们寝室里住六个人,空间陡然间压缩不少,有些不方便。不过这样也好,因为有稍微陌生一点的人,寝室里安静不少。

教师节我犯了一个很大的错误。去年教师节,我送给英语老师一个蜡烛灯,我觉得效果很好。我在班里提议大家一起给老师送礼物,没想到引来一大堆麻烦。先是我垫钱买完水果篮之后,老师坚决不收,礼品又不能退,我的钱等于白搭(7个水果篮200元,后来他们说他们会和我平摊我才放心);我们本来是征求同学意见的,有些同学同意,有些不同意,最后我们决定同意送礼物的同学集资给老师买礼物。

在路上我无意中听到女同学的议论:他其实就是自己想给老师送礼物,然后却让我们出钱。我早已经想到同学会想到这一点,但是我努力想将个人利益与集体利益一致化(我写信给这几个女同学就用的这句话),我的计划就是会让我们这些出钱的同学一起去给老师送礼物。结果现在同学们这样议论,真是非常糟糕。我仔细想想,一方面我们同学之间的人际关系很脆弱,只要关系到钱,什么好印象都没有用。另一方面,老师也表示不希望我用这种方式给老师祝贺节日。我也突然明白,老师和父亲一样,很不喜欢送礼这些俗套,我怎么能想出这么糟糕的提议呢?妈妈,我是不是学得世故了?我觉得没有,只是太操之过急,没有仔细想清楚。

还好老天给我一个补救的机会。我和F拿着果篮去一趟梁老师家里。梁老师家就在学校家属区,非常近。我跟梁老师说,我并不是像其他院系的学生是因为成绩问题给老师送礼,是因为我实在接受老师太多教诲,受过老师很多的指导与帮助,没有什么办法来表达,很愚蠢地选择这种方式。我也很后悔。我想梁老师可以理解吧。

梁老师原来经常批评学生。他的研究生、博士生经常都不敢见他。我觉得有这样一位老师也相当幸运,愿意去花时间、精力去指导一个学生,这种老师已经不多见。就好像证实一个理论一样,表扬一个学生用处实在不大,只有一针见血的批评才能够促进我的进步。老师说我的缺点就是喜欢"想入非非"。这个评价的确很准确。我在人生上总是愿意想入非非——考北大、在读书的时候也愿意想入非非——一些奇谈怪论、在生活中更是经常想入非非——一些莫名其妙的人生道理。这些东西可能对于文学来说有些用处,对一个做学问的人来说，或者说一个学生来说有些浪费时间、分散注意力。

老师说有机会要看我学习《科学推理的逻辑》的读书笔记。我现在已经基本上完成第二遍阅读，能够了解整本书的思考思路，对于一些具体问题能够有自己的理解，并且稍微有些联系自己心理学的研究方法问题。爸爸问我这本书和心理学有没有关系，我的回答是：如果我将来要进行心理学研究，那么这些对于科学研究逻辑的掌握将让我受益终身。

我现在正在上"逻辑学"的任选课。这门课程很明显比以前正规多了，因为老师本科、研究生的方向就是逻辑学。我也比较认真进行学习。

接受梁老师的批评之后，我现在经常对自己的计划进行反思。我现在正在背 GRE 单词。其实这并不是必要的。GRE 单词相当专业，很多就连美国人自己都不知道。如果不是为应付考试，没有必要背他们。如果说英语六级的成绩好影响在于鼓励我英语的学习，坏处就是让我对考研英语有些麻痹大意。现在我刚开始发展心理学的自习，英语学习还没有进入正轨，只是背单词、阅读，目的性不是很强。我想如果和针对六级一样，与其好高骛远，不如把那些常用的单词弄得更熟练、把听力努力再提高一个档次更现实。我现在就准备考研英语并不算早，因为考前一年有更多的内容需要准备，英语只能是每天早晨和晚上的工作而已，不如现在就以考研英语为目标，通过阅读扩大词汇量，而不是记背 GRE 单词。我觉得这个方案更合理。

这个星期我仔细研究考试大纲。首先明确普通心理学的参考教材，以及教育心理学的教材和心理统计的教材，但是发展心理学和心理统计学以及试验心理学的教材还没有找到思路一致的教材（我想这三科的每一科的大纲可能是由不同人分工编写的）。

因为考试大纲上没有社会心理学、认知心理学以及心理学史，这个学期的学习计划就改为：心理测量（有课）、心理统计（有课，但是我已经自习结束了）、发展心理学、教育心理学、中英文心理学论文（顺便加强专业英语）。到明年二月份开始正式考研准备。

这个学期还有一个重要的任务就是找到自己感兴趣的研究方向。梁老师也跟我说，我的那种想一直学习、什么都想学的心态说明我对心理学还没有真正的兴趣。他建议我对自己感兴趣的方向有所偏向。考研改革看来也要求这一点，平时学习的时候我会注意一下的。

妈妈就要动身去鞍山，然后去广州了吧？提醒爸爸少抽烟，婚礼上少喝酒；妈妈不要太疲劳，在鞍山不要太"独特"；在广州要后发制人；妈妈追求年轻人的心态很宝贵，但是如果能够做到年轻人那种既追求个性张扬又追求成熟稳重的混合心态，就更好了。

感觉现在虽然不和父母在一起，但是知道父母要远行的时候，反而比在父母身边紧张许多。我记得太姥爷希望看到亲人都在身边，像小孩一样，亲人离开就紧张、担心。我为父母担心是不是说明我也有点老了呢？

我已经交了网费。我们寝室买一个音箱，每人45元钱。我现在每天早晨喝一斤牛奶，这样下去不困。

儿子<br>2006.8.27

## 放 弃 北 大

亲爱的儿子：

我们并不是说考北大不好，但你把北大当做结果不好。北大只是一个手段，结果是你要做一个学者。这个结果通过北大能完成，不通过北大也可以完成。金子在任何地方都能发光，这样最简单的道理难道你不懂吗？

你可以考北大，但我们不愿意你付出这么多学习以外的努力。你认为自己大学考的学校不是太好，其实，学校、地区、专业，三个方面都要考得自己完全满意，是少之又少的。你的同学们，上北大和清华的同学，他们的专业都满意吗？G，她学习的是自己完全不喜欢的专业。K，机械专业，她对此并无多少兴趣。

你爸爸已经告诉你，北大的研究生考试有很多的变化，你不必再去打听，保送的事情任其发展，谋事在人、成事在天。

儿子，我们爱你，希望你成功，希望你快乐，希望你不走弯路。你现在选择真的有一点问题，想想我们的建议吧！

妈妈<br>2006.8.28

# 第四十五封信
# 一定要考上北大

妈妈：

　　我能够理解妈妈的心情。我觉得妈妈更多的是为我的幸福作打算，而不是为我的感受思考。的确，爸爸妈妈的构思更合理，虽然也有难度。但是我也有我另一方面的感受。

　　想一想在高中的时候，我就对你们说过，那些普通高中的学生一天到晚都在埋怨自己差几分就能够考上重点高中。他们总是有埋怨的理由，失败后总能得到那么一丁点儿安慰，努力的动力就小一点儿。我在高中的时候，虽然说过并不稀罕二十四中这个招牌，但是从来没有抱怨过。相反地，我能够尽情地沉浸于正常的学习生活当中。父母可能以为这是想当然的。以前我也是认为那很正常。现在看来，那是多么宝贵的心态啊！就因为有一个在别人难以企及的学校读书的心态，能够把心思投入到实际生活当中，不管是为竞争暂时的失败而悲伤，还是因为和同学没有共同语言而苦恼，或者是因为朦胧的感情牵涉学习精力，这些都是人生必须经过的旅程，对以后的生活都是宝贵的经验。

　　在这所大学里，我有很多时间花费在这种"怨天尤人"的"寻思"上。不管我多么相信自己的未来，但是周围每天都在刺激我，我总能将一切的不如意归因到这个学校，如果想要摆脱这种心态，需要付出大量的精力，需要不断地用理性去思考，要冷静地沉默一会儿。即使我能做到不受周围的影响，那也是付出相当大精力作为代价的。

　　我曾经在信里说过，哪怕考上北大只是一个标签，我也要实现这个目标①。因为现在付出的精力，是为以后节省精力。举一个例子，就好像失恋以后，无论多么冷酷的人，怎么可能不因历历在目的往事而烦恼，做得好一点的人能够通过和别人沟通、旅游来排解忧愁，可是毕竟时间已经浪费了。所以以后做一个学者，我不能花时间去排解因为周围人的不理解（能力和标签不符）而产生"郁闷"。大学几乎是以后做学者一辈子的标签。我这次去北大，看到很多老毕业生回来聚会。他们的成就自然不能因为上北大而确定，但是起码他们的精力不会被自己的过去所打扰。

这就是我现在的想法。

我不会再考虑保送本校的事情。

我一定要考上北大，这正是因为我和您们有着共同的目标。

儿子<br>2006. 9. 16

## 经营好自己

亲爱的儿子：

你说得对，让大家集钱是件错误的事情。你对世界的了解还是不够多，一关乎钱的问题，就很敏感。你想想，不是所有同学家庭条件都如你那样，比较宽裕，更不是所有孩子都如你那样不用手机，不去游戏房，不谈对象。这样，即使他们父母给的钱不少，花销也比你多。自己花多少钱都可以，捐出来就不一样。钱是个敏感的东西，很多在别的方面很慷慨的人，遇到钱的问题立即往后撤退。

经营好自己，就是对这个社会负责，先把自己经营好，当你有实力的时候，才能举足轻重。否则，没有人愿意听你的。

妈妈<br>2006. 9. 18

---

① 可能理想并不一定是一件理性的事情，如果单从功利角度来讲并不见得就是最有意义的事情。

# 第四十六封信
# 青春变奏曲

## 夭折的青春

113寝室里的人现在都已经大三。人的时间知觉就是这样子，我们感受到的时间过程并不取决于时间的实际长短，而是在于这段时间到底有多么丰富。从这一点上来说，两年完全可以和一转眼是一样长的。如果只是想想我们到底做过什么轰轰烈烈的事情的话，时间过得可真是够快的——我实在记不起我们做过什么"大事"。

我还是依旧每天早出晚归，偶尔和同学出去吃饭；失恋的F用悲伤医治自己的脚伤——情况只可能是更糟（主要原因可能是那些难闻的中草药）；Z依旧是黑白颠倒，偶尔清醒一下就能有"吓人一跳"的效果；W有进步——上一次因为打工使计算机考试没过，现在正准备补考呢。这一次可不是光说不做，他的决心完全体现在实际行动上：每晚必上自习，白天的任选课统统都给"翘"了。寝室里唯一的一点新气象是来了两位大四师哥。其中一位在别的大学实习很少回来。另一位则完全相反——很少活动只呆在寝室里。说起这位师哥，他还蛮有历史的。据说他复读两年，终于在21岁那一年考上大学；可惜他的"爱人"不争气，没能和他一起来到这所大学，他就只好在三年里每夜把电话拿到被窝里，悄悄和他远在千里之外的"爱人"互诉衷肠。

开学将近一个月，虽然大家都和以前一样，但是寝室的气氛不知不觉地、越来越明显地有巨大变化。

一天傍晚，我刚从教室走出来，就有一位师哥告诉我W博士找我有事，让我7点钟去找他。我一看表，已经6点半，于是直奔向食堂去吃饭。还没走到食堂，F 又把我叫住，说他腿伤的保险金发下来，他今晚请客。我跟他说，我先去找 W 博士，让他们在寝室里等我。熟料 W 博士有急事，让我 7 点半再去找他。我总不能让同学等我到 8 点再吃饭吧。我猜到 W 博士找我也没有什么好事，肯定让我给他翻译论文。这个 W 博士工作起来很认真，而且有一股东北人的豪爽劲，就是英语差点。毕竟博士挑选的论文都是比较好的，如果能够仔细阅读一下，不但帮老师的忙，将来做论文就能有人帮忙，还能学到不少东西，一举两得，更何况，翻译一篇论文对我来说不算什么。虽然同学劝我别去，我还是决定让同学先去饭店，我找到 W 博士之后再去饭店。

果不出所料，我从 W 博士那里拿着一篇英文论文回来。我回到寝室，看到纸条说，他们不想在学校周围吃，跑到中关村去。我来到车站，看着一路排不到边的车队就不想去了，寻思着干脆趁热打铁把老师的论文翻译出来算了。我在路边找公用电话，给 F 打电话，

"F，车太挤了，已经这么晚，我不去了。"

"……你来吧，我们等你。"

"现在已经 8 点半，你们都已经吃了，我再去吃什么呀。再说也不是什么值得庆贺的事情，你们给我带一点儿回来就行。"

"……你是不是不想来啊？"

"……你怎么这么说，这里的车堵得根本就动不了啊。"

"你坐车来吧，打车也行，我掏钱。"

"……（怎么这么阔气？）好吧，你等我。"

吃饭的时候，大家东拉西扯也没什么主题，做东的 F 不但没有像以前那样夸夸其谈，反而很诡异地成了听客。他脸上的神情可不像以前那样夸张搞笑，而是一板一眼，还稍微有那么一点阴暗。

等我们回到宿舍，已经晚上 10 点。我为自己一晚上没能自习感到有些难受，倒是 W 和 Z 还在品评饭桌上的饭菜。这似乎注定是一个不安静的夜晚，大家都躺在床上无法入睡。这时 F 说：

"你干什么呢？"

"没什么，吃多了，睡不着。"

"谁叫你一进来一句话也不说就光吃饭。"

"……"

这个时候，Z叹口气——这说明他睡不着，他有话要说。

"F，你这一次保险金有多少钱啊？"

"800多块钱。"

"你不寄给父母了吗？"

"他们让我用这钱养脚伤。"

"哇噻，你现在是最有钱的。太幸福了！"

"反正不用再吃辣酱拌饭。"

一边的W看来也睡不着：

"F，那你这个'十一'还找工作吗？"

"当然找了，今天吃饭就花200多块钱，这些钱根本撑不了多长时间，我还想买一个MP3呢，再说反正闲着也是闲着，找个工作，多认识点人，挣点钱总比闲着强。"

"可是现在工作都要交什么'入会费'，我最信不过那样的中介。我想如果找不到工作，咱们就去做买卖得了。"

"做什么？"

"咱们可以在'十一'的时候去圆明园卖矿泉水，反正本钱少，一瓶矿泉水能挣1块钱，一天卖20瓶就能挣20块钱。"

"行，如果找不到工作，咱就卖矿泉水，或者卖报纸也行。我就是不想做那种发传单的工作，一点前途都没有。"

"对呀。就算有人不让咱们卖，赶咱们，咱也不怕。咱们既没偷也没抢，他们总不能打人吧，对不对？再说到时候咱们打起来，你跑得慢，他们也打不着我。"

我们四个人都笑起来。F又乱七八糟胡扯一通。

Z说："你们多好啊，我也想打工。可是我'老婆'让我陪她逛南京，不去不行啊。我本来有南京同学，可是他们说想上北京来。这帮人真是不够朋友，关键时候不帮忙。等下一次，你们再找到工作，也叫上我。"

"我不打工不行啊，到现在我还找工作呢。我已经好长时间没问家里要钱了，这一次的奖学金看来没有我的份，真急死人。"W自言自语似地说。

"我爸让我先当员工，我想能不能找个大企业，积累点经验。"Z说。

"我想回广东考公务员，或者考警察，要么跟我舅卖汽车。反正我就是想

166

离开北京这个鬼地方，再也不回来。"

我们其他三人一起叹口气。我们都知道F又想起上个学期末把他给甩了的那个女生。他每次都说不想再呆在北京就是因为不想再遇见Y，以至于现在我们根本不敢听或唱"老婆老婆我爱你"之类的歌曲。

我可不想再让F唠唠叨叨说关于男女的伪道理。我就问他："咱们那天不是去见过梁老师吗？他认识警官学校全国最有名的犯罪心理学家，如果有他推荐，你就可以去考那个学校的研究生，前途无量啊。北京有这么多机会，为什么不试一试呢？"

"谁像你那么愿意读书啊？我也想考研，找个好工作，可是我想先工作几年，积累点经验。"

"可是你连在学校都读不了书，将来工作还能读书吗？"

"……哎，谁知道呢。你最近忙什么呀？现在又没有什么课，怎么成天见不到你？"

"别提了。我现在在复习发展心理学。那本破教材语焉不详，一个问题也讲不彻底，居然还是参考教材。想要多看一点书吧，时间又不够。现在我才明白学习和考试的区别到底在哪里。"

"其实我也想考研，可是学费太贵呀。"F很无奈地回答说。

"我的目的很简单，就是生存。我不像你们家里条件还不错，还可以回家。我不想回河南，家里还有一个上高中的妹妹，我必须赶快挣钱，要不然我妹就上不了大学。"

大家都沉默了。我现在感觉整个寝室像个洞穴，不光伸手不见五指，整个黑暗似乎都照进洞穴里每个人心里。以前我们总是讨论学生活动，白天见到的"美眉"，或者沿着一个莫须有的线索尽情发挥各自想象力，最后直到我们所想象的事情已经荒谬到极点，我们才以寝室里人人笑得人仰马翻来中止谈话。可是现在，这一切都正成为过去，不仅仅是因为它们成为回忆，而是因为很可能那样的谈话很难再回到我们身边。

社会其实并没有给我们青年人太多时间去享受这段最美好的时光。当我们摆脱懵懂、懂得用热情去体验世界的时候，我们又成为新的劳碌者。仅仅两年，我们就从懵懂走向彷徨，从自由走向束缚，从热情走向乏味，从明天走回到今天（从对未来的憧憬走向现实）。为什么我们不能尽情享受自己的天性，而非要挤进人造的社会，面对一个又一个挫折、毫无生气的生活，获得那么难以得到的社会荣誉呢？

  妈妈，这就算是一个小小说吧。写着玩。内容基本上都是真实的，只是把不同时间的谈话内容捏在一起。

  自从我和D交流之后，我的心情好很多。我现在知道我以为很多女生对我都有好感完全是"自作多情"。光这一点，就让我注意力集中许多。另外就是我总算能够将一些鸡毛蒜皮的小事看得清楚一些，不再在脑子里纠缠不清。我需要一个人来听我倾诉，这是因为我其实有点儿脆弱，并且处理事情的能力远远比我估计的要差。这都不是贬低自己，而是认清自己，不要因为要强而耽误自己。D是个随和的人，和所有人都有很好的关系。其实不管是她包容能力强，还是其他的，总之在交流中和她的帮助下，我现在终于能够轻装上阵。和D讨论的结果是，我决定如果换届选举，我还是只当学习委员。

  前面这篇小说系空穴来风。我和他们平日里的交谈，能够感受到现实的压力，虽然看上去大家好像成熟了，但是却失去青春的绿色，我也是如此。不过这是正常的，只要我有理想在前方，那么所经历的一切都只是过程，仍然很有意义。

  这个"十一"要完成"发展心理学"的学习，然后开始学习"教育心理学"和"社会心理学"（虽然考试大纲上没有，但是无论哪个大学的考试题，"社会心理学"都是重点，不能不单独看。）

  妈妈多给我很多钱，我近期不会再有大的花销。现在小金库还有1 000块钱，生活费还有300块，绰绰有余。

  我们寝室决定27号一起去天津，品尝一些小吃。有一位天津的师哥给我们做导游，只玩一天，早上出去晚上回来，父母不要担心。

  爸爸妈妈近来生活依旧吗？我发现写小说挺有意思，不过改造现实却又要忠于现实比较麻烦。

  祝安康！

儿子<br>2006.9.22

## 爱有各种形式

亲爱的儿子：

  妈妈看了你的小说。儿子，严格说它是纪实小说，你现在是积累的阶段，记录的时期。当这种积累和记录饱和的时候，就能厚积薄发，就能喷涌而出。你可以写，但不必着急发表。你身边的每一个人都具有小说人物的轮廓，都是极好的小说人物。其实，就是你不写，这些人也留在你的生命里，你和他们在一起相处，他们成为你这个阶段生命的一部分。

  虽然你不能回家过中秋节，但爸爸妈妈的心是和你在一起的，我们的心时时刻刻在一起，形式并不重要。有形式更好，没有形式我们也能接受，只要你快乐，你生活得好，我们就放心了。

妈妈<br>2006.9.27

# 第四十七封信
# 按照计划进行学习

妈妈：

同学都回来了，我按照计划进行学习。

告诉爸爸，我想我不是那种进行严谨科学研究的人，我想偏向于社科或者心理哲学、历史心理等方面，同样也是"心理学家"。

"十一"没能回家陪父母，过去可能认为有很充分的"理由"，但是现在终于感到自己实在非常自私，而对父母考虑得太少，也没有考虑到时间一去不返的意义：我们不能再一次享受刚刚过去的"现在"，对于我们来说就是不能再享受我和父母在这一年最适合团聚的年龄的时光：我还是一个"乳臭未干"、有点像小孩、父母还可以像小孩一样看待的大学生。而父母还精力旺盛，能够感受直接教育子女收获的快乐。"现在"的意义绝不仅仅在未来，而在于其某些独一无二的价值。

9月27号，我和寝室里同学一起去天津"旅游"。我对于天津的大致印象就是一个到处都是租界，小吃遍地，但是经济落后，整个城市就有点像鞍山吧。我们早晨8点在天津北站下车，刚一下车迎面就有一个出租车司机冲我们喊："兄弟，坐车吗？"用的就是马三立的那个口音，重音在"坐"字上，"车"字没有重音。我们几个人忍着笑走出站门，不一会儿就一起大笑起来。这个口音实在是太适合讲相声了。如果说东北话有点像土匪话的话，那么天津话就是轻喜剧演员的语言。

这就是天津人给我们的第一印象，但是天津人给我们最深刻的印象就是：热情、亲切。无论我们向谁问路——吃早餐的老人、买鸡蛋饼的阿姨、等车的中年人、念经的和尚——他们都是那么热情，而且会说："我给你们指一条最近的路，别人都不知道……（天津话）"。当我吃"茶汤"剩下很多的时候，一个老太太对我说："孩子，怎么剩这么多？"我说因为已经吃得太多，而且不知道这个"茶汤"是咸的，而且还这么稠。老太太说："我这个老太太每天都能吃一碗。你们是大学生吧，从哪来？"紧接着又问我们怎么玩，又推荐我们去广东会馆，又给我们指路，告诉我们怎么坐车，感觉就好像我们的奶奶一样。我当时感受到一种亲人的温暖。对于一个陌生人这么说本来是很奇怪，但正因为是一个路人，却能有这么热情的交流，才使我感到一种特殊的联系。F说将来一定要在天津住，因为天津的氛围太好了，比北京不知道要好多少。

说到吃，我感觉这是我第一次体会什么叫"小吃"。在天津北站不远处有一条"小吃一条街"（也是一位热情的天津人推荐给我们的）。我吃了鸡蛋饼（甜的）、锅巴菜、老豆腐、麻花、"大蜜、小蜜"、茶汤、"云吞"、烧麦。那个早晨我们一行人吃得不亦乐乎，尤其是我。我不知道自己原来是这么贪吃，可惜没有照下来——我左手拿着鸡蛋饼、右手拿着麻花、嘴里还在咬"天津蹦豆"。

除了热情的人、独具特色的小吃，另一个最深刻的印象就是广东会馆。广东会馆是在天津和北京的广东人筹资兴建的广东人互相帮助的地方，就有点像纽约的唐人街。那里的工作人员非常详细地给我们做了一次导游（还是热情的天津人）。在会馆中有一个二层的戏院，地上摆着八仙桌和椅子，二层是包房。不过到处都挂着极具中国特色的木雕花灯，柱子和摆设也都精雕细刻。正前方是一个不大的戏台，中间摆着一个桌子和两旁的凳子，典型的那种唱戏用的道具。两侧有两个挂着红帘子的小门，是供唱戏的上下台的，可惜二楼和戏台出于保护的目的不让上。最有特色的是在戏台上放有一个类似西方大教堂的"穹顶"。工作人员说是起扩音作用的。因为我们和那个工作人员谈得非常投机，她还为我们登台唱了一段。我们坐在前面正中椅子上，完全就是那种富贵人家邀请全村听戏的场面。我也就在电视剧里和鲁迅的文章里想象过。

我们还去过精品一条街、钟鼓楼、大悲禅院、文化市场，也只有在大学才会有感觉如此充实、快乐的旅程了。

10月2日，我和F一起在北京玩。雍和宫、地坛公园、什刹海，我们玩了整整一天。雍和宫有一座26米高的佛像（地上地下），而且是用一棵从尼泊尔原始森林运来的檀木雕刻而成。地坛公园让我们不虚此行。门票一块钱，还免费观看了一场俄罗斯狂欢节演出，具有俄罗斯风情的民歌舞蹈（就是那个小伙子蹦蹦跳跳，小姑娘不停地旋转），还有俄罗斯马戏团的表演，最后是一个俄罗斯"著名"乐队组合的"摇滚+民歌"表演。在什刹海后我们还荡舟畅游，唱歌、放焰火、两岸酒吧门前的霓虹灯，真是一种前所未有的感受。

"十一"期间我结束了发展心理学复习，开始社会心理学和心理测量学、论文的学习，学了五天。

祝父母中秋节快乐！春节、下个"五一"我一定回家，和父母一起享受属于我们的快乐。

儿子<br>2006.10.8

## 家是温暖的

亲爱的儿子：

你终于长大了，终于对亲情有切身的深刻认识，这是成长的必然。在父母身边的时候，所有的孩子都渴望着离开，渴望着飞翔，渴望着自立，我们完全能够理解，没有一点点不好的感觉。

春节的时候你买正月十五的火车票，在万家欢聚的节日，你依然乘车回学校，奔向你的前途，妈妈很为你那种为了未来全力以赴的精神感动，当然，会有一点儿失落。不过，这小小的遗憾，很快被我自己说服。如果，你哪儿也不想去，只想在我们身边安安稳稳，又怎么会是现在的你，有着远大理想的你。

你醒悟得很早，无论什么时候，家总是温馨温暖温和的，总可以让你感到任谁也给不了你的信任和力量。

妈妈<br>2006.10.10

# 第四十八封信
# 中西教授的不同风采

妈妈：

　　这两周开始学校的学习生活。各门课程全面展开，但是并没有想象的那么繁忙。我决定跟着老师学习课程，集中精力，不想以前那样乱看书，感觉学得有条不紊，和以前那种忙忙叨叨完全不一样。

　　这两个星期发生了两件有意思的事情，第一个我陪弗吉尼亚大学的老师游玩什刹海。事情的经过是这样的：张力为老师在课上告诉我们周日有一个研究生的"双周论坛"，会邀请来华参加即将在武汉举行的体育科学年会的西弗吉尼亚大学运动心理专业三位心理学专家举办一次讲座。当时我感觉张老师几乎就是看着我说这些话的，我一定得去。在会议上，他们的讲座的确很精彩，虽然都是关于运动心理学和锻炼心理学的，但是能够看出他们对自己的专业领域果然是非常了解，思路非常清晰。我也提出一些问题，但是因为我实在是没有接触太多关于运动心理学研究的内容，提的问题我自己感觉质量不是很高。

　　会议结束后，我听说他们一行人要去什刹海，而本来应该陪同他们的师姐必须在11点以前回到寝室，否则宿舍楼会关门。我当时没有考虑太多，只觉得这是一个非常好的机会，当张老师还要找其他人去陪这些外国教授的时候，我主动要求作陪。张老师也非常信任地就答应了。

　　我在车上和一位叫Cici的教授以及他的夫人谈得非常投机。他们对中国文化非常感兴趣，对于那些在公园里集体做操的人更是感到非常的新奇和"温馨"。他们也非常乐意回答我对他们提出的各种问题，尤其是关于美国政治、历史和文化的。他们也非常喜欢看美国电视剧 Friends，我就问了他们很多问题，比如他们的保险制度，他们对于"性"问题到底有多么的开放，是不是像电视剧里那样随便就和第一次见面的人"亲热"，以及美国人之间的好朋友到底有没有像在电视剧里那样甚至欠了很多钱也无所谓。他们都给了我非常认真的回答。我很诧异于我能和他们进行如此流畅地交流。

在什刹海我们在一家酒馆吃饭,他们喝了不少酒。这几位教授变化还真是大,在演讲的时候一个个都是那么具有学者风范,可是喝酒之后,都变得像在校大学生一样,不停地讲笑话,从来不谈学术的事情,只有我偶尔不合时宜地问他们一些有关"专业"的问题,比如"你用没用心理学的知识来教育孩子"?一个教授说他曾经对他的女儿进行早慧教育,结果当他又有儿子的时候,他那个4岁的女儿对他说:"爸爸,I'm really worried about another brother(我真的为即将有一个弟弟感到焦虑)。"看来他认为这句话对一个4岁的孩子来说实在太成熟了些。

在回去的路上,那位叫Cici的教授建议我去美国留学。我说我是一个爱国者,梦想在中国,我的计划是考完研究生再出国。他也非常赞赏我的计划。就这样我感觉自己仿佛就好像他们的学生陪他们旅游一样,没有一点儿交流障碍。这真是太不可思议了[①]。

第二件有意思的事情就是心理学史课。今天我们上了心理学史课。真的是激动人心的一节课。给我们上课的是北大心理学"泰斗"级别的教授,名叫沈德灿。这位教授的一生可以说是我从来没有感受过的。他是一个出生在资本家家庭的公子,从小不允许下厨房,不允许干体力活,接受良好的西方教育,上的是"圣约翰"学校。1953年考入清华大学心理学系,随着院系调整来到北大。曾经在1981~1982年以"访问学者"的身份出国,曾任中国社会心理学会秘书长。他是中国资深的心理学史学者。

他一上课就开始介绍他的经历,从"中法学堂"(他们家在上海法租界)一直到北京大学。当他讲到他和那些我耳熟能详的人(陈绮、张厚粲、潘菽、杨治良)或者是师生关系或者是同事关系的时候,我感到莫名的激动。我第一次切身感受到北京的文化优越性——中国学术界就在我的眼前。这位老师的确是深受北大"学贯中西"校训的影响,丝毫没有老年人的偏执,而是对西方文化和西方心理学有相当了解,并且还讨论时事——超女、男女同厕(李银河的倡议)、

---

① 从以后的经验来看,美国人在与非母语人交流的时候会刻意降低语速,使用简单词汇,而且即使没明白也不会表现出来。来到美国,当美国人用一般的交流方式和你交流的时候,你就知道何为"交流障碍"了。

而且他给我们提出的学习经验都是相当宝贵，虽然大部分我已经领悟到了，比如：基础很重要，对知识进行漫无目的的发挥没有前途。妈妈，不知道为什么我感到相当的兴奋，而且是一种自豪感。如果是你和爸爸，难道不感到兴奋吗？

上个星期，我们还很匆忙地进行了评优。我算出同学们的总成绩，然后排出名次，最后我们投票选三好学生，我最多票：18票。

我在心理统计课上问了很多问题，任课老师也很负责而且能力不俗，我感到很满意。

我最近为了买一本书在网上到处搜索，可惜还是买不到，所以我在很多网上商店注册，可惜毫无结果。

内科学课程很有意思，就是太复杂，太多，太难记，根本就是背药方，背症状。当医生真是没有什么意思，完全是照本宣科。

妈妈要去东北玩？顺便看爷爷奶奶吗？爸爸一个人饮食不要凑合，要保持良好的生活习惯，不要糊弄自己。

儿子<br>2006.10.20

## 出国也是为国家

亲爱的儿子：

我不同意你的观点。不出国和爱国有什么关系呢？爱国就不出国吗？你这个观点值得商榷。妈妈不赞成你向别人宣扬自己的观点。你可以这样认为，但不能这样说，好像你是对的。中国很多大科学家，著名的爱国者，可都是从国外回来报效祖国的啊！本科出国和研究生出国，没有什么本质不同，只是时间差一段而已。妈妈建议你以后不要宣传这个观点，不知你同意否？

你评上三好学生，能拿一等奖学金，我和你爸爸都很为你高兴。努力是会获得回报的。聪明人耕耘是会有收获的。沉默是一种力量，温和也是一种力量。这叫以柔克刚。

妈妈<br>2006.10.22

# 第四十九封信
# 详细阅读与参考阅读相结合

妈妈：

　　近来的两周可以说是上大学以来因为学校课程而最忙碌的两周。过去的两周就好像若有若无的童年一样，拿捏不准到底是否曾经拥有过。

　　现在的课程表和正常的课程表有很大出入。周一、周二有三节课，周三只有两节课，周四和周五一天都有四节课，而且心理统计、心理测量和心理学史的确占据了我所有的学习时间，尤其是心理测量。这是一门相当深入的课程，我花很多心思，也只是学个"自我满足"，每次和老师讨论问题还是觉得有很多地方不明白。我现在有四本心理测量书，能够详细阅读的只有两本，其余两本作为参考。

　　我觉得这样学习才是正常的。以前我总是有自己的时刻表，对课程内容总是重视不够，大概是高中养成的习惯。我在初中和高中的任务的确完成得不是太好，很多学习习惯没有养成，只能到大学来"补课"。

　　最近学习委员的工作也不少。女生因为奖学金的事情吵得沸沸扬扬，还好我躲在一边让班长去处理，要不然后患无穷。我给同学们印资料、和老师商量课程问题、分排小组、收发作业（还得提醒他们做作业，否则真不知道会有多少人不做作业）。这样我的生活节奏非常紧凑，学习完就做一些工作，然后回寝室休息，晚上继续自习，基本上不能再像以前那样有空闲时间想一想将来、想一想读些什么课外书、或者将来自己要成为一个什么样的人之类的事情。忙碌会让人很少思考。

　　我买了一件白色外套，很暖和。爸爸的外套穿在外面实在是感觉不好，女生还问我为什么要穿这样的衣服，也不说我这件衣服有什么不妥，我决定还是换一件。

明天要去给泽宇哥哥过生日。

今天信写得比较少，因为日子实在是很平淡，而且现在已经9点多，有点累。心理统计和心理测量都是基础课，学起来没有什么火花。心理学史又太过复杂，要从那些哲学家的理论中找到心理学的影子，又得重新从唯物唯心的角度来理解哲学史，真是……

爸爸妈妈一定要注意天气的变化，既不能受冷，也不要穿得太多，这样整个冬天会比较难过，而且内科学老师说，少生气之所以会减少生病，是因为可以让心脏的血压变化小一点，血管能够保持更好的弹性，患心血管疾病的机会就会更小，所以父母不要情绪波动太大，但是快乐还是一定要快乐的。

儿子<br>2006.11.4

## 平 淡 很 好

亲爱的儿子：

看了你平淡的信，知道你正过着平淡的日子，妈妈反倒感到很安慰，我的儿子终于能够平淡下来。其实，人生的大多数时间本来就应该是平淡的，谁能总被关注总是热热闹闹过日子呢！当然，在这个信息时代，有一批人走上电视，走台、天天在红地毯上在闪光灯下过日子。那种日子幸福吗？如我们这样，偶然地出一出风头，偶然地风光风光，大多数时间静静地做自己的事情，学习或者工作，才是正常的常态的生活。人的心态正常了，也才有正常的人生和生活。

妈妈<br>2006.11.8

# 第五十封信
# 感恩父母，努力向前

## 21岁生日20年总结

我属于那种只有独自一人的时候才能清晰思考问题的人。在和同学们过生日的时候，大家在一起七嘴八舌，讨论一些太过现实的问题，我实在不知道自己为什么要过生日。当晚上躺在床上，思忖刚刚过去的整整20年，感觉到这个生日不但不是毫无意义，而是非过不可。

每次完成一个任务，考完一门课程，结束一个学期，我都会做总结。小的总结可能只是心里暗暗地回想考试中的失误，大的总结就会列出过去安排的计划和一个学期的成绩进行对比，然后提出新的目标。我自己也曾经认识到，把握过去的意义在于让"时间乘2"。可是当一门课程、一个学期和整整20年相比的时候，似乎只能算得上是断代史。即使能够再好地将每个朝代的历史梳理清楚，也不能算得上是一个有思想的历史学家。现在是过去的成果，虽然并不是终点。对于一个正在不断成长，需要从自己实践当中了解自己，需要从自己的成绩当中塑造自己，更需要建立一个能够使自己人生最大化的人格的自己来说，回顾刚刚过去的20年，无疑是最好的总结。

我猜想，从母亲怀孕开始，甚至是从您们打算要一个孩子时候开始，我的人生就已经有了一个轮廓。母亲坚持锻炼身体，是为了让我有一个健康的身体。父亲考研究生，把关系转到大连，也都是为了能让家人们拥有一个更好的生活环境。虽然母亲十月怀胎的时候，我能听到的只有母亲坚强有力的心跳，能够看到的只是稍微有一点蓝色的黑暗（发展心理学研究表明，胎儿期儿童已经具有基本视觉，而首先能够识别的颜色是蓝色），但是我的人生早已经在父母的计划下启动。

我可爱的父母,执著地希望我能够幸福,希望能够给我提供最好的教育,让我的童年充满快乐。不管我曾经说过什么,现在的我可以凭着最充足的证据,诚恳地向你们说,你们实现了你们的理想。我的童年是最幸福的,我接受的教育是最成功的,童年的快乐每时每刻都能够清晰地再现在我脑海当中。

回想起来,从我记事时候开始,我无时无刻不受到父母的熏陶和指导。我们家的教育大概属于民主型教育,我拥有相当的自由。我可以和小孩子玩沙子,我也不必为学习而放弃动画片,我的童性得到最大的发挥空间。同时可以说,我能够提早学习英语,这对我一生有着重大的影响。父母也没有急于在身上留下特殊的烙印,任由我自由发展。

上小学的时候,很幸运地遇到宋老师。她是一位严格的老师。我从她那里学到"畏惧",对权威的畏惧。但是这种畏惧逐渐转化成为良性的"尊重"。在以后的学习生活当中,我发现我比其他人都更加尊重老师,我不自觉地建立一种对辈分、长幼关系的格外重视的习惯。另一方面,我也学会服从,这对于成长来说是非常重要的。宋老师给我起的外号"得瑟疯"到现在还一直影响着我的言行规范。

在父亲的督促下,我学习电子琴,加入东北路小学管弦乐队。音乐对我的熏陶肯定是受益终身,我性格中增加了浪漫、随和、任性的成分。严格的单簧管训练让我在小学时候就模糊地懂得一些付出与回报的关系。能够外出演出,能够在全校演出中独奏,这都让我对表现自己有一种美好的回忆。父母的教育仍然是温和、宽松,这让我能够更多地体会各方面的经验,我可以和不同的人玩耍,可以经常和父母出去逛街,这都培养了我的适应能力和接受能力。父亲每天督促我学习,使我认识到学习对我来说是生活中最重要的事情。

初中开始真正的竞争。大概是从初中开始的,父亲开始"头脑风暴"似的教育。爸爸最有名的一句话就是:只要能自圆其说就可以(这句话好像是某个名人说的)。从那时开始,我就有喜欢自编理论的习惯。我还要和爸爸争论,没有什么标准,只要谁说的有理谁就是正确的。这无形中树立了我的信仰:崇拜理性,我的行为永远都要遵行理性。西方人之所以能够有当今的科学成就,这与他们理性的信仰有不可分割的关系。一般人都认为他们对理性的崇拜是得自于文艺复兴和大革命。其实从心理学史的角度来看,对理性的重视更应该归

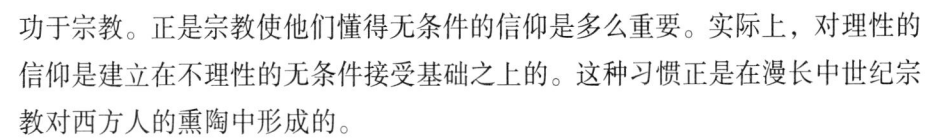

功于宗教。正是宗教使他们懂得无条件的信仰是多么重要。实际上，对理性的信仰是建立在不理性的无条件接受基础之上的。这种习惯正是在漫长中世纪宗教对西方人的熏陶中形成的。

我不但在生活上不受到限制，我的想法也能够自由发散。即使是我对老师有偏见，父母也没有粗暴地让我改正。从那时开始，父母似乎就已经开始将我推向一种更偏向文学家气质的方向去发展。初中三年，我同样幸运地遇到李老师。李老师美丽、负责但是严厉。她似乎发现了我的那种不严谨、不谨慎、不稳重的缺点，总是试图将我变成一个稳稳当当的初中生。可惜还是父母对我的影响更大，即使有那么一点点变化，我仍然是以外向、任性、发散的性格为主。

李老师使我真正懂得笨鸟先飞、勤能补拙的道理。并不是说我笨，只是我这种以知识广博为目标、不求甚解的特点，使得我很难在成绩上很突出。尽管如此，我却懂得通过勤奋，而不是改变性格来获得成绩。这是一种最完美的结合。这种发散式的思维对我来说极为重要，但是失去勤奋，一切都没有意义。李老师曾经说我："如果没有这么好的父母，你就是一个小痞子。"我猜老师大概指的就是我的自主、随性不可能获得好成绩吧。不过李老师终究还是给我留下一些负面影响：李老师总是极力丑化差学生，并且夸大好学生和差学生之间差距，所以我对差生有一种整体上的偏见。

从小学到初中我从来就不是"最好"的学生。在初中我甚至连进前十名都困难。所以我并没有那些"优等生"的优越感，我更加随和，也更加珍惜通过勤奋获得成绩。这种性格更适合做学者。从初中开始，父母就对我强调文理并重的观念。这种观念是如此之深，以至于后来我几乎是自发地形成成为"博学家"的志向。

母亲曾经写过一篇文章，叫《培养"绅士"》。从那以后，我时常将"绅士"两个字放在心里。一方面是加速我的社会化，一方面让我开始重视自己除学术以外的其他修养。

小学我学会礼貌，获得浪漫的性格。初中我懂得勤奋，树立全面发展的志向。到了高中我开始不自觉地确定自己的人生方向。大概是高一开始，父亲开始向我传授哲学。如果说考上二十四中是我人生中最重大的一次转折点的话，走上学习哲学这条道路就实现了上二十四中的意义。我也终于了解为什么父亲让我全面发展，因为哲学当然要有全方位的知识。

我在初三经过刻苦准备，成为全校唯一一名考上二十四中的学生，其中部分要归功于勇气和父母的支持，但我的勤奋是成功的最重要原因。这是一次成功的经验，是最宝贵的财富，是我自始至终相信自己能够实现想要达到任何目标的最强劲动力。我也更加相信勤奋，同时也更加重视勇气，也就是魄力，形成一种不怕"出头"的性格。成为二十四中一分子，使我获得了前所未有的优越感，这成为我学习哲学、定下远大理想的动力。

在我一生中还有爸爸的一句名言：好人出在嘴上。所以我总是通过"嘴"展现自己的优点和强项，这似乎有些背离中国传统。在学习哲学的道路上，最重要的契机就是高二时的那次哲学史"讲座"。我演讲结束，暴风雨般的掌声让我的自信达到巅峰。从那开始，我正式将哲学作为自己的优势去学习，去发展。逐渐地我也喜欢上哲学，虽然直到高三我才口头上承认。

进入十班（当时二十四中最好的班级）对我来说又是一次重大改变。我第一次和全国最优秀的人同在一个集体。他们能够在全国竞赛上摘金夺银，这是我第一次意识到我在和全国的学生竞争。和他们在一起让我明白学习的好坏与人品、性格无关，我见到各色各样的人，大大增强我对人的判断能力。他们大多数都是从小学开始就一直是班级里的佼佼者，而我不是。我是靠勤奋使得自己的成绩从一般一直上升能够和他们处在同一个集体水平。他们有一种共同的性格，那就是宽容豁达。竞争对手并不一定就要互相敌对，相反可以成为最好的朋友，因为水平相当，志趣相投。可以说我从他们那里学来学者的天真。嫉妒是低劣的，理解和竞争才会有真正的快乐。所以我喜欢竞争。

有趣的是，在一次单相思中我的情感经历也得到丰富。经过痛苦的单相思，我彻彻底底地将爱情定性为虚幻的和有害的。在感情上的困惑再也没有长期地困扰过我。

高中之所以是完美的，就是因为有一次重大的挫折。我因为成绩不稳定，从十班调回平行班。现在看来，这是最适合我的选择。在十班压力太大，并不适合我。相反，在平行班，我将被排除在十班之外视为耻辱，时刻警醒自己，才能使我从未松懈过。另一方面，正是这种不良的"耻辱"感，使我产生一种对平行班学生的偏见。我拒绝和他们进行正常的沟通，我渐渐养成独自承担一切、不顾别人的想法的行为特点。虽然形成的原因是负性的，但是结果是好的。因为想成为学者，孤独是必须的。

在高三通过考试我又一次回到小班，不过不是原来那个十班。这使我多多少少恢复自信。因为高三很繁忙，在新的班级里我连同学都认不全，更不要说熟悉。父母从小就不希望我将精力投入到人际交往当中，所以我小学、初中都有完全不同的同学。在高中，上天更是极力地配合父母的计划，让我有三个班同学。可以说就是在这样的条件下，培养了我的适应能力。

高考失利的后果现在还无法分析清楚。毕竟上学都是为将来服务的，现在无法定性这个结果的好坏。但是可以明确的一点是，在这里我更加需要依靠自我奋斗，而且时时刻刻都要警醒自己，虽然累点，但是这肯定比养尊处优更能磨砺我一向所缺乏的韧性。

学习心理学对我来说绝对是最幸运的巧合。我学会使用最简单的行为矫正方法。凡是我想获得良好性格，我就不断强化，不断暗示，通过社会这个最强大的改造工具来改造自己。我不断暗示自己不找女朋友，不断地告诉任何人我不找女朋友、不结婚；我不停地向周围人显示自己的勤奋。这些都不是为了炫耀，而是一种手段[①]。到最后，不用我自己强调，我自己塑造的环境就会反过来塑造我的目标和性格。这一切都是建立在对目标的执著之上。

我从不想将自己定性。就好像有了错误就要改正一样，不好的性格，不良的态度，只要与我的目标不一致，都是可以改的。也许我的目标有些偏执，但是如果改变我的最高理想，那么我极力培养的人格，勤奋的观念都会在一瞬间倒塌。我所有特点都是为一个目标所搭建的阶梯，目标变了，梯子也就毫无用处。这就好像如果我有女朋友，我就断送了我的一贯性，别人再也不相信我的豪言壮语，我自己也不再会相信自己的任何决心，那个时候我还能做什么？

至今我不明白的一点是：我的民族主义热情是从哪里来的？我曾经思考自己奋斗的终极意义。我发现自我实现在我这里毫无意义，只有自己的价值能够让其他人分享，能够让民族分享我才能够获得终极的快乐。每当梦到自己代表中国心理学在世界心理学大会上发言的时候，我的血液就抑制不住沸腾起来。也许这个疑惑父母可以帮助我解决？

---

[①] 总结的好处是能够明确自己的做法和目的，从而有意识地强化手段和目的的关系，提高效率。

一路走来，我形成了适合成为学者的性格、气质和人品，社会也不断提供给我最好的机会，自己也树立了坚定的目标。我对过去没有悔恨，没有遗憾，只有向前。

我总是对那些对我有所期望的人说："我会努力的。"

王宝玉<br>2006.11.18　星期六

## 英语很重要

亲爱的儿子：

你说你的人生早已在父母的计划下启动，想想也是有道理的。我们孕育你的时刻都是在计划之中。妈妈记忆最深刻的一件事情是你刚刚出生两三个月的时候，我们从大连回到鞍山，恰好你爸爸又要到大连开会。忘记他开几天会，反正他回来那天，大包小卷，带的全部是你的东西。最大的就是现在还在用的那个大红塑料洗衣盆，是给你洗澡用的。吃的是一大包大米糕。现在这种婴儿食品已经消失，因为价格太低的缘故吧。就是把大米和奶粉和在一起做给小孩喝。因为喝牛奶已经满足不了你的要求，就开始加米粉。小的就是一包磁带。英语磁带。那时候还没有录像机、录像带那些东西，只有用收录机听的录音带。在你只有几个月的时候，他就买来了一套英语磁带，准备让你学英语，对你未来的考虑从婴儿时代已经开始。那盘磁带后来没用多少，但英语学习却很早就开始，英语学习对你一生的重要作用是怎样估量都不为过的。

妈妈<br>2006.11.23

# 第五十一封信

# 给自己暗示：无所谓

妈妈：

21岁的头两个星期是不平静的。我许下诺言，付诸实践，所得到的结果却让我在信念和现实之间徘徊……

我说过我现在有一种莫名的责任感。支撑这种责任感的信念可以用三句话来概括，那就是"能力越大，责任越大"；"不敢承担责任的人，就是缺乏能力的人"；"我现在学习是为了增强自己的能力，让我的肩膀可以承担更多责任"。第一句话是从电影《蜘蛛侠》那里学来的；第二句话则是我自己的创意。第三句话我不仅在头脑中思考，甚至还亲口对马腾哥哥说过。

这三句话使我许下一个承诺：我要承担起对这个班级的责任。

我不再退缩。一方面，在这两个星期里，我独揽班级里上上下下、大大小小所有事务。复印材料、向老师咨询考试情况、安排补课、准备集体参观体科所、订书、复印书、收集同学意见向老师汇报、整理考试参考资料。可以说，我把应该做的，和别人没想到我自己想到的工作都做了。

另一方面，我现在的学习不仅仅是学习，还包括为将来的打算。我在作业上、课堂表现上和研究上投入大量精力。为了保证大三仍然能够保证第一名成绩，每一门课程都不敢掉以轻心，即使是老师几乎已经把考题告诉我们的"内科学"，我还是把那本厚厚的《内科学》翻一遍又一遍。想起爷爷，又觉得自己应该付出点努力，又跑去跟老师询问糖尿病问题，要糖尿病的课件（老师本来不肯给，还好老师对我的印象不错，最后给了我）[①]。

---

[①] 当知识与自己的切身利益相关的时候，学习动机会异常地强烈，这一个心理特点可以被用来提高自己的学习动力，比如将课堂知识来解释自己的生活问题，来解释社会现象。

碰到一个电影学院毕业老师，又被那些我闻所未闻、对西方文化有重要影响的电影所吸引。那些电影都是买不到的啊。我又不肯放弃这么好的资源，于是用我的心理学知识来换——这位老师对心理学很感兴趣，尤其是弗洛伊德，所以我答应给他搜集弗洛伊德资料。我们的心理测量课程给了一个编制量表的作业，我当然想把这个量表编好，还幻想能够发表。虽然我一遍又一遍地提醒自己那是不可能的，但是我又不想放弃任何一个能够"建立功勋"的机会。

我阅读大量的书籍想要做出最严谨的量表，可惜无论是精力、资源都不允许，再加上测量知识掺杂大量不确定性和个人经验，看那么多书感觉就好像有人在用勺搅拌我的脑浆。心理测量和心理统计课非常混乱，幸亏统计学我学过，统计学课程还是能听出来老师只不过是把原来有七个音的西方音乐变成只有五个音的中国音乐。本来计划要写论文，一直想把论文翻译完，结果根本抽不出时间。想要不顾一切地学习吧，又担心自己身体会受不了，因为我尝到过那种滋味，更何况我刚刚品尝过"精神压力对胃的影响"（内科学）。

责任和理想。我才知道原来比理想更有压力的就是责任。理想之需要对自己负责，而责任则需要对所有人负责。我尽全力兑现自己的承诺，但是我发现，我的确有些不堪重负。虽然都是些琐碎的事情，可是我就觉得自己的大脑的杏仁核被用一根绳子吊着，这根绳子时不时地提一下，让我头痛万分。有能力的人肯定不会被这些事情难倒。我仔细地罗列出自己要做的事情，发现其实那些班级事务只不过是些联系同学和老师、通知之类的事情，根本不算什么。可是就是这些事情就让我心情烦躁、感到生活完全被打乱。我现在感觉就是：虚弱、失望和疲劳。

我是不是该放弃？我想过不做学习委员，也想过或者可以把这些事情都交给班长做。那是不是证明我根本是一个承担不起责任的人，或者说能力不行。我去报名六级口语考试的时候和马玉虎一起吃了一顿饭，他也同意我的观点：能力强的人就能承担更多责任。我还梦想自己能够承担起民族给我的责任，如果在这里就失败了，是不是就意味着现实证明我不适合走这条让我心潮澎湃的道路？或者说这些都是虚妄的，根本不能说明我的能力，只要我好好学习，成为学者也能成功？

我喜欢通过自己的努力来换取别人的尊重。我想做得更多，可是又承受不了。到底这里有没有值得与不值得的分别？

以"责任"作为生活的核心态度很难说是不是一件正确的事情，但是却是一件很容易让自己心安理得的事情。这也许就是文化影响吧。

现在唯一可以肯定的是，我的生活已经有了习惯，已经有了自己喜欢的思维方式和生活方式，当工作与已有习惯冲突时，我就会很不适应。和人打交道就不符合我的生活习惯，我喜欢一个人思考，一个人努力，而不是凭借别人的力量。

再等等看吧，如果还这样持续下去，我会放弃学习委员的工作，重新回到原来的生活轨道上去。

现在我还要记着星期三晚上考完试通知张力为老师和张忠秋老师合影留念；还要记着和那个我采访过的篮球队队长保持联系；还要记着组织同学去国家体育心理研究所参观；还要记着让同学们学好统计学……

从上个星期六开始到这个星期四晚上我一直腹胀（上腹部），轻度阵痛，无腹压痛，前两天发热，第三天开始退热，黑便（说明胃里有轻度出血）。医院检查无异常。医生提醒不要吃凉的东西，所以决定购买保温杯一个（我不喝学校的水，喝不到热水）。

高兴的事情包括：

1. 电影课老师非常漂亮，而且很喜欢心理学，我告诉她很多关于心理学的知识，也学到不少电影知识。

2. 获得张忠秋老师肯定。

3. 参观国家击剑队在前往多哈以前的对内比赛，学到花剑的一些知识，和王海滨合影留念。

4. 六级口语考试在即（12月16日）。

爸爸妈妈一定要好好享受现在的生活，只要和我对比一下就好。我发现当被烦人的琐事围绕的时候，一定要给自己暗示，而且最好照镜子表现出无所谓的样子，这样很有效果。想把所有工作都揽在自己身上是肯定不行的。刘邦能得天下可不是凭一己之力，而是依靠别人。爸爸也要学会用人，我现在是无人可用，没人听我的。妈妈有理想没责任，实在很幸福。妈妈只要朝着自己目标努力，只有成功没有失败，就是要"想赢不怕输"（竞赛心理调节）。

眼睛好久没有睁得大大的了。就算如此，我也有信心。

我会努力的。

儿子<br>2006.12.2

## 任何事情都要有个度

亲爱的儿子：

　　看了你的信，妈妈既高兴又着急，更心痛、很心痛、非常心痛。

　　我的儿子，你要对社会负责，对班级负责，其实，你最要做的是对自己负责。如果不能成功地对自己负责，就会失去对班级、对社会负责的力量和条件。

　　你不能所有的事情都去做，虽然你是学习委员，也不能把一切事情都揽到自己身上。你还只是一个学生，你不是教师。你还应当明白，同学只是你人生临时一段时间的同行者，仅仅是同行者而已，个别的可能成为一生的朋友，太少太少。你为他们负责任，没有人会记得。历史真是惊人地相似。你爸爸当年在学校当学习委员的时候也是很负责任的，除了妈妈，没有人会记得。我们同学多次聚会，没有人讲起他当年多么负责任。而你，竟然因为这些琐琐碎碎的事物耽误自己的事情，甚至影响自己的健康，这是本末倒置。

　　你对公众事物的热心其实是一种男人的权利欲望，你在为大家服务的时候，得到话语权，也得到大家的尊重。任何事情都要有个度，适度为好。

妈妈<br>2006.12.5

# 第五十二封信
## 情感事要快刀斩乱麻

妈妈：

我每次都是很认真地给母亲写信，所以当我太忙的时候，我不想敷衍了事，希望能真正腾出时间来静静地写信。2006 年就要过去，就算再忙，也要停下来，玩味一下自己的经历，和妈妈好好聊一聊，就像高中时候回家吃饭一样。

这几个星期的主题就是：作业。各门课程的作业纷至沓来，陡然间让人手忙脚乱。再不是大一、大二能那么悠闲地想着将来岁月了；也不是能凭着一个"狡辩"的脑袋再信口胡言的年代。我总想：既然学到点东西，就觉得应该做得好一点，也觉得自己能够做得更好一点，起码比别人好一点，最好能够比所有人都好一点，更何况我想让我的作业对自己的将来也有点用处，那么作出来的成绩就不能只是"好一点"。这么想着想着，目标越来越高，越来越大。这倒没什么，制订计划谁不会，就好像说话没本钱一样，订计划又不费劲。于是开始具体安排。渐渐地发现似乎困难比想象得多，总是越想越多，越做越多。最后发现自己把自己扔在垃圾场中心：每走一步都"恶心"，只希望赶快走出去能够"干净"一点。

心理测验的作业是编制一份量表，编量表看了好多书、好多论文；真正形成一个量表又花不少工夫；最后找被试还算最轻松的；现在最尴尬：数据显示我的量表非常差，如果重新做过无异于自杀，继续坐下去就等于慢性自杀。怎么办？关键问题是，虽然表面上我和寝室同学合作做作业，其实所有的工作几乎都是我一个人做，最后被埋怨的对象只能是我。当量表从打印机里热腾腾出来时，我心里还是很兴奋的，可是现在除了一大堆搞不明白的问题之外还是搞不明白的问题。

张力为老师让我们调查"同情心"。可惜心理学里根本没有这方面的研究，又得重新做起。为给自己分担些负担，我找几位比较负责任的女生一起合作，不过计划又做大了，现在正头痛上哪里去找新的被试。心理特征评定的作业让我们访谈后写论文，我和D精心设计的访谈问题，被这些运动员搞得乱七八糟，所答非所问。经济学概论老师给一个演讲作业，这倒是我的长项，可是相比于让我重新翻一遍《经济学原理》，我宁愿翻十本心理学书。我现在对经济学可谓一窍不通，完全摸不到门路，我又不是那种随便糊弄的人，真不知道做这个作业又得读多长时间的书。

心理学史是我最喜欢的课程，四本书等着我去读，每次读都是灵感大爆发（跟爸爸说对不起，虽说灵感大爆发，实在没时间写，顶多在书边做批注）。现在根本就没时间读，这种感觉就好像小学知道自己得了好成绩却等不到发布的那一天一样。

篮球课就要考试，四个学分的大课，我平日表现一般，如果不练的话，最后的成绩肯定会很惨，可是我已经好久没去过篮球场。还有桥牌课，老师居然说我们学校的学生就是比不上北京理工大学的学生聪明，因为我们上课对老师的问题都没有反应。我也很郁闷，因为我很少像现在这样上课的时候居然完全听不懂，老师的每一句话都好像法语——有点熟悉，就是不明白。我又很想学会桥牌，因为毕竟还是挺有意思的。

我好久没有想自己的感情问题了（以前总爱自寻烦恼），也好久没有想北大的事情了，也好久没有为将来而焦急了。这倒是好事。

不过没关系，这才叫大学嘛。

今天上的心理学史课陡然间又把我的注意从外面拉回到里面。我问沈老师："从您的阅人经验来看，您觉得我适合做学问，能成为学者吗？"沈老师稍微想了一会儿后说："能。你有那种不顾一切研究问题的精神。现在对你来说最关键的问题就是'取舍'。你不能什么都要。舍得舍得，不舍不得。不要怀疑自己。"

刚刚拿到1 500元奖学金，在取钱的路上我竟然乐得仰天大笑，真是难得的畅快、自在。还做诗半首：少年得意笑云霄，不枉此生走一遭。可见我多么重视这个第一啊！我又重视我是否受欢迎；我还重视什么班级责任感；我还重视所有老师的评价；还重视自己是不是有一个高尚的情操；希望自己多才多艺。为了拿好成绩，上课的时候一定认真听讲，即使根本毫无所得。

也许我是应该舍去一些东西，比如学习委员的琐碎工作，再比如每门课都要看三本书（一定要看外国人写的书），再比如什么事情都要与人争论明白等等。我既然想成为一个不同凡响的心理学家，是不是应该再专心一点呢？

当然也有好事。最近"流感"盛行，我们寝室三个男生都病倒了，我没事，可能是因为我很少在寝室的缘故。

周三 W 晚上发高烧，39 度 8。我和 Z 打车把他送到北医三院，午夜回到学校。现在又有一个外语系的小姑娘要找男朋友，似乎想和我多"了解了解"。我和她一块上桥牌课，下课后她居然主动找我一起吃饭（我们从大一就认识，但没太多交往）。结果成了习惯，每到周四晚上她都找我吃饭。她在饭桌上说她正在找男朋友，又说我优秀，又要和我多联系，你说我怎么办。不行，还得快刀斩乱麻。

希望在我没有问候父母的日子里，爸爸妈妈都健康快乐！

儿子<br>2006.12.30

## 儿子让妈妈汗颜

亲爱的儿子：

看到你那么忙，妈妈很心疼。儿子，好像是老生常谈，但最简单的道理也是最普通、最深刻、最真理的真理。身体很重要，不要透支身体健康，要在保证健康的基础上去学习。事情越做越多，越做越大，这是遗传，你爸爸就是这样，没有事情也能做出事情来，结果揽很多事情，一天到黑忙得不亦乐乎。我劝他放弃一些责任感，否则，你永远很累。当然你和他不一样，你年轻，应该努力多做事情。而他，确实需要少做事情。你的学习精神，也成为妈妈的榜样，和儿子比起来，妈妈简直是不务正业、不思进取的人。让妈妈汗颜，妈妈也要努力啊！

奖学金拿到手，我的儿子写诗铭志。少年得志是难得的，如果少年得志还能少年老成，不骄不躁，那就更难得。人性很复杂，你要把自己的高兴掩藏起来，你可以在没有人的时候笑、跳、做诗，但不要在别人面前显出你的骄傲，不能炫耀自己的成功，把成功掩藏起来，和妈妈爸爸一起分享吧。这真是让人泄气，可世界就是这样！

妈妈<br>2007.1.4

# 第五十三封信
# 该是战斗的时候

妈妈：

　　我的寒假就要结束，我已经坐在去往北京的火车上，只能和父母隔着窗户用眼神交流，这是一次期盼已久的离别，离别之前是沉重的，离别之后是轻松的。

　　以前我并不喜欢回家。我不在乎能不能吃到可口的饭菜，也不关心每天能不能和亲人相依，我觉得自己只有工作着才是高兴的。在家里没有办法学习，我是学心理学的，看到父母为琐事烦恼，或者看到别人的行为不符合"规律"，我总想要指导一下，再加上优裕的生活条件，对我来说集中精力成为最困难的事情，更别提思考。

　　但是我深刻地认识到，我已经到"反哺"父母的时候，虽然父母根本称不上"老"，可是你们都很畏惧衰老，这其实就是衰老的前兆。我现在已经成熟，知道自己身上除一点点剩余的幼稚的权利以外增加很多义务，关心父母，让他们体会天伦之乐，是我不可推卸的责任。

　　每年春节我都要回鞍山老家过年，看望年近80岁的爷爷奶奶，今年在鞍山过年时，爷爷问我，"你愿不愿意回鞍山过年啊？想不想见爷爷？"我想想说，"这不是愿不愿意的问题，我就应该回来看望爷爷"。这么生硬的话实在是受心理学和哲学的影响。这就是我现在的思维方式，在自己人生目标上，要拥有自己的意志，但是在常识范围之内生活当中，要坚守最传统的价值观去生活。自由意志是一种不守约束地去选择的信念，坚守传统价值观是为表明自己的责任感和最适应地生存下去（为自己的自由意志奠定基础）。

　　爷爷就要80岁了，父母很快也要老了，我不能自私地等我成功的那一天去孝敬你们，你们现在就需要我的关心，你们的需要就是我的责任，所以今年我一反常态地在考试完第二天就回到父母身边。

明年的春节我就要参加研究生考试，那是我奋斗三年的目标，我应该开始不顾一切地奋斗，所以我早在回家之前就订好初八的返程票。

在火车上，我想起教爷爷上网的情形，想起爷爷年近80岁的脸上兴奋的神情，又想起我们一家三口躺在床上，我亲口告诉父母他们的孩子在学校有多么优秀的时候，他们脸上幸福的笑容，我想让我爱的人得到他们应得的回报……

我曾经对妈妈说过，明年的考试是我冲向理想的最好的机会，如果失败了，我会感到既对不起自己也对不起父母，我真的渴望快一点回到北京，自己一个人，象福柯一样卧薪尝胆，让父母幸福我也感到幸福，但是成功让我感到更加亢奋。

寒假就这样在幸福气氛中过去。我坐在火车里，望着父母出神。火车外面很冷，火车的玻璃上有很多的雾气。我用手在上面写"明年见"三个字。车外的妈妈立刻就生气了，张大嘴好像在说这个暑假会来北京看我。这个时候我和妈妈都是微笑的。就在开车前五分钟，我望见站内的标识牌："大连—北京，祝您旅途愉快！"我知道该是战斗的时刻，我又在玻璃上写两个字："必胜"。妈妈凝视片刻，心领神会，脸上的表情刹那变成兴奋和坚定，可就在火车开动那一瞬间，我看到母亲已经忍不住泪水……

儿子<br>2007.2.27

# 第五十四封信
# 文献搜索是一门学问

妈妈：

　　这几天我的工作重点主要集中在英语学习和论文资料的搜集上。做了一份英语考研真题，成绩不错，不过没有什么意义，倒不如有一个差一点的成绩，让自己进入一种弥补不足的状态当中不断学习。即使如此，我还是会按照更高的标准来要求自己的英语学习。

　　连续三天我都呆在国家图书馆里。我发现文献搜索真的是需要学习和实践的一门学问。不说搜索信息的工具各自有缺陷，信息本身也很复杂。如果搜索范围大，就会陷入到一种盲目无措的状态。范围过小，你的论文就可能会重复别人的问题，或者论据不足，或者不够充分。最重要的是可能会不能得到新的启示从而失去在学术上有新成就的机会，信息既要全面又不能过多。

　　我现在将自己的研究范围逐渐缩小。最开始我决定研究文化心理学领域，后来自己研究才发现，文化心理学理论方面的研究需要大量的研究经验和理论功底，这些我根本不具备，必须将领域更具体化。在翻译一篇论文的时候，我对文化心理学当中自我研究发生兴趣，开始关注文化心理学领域中对于自我的研究。又经过一番细心搜索，发现自我的内容还是太大。

　　自我增强、自尊、自我批评、自我管理、自我价值等等都是独立的研究领域。虽然有一些对自我本身进行研究的论文，但是同样需要对自我领域内各个方面都有过研究经验的人才能够进行这种综述性研究，我还得继续具体化自己的研究对象。经过比较我觉得自尊、自我管理研究泛滥，自我价值研究过于哲学化，而自我增强(self-enhancement)的研究在西方相比其他自我研究领域虽然很少，还是已经形成一个体系，而国内研究更是相当的少，这正是一个值得研究的对象。最终决定自己的研究对象就是自我增强。

在搜索过程中我发现朱滢、侯玉波这几年的研究重点居然都在文化方面。朱滢教授的研究重点就是文化差异的脑机制，虽然也研究文化，但是偏重认知领域，而侯玉波副教授则重视不同文化的思维方式。就在今年1月份出版朱滢老师的作品《文化与自我》，我还在国家图书馆阅读侯玉波的博士论文"中国人思维方式的结构及其影响的研究"，基本上就是文化心理学的研究方向。现在侯玉波还是北大与台北大学共同建立的本土心理学研究计划的组织者。这说明文化心理学在中国方兴未艾，而北大正是文化心理学在中国的启航之地！（这就叫"利好"消息）

马上就要开学，课程的安排发生些改动，但是没什么影响。寝室同学一个都没有回来。现在我已经制定好学期中的学习计划，尽量把生活细节都安排好，比如规定星期四洗衣服，袜子一周一洗。我已经把自己的夏装买好，衣服也安排好穿的顺序，基本上能够保证既不陈旧、也不太牵涉精力。

新闻系那个师姐没有考北大，又失去一个线索。我就去找我的师哥，让他们帮我看看能不能找到一些北大信息。我们学校现在不能上北大BBS网，爸爸妈妈帮我看一下能不能在北大的BBS上发个帖子，或者看有没有人知道北大复试时间以及心理学复试的地点这些信息，或者北大今年复试录取比例等等。别人都说这是个信息来源。

我现在有一个"心理"问题：有点想要拖延进入考研状态的想法。可能觉得这是不能逃脱的，也是极其严肃的历程，格外重视，又十分沉重，总是想要拖延。我明白这是一种心理问题，自然就会通过行动来克服，开学第一个星期一定要严格执行自己的计划[1]。

最近买些和写论文有关的书和即将要上的专业课书，再加上买衣服，花不少钱。生活基本上已经恢复以往的样子。

妈妈要努力工作啊。妈妈已经拥有健康的身体，幸福的家庭，事业上的追求能够让自己获得精神的满足，那就是最完美的生活。不过不必以成败看待自

---

[1] 在强大的压力和清晰的计划面前，拖延（逃避）心理是很正常的。从我的经验来看，克服这种心态的方法就是保持精力充沛，养成学习习惯，制定有详尽指标的计划。其实学习习惯在这里就显得格外重要。正因为我已经更习惯了每天在自习室的生活，而且很少有很容易进行的"娱乐性"活动，所以一方面逃避的机会减少，另一方面并不难进入学习状态。不过在研究生阶段发现即便之前一直在玩儿的同学，在强大的压力下也可以全身心投入到备考状态当中。估计一方面是对目标的渴望，另一方面就是个人意志力水平决定了是否能够克服逃避心理了。

己的工作，只要用心工作，任何回报都是无比的精神财富。我在奋斗，妈妈也要奋斗啊！

  P.S. 爸爸少喝酒，少抽烟。在繁忙的工作之余也要找到自己新的事业。

儿子<br>2007.3.11

## 让我们一起努力

亲爱的儿子：

  今天早晨和你爸爸爬山的时候，他说想告诉你，你真正的对手不在校园里，在北京的地下室里。这些人从全国各地跑到北京，像拼命三郎一样，抱着必胜的决心，用决战的架势向目标冲击。你比他们有优势，因为你是专业，不是跨专业。只要你认真努力，儿子，你一定能成功。你这只聪明的智慧的鸟，能飞得很高很高。

  关于我，其实妈妈一直在努力，朝着我的目标奋进。或许，这种努力是没有效果的，但不能因为没有效果就不去做。在你爸爸看来，目标是没有意义的，只要能发表几篇小稿就可以。我现在基本不说，朝着自己的目标努力进取，让我们一起努力。

  注意身体健康。

妈妈<br>2007.3.14

# 第五十五封信
# 只有在压力下才能成长

妈妈:

  阳春三月,天气终于开始转暖。我终于可以不用再穿上厚重的外套,能够轻快地来往于宿舍和教学楼之间。在这两周里,我的身上发生一些变化,这些变化让我觉得自己生活得还是太被动了——只有在压力下才能成长。

  终究计划还是难以贯彻,不是因为无法坚持,而是因为有了我认为更有希望的事情。这个假期我在家里看一部名叫《反恐24小时》的美国电视连续剧。电视剧中男主人公总是在绝望中抓住最后一根线索拯救国家,往往是在只剩最后一线机会的时候,迫于压力而不得不采取非正规手段,让侦查获得转机,但也因此违反政府制度,失去亲人信任,以至于只能孤军奋战,直到最后真相大白的时候才能够重见天日。

  当时我总觉得剧情太过虚张声势,但是当我自己面对一个目标,当我看到那么一丁点儿希望的时候,我体内的那种激情、那种冲动、那种不可阻挡的气势,像狂风一般推动着我,抛弃一切理智。我觉得自己比电视剧里的主人公还要"虚张声势"。

  我只按照计划复习心理学基础知识两天(英语一直在坚持学习),之后便一直致力于自己的论文。尽管保送的道路上还有相当多的不确定因素,而且都是不可控的,我还是不见黄河心不死,希望这些因素都能在最后时刻奇迹般消失。孤注一掷大概就是这个意思。我还自欺欺人地推理,既然这些因素是不可控的,在尽力争取之后就应该把自己能够做好的事情做好,于是全身心地投入到撰写论文的工作当中。似乎只要是我自己决定的事情,就一定能够做好。

  每天读论文,抽时间到国家图书馆查资料,两次改变研究课题,忘记吃 n 次午饭,自己一个人的时候总是愁眉苦脸,舍弃上课内容的复习。尽管我很清楚保送的机会简直微乎其微,可是当我写论文的时候,总是觉得机会还是有的,好像一切还都在自己掌控之中……

我觉得自己现在像个赌徒,一天到晚徒劳地计算着概率,总想着再赌一把,就一次把以前所有的损失都捞回来。

冷静地想一想,怎样才是最合理的。我有能力,但是没有达到保送北大的程度,这不仅仅是实力不足的原因,我总是想要面面俱到。我可以通过考试的道路实现目标,虽然那要漫长得多,但是机会还是更大的。我真正应该做的就是认真复习,准备考试,不花费这么多的精力写论文,只通过常规渠道力争保送,但是除了找找老师以外不要再付出一点精力。

如果足够理智的话,我看现在自己完全是疯了——在最关键的一年里做这么不理智的事情。论文占据我所有的精力。回报的机会太低了。我想也该 Stop 了——不是半途而废,也不是什么明智之举,只是发现错误,希望亡羊补牢,为时不晚。

这个周末是我给自己论文最后两天时间,除非明确地制定好所有计划,否则将来我就只会在每日计划完成之后进行撰写论文工作。

**自尊心越低的人越追求过高或过低的目标,而自尊心高的人会设置最合适自己的标准。**明显地,我总是在用自己的追求来衡量自己①。人想要真正的理智有的时候真的很痛苦,不是因为理智违反情绪,而是因为理智总是让你按照最大概率来作为,丝毫不理会人天生具有的短见和斗志。既然我信仰理智,如果再这么不理智地坚持下去,终究只能自相矛盾。

虽然写了这么多消极的话,其实我现在还是很亢奋的。因为搞研究工作是我一直梦寐以求的,现在全心全意做研究有一种无比的快感,要不是考虑到现实原因,我是乐此不疲的。父母不要担心我现在的精神状态或者身体状况。一切都很好,只不过现实太严肃,容不得浪漫。

我心理学史的成绩 94 分,全班第一。经济学概论的成绩 97 分,也是全班第一。口语证书经过多方咨询,看来要再等上半年才能拿到证书。

最近买书花不少钱。因为我们买教材的钱早已经花完,现在所有教材都要

---

① 每个人都有评价自己的标准,这是不可比较的,所以尽可以评价、判断自己的价值,但是尽量不要用自己的标准去衡量别人。这既容易伤害别人,也容易伤害自己。

自己买。我们这学期课程多，教材买了一些。食堂饭菜也全面涨价，每道菜平均涨5毛钱，吃饭开销也稍微多一点，其他地方没怎么花钱。

我觉得自己能够在巨大压力下持续工作，冷静思考，说明我成熟许多。如果没有这种压力，我是不会成长的。为什么所有政客都有一些不能见光的事情？其实并不是因为政客都有什么共同的不良特质，而是因为正是这些压力使得他们能够更加成熟。躲避压力的事情是愚蠢的，既然将自己的未来定在一个较高水平，那么压力就是必须面对的课程。

下个星期基本上保送的事情能够有多大的可能性就能够知道，所以下个星期之后我会报名参加考研政治班和心理班。

现在的论文构思有点混乱，保研的事情也是有点扑朔迷离，脑子有点乱糟糟的，信也写得乱糟糟的。请妈妈原谅。

此致

儿子
2007.3.23

## 对自己好一点

亲爱的儿子：

要按时吃午饭。到图书馆没有条件，买个面包、买瓶矿泉水也行啊！胃是人身体中除了大脑和心脏以外具有思维的器官。这是我看美国的一名医生的书籍上面说的。当你慢怠它的时候，它会生气、会抗议、会罢工。我们身上的每一个器官都是我们亲密的朋友，你都要善待他们，大家和谐地在一起共处。对自己胃口好一点，它是你最好的朋友！

妈妈
2007.3.27

# 第五十六封信

## 加强彼此之间有用的人际关系

妈妈：

  当有一些真正需要斟酌的难题时，我都会想到经验丰富的父母。其实我知道每次从爸爸妈妈那里得到的肯定是全力支持，以至于有的时候明知道答案还是会去咨询父母的意见，甚至把这当做一种信心的来源。在做出任何一个决定的时候，我都能感觉到父母在我身后的支持。从这个意义上来说，我并不是孤身一人。

  但是有时候我真的是"茕茕孑立，孤苦伶仃"。以前我总是闭门读书，只想着怎么多读书，怎么读好书，怎么能读懂书。那个时候就觉得这个世界没有事情能拦得住我，只要我成绩优秀，只要我学富五车，只要我口若悬河，只要我坚持不懈，我实在不明白有什么理由会不成功，有什么障碍是不能克服的。

  其实这一切我基本都做到了。但是当我想要凭借着我的优势向社会提出要求时，一切又都变了。论文找不到，就算跑遍北京大学、国家图书馆、北京师范大学，还是找不到；保研过程出问题，就算你能耐比天大，你也无能为力，因为教务处不认识你；当我想发表一篇论文的时候，发现原来这不是光凭滔滔理论就能做到的，因为毕竟你只是一个缺乏设备的北京体育大学本科生。

  但是当我发现有很多老师很欣赏我、愿意帮助我的时候，一切又有了转机。犯罪心理学老师同意帮我联系外国的朋友寻找论文；张力为老师也全力支持我，帮我和教务处沟通；沈德灿老师也同意给我写推荐信，而这封推荐信在保送的过程中无疑会发挥一定作用[①]。

---

  ① 从我的经历来看，保送的过程就是用"经纪人"的思维方式和手段去推销、最大化自己过去的成绩的过程。因为北大保送并没有标准化测验，所以这就很类似一个"营销"模式。

其实我明白，按照正常来说，我所遇到的问题根本不可能解决。我每每想到这些问题的时候，就感到一种在读书时从未有过的无助感。我很明白我的要求的确过分些，但我总觉得又是理所应当的。可是当我发现居然还有一些途径可以让我实现这些本来没有路的目标的时候，我的自负和侥幸心理又发挥作用。

以前父母总是教育我个人奋斗的重要性，让我不要重视人际关系。我自始至终没有怀疑过。但是这几个星期的经历让我对这一切有了新的认识。

我很努力，让我达到一定的水平。但是当我想要达到我所渴望的高度的时候，我发现我的努力还是不够。这是怎样的一种心情呢？就好像费尽千辛万苦才弄到的豆汁，虽然实在难以下咽，但是无论如何也无法割舍，于是不管到底能不能尝到豆汁本来的味道，放进一勺一勺糖，也要再喝一口。其实豆汁已经变味，最重要的是我喝过豆汁。

说这么多，其实就是我变得更现实。我的行为目的当中不会再让"学者气质"、"坚持人格"成为纲领（当然并不是说这两点不重要，只不过这两点的作用是为了实现另外更高目的）。一切手段只有两个目标：提高能力和加强同那些彼此之间有用的人的人际关系。坦诚不再是什么道德标准，只不过是一种手段。

当然我没有堕落。我说这些只是为了让父母知道我的目标有多么明确，我有多么的执著。我要拥有更广泛的影响力，而在中国，能力并不是达到这一点的唯一要素。

我的理想和父母所教育给我的学者气质是有些许矛盾的。我必须做出选择。以往就因为在这两者之间的徘徊，我失去很多机会，也浪费很多机会。不能再这样了，像我这样的理想，一辈子只能实现一个。

曾经有一本书叫做《是谁动了我的奶酪》，我虽然没有看过，但是犯罪心理学老师跟我们说这本书就是在讨论：当人们发现他们应该获得的利益被其他一些人用不合理、非法的手段所窃取的时候，他们被迫去违背规则。中国引进西方的法制观念，但是法律并没有起到规范获得利益的途径的作用，人们总是能够另辟蹊径。我就是这样。

在我看来，我自己就是一部为了提高效率、完成规定任务，随时可以进行调整和修理的机器①。真是完全异化了。

一定要强调的是，我最看重的还是自己的学习。因为我的信念还是认为实力是最重要的。寻求他人的帮助是适应社会的结果，只是在这个社会当中为了实现自己的能力的价值的途径。就好像董存瑞同志拿的那些炸药包：真正的功能是炸药包实现的，但是没有那根用来支撑的棍子，再大的爆炸力也发挥不了作用。

当我听到犯罪心理学老师提到她北师大的同学如今身居各国，她经常从他们那里获得帮助的时候；当我想起随同西弗吉尼亚大学来访的那个中国学者因为对来访教授的殷勤接待而获得一个副教授职位的时候，我终于明白这个世界根本还不够理性。就好像我一直在用的科学论文数据库：不同的数据库有不同的特点，你只能凭借自己的经验和尝试，利用不同的数据库来搜索最全面的信息，根本没有又全面、又权威的数据库。

成功的道路上，任何人都需要帮助，不单单是从父母那里得到的。

我现在开始忙作业。社会心理学和认知心理学老师给我们布置了相当麻烦的作业，需要费些心思。考研复习计划只好再拖延一点。

我最近还是抽出些时间对论文进行一些研究。其中一篇论文提到，避免生活抑郁很重要的一点就是树立多种自我。我担心的就是父亲，因为父亲的自我种类太少，而且很不稳定。爸爸现在有一个学者的自我，单位里非常重要的自我，儿子父亲的自我，作为强力丈夫的自我，但是这些自我都受到多多少少挑战。我建议爸爸寻求一些建立自我的其他方面。通俗地说就是找一个自己的优势，哪怕是居委会里的积极分子。爸爸一旦退休，其中非常重要的"单位中重要的自我"就会丢失，如果爸爸不能很快地找到自己的新的优势和骄傲，那么肯定会经历一段非常抑郁的阶段。我觉得这个理论是很有道理的。现在再抽出些时间写些能够发表的小短文，这些都是对未来的投资，意义非比寻常。在我看来，比爸爸现在手头上的工作还要重要些。

---

① 这句话可以很好地概括一个全力为目标奋斗的人最终的心理结果。享受生活的人重视自己的性格、兴趣，并以此为根本来寻找生活中的乐趣。但是对于一个追求外在目标的人，性格、兴趣都只不过是自我——一个大机器的一个零部件而已，如果不能够帮助实现目标的话，就换一个。因此，为了实现目标，我首先了解自己，然后改变自己，就像操纵机器人一样地操纵自己身上的各种属性。这就是现代化社会对人的影响——从适应的角度来讲这是正确的，但是从某种人道主义来讲，这是"异化"，是类似《摩登时代》一样的悲剧。怎么看待这个问题完全取决于你的价值观了。

比起爸爸，我对妈妈的担心少一些。只担心因为好久没有追求事业，对于自己在实现理想的过程中遇到的困难可能心理准备不足，再加上对爸爸存有偏见，可能觉得没有人理解自己，那就不好。

有研究表明，夫妇看起来对从配偶那里获得一致性（与仅仅是积极相对）的反馈尤其感兴趣。爸爸妈妈都要从这个研究里吸取一些经验。我觉得对于父母来说没有任何事情比拥有一个和谐的家庭生活更加重要的事情（当然这主要是因为我最希望父母恩恩爱爱）。

正如我在给爸爸的文章里写的那样，我对心理学的认识又加深一层（不管正确与否，都是更多的信息的整合）。我觉得这是一直刻苦学习的结果。

我现在逐渐脱离宿舍这个小团体，他们除了跟我开一些关于"考研"的玩笑以外，基本上还是很配合的。我很高兴。

此致
敬礼！

爱你们的儿子
2007.4.6

## 孤独是宿命

亲爱的儿子：

你现在很孤独，妈妈很理解，或者说孤独是学者的宿命，不孤独怎么能出学者呢！可是，看到你说当你凭着自己的能力向社会提出要求的时候，你受到阻碍。妈妈感到十分地无奈，我们不但帮不上你，谁也帮不上你。如今，有很多老师愿意帮你，你真够幸运的。只是，妈妈没弄明白，儿子，难道你还要争取保送吗？说真的，我们倒很希望你去自己考。如今你和高中的你已经完全不同。你的强项远远超出你的同龄人。如果保送，考试的优势就显现不出来。开始的时候，妈妈心中支持你去争取保送，是有一个小心眼的。因为如果保送，首先要争取学校的保送。妈妈想，你保送不了北大，也可以在体育大学读啊！这不是挺好吗？

妈妈
2007.4.8

# 第五十七封信
# 控制好身体这部机器

妈妈：

每一次因为考试的缘故推迟给妈妈写信，事后想起来理由都不太充分。我对于考试几乎机械地应对，加上神经质般的复习方式，让整个人不能分心。按照那些辅导考研的人话来说，这是缺乏同时处理两件事情的能力。的确，我一旦确定目标，就会全力以赴，总想着心无旁骛，而且不甘心被其他与目标无关的事情分心。其实我大量的时间都用在机械地记忆那些已经完全理解的东西，还有那些连我自己都知道肯定不会考的内容，但我就是放不下。一遍一遍地重复，以至于在考试的时候几百字的答案我都可以闭着眼睛让手去思考。

毕竟成绩还是很重要的，所以认知失调不是太严重，不会改变我一贯的态度和行为。我现在只是想和妈妈说一说我激励自己那几句话的含义。

从一个决心开始：我没有告诉妈妈我现在已经成为寝室里最贪吃的人。每次吃饭要吃6、7块钱，外加喝一杯1.5元的饮料，再买一个1.5元的菠萝，然后买一个夹香肠的花卷当夜宵，然后到超市买一些零食晚上吃。最开始的原因是我发现自己总是吃不饱，晚上总是饿，再加上平日里，吃饭后总是休息一个小时左右，总觉得学习时间比以前少很多，自己感到一种恐惧，好像自己正在变得越来越懈怠，自己的信心开始下降，情绪变得急躁。

我刚开始以为是因为没有什么显示自己才能的机会，但是做了两次演讲以后情况还是没有好转，我就发现是因为自己的生活习惯正在变得越来越松懈，让我感到不安。我的心里好像有一个监察系统，不肯让自己放松，哪怕是精神上的，不管什么理由①。我才知道自己懦弱的行为居然引起自己的担心。和高中一样，遇到这样情况，我就需要一个决心，无论大小，首先要证明自己对自己的控制能力，要是连自己都控制不了怎么控制别人呢？所以我下定决心从4月18号开始，不吃零食，晚饭限制在6块钱之内。做这些事情是向软弱、堕落的自我的一种宣战，一种自我控制的暗示。不管内在机制怎样，这样做让我觉得平静许多。

下决心的目的是证明自我控制能力。所以我说"从一个控制开始"。我要控制我自己，就好像我以前说的那样，一个为了实现目标随时可以进行调整的机器。我要控制好这部机器，不能让这部机器本身的弱点征服自己。控制饮食，控制休息时间，工作狂的形象比较适合我。

我不能忍受别人磨蹭，更不能忍受自己拖沓不前。既然决定要做，就一定要立刻行动。只有这样我才能感到"欣慰"。每一天、每一个小时都是一个新起点。我要立刻实行对自己的管理。

生活终归是要继续的：偶尔会感到有点累。那种累不仅仅是疲劳，还有因为疲劳所引起的消沉。有时候觉得放弃自己的高目标，像父母所说的那样随遇而安，的确会比现在轻松许多。加上那么多任务，对自己严厉要求，有时候觉得每一天都那么难熬。想起《红磨坊》里面的那句歌词："Life has to go on!"（生活还要继续！），我就明白面对困境的时候，最后的救命稻草就是时间——有些问题需要由时间来解决。

有时候我对自己的怀疑简直让人无法承受。可能因为我太会诡辩，甚至于只要抓住一个论点我连自己都能说服②。一旦消沉的时候，经常会认定成功是不可能的，我就会用各种理由让自己相信未来就是一片黑暗。我给犯罪心理学老师说我知道上北京体育大学的决定使我完成自己理想的可能性已经减少一半。犯罪心理学老师让我明白中国学术界存在一种"师出名门"效应：学界领航人物的老师必定就是以前学界的领航人物。没有一个好的老师意味着大大减

---

① 当我将自己的人生目标与自我同化之后，内心深处就会有这么一个"监察者"，时不时地跳出来监督自己。这也可以说是"有明确目标有助于取得成就"这个抽象概括总结的一个具体形式。

② 心理学研究表明，人的很多行为、决策其实都是在自动化过程中已经确定了，我们的意识只不过是找理由来解释自己行为和决策而已。所以有的时候说服自己其实并不是"改变自己"，只是将无意识过程"意识化"而已。所以说服自己是有意义的，否则就很容易陷入无意识和意识之间的冲突当中。

少得到社会承认的机会。

　　我现在看一本叫《文化心理学》的书。作者对哲学和人类学都有所了解，对文化心理学的阐述是我见过的中国学者中写得最好的。可就是这样一个人物，现在却在"肇庆师范学院"，而且看他的履历竟然是越老职位越低。从河南师范大学到厦门大学，最后到肇庆师范学院当副教授。真是不能理解。有时候，我得给自己一些信心来抵御这种"无赖辩证法"。所以我对自己说，为了明天，永远都不要怀疑自己。

　　因为怀疑自己，有时候放弃的念头都有，最近居然越来越频繁地进出回高中复读的念头。真是自己拿自己开玩笑。以前对社会了解得很少的时候真是从来没有这种"无地自容"的消沉情绪。现在有，还像雷阵雨似地发作。爸爸妈妈不要担心，这不是抑郁症，抑郁症可比这个严重多了①。这是因为自我要求太严格，对自己有些苛刻，而现实又距离理想太遥远所产生的落差感而已。想要通过思辨来解决这些问题太麻烦、太繁琐、太浪费精力，不如制定些原则来得高效率，所以我会对自己说："永远都不要放弃自己"。

　　不稳定的就是错的：这个想法是对于学术思考提出的要求。我最近对心理学这个学科有些个人思考。以前我总是会有一种发现真理的感觉，积累这么些年的"真理"，我发现我的观点总是在变化的。比如对心理学科本身的思考，大一的时候看《心理学的故事》产生一种观点，写一封信给解剖学老师；上普通心理学的时候又有新的认识，之后到现在学习认知心理学又有一种与以往不同的理解。其实是存在一个标准来判断以往的认识的正确性，那就是稳定性。

　　任何认识都是基于一定的认识范围和当时所拥有经验的综合。如果当时的经验足够广泛或者有一定代表性，这种认识只会被后来的经验不断深化和发展，不会发生大的变化。很明显的是，我不可能获得那种具有代表性的经验，学得越多经验越丰富，所综合的"火花"就越深刻，越能揭示更多经验，应该具有更高的稳定性，"不稳定的就是错的。"虽然要不断保留自己的火花，但是更重要的是了解自己经验的不足给自己带来的局限。

　　上封信说过，在中国，成功需要太多的帮助，一方面是因为资源匮乏，另

---

　　① 这是学习心理学的一个好处：不会轻易地给自己贴上各种标签。因为有了变态心理学、临床心理学的一些关于精神病的诊断学常识，所以不会被自己的"症状"、"标签"所困惑，更容易直面问题。后来发现，很多人其实就为了"确诊"自己而学习心理学的。

一方面是因为对于一个没有背景的人来说，一个人很难闯进有权威垄断的领域。对我来说，平和的心态很重要，所以**爱别人，不要将自己的过错归咎于别人；爱自己，不接受自己的后果只会使自己厌恶自己**。那是没有出路的。有的时候我对别人的帮助如果遭到别人的敌意，那真是得不偿失。还要注意理性的善良：理解他人的需要，真诚对人，让别人快乐更重要。

我现在还在努力着。现在最困扰，让我心底里不舒服的事情就是考研计划完成不了。我早已经说过不能让计划毁了我，计划只是一个对照表，不是催命鬼，我自己会很好处理的。

读一些关于后现代主义思想的文字（《文化心理学》），我对于中国为什么会成为"人情大国"有些认识。像我这样有志青年，为达到目的会寻求很多人帮助，因此使我欠下很多人情，渴望得越多，你欠得越多，到最后即使是一个刚正不阿的人，只要他还有感恩的道德感，他就必然会报恩，你就要还人情。在这种社会制度下，没有人能够独善其身，不是吗？

人情大国的观念使得民主在中国也难以进行。人们在推举别人的时候，总是思考这个人和自己有没有人情，这样可以为自己带来一些利用特权的机会，受到推举的人必定是人情关系最多的人。这个人怎么可能坚守原则呢？社会制度导致在职的人都是最善于利用人情关系的人，不难理解为什么中国是"人情大国"了。

"五一"之后还要考两门，都比较麻烦。认知心理学需要大量的思考和理解，运动创伤需要大量根本没有基础的背诵。"五一"只能尽力执行一些考研计划。

我觉得有魄力的人的确让人敬佩。L上个学期为考GRE放弃期末考试，结果考试成绩不理想。要是我的话，我估量自己没有放弃考试成绩的气魄。有魄力的人可以真的心无旁骛，我舍不得的东西太多。

帕斯卡说过一句话：我之所以把信写得这么长，是因为我没有时间把它写得短一些。

虽不能说现在没有时间，但是实在是很累。

我们的运动创伤老师推荐了一本关于如何保持身体健康的科普读物（美国畅销书），我觉得不错，而且对父母很合适，买了一本，不久会寄回家里。

选择科学对我来说相当于选择了一种信仰。所以我关心父母的方式也是用我的信仰去关心他们——我推荐的都是科普性的读物，希望父母的生活更具"科学化"。

　　此致
敬礼！

儿子<br>2007. 4. 30

## 不问收获只耕耘

亲爱的儿子：

　　儿子，不必太着急，不问收获，只努力耕耘就好；只要耕耘，你一定会有收获的。

　　关于师出名门问题，妈妈并不赞成你的看法。并不一定要师出名门，关键要看你自己的本事。妈妈是个小作家，假如妈妈是王蒙，那你就要永远生活在妈妈的阴影下，这有什么好处呢！就如周海婴，他最不喜欢的就是人家一和他说话，一和他认识，首先要说他是鲁迅的儿子，他最大的愿望就是人家把他看做周海婴，而不是鲁迅的儿子。这是不可能的，鲁迅永远是他的影子。

　　好风凭借力，送我上青天。儿子，你是好风，你现在的环境，借力还少吗？老师对你的帮助，让我们都感动极了。有几个人能有这么好的资源，他们现在和将来都是你的资源，你已经拥有了，儿子，不要太贪心。

妈妈<br>2007. 5. 2

# 第五十八封信
# 三遍考试复习法

妈妈：

　　整个"五一"还有"五一"后的一周我全部精力都放在"认知心理学"考试上。迟老师对我们的要求算是整个学校当中最严格的，他先是完全不划重点，让你进行"全面"复习，然后到考试前告诉你一些所谓"重点"，而在考试时却考很多"非重点"。

　　"认知心理学"对我来说还是很重要的，毕竟现在心理学的发展还是以认知心理学为主流，北大还是倾向认知的，我还是要把"认知心理学"好好整合一下。"认知心理学"和"实验心理学"有很多内容重叠，我就在复习"认知心理学"的同时捎带复习"实验心理学"。

　　现在我什么事情都以考研为核心。以往在考试前我总是很紧张，整个生活习惯都因为考试而打乱。这一次我想看一下如果自己不那么紧张，会不会影响复习进程。我正常学习英语，吃饭后休息半个小时，走路也不那么着急。从结果来看，复习考试最重要的是重点与非重点全面的前提下区别对待。

　　第一遍复习是理解性的，完整，通透，不要担心内容"多"而将内容省略。我以前用电脑进行总结就有这个毛病：总是把问题精简，结果总是思路不清晰，不好背，还容易落掉一些知识点。心理学有图示的概念，长时记忆也是语义编码为主，能够记住符合逻辑的东西，对于大脑来说多不是问题，怕的是没有逻辑性，或者说意思不完整。以后第一遍复习就是要将知识完整化，图式化。

　　第二遍复习就是要将重点突出，组织各种材料，丰富理解，而且进行强化记忆。这是任何考试的复习中最重要的环节。

　　第三遍复习就是要用"测试记忆"方法对重点内容进行复习，然后对非重点进行新一轮理解和覆盖，像重点一样地去记忆，但是没有重点内容的那一遍"测试记忆"（其实测试记忆是最困难和最容易让人不耐烦的）。这样形成对非重点内容的强烈印象，即使考试的时候遇到，也能够做到不慌不忙，慢慢回忆，回答的时候可能没有重点内容那样驾轻就熟，但是肯定有话可说。

考试前要做的就是把所有问题扫尾，不能带着疑问进考场，将那些最不重要的内容也扫一眼，将复习过程中记的最牢和最不牢的内容再看一遍，利用"联想"记忆术进行贯通。就是每个问题将知识点的开头回顾一下，不用全部回忆。这样进考场就不会再担心什么。

这一次考试我就是按照这种方式进行复习的。仅仅是一门认知心理学，到最后的时候我都有点"恶心"，虽然不是死记硬背，可是那么多内容，每一次从头开始都让人不堪重负。我现在理解大四师兄说的所谓的"心理不适应期"的含义：就是什么也背不了，有点承受不住的感觉。这个时候靠的就是意志。

整个"五一"和其后一周我都没有迈出过校门，我总结很多复习资料发给同学。我想，付出越多回报越多，不管是"认知心理学"知识方面的，还是应试经验上的。下一周还要考"运动创伤"，实在是没有办法，一点儿也不喜欢，全是死记硬背的东西。

下半学期的课程更多，新增"管理心理学"、"心理咨询"、"变态心理"、"人格心理"。但是无论如何这些我都不会像认知心理那么认真，毕竟专业课复习一定要开始，而且要奋起直追。

我寄给爸爸妈妈一本书，是老师推荐的，父母有时间可以好好看看，是一本来自外国的科普读物，教给人一些健康常识。希望爸爸妈妈健健康康。

英语竞赛虽然成绩不高，才115分，但是又得一个三等奖，还得一份奖品，据传言还是全校前十名，估计我又骄傲了。现在英语学习没有以前那么有热情，问题似乎有点严重。六级考试一定要经历一次打击，否则对于长期复习来说这种英语学习状态不是一件好事。

　　此致
敬礼！

儿子<br>2007. 5. 11

## 选择自己喜欢的

儿子：

  在妈妈看来，认知心理学是最有科学气味的心理学，因为有的心理学，如文化心理学，更像社会科学，正如你所说，哲学的味道很浓厚。认知心理学则不同，它是用完全自然科学的方法论研究心理，更像自然科学。本着这种朴素的看法，妈妈觉得认知心理学是否会更难学一些，与哲学接近的心理学更好学一些，因为你有雄厚的哲学功底。你究竟选择哪门学科，妈妈说不好，但最好选择你喜欢的、擅长的。这样才能学得深、学得好，学出水平来。

妈妈<br>
2007.5.16

# 第五十九封信
# 生活就要"深水静流"

妈妈：

  连续几周处于考试压力下，的确消耗不少精力。但是和往常一样，考试并没有让我感到疲劳，只是让我感到一种失去控制的感觉，具体来说就是每天都围绕着考试进行复习，不能按自己的意愿或者计划来学习。正是这种失控感，让我体会到一种"心力耗竭"的感觉。最好的办法就是找回控制权。所以周末的时候我逛书店，吃小吃，买书（因为我们新开"管理心理学"、"变态心理学"、"人格心理学"、"心理咨询与治疗"，所以需要采购）来尽情地安排自己的生活。然后就是打篮球，打台球，晚上和同学在宿舍吃面条（什么调料都没有实在太难吃了，幸亏有F带来的"广东腊肠"和豪哥的贵州"老干妈"辣酱）。总算可以重新计划安排自己的生活。

  现在考研复习都在进行中，有一定的进展，还通过和研究生的谈话对考研有一些新的认识。

  其实我骨子里认为自己考不上北大，那位姓L的研究生就是北大落榜，赶巧我们学校没有招满，他自己联系老师调剂到我们学校。他告诉我，他一开始也觉得根本考不上北大。那时他还在四川，北京那么遥远。考第一次之后才发现原来这么简单，只要自己稍微努力一些，也能考上的。第二次考试的时候就做更充分的准备，只可惜虽然总分上线，但是在考心理学方法时差两分。他告诉我，现在只有个位数的本埠名额，但北大还是很好考的。将北大看得太高、太神圣，反而是给自己设置障碍，而不是积极的动力。

  一句话惊醒梦中人，我其实真的将北大看得太重，进一步将北大神化，就感到很大困难。这种困难使我无法以一种平和、自然的心态面对复习，总觉得不能完美，总在自我挫败，以致信心日趋低落。正像西蒙的有限理性观的原理那样，人的认知加工能力是有限的，在决策的时候只能达到有限的理性。决策是以满意为标准的，而不是以追求搜集所有相关信息为标准。我的能力保证我能够在同样努力的情况下获得比别人更多的知识，要发挥自己的能力，而不是和浩如烟海的心理学知识决一雌雄。那是我将来要做的事情，不是在考试前应该做的。

有一天我在想我为什么到现在还这么叛逆呢？对别人的意见总是"批判"地接受，只有自己主动去接受和主动思考得来的道理我才能心安理得地接纳。有一天陡然明白，我就是一个适合在逆境中成长的人。因为从小学开始的逆境使我怀疑周围的信息，只相信自己的判断，因此我更适合逆境生存，在逆境中我能够保持清醒的头脑，在错误信息较多环境中，拨乱反正，保证自身的正确。这种人格似乎也太悲惨了，只能在逆境中成长。

大概是因为学一点心理咨询，意识到了解心路历程对于解决一个人的困惑有多么的重要，所以开始自我分析。

自从上周和普度大学几个大四学生交流之后，我对美国人又有些新认识。现在就是需要一座桥梁——北大。而且美国大学生的热情和真诚，以及那种"open minded"的态度感染了我。我还第一次被非常漂亮的外国女大学生拥抱（两次）道别，有点激动。

虽然还没有最后确定，但是实习和开题时间应该是延后了，大概应该是在7月中旬，期末考试结束之后。我已经和迟老师进行沟通，老师基本上明白我的意思，他说只要我能把自己论文弄好，其他都是次要的。

从现在开始我要分一部分精力进行论文的准备活动。爸爸妈妈有没有什么希望研究的心理问题也可以发给我，我看能不能"研究研究"，毕竟来源于生活第一线的问题才是最需要研究的问题。

爸爸妈妈保重身体，要将养生作为一项工作来做。我现在正释放着青春的能量，可我也知道一旦失去这些能量，生活就要从波涛汹涌转变成浩瀚但平稳的江流。"Deep water runs still"，深水静流嘛。

此致
敬礼！

儿子<br>2007.5.25

## 没有什么可害怕的

亲爱的儿子：

　　妈妈很同意你对考研究生的看法，你就是把北大看得太高，就你现在的实力，你的能力，完全能考上的。当然，也需要你付出努力。外语的出类拔萃、专业课程的精通，都是你的强项。不是妈妈骄傲，像你这样在大学时间这么努力的学生不多，像你这样聪明又这样努力的学生更不多。战略上藐视敌人，战术上重视敌人。只要努力去学就是，没有什么可害怕的。

　　至于你说在逆境中长大，儿子，这太牵强，这怎么能算是逆境呢？只是因为性格的关系，有时候显得格格不入而已。换句话说，如果这算逆境，妈妈当年是在什么环境中成长，可以说逆境立方。

妈妈
2007.5.31

# 第六十封信
## 完美主义的缺陷

妈妈:

各科作业都凑在一块儿布置下来,大学的作业其实是一种实践机会。通过几次专业课作业,我学到很多知识,而且也获得很多研究经验。给我的感觉就是付出越多,获得越多。不过当同时有三门课程作业同时布置下来,而且还要准备开始毕业论文开题,加上专业课复习,生活立刻就忙碌起来。不过当走上讲台,在台上滔滔不绝,我就有一种自豪感。我觉得讲台就好像一个火山口,一站在上面,就有一股热气从脚底升起,灵感也像岩浆一样喷薄而出、四处蔓延。一开始还准备一些小小的幽默小段,到后来根本用不上。理论越说越有道理,以至于有冲动写一篇论文或者是一本书(尽管可能根本没有那么多的内容)。这个时候我就觉得一切付出都是值得的。要是能够每天都这么演讲该多好啊!我把我心理咨询的作业演讲录下来,过几天录成光盘,寄给爸爸妈妈。

其实早已经习惯忙碌的生活。我和 W 沟通的时候也说:不忙不是大学生[1]。最要命的是复习计划又被打断,老说自己要有"多线程"工作的能力,可是一到有很多工作的时候,就觉得不可能分心去做复习。现在的课程真的已经不是最重要了,我和迟老师有一次比较深入的谈话。老师的确不容易。他要尽心尽力指导研究生论文,而本科生课程又那么多,他为给同学上好课,还读很多书(迟老师真的是很负责,读那么多书,虽然这是因为他是被"赶鸭子上架",临时补课,不过精神很令人感动)。

为了坚持一些原则更辛苦,我才发现人越活越有很多不愿意改变的东西,

---

[1] 这个概括明显有以偏概全的嫌疑。过分关注于自己的生活的一个不良后果就是将自己的世界也描绘成别人的世界。这是过分专注的众多代价之一。我想对于希望从事社会工作的人来讲这并不是一件好事。

恰恰是这些东西有时候成为阻碍。现在没有按照计划进行复习，将来考试出一些问题时自然会进行归因。在这个"成者王侯败者寇"的世界，谁会在乎你的过程？我又能向谁说："我怎么能上课不听课？我怎么能糊弄作业，那可是锻炼能力的机会啊！"没人会理会这些的。考上一个好大学才更重要，即使考上的时候你已经没有前途。我跟J说我和他不一样，我从来不把自己看成是主体，只是把自己看成是一个工具。目标是绝对的，我一切都是为实现这个目标。如果目标需要我去喜欢什么，我就喜欢什么，我培养自己喜欢心理学；目标需要我锻炼身体，于是我锻炼身体；目标需要我刻苦，我就刻苦；目标需要我休息，我就休息。总之我并不在乎外界是不是满足我，比如我是不是吃得好，是不是很有个性，是不是做自己喜欢做的事情。以前可能还会说一说，现在觉得那都没有意义。

最近我们在上"组织行为学"的时候，老师的研究生给我们介绍一个人格量表，其中描述的一种人格和我实在太像了。这种人格叫做"完美主义者"，英文为"The Reformer"，直译为"革新者"。

- 基本缺失（的观念）：并非完美的就是好的（任何事物就其本身而言都是完美的）。
- （这种人格所具有的一种）补偿观念：总是通过做得更好更完美来赢得尊重和爱。
- （这种人格的）应对策略：通过比较自己和他人，关注自己的错误并改正它。压抑愤怒和冲动。尽力使自己负责任而且保持正确。
- （具有这种人格的人容易陷入的）陷阱：因为想要保持自己的正确性而陷于无止境的寻找价值。

**特征（我这种人格的特征）**

- 心理逃避：害怕自己犯错，担心失去控制。会因为做错事，认为自己毫无价值。
- 优势：正直，勤奋，有责任感。
- 悖论：尽管看起来有最正确的答案，但正确通常是复杂的，对的并非一定是最好的。

**尚需完善（给我这种人格的人提供一些意见）**

- 正确并非全部。

- 与自己比较。
- 识别和降低自我批判的声音。
- 学会放松和娱乐，接受自己的本初。
- 接受差异、错误、原始欲望和黑暗面。

(这种人格)健康的一面

- 是优秀的组织计划人才，对错误和漏洞有良好的直觉。
- 对公正、客观有特殊的追求。
- 有很强的责任感和高目标。
- 超常聪明，永远知道怎样做最恰当。

(这种人格)不健康的一面

- 爱批评自己和别人，内心拥有一张列满"应该"与"不应该"的清单；严重时出现高度"自以为是"和不灵活(固执)，眼里只有"真理"(或者说是正确)。认真、尽责，希望在所有的事情上都保持理性和绝对正确，很难为了自己而轻松玩乐，因为他们以超高标准来审查自己的行为；老是觉得做得还不够；害怕犯错误：每一件事情都要尽善尽美。往往因为害怕不够完美而耽误事情；可能出现很严重的抑郁和精神崩溃。
- 有种道德优越感，他们厌恶那些不守规矩的人；不耐心，不会对任何事情感到满意。愿意批评人，令人讨厌，而且容易"义愤"[1]。

不知道妈妈同不同意这些话真的描述了我的一些人格特点。据说这个人格量表是巴比伦民间智慧的遗产，并不是科学量表。

现在在手里还有一份作业，下周就要全力以赴准备开题，之后就要开始准备期末考试。期末考试结束后就要开始暑假大复习……

祝爸爸妈妈身体健康！

此致

敬礼！

儿子<br>2007.6.8

---

[1] 标签有的时候是动力，有的时候是障碍。所以当用一个标签标定自己的时候(有意或无意的，在我看来，这是一种不可避免的心理倾向)，我都尽量选择其积极的一面。就算心里再相信不积极的标签，我也选择忽视它。

# 第六十一封信
# 依靠方法研究社会

妈妈：

　　付出总有回报，尤其是学习。这一个星期所有的精力都集中在论文的开题报告上，查资料、问老师、读文献。论文的思路改了又改，文献换了一批又一批，最后总算有点明白自己要研究什么了，但是在学习"质性研究"、"社会建构论"、"现象学心理学"、"文化心理学"、"当代西方哲学"的过程中，获得新的世界观、认识论，对于社会科学、人文科学有全新的理解。爸爸妈妈从我写的信里应该能够看出来。

　　我以前经常说自己喜欢物理、数学，觉得学会这些才算有点"知识"，能够领悟到很多"真理"。但是我又很喜欢哲学，因为哲学充满"真理"，虽然其实没有一个是真理，但是每个人都可以说自己的理论就是真理，是离真理最近，其实也是最远的学科。其统领性也令我着迷，毕竟人们总是说哲学是所有学科的综合嘛。而且我也老说我喜欢政治，因为政治关系着我们所关心的社会问题，能够解决"人"的问题。心理学虽然是偶然走上的道路，因为能够真正地解释（比哲学更具体，但是显得不那么完善）一些"人"的问题。

　　有时候觉得自己很矛盾：既喜欢那些脱离实际（脱俗）的知识，又喜欢那些充满世俗百态的知识。一方面我想做一个纯粹做学问的学者，又不甘心，总想在社会上有些地位和声誉，能够获得人的尊重，能够让世人更了解这个社会，能够"教育"世人；另一方面又不喜欢研究那些牵涉太多复杂因素的问题，希望思考的内容能够"纯洁"、"纯粹"一些。我一方面跟人说自己要做一个学者，给人的印象就是"不食人间烟火"，坚持不结婚，不在乎生活条件；一方面又说"政治是男人的知识"，又总是评价种种社会事件，希望能把自己对这个世界的理解传播给别人，希望世界能够有新的秩序。有点麻烦。

看到西方定性研究的发展，了解到西方社会科学（尤其是社会学）和人文科学的研究思路，才发现原来有一种学者就是关心社会，作为社会的观察者和批判者。他们不停地从哲学中寻找新的世界观，然后采用建立在不同哲学基础上的方法来研究社会问题，针对不同的社会现象和社会矛盾提出"科学"建议，而不是靠一两个天才（像鲁迅那样的人）到社会已经水深火热的时候才去批判社会。因此西方人的观念才会不断更新，用不着"革命"，因为本身就有一门研究"社会"的领域，在他的知识得到不断普及的过程中人们的思维得到进化。

我喜欢自然科学是因为这些方法看上去的确是追求某种"实在"，能够把握某些现象背后的因果关系。而社会问题总是很复杂的，表面的问题并不一定能够表现出其真实的内在矛盾，需要一种手段去"去伪存真、去粗取精"。我喜欢哲学、政治是因为这些切实关系到我所关心的对象——人和社会。它们试图描述人的本质，试图指导人的行为，试图构建美好的人类社会，这些都是我所追求的目标[1]。

我喜欢"批判"，因为我总觉得很多人因为没有掌握足够的知识而错误行事，使得这个社会充满问题。我想我是希望自己能够成为一个研究者，但是并不是采用那些实验、计算的方法，而是采用定性研究这种比较成熟、有着保证能够挖掘出"真实"的技术来研究我所希望的对象。通俗地说，我想自己有一天能够像一个"会做研究的鲁迅"，不是靠天分和不平凡的经历，而是依靠某些方法，研究出社会问题的本质，然后和人们共享。想到这些时，我激动地哭了。

这个周末要把论文开题报告写完，再过两周就要期末考试。又要投入紧张的学习当中，考试之后放四周假期。

我最近开销的确比较大，不过主要在喝饮料上。因为每次走一段路会出汗，在自习室里一出汗根本没办法学习，再加上晚上睡不着，白天精力不足，只好用饮料提神。以后我会做些小计划，控制一下。

---

[1] 过去每次看书都会有新的心得体验，并且自己的思想也总是在不断地变化。最后我的结论是，得出结论是没错的，但是不要害怕变化。恰恰相反，当自己的思想不断发生变化的时候恰恰说明自己的思想还不成熟，自己还没有从各种阅读积累当中找到真正的"道理"所在。所以当最终无论再读什么样的书，自己的观点不再变化的时候，就说明自己已经获得了稳定、成熟的价值观和世界观了。

我给师兄500块钱，他下个星期把手机带给我。让人帮我买手机省很多事，而且也省些钱。

明天考试，主要在作文上下些工夫，看一看是不是写字好些作文分会高一些。

儿子<br>2007.6.23

## 最简单的才是最有益的

儿子：

注意身体，不要太过劳累。身体健康是不能透支的。另外，别总喝各种颜色的饮料，对你的健康不好。喝水吧，最简单的才是最有益的。尽管大家都知道，却很难做到，毕竟人有时候需要刺激。精神上如此，味觉上也是如此，但要克制。

拥抱你，我的儿子。

妈妈<br>2007.6.28

# 第六十二封信

## 精神病人与我们的不同之处

妈妈：

　　首先给父母道一个歉，到星期六才写信，主要原因是连续熬两个通宵考试之后，实在精疲力竭，躺在床上之后人事不知，一会儿就睡着了，醒来时已是晚上9点，还是困，又睡一晚上。现在有点感冒，不过基本上恢复过来了。

　　"变态心理学"的内容和医学比较相似，不同精神疾病的诊断标准，病因、治疗方法，没有什么逻辑性，就是一堆条条，背来背去，还是背不住（因为只见过精神分裂症和一个抑郁症患者，对很多症状都不是很了解）。庆幸自己没有学习医学，否则真的是不知道该怎么应付比精神疾病还要复杂的躯体疾病。我在学校办公室背整整一个晚上的"变态心理学"，结果第二天考试那么简单，虽说自己倒是学到不少，可是觉得有点儿和付出不相符。因为把精力都放在"变态心理学"上，"人格心理学"就全放在周五前那个晚上，又熬一个晚上。这个晚上可比第一个晚上还痛苦，白天没有补睡，脑袋沉得像灌了铅一样，基本上是睡一会儿看一会儿，刚内容背下来，早上考完试，如释重负，立刻觉得头晕鼻子难受，知道这是"应激枯竭期"的反应。

　　在考试前两周我才开始复习，我把"变态心理学"书看一遍，把道理都弄明白。那些零零碎碎的东西根本记不住，除"心理咨询"、"人格心理"、"工程心理"、"组织行为学"还要应付其他三四门小考试，直到最后一周的周末才算是有时间开始背①。心理咨询我觉得挺有意思,在其中学到不少谈话技巧(有一些在我看来是控制人的谈话方式,这对我很有诱惑力)。"组织行为学"平日里几乎没看,就用整整一天的时间把思路弄清楚。在考试前两周准备开题的事情,课程都没有及时复习,平日里也不怎么复习,都在看考研专业课内容,这些因素导致我最后这么急功近利。还好,基本上顺利完成任务。

现在要开始把论文开题的事情重新拾起来。经过两周时间,我几乎都忘了开题的具体细节,还得重新看一遍自己写的东西。知道北大的"文化心理学"非我所谓的"文化心理学"之后,感到有点沮丧,但是想想自己的确从这个题目中学到不少东西,尤其是对于社会科学的作用和今后的志向,决定还是不换题目,只不过可能加一点认知的实证研究。我们星期二上交开题报告,周四进行开题答辩。这两天可能主要忙开题的事情。

这次考试结束还有一个重要意义,我要正式进入考研复习。从明天开始要仔细地看政治。经过这一次"变态心理学"的洗礼,增加了对自己记忆能力的信心。8月初就要上课,在这之前起码要把所有内容看一遍。

我们的放假安排是从下周周六开始直到8月14号。8月14号左右我们要搬宿舍,可能搬到二楼去。

至于保研的事情,我找个机会和辅导员稍微谈一谈,看看学校有什么态度。虽然觉得希望不大,稍微努点力,也好让自己死这条心。北大可能的确很难考,但是总会有人考上的。如果我对自己没有信心,那就太对不起这三年来的努力,太对不起自己的才能,太对不起对我有所期望的老师和同学。

学习"变态心理学"才发觉,原来人能够正常思维可真是不容易,逻辑似乎没有什么用。当我看到那些有被害妄想和关系妄想的病人的时候,原来他们思路都是非常清晰,语言当中包含各种正常的要素——比如情感、逻辑,唯一的不同就是内容——有人要害他,派护士往他嘴里灌沙子。枉我如此迷恋于逻辑、理性,原来逻辑和理性既能得出所谓的真理也能得出荒谬绝伦的道理。现

---

① "临床心理学"比较类似医学,有很多诊断标准需要记忆。虽然理解很重要,但其实区别一个临床医生与一个普通人的标准就是你是否能够记住各种标准,病程标准、症状标准,而不是你有多理解。所以对我来说"临床心理学"的备考是最痛苦的——单纯记忆的内容占了绝大多数。大学学习的经验告诉我,真正记住知识的方法就是应用,考试前的记忆只是一个开始,真正的"专业化"是一个在生活中不断应用自己知识的过程。

象学果真很有道理——思维的形式——逻辑、理性之类——不包含真实的因素,唯一的真实就包含在现象当中——也就是思维内容——现象之所以能够包含真实,就是因为它具有对现实的指向性——精神分裂症患者就是因为思维内容指向现实的能力丧失,他们是不正常的,不能认识现实——真实就在于对于现实的认识。

  我去过精神病院之后才发觉当代医学对于精神病的治疗实在是过于简单化。我给那些医生起个外号——"药师"。他们只会用药,甚至还跟我说:"这个病人很难治,从老药到最新型的新药我们挨个试过,一点效果都没有。"然后我问试没试过心理治疗呢?她很简单地说:"那没用。"我们去的医院是比较知名的精神病院,收治的病人都是地方治不了的病人,很多人基本上后半辈子都要住在医院里。他们很多人看上去都非常正常,言谈举止、生活习惯和常人无异,唯一的区别就是他们的"妄想"和"幻听"世界。我觉得他们的问题决不是器质性问题,而是心理问题。无论是哲学研究还是心理学研究,从这些病人的身上真是可以有不少发现——人的精神究竟可以是怎样的形态——就好像只有知道惯性是物质的属性之后才能了解这个世界各种物理现象一样,从精神病人身上我们看到的是同样的大脑做出的不同作品。这个角度对于哲学、心理学研究来说实在是太珍贵了。

  这个周六我可能还是要好好休息一下,因为现在整个人还是处于"亚健康状态"。等到再见到父母一定要教父母如何应用放松、脱敏等方法来应对焦虑。我对于这些方法的理论基础很了解,很有信心,我相信会对父母很有帮助的。

儿子<br>2007.7.14

## 最难办的事

亲爱的儿子:

  看到你对精神病人的态度,妈妈心里好感动。看你对精神病人的分析,和对他们的同情,妈妈心里更加高兴。心理学真是一门好学问,因为它能救人啊！尽管你瞧不起心理咨询，说那是工匠活，将来你能用自己的学问，通过心理治疗，把精神病患者变成正常人，这是一个多么伟大的事业。现在社会压力太大，很多人精神不健康，精神病患者数量也急剧增长，给社会、给亲人都增添很多的痛苦。救人，救人的灵魂——伟大而崇高的事业。

妈妈  
2007.7.19

# 第六十三封信
# 耐不住寂寞的孤独者

妈妈：

　　我开始准备写这第五十一封家书的时候，才发现我居然已经给母亲写了整整五十封信（记错了，实际是第63封）。虽然三年也是一个相当长时间，但是五十封信确实不少。我记得看妈妈写书的时候，回忆起旧时的情景时还是充满温暖的（我感受到的温暖更准确地应该说是对充满怀旧情感和满足感觉的一种嘲讽）。如果我有时间从头看一遍这五十封信的话，肯定会让我自己感动好一阵子。现在还不是时候，正如电影里的情节那样，只有当圆满的结局之后，翻开陈旧的相册，过去的经历才显得更加珍贵。我还在路上，往前往后看都还是路，现在停下来回味往事，似乎有点"少年不知愁滋味"的感觉。不过这么宝贵的财富，属于父母和我的财富，无论如何，都已经成为不可摧毁的、永远的精神家园。

　　周五是上交论文开题报告最后一天，迟老师只在这一天忙里偷闲地和我"简单"探讨一下论文问题，整天很匆忙地把开题报告完成。今天上午迟老师派我和另一名同学一起去国家射箭队实习，就是帮着做点文书工作，参观一下7月25日刚刚交付使用的国家射击中心。的确是气势恢宏，毕竟国家投资将近7亿人民币。他们的饮食让我感受比较深，毕竟我亲自"体验"过。番茄牛排、新鲜荔枝、免费酸奶、中西餐合璧，原来还是有好吃的食堂。唯一遗憾是周末国家射箭队不训练，没有观看射箭训练。

　　可以说这一天的确很丰富，还是比不上这一周以来我从一个竞技体育学院学生那里获得的信息更让我感到吃惊和"开阔眼界"。

　　大学生毕业之后能干什么呢？找工作、考研、出国，除此之外似乎没有什么走向是一群人共同的走向。可是竞技体育学院的学生就有完全不同的人生走

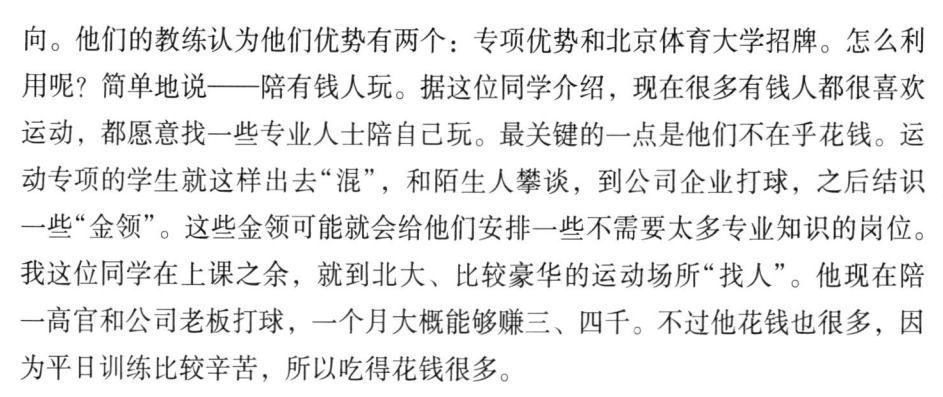

向。他们的教练认为他们优势有两个：专项优势和北京体育大学招牌。怎么利用呢？简单地说——陪有钱人玩。据这位同学介绍，现在很多有钱人都很喜欢运动，都愿意找一些专业人士陪自己玩。最关键的一点是他们不在乎花钱。运动专项的学生就这样出去"混"，和陌生人攀谈，到公司企业打球，之后结识一些"金领"。这些金领可能就会给他们安排一些不需要太多专业知识的岗位。我这位同学在上课之余，就到北大、比较豪华的运动场所"找人"。他现在陪一高官和公司老板打球，一个月大概能够赚三、四千。不过他花钱也很多，因为平日训练比较辛苦，所以吃得花钱很多。

至于我为什么会和一位竞技体育学院学生攀谈，原因也很有意思。起初是这位同学看上我一个师妹，这个师妹和我一起上自习，他就误以为我和她是同学，就想先和我聊一聊，然后借机和那个师妹沟通一下。正好我做的论文题目需要和运动员进行访谈，这对我来说正是天赐良机，我也没有放过这个机会。我在和他交谈中了解了一些和我论文题目相关的问题（权力距离），然后发挥自己本能的和学来的交往技巧，和他搞好"咨询关系"。其后三天我和他每天晚上10点半都在外面吃西瓜聊天，好久没有这么痛快吃西瓜了。

最有意思的是我帮他询问一下那个女孩的情况，之后在最后一天他告诉我，他和那个女孩沟通过，他说那个女孩很崇拜我，这个女孩喜欢的是我。其实我早知道这个女孩很"敬佩"我，因为她看我的眼光中带着一种异样的神采，而且还主动找我帮忙，我对她总是敬而远之。当这些话从另一个男人嘴里说出来的时候，那种感觉还是很好的，但还是有点古怪（weird）。

还有一件对我来说最重要的事情，那就是日常生活费用的问题。经过连续的几次经济危机，我思考一下我的生活习惯（包括消费习惯）。吃饭有浪费现象——虽然这些钱的花费是必然的，但是总剩饭，而且剩很多，这样与浪费钱是一样的。另外就是饮料。妈妈禁止我喝饮料，在饥渴难耐（打篮球之后，或者很累之后）的时候我还是会喝一些饮料，加上吃饭的时候喝酸梅汤、银耳汤等等。饮料的花费其实相当大，两天10块钱，一个月就是150块钱。买一两本书、复印书，零花钱很快就消耗掉。本来我这个月最后10天我预计200块钱，准备100块钱在饭卡里，100块钱放在身边。结果先是帮老师通知同学交作业把手机打欠费，现在和老师联系又缺不了手机，花50块钱充值。要给"共同体"的课程缴费，在工商银行卡里存250块钱，有70块钱在银行卡里取不出来（只能取100元现钞）。当我知道不能取钱的时候，手里就突然没有钱。现在需要做到的一点就是改喝矿泉水，这样能省下很多钱。

妈妈对于自己的小说像爱护我一样珍稀，我能够理解，因为都寄托着自己的希望啊！但是我还是希望妈妈要保持理智。现在网络上的确有造势成名的，那也得有掌握媒体的能力，比如芙蓉姐姐的经纪人。如果没有的话，还可以选择哗众取宠，比如中央电视台那个体育节目主持人。如果这两者都没有，只好靠对社会潮流的把握和自己的实力。妈妈周围人太少，我和爸爸在这方面也帮不上什么忙，想要造势看来不太可能。妈妈的小说又饱含着自己的思想和传统的怀旧情绪。这是个比较传统的创作领域，是很诚恳的，可惜在网络上诚恳并不"怪异"。

妈妈还是要等待群众的审判，就好像你们发现余秋雨一样。用一个不太恰当的比喻，妈妈不要"单相思"。妈妈觉得我很优秀，在别人眼里我并不一定优秀，这不是妈妈的评价能够改变的。妈妈的作品在妈妈眼中一定是独一无二的，但是别人怎么想可绝不是妈妈能够决定的。妈妈需要做准备就是调整自己的思想和现实的关系，无论结果是怎样的。我相信妈妈的能力，而且读过之后觉得这个作品"很妈妈"。

我支持妈妈的努力，更希望的是在我们全家人努力之后，妈妈仍然能够保持平和的心态，"不以物喜，不以己悲"，成功可以大家分享，失败也可以让我们共同承担。我感觉妈妈在心态平和的时候往往会有好的成绩，而在焦躁不安的时候往往只能收到"90块钱的稿费"。千万不要形成一种忌讳谈论"失败"的气氛，这不但会让妈妈周围的人（主要是爸爸）承受压力，对自己更是一种无形而又沉重的包袱。爸爸已经承受太多压力，不愿意再从妈妈身上获得太多压力（精神分析学派下的家庭关系理论）。妈妈要体谅爸爸，更何况爸爸已经用实际行动帮助妈妈了呢？

我已经被自己的话感动了，可是妈妈不一定能够感受到，是这样吗？（妈妈可以尝试一下"是"或"不是"两种答案）

这个星期效率不算很高，因为有很多琐碎小事打扰着。迟老师把我当成传话筒，给同学传发各种通知。我这人也有责任心，总是会用最迅速的手段（手机）给同学"第一手的新鲜资讯"，而且一些外地的同学也托我帮他们交论文开题报告，这让我感受到同学对我的信任，感觉不错[1]。

我看到心理咨询、变态心理学、管理心理学三门课程的成绩。虽然现在说还有点早，三门没有一个是第一名，但是可以保证我三年总成绩是第一名。

有一件比较糟糕的事情，就是我的英语竞赛成绩出来了，居然是二等奖！本来想要打击一下自己的，结果却助长自己"感觉良好"的心态。我真是一个不知道什么是快乐的人，这种事情也能让我烦恼。

这个星期还搬了家，两个人搬四个人的房间就已经相当困难，偏偏赶上我肚子坏了，全身虚脱，学校又"逼"我们在两天之内搬完，我就这么硬挺着。等到搬完的时候，我嘴唇发麻，四肢发软，在床上躺一整天。加上爆发"经济危机"，更是雪上加霜。估计又减肥了，不过没关系，下个月再给吃回来。

爸爸妈妈，我有一天突然有这么一个想法。高中以前父母很少说希望我快乐的生活就是唯一目标。自从我面对高考直到现在，父母经常说不希望我有太大压力，希望我能够安静快乐、做做学问就可以。父母是不是把对我的希望降下来了才会有这样的转变？当我想到父母可能认为我能力不足，不会有太大成就，所以转变对我态度的时候，我整个人好像皮都要从身上脱落了。是这样吗？

我发现除成功以外，我还非常喜欢一种感觉，就是被人"敬仰"。当有人对我"投射出"敬畏的目光，或者从别人口中得知有人很"仰慕"我时，那一瞬间的满足好像比求知欲望得到满足更充实。自从做了人格量表说我这种人格缺乏快乐感之后，我就有意无意地想要寻找让我真正兴奋的快乐感。爸爸什么时候最快乐？我看现在周围也就爸爸和我比较相似，快乐更多的好像是编造给自己和他人听的，其实记忆里根本没有一想起来就"快乐"的回忆。

憋了好久，终于把想要说的话都说出来，真是一个耐不住寂寞的孤独者。

此致

敬礼！

儿子

2007.7.28

---

[1] 当你成为老师和学生之间的沟通桥梁的时候，你就会得到更多的资源。这个工作需要很多主动性，包括主动和老师联系，主动了解同学们的想法，并且把握好沟通的技巧。虽然工作比较繁琐，但是非常值得。

## 要有经济头脑

亲爱的儿子：

  关于钱的问题，妈妈这次要重点谈谈。

  从你读大学以来，妈妈只是给你寄钱，从来没说过应该怎样花钱。妈妈总是认为，别看现在理财之说吹得神乎其神，对于我们，理财确实不是什么高深的学问，只要稍微用心，都是可以做得很好的。妈妈就是一个例子，从来没认真学过理财，却依然把我们家的财理得不错。这是我们这种人与生俱来的天赋和本事。妈妈想你也是如此。但是，妈妈对你花销的原则是决不让你被钱憋着。妈妈希望你做一个有金钱观念但不被金钱束缚，并且能过比较富裕生活的人。现在你读书，当然由我们来承担这个责任，妈妈给你设置小金库意义就在于，让你有一部分钱存在那儿，没有急需就不花，急需的时候启用小金库里的钱。妈妈的外祖母曾经说过，人没有钱逛商店就是个傻子。想想，一个人兜里空空的，在商店的柜台里看来看去，也不能买，那种感觉可不是个傻子一样！

  妈妈也要你不做兜里没钱的人，总是要有积蓄的。你竟然把钱花得光光的，手里没钱的感觉是不是不妙？一个人的尊严与他的出身、能力有关系，也与他的金钱有关系，至少他要保证不向别人借钱。儿子，这是做人的底线，不能向别人借钱，因为特殊情况，倒一下可以不算在内，这种情况也尽量避免。

妈妈<br>2007.7.31

# 第六十四封信
# 社会很少给人第二次机会

妈妈：

　　和爸爸交谈一番，爸爸对我现在的精神状态有些直观的了解。我想等爸爸回家和妈妈讲一下我现在的想法，再写这封信。

　　无论当下的条件多么艰苦，只要我觉得我还在迈向自己的崇高理想的话，那么就会有使不完的劲。无论什么样的困难也都只是暂时的，我总是能够保持乐观。现如今，当我意识到自己永远不可能像小时候想象得那样获得多么伟大成就的时候，我抗打击的能力就骤然下降，好像如果妈妈在写小说之前感到自己小说不可能出版的话，还有动力吗？我和妈妈都是追梦的人，很浪漫，也很坚强，可是一旦终极目标变得渺茫的时候，生活就变得毫无意义。至少我觉得在这一点上我像妈妈。

　　我不想对自己说气馁的话，只是不明白为什么现在自己缺乏刚上大学时的那种斗志。那个时候觉得大学四年只不过走点弯路，很快就会回到正轨。但是在和几位老师的交流和对北京学术界这些"名宿"的旁观之中，我对于自己可能达到的位置越来越感到怀疑。至少在学术界，这个社会很少给人第二次机会。

　　看些电影，听些话，觉得一个人的情绪有时候往往掩藏着一个人真实的动机。我能够坚持不懈地学习，动力不是求知欲，而是对成功的渴望和执着，那是相当强烈的间接动机啊！

　　和爸爸谈完话之后，连我自己都对自己感到失望。虽然定性研究理论告诉我，没有本质，只有多种解释汇聚之后的真实。我所分析的现实完全没有建设性意义，还有必要坚持吗？

　　今天是上专业课第一天，还是有所收获的。我结识一个北京理工大学女

第三部分　拒绝彷徨，朝着目标奋进

生，很谈得来。我又在陌生人面前把自己描绘得既有实力，又有理想，完全是一个"四有"好少年。她自然是表现出敬佩的意思，但是这让我更加矛盾。我总是让自己不断在自己创造的矛盾中生存下去。

大概这是我必须经历的一个阶段，对自己的人生，对自己更多一些了解，而这个阶段只有在真正的压力面前才能发生。如果能够顺利度过这一切，即使不能完成儿时的梦想，我也能够重新变成一个乐观、积极向上的人。

总之，正如我跟爸爸说的，把考研作为自己大学本科心理专业化的收尾工作，全面地整理，让心理学成为我个人思维的一部分。这个过程是一个提高自身修养的过程，而不是简单的应试过程。考试不能作为动机，因为过分强大的外部动机其实相当打击内部动机①。我这个人最不喜欢被当"鱼"钓。

上面的话，爸爸妈妈不要太过担心。我从来没有想来想去最后把自己给想颓废。这是一个过程，虽然有点耽误时间。

今天遇到的女同学挺有意思，在我还没有谈到哲学的时候，居然主动跟我探讨"心理学是科学吗"的问题，而且和我交流心理学的学习和中国心理学现状。其实她的理解跟一般水平相比算是相当不错的，可惜遇到我这么一个思考这些问题整整三年的人来讲，还是显得业余。^-^。

父母宽心，现在让我烦恼多一点，将来机会就多一点。

此致

敬礼！

儿子

2007.8.25　20:35:25

---

①　对于这一点我的体验是非常深刻的。当我将自己的动机归结于实现某个结果，让某个人高兴，获得某种评价的时候，枯燥的工作过程很容易就打击我的积极性，无聊、逃避心态就会越来越严重。所以我经常尝试告诫自己，自己所做的一切都是提高自身，让自己变得博学，从内部挖掘自己的动力。虽然在毕业前夕，在考研、找工作这些显性目标之前，寻找内部动机是比较困难的一件事情，而且也比较难区分内部和外部动机（很难区别自己想要的和别人希望自己获得的，也很难区别自己想要的究竟是不是自己需要的），但是当你面对困难的时候，只有真正发自内心的需要可以帮助你焕发新的斗志。我并不想把意志力看成是一种"先天的品质"，因为我相信每个人都可以获得意志力，只是找到它的困难程度因人而异而已。

## 走出思想的沼泽

亲爱的儿子：

你说当你意识到不能获得伟大成就的时候，你的抗打击能力骤然下降。你有什么理由这么说？记得你刚上大学的时候，妈妈对你说过，一年看四年，四年看一生。你已经用你一年的努力赢得四年的成功，而你四年的成功，还有持续最后一年的努力，必然会为你赢得一生成功。妈妈并不是一味地表扬你，昨天看到你的成绩单，你已经用三年的优异、取得一生成功美好的开头，这是多么重要的事情，你竟然说没有什么用！

人生舞台大小不同，演出什么样的人生剧目全靠自己。儿子，你的舞台多大多宽阔，那是在首都啊！在北京，中国最好的条件，最好的环境，在小城市上学的孩子，哪有你们的条件。

我相信我的儿子一定能自己走出思想的泥淖，重拾对人生对未来的信心，走出比大学更精彩的未来。

妈妈<br>
2007.8.29

# 第四部分（大学四年级）

# 拒绝空虚，让生命充实、忙碌

家书里的大学——一位保送北大读研生的成长历程

　　我是在保研成功后才知道大学里流行"保研猪"这个称谓的。不过保研成功后的生活，的确很有"变猪"的危险。保研成功由此改变了我的大学生活。毕竟保研的资格就是一个惊喜，而保研成功自然是打乱了我所有的计划——我几乎没有对保研之后的生活做出过计划。

　　我的计划不再那么刻板，生活变得多姿多彩了：我和寝室同学去天津一日游；晚上聚餐的次数明显频繁了；我甚至还参加了各种学校活动（比如英语配音大赛）；买书变得更加没有节制了。这个时候，不得不说与母亲的通信又一次变得格外重要。不仅仅是在内容上得到更多的意见，更重要的是通信的形式让我时刻有一种责任意识——我不仅仅对自己负责，还要对父母负责。我意识到了自己生活态度的变化，所以习惯性地开始了大量的反思，**希望自己不仅仅能在置之死地而后生的压力下能够坚持理想，也能在没有危机感的情况下坚持做正确的事情**。这有点像毛主席在解放后提醒干部们提防"糖衣炮弹"的道理。除此之外，保研成功还给我带来了校内的知名度。在新的环境当中，新的心态下，我对自己的生活做了新的调整。

　　脱离了功利的心态，我开始投入到自己本科毕业论文的研究当中。保研带来最大间接好处就是给了我一个单纯无杂念的环境去进行学术探索。无论以前进行怎样的学习，我在学术研究方面完全是初学者的状态，更何况我预期进入北大后会有真正的竞争。学习学术定论与研究探索是性质完全不同的脑力活动。在老师的指导下，我开始了更为广泛的阅读。我第一次从学术角度接触到"文化"这个词，一个让我兴奋难以自已的词汇。第一次了解到文化心理学，产生了倾注一生为之奋斗的意愿。如果说保研为我确保了一个进一步发展的舞台，那么保研后的生活则是确立我在这个舞台上做什么的关键阶段。我的人生舞台由此变得宽阔而又魅力。

# 第六十五封信
# 顺利保送北大

妈妈:

  忘记发信了。

  上天还眷顾我,看到我这么郁闷,赐给我一个天使。这个女孩虽然学习理工科,却看哲学,喜欢心理学,很有社会责任感,对社会有着自己的理解。看到她始终相信自己能够改变这个社会,相信自己能够改变周围的人,让我自惭形秽,更让我想起当年的自己。即使现在,我也应该充实自己,让自己有影响最多人的能力,这就是我现在的目标!

  妈妈别又误会了。

  这封信里的内容应该都是过去时了。

儿子

## 蓝色的结局
## "孤独,是与知己隔岸相望的感觉。"

**前奏**

  理论上来说,压力的确可以转化成动力,可是更多的时候却是转化成焦虑、急躁甚至绝望,尤其是当这种压力降临在我这么一个活泼好动的人身上。

  也许考北京大学研究生的愿望实在太过强烈,准备的时间太过长久,以至于所有的努力成为北大妖魔化的素材。高中三年的努力在这个时候看来倒成失败的前奏。又是三年,前奏已经结束,粉墨登场的又是妖魔,凡是看这场戏的人，都不会有好心情。

我就是那个看戏的人，而且已经是第二次看这出戏了。第一次的体验让我预感到这样的前奏之后出场的一定是那个可恶的妖魔，还没等前奏结束就想索性一走了之，何苦忍受妖魔张牙舞爪的样子呢？之所以再来看戏，是因为上一次的体验让我心情抑郁好久，想要看一出好戏换换心情，怎能轻易就放弃呢？更何况这段前奏可是一生的理想啊！

这样形容上专业课之前的心情似乎有点太浪漫，不过这两种心情之间有些根本的东西是一样的：荒诞。努力三年，成绩优异，所有人的支持，所有人的信任，所有人的期望，自己的脑子里却冒出来一堆堆的泡泡——说什么自己不适应考试这种形式，说什么北大考试很难、还有不公平因素——一大堆自我挫败的理由。我很难理解自己，这到底是怎么了？

还好，我早已经习惯不管不顾内心体验去做事情了。该复习就复习，该吃饭就吃饭，该睡觉就睡觉，只不过郁闷成生活的佐料：生活这道菜变得很不是滋味。就好像妈妈天天做菜一样，吃自己做的菜并不高兴，好像只有等看到别人愉快地享用自己的手艺时候才会真正高兴起来。

**邂逅**

很快就到八月末，我报了一个考研专业课辅导。课程整整七天，一天八个小时，我觉得挺好，在那里起码我会显得比较"专业"，不像在学校里，大家都知道你很"专业"，没人理你。第一天早上起个大早，吞下半个面包拿着单词本挤上公交车到学校。昨天下场小雨，照着北京天气的习惯，雨后的太阳肯定特别火辣，催着人宁愿挤在小小的公交车里也不愿在外面呆上一分钟。我一个人走在路上，四处寻找教室的路标。这时一把蓝色雨伞向我靠过来。雨伞很矮，看不见人。雨伞下面传出女孩子的声音："你是上考研专业课吗？"我下意识地给一个肯定的回答。

雨伞收起来，一个身着蓝色T恤的女孩出现在我视线之内。她的脸白中略带些古铜色，黑色眼镜框下的眼睛可能本来并不大，但是很有神。这种眼神在女孩眼中很少出现。这是一种很精明、理性但是又略带玩世不恭、会思考的眼神。光线集中，代表着曾经为了看到而聚精会神；闪烁着光华，意味着自我中心，对世事有自己的见解不理会世人的争论。有这种眼神的人，第一眼就会赢得我的尊重。如果说美丽只能让我本能地回几次头的话，这种眼神让我相信这是一个有内涵的人，更希望和她沟通。于是我主动问她："你也在找教室吧？我问过了，好像在前面。"彼此的好意很容易就心领神会，我们两人就这样一前一后聊起来。

到教室，我已经知道她是北京理工大学的学生，她也知道我是北京体育大学的学生，本科专业就是心理学。这些信息看来比姓名更适合交流。到教室，人要按照学号就坐。我先找到自己的位置坐下来。瞬间，刚刚才发生的邂逅变成一个世纪前发生的事情——除非你考古，否则你永远想不起来。就在我想知道自己同桌会是一个什么样人的时候，她又一次出现在我面前，露出友善的微笑："我就在你旁边啊！"

**相识**

这种巧合很难忽略，除非我有精神分裂人格障碍。社会心理学不也说好感与物理距离有很强的正向关系吗？我们自然而然开始互相了解，中午我们一起去食堂吃饭，晚上一起等车，之所以这样是因为我们发现彼此之间有很多相同点和很多相同的感受。

第一天，她说她很喜欢心理学，不喜欢自己的专业，因为自己的课程完全就是照搬公式去计算。这些我完全理解，而且也很愿意告诉她心理学是多么有趣。但是她说她看过萨特的书，了解一些存在主义，这的确让我有些吃惊。第一天回去之后，仔细玩味，觉得一个大学生自己去找哲学书看，这种情形我还是第一次碰到。于是第二天我问她为什么要看哲学书，她说她看这些书受到启发，觉得有这些道理可以解释很多事情。我听这些话有些耳熟，很快就想起这些话我经常说。她说话还有一个特点，总是愿说："这个事情其实是……"或者"这事的本质是……。"不管她说什么，她是我碰到的第一个愿意看看现象之后到底有些什么的女生。虽然我现在研究"质性研究"，不喜欢用本质这个词，其实我还是想知道那些和表面上不一样的东西，和"看本质"是一样的愿望。和她谈话，自然是非常愉快的。首先她想用心理学来看本质，但是基础太薄弱，我自然可以给她一个她不可能合理地驳倒的解释，这大大满足了我的虚荣心。她很理性，不会像有些人胡搅蛮缠，而是当被我"教育"一通之后，试着换一种说法，或者举一个事实来反驳我。这种探讨是最愉快的，整个过程都是有意义的，无论是她还是我，都受益匪浅。

第三天，我和她争论到文化心理学这个问题上。虽然不能说我对文化心理学很了解，但是作为我的本科毕业论文主要内容，我还是有自己一整套理解的。她认为社会中的个体可以对文化产生影响的。而我说，虽然文化心理学是从互动论出发的，但是按照文化心理学的观点，在短期内，个人的心理是由文化塑造的，文化赋予不同人以不同的意义，个体就是凭借这些意义构建自己的心理结构。她没有什么道理可讲，就举个例子，说一个美国来的神父经常捡垃圾，后来接受采访，引起社会反响，一些大学生就组织起来一块儿捡垃圾，她认为这正是个体影响文化最好的例子。我说如果说城市当中有很多不文明现象算是后发展国家一种文化的话，那么这位神父的举动只是影响一部分人，中国文化并没有改变，现实也的确没有发生变化。这种文化（其实准确地说这根本不是心理学定义上的文化）是与城市化、教育直接联系的，不是受榜样影响可以解决的。她又说她的同学以前经常随地扔垃圾，她从不扔，以后她的同学也不扔。我初听到这个想法的时候，感到有些意外，觉得她不应该说出这么"一厢情愿"的话。但是我立刻意识到这是她的一种信念，她相信自己可以改变一些事情，可以影响周围的人。我本来觉得她的说法根本不算什么反例，但是我意识到她的这种信念恰恰是我早已忘记的、最珍贵的信念。无论是谁，拥有这种信念的人都是拥有一份社会责任感、有理想的人。我曾经也是这样，但不知道什么时候忘记了……

那天晚上，我想了好久。我居然忘记自己的理想！我提高自己的能力就是因为我相信能力越高越能够影响这个社会，越能够发挥更大的作用。现在只想着北大，完全忘记自己走在什么道路上，感到生活失去意义。我现在的处境并不是那出荒诞的戏剧，只是忘却人生意义之后的空虚，处于功利竞争当中，失去当初的那份单纯，以至于厌倦，甚至想要逃避。支撑我的，应该是我的人生意义。

更让我感动的是，我从这样一个女孩的身上看到这份意义。我一直对我自己说，这是上天对我的眷顾，让我重新振作。

### 分离

那天晚上以后，我更有信心地投入到学习当中。生活总算换个味道。我和

第四部分 拒绝空虚，让生命充实、忙碌

她都感到彼此有着相同的地方。她说终于有人愿意和她谈一谈学习的事情，或者一些有意义的问题，总算"找到部队了"。我说我也有同感。到后来，我们各自谈将来的打算和考研的体验。时间过得很快，以至于我都忘记我们就要分开。

最后一天我对他说，我很感谢她，因为她恢复了我的勇气和斗志。她自然是很难理解，笑着说："别像再也不能见面似的。"我想，的确可能再也不能见面，因为我只善于和人保持短暂的关系。这是我第一次体会到不舍得的感觉。对我来说，和别人交往是一种游戏，就好像在沙堆里挖山洞，山洞挖得越多，当沙堆倒塌的时候就越觉得兴奋。抛弃一段友情，伴随我的通常是一种快感，以至于当离开初中、高中同学的时候，我都很高兴。但是这一次，洒脱消失了，取而代之以不舍，这种依赖是我难以接受的，我从来不喜欢依赖别人的感觉。我们分手的时候，我感觉到自己外表无所谓所带来的空荡。我不是经常这样吗？脸上无所谓，最后心里也无所谓……

现在，和周围的人无话可说也无所谓了，因为我知道我只是呆错地方而已。在某个地方还是有人和我一样，徜徉在自己的理想当中，把社会看成自己的责任。一想到这些，就觉得现在比以前更加孤独。常常想听听有人讲讲自己的梦想，谈谈如何克服眼前的一点点的困难，可惜，只能在回忆里。

现在想起来，已经记不清她的样子，也许她并不漂亮吧。只记得那件蓝色的T恤，蓝色的雨伞，和温暖的笑容……（结束）[1]

爸爸妈妈，看来还是有和我很相像的人存在，虽然他们不像我那样幸运，遇到像你们这样的父母，但是他们的本性使得他们身上的社会责任感、理性总是难以掩盖。还好，我已经能够比较清楚地把握自己的情感，所以不会把这当成又一次"情感"的萌动。现在我并没有受到什么困扰，相反，每次想到她相信自己能够影响周围的人的时候，我就觉得"浑身是劲"。

我们现在还保持着联系，我还是希望她的话能够一直鼓励我追求自己的

---

[1] 基本上缺乏感情生活的我总是会时不时地"小后悔"一下。不过当我明确地将自己"不舒服"的感觉当做是追求人生目标的代价的时候，我就基本上不会做任何冲动的事情。我的经验就是，每条道路都有代价，但这并不是说谈恋爱、浪漫的情感生活就一定是事业的代价，而是取决于你将生活的哪一方面看做是代价。你可以将表达真实自我的机会看做是成功的代价。只能说我的成长经历（痛苦的单相思和父母的恋爱经历）让我选择将恋爱作为追求事业成功的必然代价。

梦想。

**保送日记**

9月2日　晚上，我看到9月19日就要截止，想要再试一试，看能不能保送。

9月3日　上午，直接到院教务处询问自己是否有获得保送资格的机会。教务处的老师说可以保送。我于是又问王鹏辅导员，辅导员说让我下午等他通知，他要和院领导开会讨论。

下午，获得通知，院里支持我保送北大。立刻通知父亲，开始准备。把推荐信送给张力为和迟立忠老师。

9月4日　上午，领到成绩单，盖上校、院章印，开始填写申请书和个人陈述。

9月5日　上午，开始准备个人材料。

9月6日　准备材料。

9月7日　下午，迟老师推荐信完成，迟老师对我的个人陈述提出建设性意见。

晚上，把个人陈述发给郭璐老师，希望她能提出意见。

写信。

我会努力做好的，但是也不希望拖得太久。一方面会影响我材料的效果，太晚了，就可能没时间看。另一方面我还是要坚持复习，恢复学习状态。

我会努力的。

儿子

2007.9.7　21：44：18

## 真是太好了

亲爱的儿子：

儿子，这次保送北大的事情，我和你爸爸都很高兴。我们的高兴，并不仅仅是你要进北大这个结果，而是你这三年努力终于得到承认，对你的才华终于被认识而高兴，这两者是同样重要的。过程的美丽一点儿也不亚于结果的伟大。想想看，两周前，你给妈妈发你这三年成绩单时，你告诉妈妈，说这真是一张好看的成绩单，可惜没用。妈妈给你写信说有用。果然，不到两周就有结果，因为你三年的优秀成绩而被保送北大。

　　现在你要做的就是静下心来，把面试工作准备好。你爸爸说，需要做两份准备，一份英文一份中文。你很长时间不说英文，口语能力是否下降，要赶紧捡起来，做好充分准备。做好自己该做的，其他的什么都不要想。好吗？

妈妈<br>2007. 9. 12

# 第六十六封信
# 贪婪是理想的源泉

妈妈：

我在写这封信时的心态让我想起我刚入学第一次给母亲写信时的心情。那时的我，"满腔"的"热血"，又是自责，又是立誓，总之是绞尽脑汁做计划，真是恨不得一下子把四年的每一分每一秒都规定的具体而详细。现在看来，虽然那是一种逃避现实的做法，也正是这种不承认现实的"蛮劲"让我走到今天。

可能是因为太习惯于"辩证"看问题，连自己的情绪也变得很"辩证"。无论如何，"保送"、"北大"这两个字眼让外人看来都是十分耀眼了，可是我自己偏偏不去看这些，而是专注于"深圳"两个字上。无论如何，如果说要做一点儿总结的话，总不能把这件事情说成消极的，那就太矫情了。如果真有什么值得总结的话，除"付出"与"回报"之间关系以外，我自身那种"贪婪"可能是更值得反思。

就谈谈贪婪、理想、勤奋这三者之间的关系吧。

人不能总是忙于眼前的现实，这是谁都知道的，但是为什么呢？如果在我来到北京体育大学之后，就此决定适应这所学校，像在高中那样学习就可以的话，可能我不会去北大听课，不会看乱七八糟的课外书，不会像现在这样奢侈——还带着点内疚——拿着父母的钱去买那么多专业书，这一切都和现实没有太大关系，只是因为我的理想。有理想之后，一切都有了意义。

去北大听课，一方面可以感受真正的学术氛围，又可以认识将来可能的导师；读更多的书，知识面越宽，思想越丰富，将来成为学者就可以"滔滔不绝"；多读专业书，加深理解，而且也为将来当教授讲课提供更多素材。如果我学会适应，将留在北京体育大学作为可以接受的选择，我做的这些都没有意义，即使我做了，也会因为感受不到"意义"而中途放弃。当然我不可能那样，即便父母总是打击我的理想。^_^。

我在这里只是想要非常具体而清晰地描述一下为什么我能够走到现在，将来的路还应该怎样走。当你有一个更加宏伟理想的时候，生活、社会就变得对你相当苛刻，因为有太多的事情需要你去做。我得天天学英语，天天粘在自习室，时时想着该看什么书，时刻担心有什么没学明白。对于懒惰的人来说，理想是一种罪过，或者说是奢侈品，因为理想提出的要求会不断折磨懒惰的人。懒惰的人最后会放弃自己的理想，这也许可以当做"光有理想还是不够的"这句看似简单的话的内涵吧。

贪婪又和这些有什么关系呢？贪婪是理想的源泉。我总说自己高兴不起来，我一开始以为是因为我不清楚自己是不是正在从事自己喜欢的事情。但是我实在不是一个喜欢探讨"个人"情感问题的人，就好像我不喜欢小说、忍受不了过分的浪漫、也不理解妈妈的"仙气"一样。"爱好"和"动力"之间的关系在我这里够不上什么因果关系。从这段时间的心情来看，是贪婪毁了我的快乐。

从大一开始，在北体学习从来就不满意，总是说着要去北大，看上去好像只要上北大我就满意了；大二的时候，又说最后还是要出国，去北大只是完成"童年"梦想，换句话说，北大又不是让我非常满意了；大三的时候，更进一步，我跟自己说：一定要出国。大一的时候一心去北大，大二的时候想着出国深造，大三的时候更是提出"振兴中国心理学"的口号。如此推算，下个学期我应该会提出另一个目标："我要飞"。

贪婪让我总不满足，所以很难有快乐的时候，只有当获得些意外收获的时候才会高兴一下——和守财奴在后院挖出金矿一样（喜出望外），比如学弟学妹向我请教问题等等。有很长一段时间，我还一直以为我只是喜欢出名呢。

这些是不是就解释得很圆满呢？从"历史角度看"，那是不可能的。我对自己的理解就像是风——吹东吹西，送寒送暖，四季轮转。

美国金融街的传奇人物伊凡·博斯基曾经说过：贪婪是健康的。我觉得这句话可以这样来理解：当你用贪婪去追求正确的事情，并且用正确的手段的时候，它就是你最好的动力来源。

我之所以在电话里有点轻浮，是因为我的一个梦想刚刚成为现实：学校请我去给大一同学做讲座。爸爸妈妈也一定很兴奋吧。

老爸老妈，就让我"浮"一会儿吧，在家里我都没像现在这么快乐。虽然我知道只要过一阵子，"贪劲"一上来，看什么都会不顺眼的，包括自己。

我前天去找马玉虎，其实就是找一个不相干的而且有肚量的人分享一下我的快乐。马玉虎承认他现在是说不过我，而且他说他也想做一个有思想的人，问我该看什么书呢。o(∩_∩)o。

学校就要接受教育部评审，整个学校一片肃杀，好不吓人。

爸爸妈妈一定要注意身体健康。登山是好事，可是还是要注意安全和保暖。

此致

敬礼！

儿子<br>2007.10.12

## 成功之后要谦虚

亲爱的儿子：

昨天晚上，2007年10月12日，是我们家最盛大的节日。你爸爸下班回来，带回来给你打电话要通报的消息——你被北大初步录取，也就是你正式成为北大的硕士研究生。你爸爸一直在笑，我们用红酒干杯，庆祝这件事终于尘埃落定，庆祝我们终于心想事成。所有的可能性变成现实性，理想变成可以触摸的真实。用一句歌词说，今夜无人入眠。我和你爸爸半夜12点才开始睡觉，我还好，睡到四点多，你爸爸两点多就醒了，到书房去抽烟，去思考，去默默地高兴。白天，竟然不困，人的精气神可真是神奇。

由此看来，我们让你沉静下来，实在是要求得过于严格，我们两个中年人尚且如此高兴，我的儿子，事件的当事人，一个年轻的大男孩，又如何能完全沉静呢！

儿子，真是太好了！消息来得这么快，出乎我们的意料，你能够顺利保送到北大心理学系，你所有付出都有了回报。看你的信，妈妈更觉得欣慰。儿子，你不但具有父母所遗传给你的优秀，还有我们没有给你的，你自己在成长

## 第四部分 拒绝空虚，让生命充实、忙碌

中建立的成熟的对待社会和事物的态度。你的行动，让我们感叹。

你给一年级同学做报告，我想有几个问题应该注意。首先你要说出你的主要成绩，被保送的资格。不要用太狂妄的字眼，可以讲成绩，但要表现得谦虚，既传统又西方。

你的精神终于可以放松一些。好好帮助老师干活，尽量回报一点儿老师为你做的。

妈妈

2007. 10. 13

# 第六十七封信
# 成功后的思考

妈妈：

当我确认照片上传成功之后，意识到直到拿录取通知书之前，我的绝大部分工作都做完了。保送的事情再不是什么不确定的事情，已经完全确定。我心里知道，自己已经完全把自己当做保送生了，要不然也不会只看论文，不看专业课复习。听说我那么多高中同学都保送了，我明白了，其实作为学生的我们都不愿意承担像考研这样的应试过程。这是一种逃避，所以考虑一下将来的道路就显得更为重要，因为这能体现我到底是不是一个有梦想的人。

这一周里，对自己的问题思考得更多。除了写论文，以前的烦恼都不是烦恼了。寝室同学可以相处得毫无芥蒂了，和同学交往可以真正放下心思做情感交流，找老同学也可以找回当年的优越感。尤其是优越感，因为丧失过，重新获得的时候才发现其实心态真的决定了你的生活质量——周围的一切还是依旧，只是我的态度变了，整个生活就不一样了。不知道妈妈有没有这样的体会。

最近看一部电视剧，是在大姨和泽宇哥哥强力推荐下看的，名字叫做《士兵突击》。不知道母亲看没有。其实我不喜欢那个很傻的主角。但是其中一个情节和一段对话却深深震撼我。

这里面的主要人物不是那个傻乎乎的主角，而是一个名叫成才的人，一个为成为特种兵一心一意努力的农村人。他从一个普通士兵做起，他刻苦努力，成绩最优，懂得适应，懂得在不同场合表现出不同的姿态。但是在一次资格竞争中，为了获得成为特种兵的资格而在战友的允许下放下已经受伤无法完成任务的战友。在一次模拟实战过程中，这个人又一次在面临绝境的时候放弃任务，于是队长决定淘汰他，以下是给出的理由①：

"你总把一切当做你的对立，费那么大的力气去征服一切。"

"因为你很见外，任何个人和团体都很难在你的心里占据一席之地。你很活跃，也很有能力，但你很封闭。你总是在自己的世界里，想自己的，做自己的……但是你的战友，甚至是你的敌人，需要你的理解、融洽和经历。"

"我不明白，是我们让你感到不安，还是你太过患得患失，现在我们明白了，那六个字是你所在连自豪的资本，但是那六个字（不抛弃，不放弃）根本没有进到你的心里。"

"你经历的每个地方，每个人，每件事，都需要你付出时间和生命，可你从没有付出感情，你总是冷冰冰地把他们扔掉，那你的努力是为了什么？为一个结果虚耗人生？你该想的不应该是怎样成为一个特种兵，是善待自己，做好普通一兵。"

"你知道，可是你心里没有（那六个字——不抛弃，不放弃）。"

"七连只是你一个过路的地方，如果再有更好的去处，这儿也是你过路的地方。我们不敢跟这样的战友一起上战场。"

成才："你凭什么这么说我，在所有人里面，我是得分最高，排名最前，表现最好的……凭什么你用一句就把一切都否定了？"

"他和你是同寝，你想的是他是你的一个竞争对手，你觉得失去的只是一个竞争者，你却没想你失去的是一个战友。"

"我一直在想，这么优秀的一个兵，为什么不能把我们当成他的战友？……我无法只看你们的表现，我更看重的是人。你想知道我觉得你唯一可取的地方是什么吗？是你在放弃之前喊了你朋友的名字。我终于发现这世界上还有你在意的人。可这并不能说明你就学会了珍惜。回去吧，对自己、对别人仁慈点。"

这里面能体现这么几个问题：

① 对我来说，一切似乎只是"路过的地方"，如果再有更好的地方，"这儿也只是一个过路的地方"。而问题是，中国人总是希望彼此的自我当中彼此占

---

① 就算看电视剧我也做笔记，这大概是我对"学习态度"的一个诠释吧。但是总体来说，看电视剧并不是获得知识的一个有效途径。

有一席之地，人们总是倾向于认为感情联系比利益联系更为可靠。

② 我总是把一切都当做对立，客体化后去思考。所以我总是以征服的姿态去应对这些客体。也正因为如此，似乎所有人可以分为三种：互利的人、竞争对手、无关的人。

③ 中国社会总是看重一些非实在的问题。再好的成绩，似乎也总是能被一些在我看来是"莫须有"的问题所否定。比如"人品"，"性格"。以后我也面临着同样的问题，而且我总是没有信心给人一种很安全，或者"用真心"的感觉。我总是不理解毫无目的的"真心"的意义何在。但是现在看来，这是我生活中无论是对他人还是对自己都会产生问题的一个问题。

④ 我在情感上是很自私的。别人总说我不懂得理解别人，而我却不以为然。我认为我能够理解别人的目的、处境。但是其实真正的理解是需要理解别人感情的。不因为自己的高兴而将别人的处境看得更积极。我高兴的时候能够理解，情绪不好的时候就厌恶一切，这就是情感上的自私。通俗地说，**总是自诩为别人最好的利益( to one's best interest ) 去给意见或者帮助人其实是一种自私**。

我希望我的成长总是这样能够"讲出来，讲明白"。

至于衣服其实只是一种标志。首先这些衣服是比较时尚而成熟的。

我又去北大听了几节哲学课，有"些许"收获。

天气转寒，爸爸妈妈注意防寒。

此致

敬礼！

儿子<br>2007.10.26

## 我们都是人不是神

亲爱的儿子：

还有一件事情，想和你谈谈，就是有关成熟的问题。你说你回去的车上那个外国人脸上闪耀着成熟的光芒，可你却没有，你渴望有，你想使自己成熟起来，首先在衣服上成熟起来。我可爱的傻儿子，成熟是一种气质，是一种需要修炼的气质，要由时间来沉淀，要由经历来滋润。尽管你觉得自己经历已经够丰富，你毕竟年轻，年轻人就不应该太成熟。如果没有年轻人的锐气和热情，只是成熟，那还是你吗？

　　真正无私和绝对自私的人都是少数，大多数人处于中间状态，是有私的。我们都是这种人，你完全不必夸大，暗示自己有多不好。心理暗示有时候很可怕，你本来不是这种人，可你暗示自己，强化这种观念，反倒会让自己无端痛苦。时间长了，真以为自己是这种人，那不弄假成真！

　　我们大多数人既不是英雄也不是神仙，我们是人。我们可以帮助别人，但在不危害自己的前提下。我们尽量高尚尽量善良就可以，别给自己那么多精神包袱和负担。

妈妈<br>2007.10.27

# 第六十八封信
# 放松地学习、生活

妈妈：

　　正如爸爸在信中所说，好事自然而然都来了。现在的学习和以前不一样了，以前总是非常匆忙地学习，就好像被催着一样。现在，大多是因为相信自己是一个有理想的人，决不可能因为这一点点成绩就放松下来，哪怕是很短的一段时间，每天看书时多了一份自信。以前看《英语文摘》的时候，看到的都是生单词和长句，现在看到的都是那些国内看不到的政治评论；以前看专业书，总想着考研会不会考，总想着如何将这些知识统一起来，形成体系。现在看专业书，总是不由自主地和哲学联系在一起。看来柏拉图、苏格拉底都是不需要考试的，他们才会这么执着地追求哲学。

　　上个周五，我和C去一趟香山。香山也是一个著名景点，我在北京整整三年，一次也没有去过。就算真的没有什么值得看的，将来我回首大学往事，也只会觉得其实还是太懒惰。正好我和C想要出来见个面，为了避免走"吃一顿饭解决问题"的老路，我们都觉得应该出去走走，看看风景，就决定去香山。

　　说来也巧，我们去的时候正好是"香山红叶节"开幕前一天。不过山上也只有四分之一是红叶，其余的地方都是郁郁葱葱。刚进去的时候，看到那么多"景点"，感觉好像还是有些值得看的地方，逛完之后才发现，都只是些名头而已，根本没有什么美感，唯一不同点在于，这些"景点"被树包围，被路连接，看上去好像海洋中的孤岛，大约去除一些登山的枯燥和乏味。

　　我以前不知道红叶什么样子，看到山上有人卖红叶纪念品于是买一套。原来红叶并不是一种树的树叶，而是两种，甚至更多。最明显的是枫叶，也有圆形树叶（不知道是什么树）。可惜没有照相机，只能拿他的手机拍了几张照片留念。山路挺陡的，人也不少，爬得很慢。在路上的时候，我更多的精力倒是用在和 C 谈话上。他被保送自己的专业，学马克思主义政治经济学，但是他说他的导师研究的是另一方向。他现在写的论文和心理学有关，就是希望中国的经济学能够回归人性。

我们更多地谈了理想、志向。我在熟人面前总显得很有抱负、很有野心。他倒是让我有些意外，他说他准备读完研究生之后考公务员，坐办公室。不晓得为什么他不再是以前那个自信满满、目空一切的 C。大概家境很好、成长顺利的人到最后都不太在乎名利吧。M 也是一样。我们家是后富裕的，而且也不算太富裕，我的贪欲和农民没什么太大区别，我又不是在"鲜花与掌声"中成长起来的，倒是在父亲"咱们不做第一，只做第二"的教育下长大的。人有缺陷，所以自卑，所以要超越，这是阿德勒的理论，从这个角度来讲，的确有些道理。

那一天我和 C 可是没少说话，除了第二天感到腰酸背痛、声音沙哑以外，我几乎忘记看到过什么，只记得山上的索道有很多人在排队……

接下来，我要万分抱歉地说一下我的财政问题。真实情况是，我现在快要破产了。

首先说主观原因。近来好事不断，我就比较高兴，我们寝室的习惯是比较高兴就大家吃饭，虽然不是我请客，但是每次二、三十的花销还是迅速消耗金钱。因为上次财政危机的缘故，我克制自己的饮食和零食，结果这个月出现"补偿效应"，我忍不住晚上吃零食。因为最近去了几个以前没有去过或者不经常去的书市（地坛书市，一年一次；人大书市；北达书市；淘书公社），那里的书很便宜，外面卖将近一百块钱的书，在书市里才卖 15 块钱，就趁机搜刮一些关于人类学、文化学的书；为了写论文，也复印很多从国图借的英文书，花销也不小。

客观原因。食堂虽然没有涨价，伙食明显有变化。以前 2.5 元的菜里面是有肉的，一次吃一个荤菜加一个素菜就可以。现在 2.5 元的菜里面几乎没有几块肉，只能买 3 元或 3.5 元的荤菜。而且以前有 1.5 元的素菜，现在只有两样了：油麦菜（我不知道是不是这么写）和大白菜，我只能再吃那些 2.5 元的菜。结果现在伙食费一顿饭就得要 6.5 元到 7 元。再就是洗衣服也涨价了，涨到 4 元钱一桶，一周至少洗三桶（袜子、外衣、内衣）。水果也比较贵，买水果的次数也多起来。

我现在还要为请客准备钱，如果去除请客的预算（350 元），我现在只剩

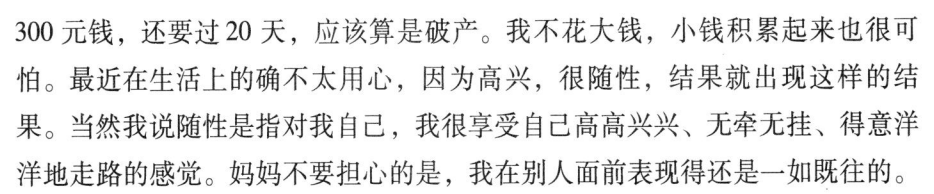

300元钱，还要过20天，应该算是破产。我不花大钱，小钱积累起来也很可怕。最近在生活上的确不太用心，因为高兴，很随性，结果就出现这样的结果。当然我说随性是指对我自己，我很享受自己高高兴兴、无牵无挂、得意洋洋地走路的感觉。妈妈不要担心的是，我在别人面前表现得还是一如既往的。

生活是由细节构建起来的。以前看电视剧没注意到，现在才明白生活就是"油盐酱醋"的意思。

老师近来给我们下任务，必须在这个月之内把论文数据整理完，还算有点压力吧。老想着哲学是不行的。

我现在思考的问题很多都是关于文化的。比如我觉得中国人写的书每句话似乎都是为了迎合某种套路，而不是追求每句话的意思；而西方学者写的书则追求每句话都有意义。这是我在读关于"质性心理学"的两本书得到的体会。这些东西，很不成型，完全是个人感悟，而且我也自忖对中国文化不太了解，所以买一本《中国文化精粹辞典》。

再说一下妈妈对我的担心。以前都说那些中彩票的人不敢出门。难道我是中彩票、发了横财？都不是。我的努力人人有目共睹，给我感觉，他们对我都很尊重，都觉得我不好接近，但是并不是对我有反感。妈妈是不是把我的周围环境估计得太恶劣？

我现在最重要的就是一如既往，恢复常态。任何异常的举动对于别人、对于自己来说都是一种信号——我现在和以往不一样了，这是最没有必要的。我除了注意收尾工作以外，其他的不多想，也不多做。现在女生那边都问我什么时候请客，我也没有别的办法。本来还想说自己没钱，现在结果又有了八千块钱的国家首届奖学金，我真不知道该怎么推脱。可以说同学们的关注是我大学三年来努力工作的收获，应该值得高兴。妈妈这么小心，就好像把刚刚丰收的麦子放在水里泡等着发霉一样——糟蹋。

我不喝酒，我周围也没有喝酒的人。妈妈根本不用担心这个。妈妈不太了解我的生活，我们寝室真的是经常出去吃饭。最近我、Z和F还一起去人大附近专门去吃"竹排鱼"，这算大聚餐，小聚餐每周都能有一两次。我知道这种日子以后再也不会有了——也许老了才会再有。

也有可能是我预想不到聚餐会出现什么样的问题，总之我给出我的理由，我也不希望出现任何问题，就算在吃饭的时候，我也会注意。再说，凡是我觉得可以交往的人，没有特别张扬和不拘礼节的人，不是吗？

下周我就要上台讲课（教学实习），这也是我第一次作为一名授课者站在台上。我会珍惜这次机会，多学些经验。

祝爸爸妈妈身体健康！

P. S. 发放奖学金的时间没有确定。后天我就去北大看看信息确认的事情（明天上午上课，下午还要和 J 出去逛书市——尽量不买书）。

儿子<br>2007. 11. 9

## 你不了解女人

亲爱的儿子：

我们之间最不同凡响的地方在于，我们心灵能够沟通。这对于你，真是太重要。尽管你有很高的理论天赋，尽管你取得很大成绩，在人生这个大课本里，你确实还需要我们的帮助。

儿子，你爸爸昨天晚上给你写信了，表明态度，我不知道他是怎么写的，但我想说一下妈妈的看法。你说妈妈有巫气也好，人生经验也罢，儿子，相信妈妈的眼睛，绝对准确。不会看错人的。

我的儿子，你多么可笑！你以为你退得了吗？任何人做任何事情都要付出代价，都要有结果。

妈妈尤其不能忍受你的态度，对爱情怎么能这个态度。你说世界上不存在爱情。你错了，爱情是有的，只是附加一些条件。如果现在中国还有纯粹爱情的话，那一定是在大学校园里。大家没有利害关系，纯粹的两性吸引，可是你不是。你这样做，不道德！对她也不公平！将来有一天你要退出，什么结果都可能出现。女人的疯狂你没见识过。妈妈见识过，足以毁掉一个人的全部尊严。

好了，儿子！你应该理解妈妈的意思，应该能预见到不良后果，最好的做法就是把不良的后果扼杀！不是妈妈危言耸听，是你太不了解女人！

妈妈<br>2007. 11. 21

# 第六十九封信
# 犯一次没有严重后果的错误

妈妈:

荷尔蒙一定会有,关键似乎在于如何引导。

特殊时期总会有特殊事件发生。问题本身并不重要,关键在于如何解决。我想我解决得不错。

学习心理学有时会让你学会控制自己,有时也只是让你更理解自己罢了。青年人的荷尔蒙,整个校园情感躁动的环境,以及那些唾手可得的条件,这些因素都导致这次事件的发生(一次未成功的恋爱)。纵观整个过程,有太多意识层面以外的因素在影响着我的行为,以至于理性无法操纵这些意识经验,以外的动力反而成为帮凶(很容易理解)。还好,现象学,一门对现实把握更深刻的哲学,帮了大忙。因为整个事情的动机就不是理性,就不能以理性思考来龙去脉,而是应当直面精神世界。大概就是这个意思①。

爸爸妈妈的话虽然很有道理,但是并不是我做出决定的理由。因为整个过程理性一直在操纵着行为,不可能从道理上把我说服。整个事情对于一个青年人来说并没有错(辩证法),问题在于我的目标不是做一个普通青年人。要想有不平凡的业绩就要走不平凡的道路,以前走得不多,现在有机会、有意识地去选择不平凡的道路,这就是我的使命。选择塑造了自我,而不是种种客观条件。我想我只是做了一个正常青年人都会做的事情,但是我选择要做一个不平凡的人。看来在这一点上,我和父母是一致的。平凡的生活对不平凡的人来说

---

① 从在研究生期间的经历来看,青春期的躁动是不可避免的,不同的时候需要不同的方法、不同的途径去解决。所以最关键的不是找到一劳永逸的理由,而是不断地去寻找理由,只要你相信你在做正确的事情(情感是我的选择的代价)。当然前提是你相信自己的心理只是机器的一个属性,应该任由自己的意志去改变。

也很有魅力，其实就是不曾拥有的遗憾，就好像凡人羡慕天庭一样。从这个角度来说，的确没有"更好的"道路，只有我选择的道路。

为了克服身上的一点儿痕迹，我决定运用心理学的方法，采取一些行为主义方法来为这个事情做个了断。妈妈的话给我一个提示，所以很有效。至此，我想这个如疾风暴雨般开始的事情可以伴随着我对D同学的幻灭感而再如疾风暴雨般结束。

侯玉波老师跟我说，先把英语弄好，研二的时候有机会出国。大概意思是会有"交流"的机会。这又给我一个很大的任务。现在基本上明确应该干什么了——因为干完之后有非常明确的奖励。在深圳还是有好处，一方面脱离繁琐的办公室工作，同时也有更多时间自己来支配。而且听侯玉波老师说那里有美国心理学会的数据库，估计应该不差。自由更可以锻炼我花钱上自律的能力。劣势是缺少实验的机会，没有哲学课、历史课听。反正我也不是第一次面对逆境了，更何况还是一个很有希望的逆境。另外，老师也很明确地告诉我不要做定性研究。看来，梦想还要延迟一段时间。

现在是毕业论文的攻坚阶段，迟老师终于给我们施加压力，要求我们在这个月末前必须完成数据工作。这对于我来说不是不可能，只是匆忙点。现在就得硬着头皮把读过的书总结一下，变成现实的方案。这种工作没有压力真的做不来。

现在看来，在上研究生之前的半年是一个黄金时间，如果能一鼓作气拿下GRE，不仅为以后研究生学习开了一个好头，而且研二的时候也可以把精力集中在论文上。GRE一定要报，同时，在这期间补一下以前没看过的书，那更是大有裨益。保送的功夫没有白费，不仅摆脱政治考试，也为将来发展空出打好基础的时间。这的确让我感到有些兴奋。

不管我的对手是怎样的人，大学四年的经历应该给予我足够的信心。我有理由相信自己能够战胜一切困境并实现自己的目标（虽然有可能有些差别，但一定是一个好的结果）。

如果说之前还有有那么一点点空虚寂寥的话，现在我看到些值得挑战的东西，该是认清道路，像大一那时那样，义无反顾去奋斗的时候。

如果说我真让爸爸妈妈失望过的话，我真的很抱歉。因为我也让自己感到失望。但是这样也好。不知道爸爸妈妈有没有体会，坚持一种信念有时候很辛苦。现在我犯了一次没有严重后果的错误，就好像挑着沉重的担子走好久，偶然放下这个沉重的信念，借机换一个肩膀重新扛起来。也许只有这样，才会走得更远。

儿子<br>2007.11.23

## 提高鉴别能力和眼光

亲爱的儿子：

  你确实要沉静下来，平静下来。有新的动力，抓住这黄金的因为自己努力而天赐的时间。导师说得对，把英语学好。你要考 GRE，我们都很支持你。为了取得好成绩，不打无准备之仗，你是否应该参加新东方的一个这种有针对性的考试学习班。记得你说过，考英语四、六级时，参加学习班收获很大，因为人家能教给你技巧。

  事情已经过去，踏踏实实、抓住时间，多学习吧。至于对女孩子的态度，妈妈相信你。通过这次教训，我的儿子也有鉴别的能力和眼光了。

  妈妈吻你。

妈妈<br>2007.11.24

# 第七十封信
# 第一次讲座

妈妈：

上一次提到要找一下自己新的目标，我总是想做些什么。我一向对别人说，目标是做出来的，而不是想出来的。正巧，我们班女同学需要找男生做问卷，求我们，我们没办法，我就直接去找心理学社社长——今年大三的一个师妹。其实我和那个师妹只有一面之缘，就是上一次给大一新生做讲座的时候认识的。当时就想到这个心理学社的社长有很广的交际网络，我做论文可能会很需要。正好这个师妹也挺漂亮的，又已经有了男朋友，而且对我也是"久仰"的关系，我就决定主动找她帮忙。但是找她还是另有目的的。

我知道他们经常有讲座之类的活动，而我现在觉得普及心理学也是我的志向之一，我也想知道我适不适合用"通俗"的语言去吸引别人，或者说我的表达方式别人是否能够接受，尤其是门外汉。我就和这位同学联系一下，先是找她帮忙做问卷，并且特别提醒她可以找我帮忙。她似乎也挺高兴。果不其然，星期五她找我给心理学社的同学和一些竞技体院的学生简单介绍一下弗洛伊德。

这次准备材料的过程让我对"科普"工作有一些体会。因为其实我并不喜欢弗洛伊德的观点（毕竟一开始的时候还是以科学的态度来对待各种理论的），虽然有很多关于弗洛伊德的书，我还是没办法很快地想出一些比较独到的见解和能够吸引学生的亮点。我就把心理学书、哲学书和历史书都搬出来，希望能够找出一些比较吸引人的东西，把知识面尽量铺大，用多样性来吸引人。在学习心理学史时专门做的弗洛伊德理论框架基础上，我把心理学史里比较有意思的材料和自己的理解以及运动员一些特点结合起来，组织自己的课堂材料①。

演讲的效果可以用"非常好"来形容。课堂上没有人走，反而人越来越多，而且非常活泼的竞技体育学院的同学也都认真听，在我眼前的几个同学的眼神甚至比我还专注。在课堂后也有很多人来找我聊，虽然主要聊关于梦的内容，我以不夸张、不玄虚、只求解释得很有道理为标准来应付，毕竟弗洛伊德的东西本身就是一种解释性工作。从课堂效果看来，当时的感觉可以用"非常好"来描述：兴奋、骄傲，既感觉展现自己的知识，也获得一种荣誉感，不知道爸爸妈妈做过教师有没有同样的感觉。

回想起来，我能在很短的时间里组织起来大量材料，而且能够把专业语言转化为大众语言，而且语言中幽默、讽刺，不时穿插笑料，但又不缺乏学术气质，我觉得自己有做科普讲座的天赋。

其实在上一周我就给竞技体育学院的一个优秀运动员班上一节课作为教学实习。因为当时的课堂内容是青春期心理问题，比较乱，我主要讲的是恋爱问题（我非常感兴趣的问题）。当时整整讲一节课（90分钟），不停地讲，口干舌燥。最后学生给我的评价是："口才真好。"看来他们不是很明白我讲的内容，只知道我讲得很多，当时感觉效果不是很好。

现在已经十二月份，论文已经进入实质阶段。我访谈两个对象，去了两趟大兴体校，也和一些比较熟的运动员针对我的论文题目聊了聊。用这种方式来获得知识，这是第一次。虽然说我自己逐渐清晰的"理论"的价值倒不是显而易见，但是这种方法让我迅速了解一个群体，的确有着不曾想到的效果。

大兴体校离我们非常远，坐车也要三个小时，不过还是物超所值的。我和教练员、体校的班主任、体校的学生都聊了聊，收获很大，而且对于运动员的生活也有更深的了解。这对我的论文是非常宝贵的。

生活方面，上个月有一段时间比较窘迫，用70块钱过了五天。那几天里我知道米饭有多么的珍贵，我知道手机停机多么麻烦，我也知道自己为什么总是晚上会饿（因为米饭吃得少），也知道为什么我总是超支。可以说这是我对"钱"体会最深刻的日子了。从妈妈寄钱以来，我节省开支，多吃米饭，少吃

---

① 从现在的角度来看，当时对于弗洛伊德的理解还是处于"教科书"的阶段。不过从科普的目的上来讲这也已经足够了。而且不断地找机会整合自己的知识，是知识积累的一个非常有效的方法。

零食，能不花钱就不花钱。在不能自己把握度的情况下，力行节俭是最好的办法。

妈妈让我不要太膨胀，这的确是个问题。首先我的名气越来越大，在自习室里您的儿子经常会被师弟师妹们问候(让我感到有点尴尬：我不认识他们)，现在也有一些运动员找我咨询(有点吓人)。不知道不合适的、过早的荣誉感到底让我变了多少，现在唯一可以做的就是一如既往。还好高中起起伏伏的经历让我对这些都不是太敏感。总之，到现在我觉得自己处理得很好[1]。

爸爸妈妈的担心是有道理的，因为现在遇到的问题和以前都不一样，我处理起来经验不多，不过我对自己有信心。

祝爸爸妈妈身体健康！

儿子<br>2007.12.8

## 不是炫耀的时候

亲爱的儿子：

规定的时间里没有看到你的信，我们的心都吊了起来。这种心情，你应该理解。可以说提心吊胆，尤其在现在这个特殊时期。

儿子，你给同学们开讲座，所取得的良好效果，我和你爸爸很替你高兴。这种事情，本来是老师做的事情，极个别学生做的事情，你在大四就做到了，一个说明你的知识积累和文化素质比较好，还有就是你表达的天赋比较好，越是人多就越是高兴，当然会有很好的效果。父母都做过教师，自然知道演讲的魅力。

你的讲演获得成功，儿子，现在不是你炫耀这种事情的时刻，你的路才刚刚开始，至少要等到读博士的时候才可以开讲座。还有，不要自己去，等你的

---

[1] 处理自己虚荣心的问题是大四的一个主题。虚荣心是追求进步的动力来源之一，但是很明显地会诱导进步的方向。所以不能简单地将虚荣心看成是坏事，只能说这又是人生无数个需要权衡的问题之中的另一个：如何利用虚荣心来驱动自己，同时又如何防止虚荣心阻碍自己做正确的事情。

本领大了,自然会有人来找你。你现在需要长本事,而不是用你并不太多的知识去炫耀,你还没到炫耀的年龄和能力!

妈妈<br>2007.12.9

# 第七十一封信

## 爱的反思

### 贺父母携手25年之回忆

每一个特殊的日子是因为有特殊的事情所以特殊。25周年的意义在于，这一天，我们共同感恩过去的25年，不为过去，只为让以后的日子里多一条追忆的线索，多一个记忆的载体，多一份清晰的感动。是做此文。

我们一家人总是在一起的，25年前就是这样。因为早在出生之前我就在爸爸妈妈的脑海里孕育着了。爸爸妈妈共同步入婚姻殿堂那一刻，我就已经成为意识实体。如果爱是可以衡量的，我就是爱的见证。从我出生那一刻起，您们的爱就在我身上生根发芽。

生活是爱的试金石。初生的爱，那么富有朝气，那么具有生命力，但是它太娇嫩，太难以控制，有一种力量改变这一切。她把朝气变成动力，把生命力变成耐力，把娇嫩变成意志，把失控变成成熟。爱的证明曾经受过考验，困难好像发工资一样如期而至。也许当时的困境真的难以形容，但是事实就是某种力量支持着我们，称之为爱的力量恰如其分。感谢这份爱，让我拥有一个幸福美满的家庭的梦想成为现实。

载着父母的爱，我成长着，好像一块雕琢着的美玉，又好像一个证明。爱不是无形的，她总会以某种形式表达给拥有他的人们。当父母把他们彼此的爱寄托在我身上的时候，神奇的事情似乎就必然发生。我是爱情的结晶，我要证明我自己，那就要证明父母的爱。爸爸妈妈夜以继日地工作，挣扎在现实当中。年幼无知的我独享着这份爱的力量。父母用自己枯燥的生活换取我五彩缤纷的童年。枯燥的生活为什么能够延续，那是因为有一种力量在支撑着我们。

称之为爱的力量恰如其分。感谢这份爱,让我们等到收获的那一天。

就好像《塞莱斯庭预言》里第七条寓言那样,爱是可以反哺的。我感受着自己怀揣着这份爱,不断汲取力量,终于等到收获的季节。爱可以用实物来表达自己,也可以用感动来刻画自己。最好的证据就是,在每一个最关键时刻,我们一家人总是一齐上阵。爱是一种力量,这种力量的伟大之处就在于它能够超越现实。我们一起考进二十四中,一起欣赏爱的升华。爱的声音就是理解的心跳,就是共鸣的回馈。踏着哲学的脚步,我走向成熟。我的成长,每一颗,每一滴,每一分,每一秒,都是爱在实现着自我。爱用她塑造的现实来回馈付出她的人。正因为如此,即便是雷霆般的打击,我们仍然安然度过。冥冥中支持我们的是一种力量,这种力量让我们永远怀揣着希望。称之为爱的力量恰如其分。感谢这份爱,让我们永不放弃。

爱是水,无处不在。她在暗处流淌,洗刷着过去,憧憬着未来;在滋润的时候她隐而不显,当需要她的时候,她会为那些爱她的人凝结在一起,像母亲般地呵护我们。在绝望的谷底我听到潺潺的溪水,我如饥似渴地喝着甘甜的汁水,清醒一下,抬头看见一条通往前方的道路。我顺着这条河前行,不必顾虑饥渴,不必担心迷失,最终,这条小河带领我走出峡谷。这条永不枯竭,潺潺前行的小溪给予我力量,为我指明方向。称之为爱的力量恰如其分。感谢这份爱,帮我度过危机,让我懂得生活。

感恩 25 年。

爱你们的儿子<br>2007. 12. 19

# 第七十二封信
# 心理学之我见

妈妈:

　　本来想在爸爸妈妈结婚 25 周年那一天送上一篇感人至深的文章,让爸爸妈妈更加珍惜现在和将来,可惜我现在变得太现实,以至于连比喻用得都那么生硬,已经不会像以前那样放开自己的思维去"浪漫"。就好像让政客做慈善事业一样——自己也搞不清楚到底是善心还是功利心,这可能是我老逼自己说实话的结果吧。

　　这两周的生活比较平淡,每天背单词,然后分析材料,继续学习质性研究,然后访谈,然后查书,然后修改方法,然后再查书,然后再访谈,然后再分析资料。总之就这样来回地修正。在这个过程中,我真是收获许多,尤其是对于自己科学态度的认识。

　　以前从来没有这么清楚地去认识所谓的工具主义和实在论。我发现理解概念最好的方法就是作比较。这两个词单独理解起来都不容易,但是一旦对比一下,就很清晰。工具主义就是指相信方法决定结果的合理性(可信性),也就是说只有可靠的工具能够发现真理。这也是当今大部分"科研工作者"的基本信念——虽然他们自己可能并没有自觉。为什么这么说呢?我环顾周围,这些自称是追求真理的人,往往都会兴奋于得到先进、精确的仪器,以为有好的仪器就能够让研究更进一步,或者更执着于找到以往研究中给出的研究范式,以为这样就有靠山,结果就是可靠的,需要做的只剩下解释。

　　我现在把这种态度——工具主义态度——叫做"懒惰主义"。他们否认主观努力的有效性,相信凭借工具才可以达到客观性。钱变得很重要——因为有钱可以买仪器;权威变得很重要——因为权威可以指定某种方法的有效性,可以毫无顾忌地效仿。在这种追求下,科学成为毫无趣味、东施效颦的工作。让显示器的分辨率越来越高，光的频率越来越高，让计时器越来越精准。这些与真实的问题有十万八千里距离的事情成为科研工作者竞争的事业。

在他们看来，让这些可以控制的东西越精细，就越能客观地观察那些不可控制但是需要研究的问题。这其实是一种避重就轻、本末倒置、掩耳盗铃、拆东墙补西墙的行径。这个时候，研究的重点不再是真正的问题，而是工具。而工具和真理之间的关系从未有过深刻的证明。如果说在物理学中人们研究的对象是可观察的实体的话，在心理学当中，没有显微镜下像细胞那样可见的心理元素，没有像粒子加速器的粒子撞击下可以分裂的基本粒子，根本就没有工具能够和研究对象直接对应起来。这个时候工具更是远离真理本身。

再来说一下实在论。实在论者相信不可观察的事实和可观察的事实一样"实在"，一样存在着。这是非常重要的信念，尤其是在与工具主义论者相对比的时候。因为工具主义者认为，如果研究对象用他们的工具测量不出来，他们就可以否认他的"存在"。就好像用仪器找不到以太，所以物理学家认为不存在以太，据此怀疑牛顿的力学理论。这是到目前为止物理学中成功的典范。

在心理学当中就存在很大的问题，或者说这样的态度阻碍研究的进展。工具主义者总是将问题概念化，然后采用相应的方法（工具）来将之量化测量。如果得不到显著的结果，就否认其存在，准确地说就是否认差异的存在。先不说将心理现象概念化本身和量化其中的问题，单是只凭借方法得到的结果来判断"存在"，完全依赖工具的态度，这就有很大问题。

人这个研究主体在这个时候没有任何发言权，一切真理都取决于使用工具的结果。而实在论者的前提假设——不可观察的现象仍然存在（或者说存在的东西不一定可观察）——让我们坚信采取不同的方法是必需的，工具都有自己的局限性。因此对于理论假设、经验预感，我们都要尝试采用不同的方法去探索。没有任何一种工具或者方法有绝对的权力说明一种心理现象是不存在的，或者否认某种经验。这也是为什么实在论者更容易采用实用主义的做法，接受不同方法的原因。这就是为什么现在很多心理学工作者不支持质性研究的原因。在他们看来质性研究这个方法不可靠，"不客观"，所以不可能得出包含有真理性的见解。这是典型的工具主义思维。而实在论者并不因为方法的偏见而否认质性研究的结果。说得通俗极端一些，工具主义者可能一听说是采用质性研究方法就把论文给扔掉，或者即使看到很有见地的观点也会写下这样的评语：很难说结论是建立在可靠的方法之上的，因此缺乏说服力。

他们认为真知灼见并不是最关键的，最重要的是建立在"客观方法"上。相反，实在论者可能会先看看结论和方法，仔细思考可能影响到结论有效性的因素（效度威胁），如果在所知范围内很难找到真正影响结论与论据之间关系的因素，那么结论就是可以接受的。之后需要做的事情就是按照这种见解去指导实践，看是否有效。

只是一个信仰的问题，在实际行动中就会产生如此巨大的差别。这可能就是所谓的价值观的力量吧。在我们现实生活中，这种例子更多。比如爸爸以前对宗教的态度——这种东西怎么能信呢？

我一直做的研究使我一直在思考心理学与科学的关系，一直在思考如何做一个具有"insight"（翻译成"洞见"似乎浅了点，大致可以说成是对生活的真知灼见吧）的人。这也是为什么我那么有动力地去研究社会建构论，会和 C 在网上聊那么久；这也是为什么我会不停地用哲学观点去解释我自己的思维活动；这也是为什么我会有点儿固执地放弃换题的机会。

这一周听从妈妈的话，减少交际，尤其是和女孩子的。因为我向来相信实话的力量，所以我跟 D 说实话。我跟她说："我妈妈看了你的照片之后说你城府太深，让我不要和你再来往。"当然我是笑着说的。她的反应是："天哪，你妈怎么这样儿？"然后我说："我也不知道是怎么看出来的。"从那以后，我们再没说过一句话。这样的解决方式是不是比较幽默？我觉得很好。一方面仍然表现出我的坦白和诚恳；另一方面也委婉地说出结束交往的意愿（其实只有当对象是她的时候这样说才有这样的意思）。

现在我感觉又到大一的某个阶段：不和女生交往。我不觉得那时候幼稚，而是羡慕那时候的决断和执着。现在我心中的负面情感越来越少，以至于我已经很久没有感觉到过焦虑。虽然面对着 GRE 和未来的竞争以及眼下的论文压力，我从来没有感到过焦虑，甚至还比不上以前完成一个课堂作业的紧张感。父母可以放心，这并不是说我懈怠。我只是换一种工作的态度——我不是因为功利性目标而把自己当成奴隶——我想像和爸爸探讨哲学问题那样的学习知识。但是可以确信的一点是，一旦需要，我会立刻再转型。

如果爸爸真的认为这一次的思想火花质量比较高的话，那么只能证明这一点：慢工出细活。逼迫自己想出来的念头肯定不深刻。当头脑中的材料充实到一定程度时候，他们会自然地有机组合起来形成一种新的观念。这就需要不断地学习和时间的积累。

祝爸爸妈妈结婚25周年快乐！

儿子
2007.12.21

## 回归生活本源

亲爱的儿子：

儿子，你要知道，你最近接连的两封信，都让妈妈非常高兴。先接到你给爸爸妈妈结婚25年纪念日的文章，看得妈妈热泪盈眶。来自儿子的肯定，是我们婚姻的最重要价值。其实，一个家庭的婚姻是否幸福，孩子的感觉可以说是最重要的。

经过这么多年岁月的磨练，我深深感到，你的性格还是像妈妈多一些，这很好。妈妈的性格有时会误事，但我的性格更适合生存。这个社会很粗糙，或者有时很不讲道理，你必须有坚韧的抵抗心理，才能正常或者说顺利地生存下去。

儿子，经过两个多月的高兴、骄傲，儿子，你终于又回归生活的本源。这让我们多高兴，这是妈妈最想告诉你的事情。虽然你取得成绩，但你确实还在路上，现在还不是你表达的时候，你需要的仍然是积蓄，多多地积蓄。积蓄好力量，机遇到来，自然可以尽情表达。

妈妈
2007.12.29

# 第七十三封信
# 第一次为老师代课

妈妈：

很抱歉，没有及时把信发过去，让父母担心。

元旦前迟老师很忙，所以我也很忙，帮老师整理要出版的书稿，最后就是给老师代两节课。

元旦过得相当充实。吃的不必说。每次去大姨家（家在北京）就好像和尚开荤似的，大鱼大肉。我们去金汉斯烤肉，然后又是烤鸭，最后是北京小吃。我还顺便去了趟卢沟桥，不过正像爸爸说的那样，没什么可看的，只是一座桥而已。遇到火灾，泽宇哥哥报警，倒是有点儿新鲜感。

总说想当教授在课堂上讲课，可是我还未曾遇到过需要把一节课重复讲两遍的情况。迟老师给了我这个机会。他去广州，又不想停课，只好让我给竞技体育学院的两个班级上同一节课。这两节课还是连着的。上第一节课的时候，我没用麦克风，因为这样比较随便，我可以随便走动。课堂效果还是不错的，有几个同学给我留下QQ号，希望和我保持联系。可是还没等下课的时候，我的嗓子就已经有些难受。

张老师（旁听的老师）陪着我到下一个教室的时候，我说话都有些困难，第二节课只好拿着麦克风了。张老师本来是好心，想让我省点劲，在课前放一段广告，不过这就把课堂气氛搞得有点"活跃"，结果一开始上课的时候，下面闹哄哄的。我倒是不在乎，可是声音自然而然就得提高。这可把我的嗓子害苦了。到一半，凭借我生动有趣的课堂内容，下面总算安静一些。这个时候又有一个问题让我感到有些苦恼。每次要重复上一节课说过的话的时候，我总觉得很难受。我讲话不喜欢重复，即使是同一个意思的话我也要换一种说法。每当我要重复一句话的时候，我就犹豫一下。尤其是要举同样例子时，我总觉得有些别扭。两节课的内容大体相同，在我的应变之下很多细节都不太一样，得出的一些感想也不一样。

　　这次经验对我将来还是很有指导意义的。当老师就要讲重复的课，可是我不喜欢这样。以后还是多做讲座，少讲课吧，或者就要把课准备得更加丰富一点，每一节课都可以有比较大的发挥余地，这样也是照顾自己的积极性。

　　定性研究已经学习得差不多，论文也可以看到清晰的路线。现在已经有明确的时间表，希望在节前把材料都收集全，这样假期里也可以有工作做。

　　妈妈在信里说爸爸内心"坚硬又柔软"，不知道为什么这么说，是不是爸爸最近又遇到什么事情？妈妈说得也对，爸爸有些完美主义、理想主义。但是这可不是缺点，对不对？我也坚信自己是一个完美主义者。但是爸爸的标准总是在内部，而我的标准有的时候在外部。这可能就是妈妈说的爸爸无法融合于现实的原因吧。我觉得自己的适应能力还是很强的，和妈妈一样。这是因为我知道自己的目标不是修身养性，而是指向社会。只有社会承认的事情对我来说才是有意义的。

　　至今为止我没有发现单单自身的发展有什么意义，如果我做的一件事情我自己不是很满意，但是别人觉得很好，那么我就已经实现目的。就好像保送这件事情，甚至有一点点宿命论的体会，但是当父母都极力提高这一结果的意义，周围的人都很羡慕的时候，我觉得自己应当心安理得地接受这个结果。因为我明白自己不是为自己去做这件事情的，周围的人都满足的时候我就可以继续下一个目标。

　　这可能就是比较现实的心态吧。之所以要现实，就是因为我们的生命是有限的。我记得有些哲学家在探讨人的时候把死亡看得非常重要。我想，如果生命无限的话，的确可以永远地去追求完美。但问题是当我意识到自己有死去的那一天，以至于现在所能做的一切都必须加上一个时效，我就要把眼光放到现实，利用现实提高我生命的效率。哲学家喜欢永恒的东西，我喜欢不灭的东西，很多人也都和我一样不喜欢会消失的东西。人生来就有一种对永恒的喜好，但现实是对任何一个人，没有什么是永恒的。

　　追求完美的人可能把自己放到整个人类的整体当中，找到一个永恒的载体，将自己的生命看成是一个无限生命过程中的一个阶段，所以他们顺应本能地去追求理想和完美，爸爸可能就是这样的人。像爸爸这样，"自我"少一点，

"人类的使命感"多一些，最后追求完美就成自然而然的事情。因为对爸爸这样的人来说，人类的发展才是最终的意义所在，自己是为人类的发展才去努力的。正如我前面所说的，爸爸这样的人不会把效率看成是第一位的，而把目标看成是第一位的——这个目标就是完美。

我和妈妈都是相当自我的人。"人类"过于抽象，与己无关。我们关注自己的世界，能够意识到自己的生命是有尽头的，而当我们把生命的意义解释为在有限的生命里完成一定事业的时候，我们自然要现实一点，更适应一些。爸爸将这个世界解释成永恒前进的世界，自己只是这个永恒的人类整体当中一份子，自己能做的是有限的，但是"应该做什么"却是确定的。这两种世界观就产生两种对世界不同的态度。我理解爸爸，而且尊敬爸爸这样的人。但是从小关注自我的教育方式导致我还是采取妈妈这样的世界观。我猜想爸爸从小可不像我这么关注自我，或者说爷爷奶奶并不过多关注爸爸内心世界吧。

妈妈和我为自己工作，对社会的贡献只是零碎的东西。但是爸爸这样的人，却可以对社会有构建性和引领性的作用。但是中国社会是一个不完善的社会，不完善的社会特点之一就是人没有施展自己才能的机会，只能随波逐流，自我意志被降到低点。我想这一点，妈妈应该很理解。

所以爸爸应该骄傲，妈妈应该"敬仰"。起码爸爸对我们家的引领作用已经毋庸置疑地实现，而且成功。从这一点上爸爸已经有相当大的贡献。难道不是吗？有几个家庭里的儿子能够成长为父母所希望的那样，而且整个家庭能够拥有这样和谐的心态，而且妈妈和我在爸爸构建的家庭发展道路上也都走上自己喜欢的道路。这一切仅仅是妈妈和我自身努力的结果吗？当然不是。爸爸虽不是像他自己说的那样"一贯正确"，但是至少给妈妈自由探索的条件和机会，给我的人生制定正确的导向。真正不能让人自由发展的就是生活现实，社会也就是这样来剥夺人的自由意志。爸爸给妈妈这样的条件，这就是一种牺牲，这种牺牲就是爸爸这种价值观决定的，现在的一切都是爸爸精神的硕果。

多感恩，多珍惜。

儿子
2008.1.5

## 爸爸要谢谢你

亲爱的儿子：

　　任何一种讲课内容，第一次讲的时候，都不可能讲得很完美。当你离开课堂，你会觉得充满遗憾——那个问题如果这样讲会更好，另一个问题阐述得不详细，所有的遗憾都可以在第二堂课或者第三堂课中得到改正。作为教师，最精彩的不是第一堂课，而是第二和第三堂课。会越讲越好，内容越来越精彩。做教授也是如此，大学中的课程，即使是教授，也只是讲一个专业。有很多教授，这一辈子只备一份教案，讲一辈子。

　　关于你爸爸，你对你爸爸的评价和尊敬让你老爹很感动啊！语言真是魅力无穷，本来你爸爸很想提前退休，很想也给自己一个自由空间，去做他自己想做的事情。你的一番评价，让他既自豪，又深感责任重大，决定继续工作下去，尽管不喜欢，也要干下去，为妻子儿子。谁让他是一个负责任的男人呢？

妈妈<br>2008.1.7

# 第七十四封信
# 认识到差距和努力的方向

妈妈：

因为晚上二课回学校时坐了反车，来到市中心，所以没能写信。当时在车上背单词，也没在意周围陌生的环境，一直等到售票员提示我已经到终点站，我才发现自己第一次在晚上十点的时候出现在北京市中心！也可以算得上是一次特殊体验吧，结果很晚才回到宿舍。

这一次上 GRE 的课程还是很有收获的，最重要的是认识到差距和自己需要努力的方向。GRE 考试和我以前所遇到的英语考试都不一样。以前的考试应该叫做"英语能力考试"，而 GRE 考试是"用英语考试"，也就是说考官想要从你的英语回答当中看出你这个人的能力（智力）。不是掌握单词、语法就可以轻松解决的问题。当我发现自己单词还没有背完的时候，更是如芒刺背。

现在抓紧时间加快背单词的速度，问题是背单词还只是万里长征第一步，对单词的熟悉程度要达到像对汉语那种水平，才能灵活运用和应付考试，这几乎是不可能的。应试的基本原则就是（按新东方老师的话来讲）：用考试技巧和考试漏洞来弥补语感的缺失。GRE 不是一个可以用能力征服的考试，而是一个中国人为生存巧取目标的考试。

压力很大。常春藤联盟、全额奖学金、世界顶级学者，这些都已经超出中国这个平台而抬高到世界这个大舞台，我终于看到世界级舞台。虽然兴奋，可是也意识到稍微地放纵就意味着一个天与地的差别：也许考不上北大只不过是做一个舒心的学者和做一个不舒心学者的区别，但是如果 GRE 考试没有考好的话，那么就是一个呆在中国夜郎自大的学者和一个眼界开阔、在世界范围内发挥自己才能的领航者的区别。如果说以前的奋斗更多是为生存的话，现在就真是为了追求一些"崇高"的理想。

我发现自己就应该像刚上大学那样，把关于出国的一切事情都打听得清清楚楚，成为一个"美国通"，然后抓紧每一分钟培养自己的考试能力和与出国有关的能力。比如现在就是要把 GRE 考好，考完 GRE 就是考托福（如果 GRE 考得靠谱的话）。研究生阶段就要搜集信息了解美国著名心理学院校和学者，利用一切资源，包括教授、同学、外国学者等等。总之我觉得生活又可以充实起来了。

我之所以这么说，是因为自从我有时间了解到周围的事情，能更多注意到周围人的态度以后，我在慢慢变化。这也是为什么我有点儿想回家的原因：我觉得环境在变化，而我还没想好怎么适应这种变化，这种变化让我自己感到很不舒服。马腾哥哥说我这是"名人"的烦恼。

现在每次上自习总会有很多女生"亲切"地叫我："宝玉师兄好！"总会有不认识的人和我打招呼。即使和一些熟人聊天时候也会更多地听到赞美、钦佩之词。我才意识到其实我一直很自卑，每次和人谈话的时候都以一种谦虚的姿态开始，然后把自己努力的成绩用委婉的方式告诉别人，通过收获直接或间接的赞美之辞来安慰自己。这证明过去我总是感到周围人瞧不起我（虽然这根本就从来不是事实）。因为和人交流比较少，这个假设没有受到多少冲击，又因为我"谦虚"的假象给别人留下良好印象，我总是能够获得安慰，延续大学三年的生活。

现在各种和我假设不同的信息蜂拥而至，以前那个"自卑"的自我再也得不到印证，以至于我的自我意象发生转变，有点模糊。在学校里、在陌生环境里，我不再甘愿做一个旁观者、倾听者或者一个不起眼的过客。我总觉得自己理应受到更多瞩目，总是觉得自己的观点很特别，是"值得一听"的。这让我变得焦躁，尤其在一个新环境里，我老是在寻找表现自己的机会。这个时候我的注意力就从内部转移到外部，这种情况在我看来比较糟糕。因为我需要思考，思考需要集中注意力，需要忽略环境，现在这很难做到，这也是为什么最近很少看哲学书的缘故。

最近遇到一位让我很敬佩的大姐，她高中毕业就工作，三年后复读高考。她是个很独立的人，而且工作能力极强，在任何一个单位里都能受到欢迎。她在社会上的经验很丰富（比我大四岁），教给我很多经验，我向她请教很多问题，比如人情、人缘等很世故的东西，这些都是我很希望拥有，但是又不屑于采用世俗手段去获得的东西。这些东西经常困扰着我①。

在《士兵突击》里那个叫成才的人，我一直觉得他很冤枉。但是我又觉得教官的话说的很具有"中国"味道，很符合实际。这也是我觉得生活很矛盾的一点：为什么有些先天的东西或者说我身体以外的东西（关系）有的时候比我自己的努力还重要呢？我没有去过公司工作的经历，她告诉我这些在公司里都是很正常的。因为我在大学里，处在一个不讲究效率的地方，行为、思想等很多地方都很传统，人们的思想很僵化。但是在竞争激烈的市场当中就不是如此。

为了生存，为了效率，老板知道有的员工为的是钱，而不是什么人情之类的东西，以利益来牵拉两人关系。在这种良好的合作基础之上再发展私人关系，我觉得这很健康。首先两个人之间有利益关系，把两个人捆绑在一起，这个时候彼此之间没有必要许下什么虚无缥缈的承诺，要的只是共同完成任务，实现利益最大化，最后双赢的局面。当两者都受益，合作可以持续的时候，那么私人关系就成为一种副产品——不是主要的。但是让生活更加丰富，更加温馨，这种生活态度比较好。

我以前总觉得在中国好像是：先有人情，再谈生意。这让我这个不喜欢和人"拉近乎"的人感到很不适应和无奈。现在知道我只是呆在一块保守、退化的地方而已。我想在读研究生的时候还是应该在社会当中闯一闯，否则真成书呆子了。

现在论文暂时放下，只背单词。生活都很好。今天为学习需要买一个电子辞典，上一个在自习室被人偷去，因为有电脑，一直没买新的，现在不得不买。

返程票好买吗？不好买的话我再想想办法。网上说学生票是有时间限制的，只能买期末考试以后几天里的车票，我订不到。

儿子<br>2008.1.19

---

① 生活中总是会遇到各种各样让自己感到很受鼓舞的人，并且自己会受到很大的激励。但是我想说这种影响并不一定都是正确的。因为自己所想要的和社会所想要的之间是有区别的，但是自己并不能总是分得很清楚。比如人情世故、功名利禄。当有人拥有这些的时候，你会认为很羡慕，但这种羡慕是一种社会约束的结果，其实稍微反省就会发现这并不是你长久以来被教育去追求的东西。所以"激动之后"，我发现我遇到的并不是我所追求的，反而是我生活的反例——过分的异化和世俗化，并且对于这种生活内在存在的道德矛盾采取麻木和忽视的态度。

## 实践并不是亲自去做

儿子：

  儿子，看到你在 GRE 学习班上的收获，我们真是高兴。只有在高平台上，才能有高的胸怀和想法。到了这里，你当然发现一个新世界，一个你过去未曾想过，或者是，即使是想过，也没觉得自己应该走上这个平台。现在你知道，只要努力，你现在所拥有的平台会带你走上更高的平台，或者是世界舞台。别说你爸爸失眠，妈妈虽然没有失眠，但妈妈一想起来就激动无比。

  你在学校所感觉到的别扭，或者说所谓名人苦恼，其实不算什么。等到北大，就不会有这种苦恼。那里，大家都是一样的人，大家都是通过努力保送或者考上来的。那里是研究生院，连本科都没有。大家都一样，就不会有谁仰视你。

  所谓实践很重要，是那些读书少或者没读书的人的一剂自我安慰的良药，以此来平衡与知识的差距。你说，胡适、梁实秋、鲁迅，等等文人，他们从来也没去做所谓的工农兵，你能说他们没有实践，他们又缺少什么吗？知识、思想是最大的力量。欧洲的哲学家们更是躲在书斋里苦苦思索，给人类给世界贡献那么多思想，才使我们人类有今天的高度。所谓实践，还有什么人比妈妈爸爸这一代实践更多吗？我们用青春最好的岁月进行实践，纯粹体力劳动，其实是一无所获。荣毅仁一直是搞企业，从来没搞政治，直接当国家副主席，还不是一样。

  我们这个社会有很多不真实不正确的东西，大家都这么说，也这么认为，好像是很重要的东西，其实没有多大意义。按照你现在的道路走下去，就是实践！思想的实践、升华的实践。

妈妈<br>2008.1.21

# 第七十五封信
# 人们都想影响社会

妈妈：

　　这两周和平日上课一样，上学、复习、学习。今天寝室里就剩我一个人。我一个人总是很有创造力，我将整个寝室大扫除一遍。我觉得和别人一起睡猪圈倒是没什么，可是我自己不能睡猪圈。

　　GRE 单词已经背完一遍，不过从上 GRE 班之后背的单词不如以前自己背的效果好，比较仓促和马虎，回忆效果不太好。这是正常现象，还得再背。

　　可能是从事简单工作(背单词)以至于脑袋也变迟钝，以至于不知道写些什么。最郁闷的是我旁边是一个看上去有点拽拽的男生，不理人，我就不理他。这一下我在新东方班里天天自言自语，真是再沉闷不过。如果旁边是女生就好了。

　　GRE 这些方法和四级差不多。可能反过来说更合适：新东方是 GRE 起家的，他们的方法都是一套，只是对象不同。有些课我听着似曾相识。

　　车票还是没有搞定。马腾哥哥说票贩子也弄不到票，让我再等等。我想应该会有办法的。爸爸妈妈也不用着急，估计马腾哥哥会有办法。

　　最近每天晚上回家能看会儿电视剧，就看看《闯关东》和《血色浪漫》。虽然只看一点点，但是有 W 同学的介绍我还是大概知道剧情。我觉得这两个电视剧的共同特点就是人物都是"传奇式"的。他们的行为准则都是理想化的，在现实生活中这种生活方式往往是被人看做是无利可图，但是这些传奇式人物都获得回报。比如"义气"。朱开山和钟跃民的"义气"思想显得幼稚和过分，但是他们最后都得到回报。

　　就我记忆的电视剧里，从金庸的武侠剧、《牵手》，到现在的《闯关东》，能看到人们对自我关注的回归。武侠剧更多的是一种奇幻，娱乐成分为主，表现了那个时代人们对未来充满着幻想。《牵手》中矫揉造作的情感剧之所以会有一定的社会反响，是因为社会经济的发展使得越来越多人的主要烦恼成为个人情感，而不是生活压力。至于像《大宅门》、《大染坊》、《血色浪漫》和如今的《闯关东》这一系列描述传奇人物的电视剧之所以会产生一定影响，是因为当今的个体对自己的力量的认识在觉醒，自我在膨胀。人们都向往自己的力量能够影响社会，而不是消极地适应社会。我觉得这就是一种简单的折射。

马上就要回家，真的很难按捺住心中的冲动。已经不是安心学习的状态。信写得不多，还是回家和父母聊天吧。

儿子

2008.2.1

# 第七十六封信
# 学习需要一种持续的状态

妈妈:

  上一次给家里写信还是年前,这个年过得和往年很不一样。奶奶的健康取代了过年的喜庆成为家人关心的焦点。妈妈感冒养病,也让我知道老人真的很脆弱,不像我这样年轻人,从没有把小病放在心上。这让我对父母多一丝担心和忧虑。爸爸妈妈看上去都那么健康,可是其实身体的抵抗能力和自我修复能力已经大不如以往,希望爸爸妈妈也能明白这个道理,不要满足于现状,要把更多的精力放在自己身体上,别的事情看淡一些。回想一下,父母更多担心我的健康状况真是南辕北辙。倒是我更需要担心父母啊! 以后父母感冒以上的病都要通知我。

  这几天看牙的时候偶遇一位老人,和爷爷一样,腰椎管狭窄,腿部麻木。他也决定不手术。在我离开鞍山的时候,我还希望爷爷能够做手术,来换取更高质量的生活。和这位老爷爷一番交谈,才让我明白年轻人和老年人观念上的区别: 经历那么多的老年人,对于生活中的种种不好已经看得很淡,让他们忍受生活上的清苦和一点点难受算不了什么。他们最害怕的就是突然巨变,手术失败的后果是他们最害怕的事情。

  而我,典型的年轻人,总是想着明天比今天更好,就好像生活当中不能有一点儿瑕疵,总而言之就是缺乏忍耐的经验。爷爷听了我的建议以后,还是很犹豫。现在我明白了,我对失败的体会太少,我对承担责任的理解太浅,只能提出年轻人级别的建议。我现在明白很多事情没有对错,没有对错的事情最麻烦。有对错的地方就有道理,没有对错的地方就不需要道理;没有道理可言,也就无所谓更好的选择。在没有对错的地方一个人充其量能做的就是看清自己和别人的立场,然后选择一个自己的立场,除此之外,就只能顺其自然。

可能正是因为身边发生这么多和健康有关的事情,我也对自己的健康不再含糊。从上个星期开始我去校医院治牙,在大连补牙的时候采用的是新技术,可惜里面的积垢没有清除干净,这一次重新补一次。第二次上医院的时候发现左牙已经坏死,整颗牙只剩一个空壳,神经早已经坏死,里面全是脏东西!结果因为洞太大,需要几个疗程来补牙。到今天为止,我第三次去校医院把牙垢清除干净,重新把那颗牙打磨一遍(花了1个多小时,医生用像钢锯一样的钢丝磨牙,真是折磨),现在正在消肿,只能吃流食,下个星期再继续补。

在学习上我倒是觉得对得起自己。自从回到学校,我首先只有一个简单的目标:像大一那个时候一样"钉"在自习室。学习需要一种持续的状态,一两天的努力连开始都算不上,必须首先把意志和耐力找回来。我已经好久没有一天12小时学习了。坚持一个星期,单词量飞速增长,当阅读一些科技论文的时候碰到刚背的单词,那种成就感真是不亚于发现一个"真理",而且感觉以前认为GRE单词没有用纯粹是被人误导①。

对我来说,GRE单词将会是我将来主要使用的单词,科研论文当中这些单词出现的频率也相当高。我以前学习的单词就好像我们现在小学学习的汉字一样,太基本。如果我真准备在美国做学问的话,这些单词才是我真正要使用的单词,现在背单词的动力就不只是应试而已,另外能够将自己论文上的思维锁链连接上也让我感到很兴奋。其实在放假前我就知道自己在理解定性研究的问题上存在一个最关键的问题:心理学的研究对象到底和自然科学有什么不同。这个问题是树立定性研究正确性的关键。也是柳暗花明又一村,我在背GRE单词时居然构建出自己的理论,算得上是意外惊喜吧。

至于报考心理咨询师培训的事情,我觉得报考还是比较好的。第一,现在不是减轻压力的时候,相反在能力所及的范围之内施加压力对我来说是一件好事。第二,由于外行人对心理学不了解,很多人认为好像学习心理的都搞心理咨询。正因为如此,很多人会和我提起这一点。今天我和一个运动员访谈的时候,她还想让我给她咨询一下。我看来不太重要的一个证书,在别人眼里就不

---

① 出国之后的经历告诉我,你的工作环境决定了GRE单词是否有用。对于我来说,我探讨的都是科学性话题,其中哲学、历史、政治总是不可避免的话题,而这些话题都是非常复杂而抽象的,所以语言的精炼就变得非常重要。这个时候你就会发现GRE单词的重要功能:准确、简练地表达你的观点,否则谈话将变得冗长而无法保持连续性。

一样。第三，我一开始不想报是不想给自己 GRE 考不好找理由。其实这是自尊的人都会做的事情，无论我有没有报名参加这个培训，最终我都会找到一个理由给自己开脱，不能因为一点点心理原因放弃一次机会，最后还是选择报考。

爸爸妈妈总是让我不考虑钱的问题，这就是父母的不对。如果我不是一个现实的人，我也不可能学成现在这个样子。就是因为我总是关心现实的问题，把现实变成一个又一个的问题，才能把心理学知识、哲学知识和现实当中的问题联系在一起，使得知识成为现实问题的钥匙。我也知道，生活上顾忌少的人，能够做出大学问，这就好像人小时候总是梦想多而长大以后梦想变得少一样——幼年时不会担心生活，所以自然而然地憧憬将来，而长大以后疲于应付现实，梦想自然就少。但是我得说我做的学问不是柏拉图式的学问，而是马克思式的学问——重实践轻理念。这一点从我说我想成为一个心理学普及工作者上就能看出来。现实问题我肯定考虑，尤其是钱的问题。只不过在学习方面我会假设我们家比较富裕而已。

北大录取就等通知，奖学金证书学校还没拿到，GRE 4 月 11 号机考，6 月笔试，心理咨询师三级考试 5 月 10 号，毕业论文答辩 5 月 12 号，和期末考试差不多，o(∩_∩)o…。

此致
敬礼！

儿子
2008.2.29

## 做先飞的聪明鸟

亲爱的儿子：

看到你重回学习状态，我和你爸爸都非常兴奋。去年你保送研究生后，我就担心，别像社会流行的那样成为"保研猪"——每天无所事事，闷头睡大觉，只等着去读研。你终于没有陷入平庸，重新找到奋斗目标。说真的，儿子，刚开始看到你对 GRE 的态度，妈妈真很担心，你说很难很难，几乎不可能学会。

妈妈暗暗担心，如果那样，看来也有我儿子不行的地方。

你通过学习，像发现真理一样高兴，我们更是放下一个巨大的思想包袱。想到我儿子可能学不好 GRE，我充满担心，真怕你前进的脚步在这儿停滞。现在好了，你不但证明可以学会，而且尝到甜头。儿子，你就是最棒的。高手没有几个，你能做到最好。一个肯于先飞的聪明鸟当然会所向无敌。

妈妈<br>2008.3.3

# 第七十七封信
## 通过背课文和难句来提高英语水平

妈妈:

我写这封信的时候,刚刚开完我的预备党员转正大会,电脑旁边放着有我名字的首届国家奖学金证书。爸爸说又可以有一个愉快的周末了,我也是。

现在所有的工作都进入紧急状态。4月11日机考,4月12日上交论文初稿,5月10日心理咨询师三级考试,5月12日论文答辩,6月7日GRE考试。

3月14日植树节,所有党员参加院里组织的植树活动。第一次拿起镐头才知道自己真是手无缚鸡之力,才锄几下,双臂酸软,鞋里灌满泥土,连个坑的形状都没有弄出来,不过和几个女生一起干活还是挺快乐的。植树的过程当中发生点儿插曲,大三有个叫T的女孩,估计是男同学搞鬼,两个男同学先后找我让我去教她植树,暧昧的意味昭然若揭。

其实早就有好几次有些人跟我说T想要和我一起干什么事情,我都没有理会。毕竟我在大一的时候有过恶搞师兄的经历,知道这些都是男同学无聊的把戏,不能说是恶意也不能说是好意。那个女孩估计也是受害者。在植树的时候,我拒绝邀请,不过还是有些被关注的快感。除此之外,就是想着以后怎么躲着这个女孩[①]。

在学习GRE的过程中还是有很多收获的。学习写作才后悔自己为什么没有早点接触GRE,这样就可以早点提高自己的英文水平。看来我还是一直徘徊在低档次的水平,所以一直找不到突破口。现在我每天争取背一些课文和难句来提高自己的文采,多背单词,看文章的时候越看越兴奋(认识更多单词)。

---

① 其实后来才知道这个女孩只是因为想出国而要问我一些关于GRE的事情。最后我们也成了好朋友,不过因为我的错误理解而使得这件事情推后了很久。大学校园生活的一个问题就是"流言"会影响正常的人际交往,需要你自己清晰地辨别。

再就是通过对 GRE 考试对作文的要求更加理解西方学术发展的基本思想：发散思维。

他们的作文的要求在我看来很简单，就是要你发散思维。其实也不是挑逻辑错误，就是让你给出更多的可能性，看看你是不是能在一个看似很合理的推理陈述当中看到更多的可能性和漏洞。这需要广阔的视野、逻辑知识和广泛联系的思维能力。我看到的那些例文如果拿到中国来评价的话肯定一文不值，全都是一些奇思妙想，既体现逻辑思维能力，又考察一个做学问的人所需要的观察能力。

我想最近抽出一点时间写一个 GRE 单词背诵的个人体会和经验，一方面是因为最近成效显著，另一方面是因为受到网上那么多人帮助，看到中国人发挥集体主义精神来应付美国的考试的感人场面实在忍不住想要做点贡献。GRE 考试果然和四、六级考试不是一个档次，那些总结经验的人一看就是有思想有头脑的人。他们所做的工作繁琐乏味需要耐心和热心不说，而且极富创造性。

在这期间我也意识到我受新东方的误导，对 GRE 的准备实在是有点太功利。我现在的的确确发现自己英文能力不足的地方，也看到提高的方法，也就是说不像以前觉得无路可走和高不可攀。我以前做的准备都有些偏，没有直接充实自己英文能力。虽然不想说泄气的话，但是我知道自己很多该做的事情没有做，背的文章太少，思考的时间太短，对于这一次考试的结果我只能尽力而为。

唐梦雪来找我帮忙，我很意外。估计是爸爸那边又说我考 GRE 的事情吧。我是这么看这个问题的，既然是爸爸的同事的女儿，我就认真帮她。我给她写了两千多字的关于辩论的一些经验，而且对于出国的问题也仔细回答她的问题。爸爸妈妈对这件事情不用操心。

心理咨询考试比想象中的要困难一些，在计划当中要占用比预计更多的时间，这比较糟糕。但是最糟糕的是上完课才知道中国心理咨询的状况太令人失望。一群医学出身的"药师"把持着心理咨询的主流方向。考试的参考教材毫无可取之处，那几位比较有经验的心理学出身的咨询师的经验根本不是主流。我觉得一些老一辈的心理咨询师还是很有见地的，从他们那里还是能够学到一些东西，可惜那得我自学，在课堂上只能学到医学心理学上的心理咨询技巧。

妈妈让我在信里多写些生活上的事情，而不是讲道理，我能理解。

这个星期还发生一件让我感到幸福和快乐的事情：我间接地促成一对男女朋友。最近为论文，我结识一位竞技体育学院学生。他只有18岁。一开始他想找T作女朋友，我劝他放弃，因为T是一个仰慕权力的女孩，意识当中还是有很多偏见，最后不了了之。后来他又看上大一女生。这个小女孩我认识，这个女孩说自己有"北大情结"。当时我觉得他俩成功的可能性很小，不过也不再劝他放弃，只是给他提意见。

没想到事情渐渐地有了眉目，两人越走越近。在整个过程中我一直在给这个男孩提意见，告诉他怎么接触，怎么沟通。这个男孩子因为经常和一些非常成功的人士接触，学会一套成熟的语言，给人感觉像是一个非常有头脑的男人。他经常和我联系，而且很信任我。他老说自己只会赚钱，在交女朋友方面很迟钝。当他和女孩子表白之后，那个女孩子的第一反应是：现在不想找，怕耽误学习，而且她想找一个成功男人。她自己说对爱情比较保守，她爸爸是军人，当年她爸爸用八年时间才追到她妈妈，两个人都是一次恋爱就结婚。

还好我有F这个情场高手在身边，一请教才知道这是女孩子的一贯伎俩——缓兵之计。我鼓励男孩子不要放弃，同时告诉他如何描述自己的爱情观。终于有一天，那个女孩子同意男孩子要求！第二天，这个男孩就请我吃饭，说非常感谢我。可能遗传妈妈的基因吧，当撮合别人的时候我感到一种幸福的感觉，一种成就感。整个过程从上个学期开始一直到现在。不过我觉得我只是给那个男孩子拓宽思维，最重要的还是这个男孩子锲而不舍的精神和旺盛的自信心。

幸好有这件事情让我觉得大学里还是有些挺有意思的事情的。不过以后的日子就要按照分钟来计算，时间要抓紧，效率要高。总之，我会努力的。

儿子<br>
2008.3.14

## 再上新台阶

儿子：

你爸爸已经把祝贺提前转达给你。按照你大大咧咧的性格，妈妈一直很担心你会把奖学金证书领不到，或者弄丢。现在知道你不但拿到奖学金证书，而且正常转正。我们都很为你高兴。虽然荣誉不说明你的未来，但说明你的过去。任何成功都不是从天上掉下来的，都是你所有脚步的积累，它是你过去的证明，这很重要。妈妈真为你骄傲，作为一个大学生，你是出类拔萃、绝无仅有的。读大学所应该达到的高度你都达到了，祝贺你！

  看了你的工作时间表，妈妈本来想给这封信加一个标题，"青春无敌"。天啊！看看你的时间表，太紧密了。在这不远的四、五、六月三个月里，你要做多少事情啊！妈妈还没做，想一想，都觉得头痛。我儿子却毫不犹豫，笑对挑战，把"保研猪"变成扬眉剑出壳的利剑。大脑里全民皆兵，只有年轻才有这个能力，只有年轻才有这个勇气。

妈妈<br>2008.3.17

# 第七十八封信
# 中西文化的差异

妈妈：

　　这两周时间过得真快。天天三点一线的生活让我感觉又回到大一的时候。论文终于开始正式动笔，当过去积累的经验和材料在脑中不停闪回的时候，感悟和火花就像爆米花一样，一个又一个蹦出来。心理咨询师的课程也得到意想不到的收获，和那个在我帮助下找到女朋友的男孩之间也发生一些比较有意思的事情，准备 GRE 的过程中间也对美国人思考问题的深度有进一步的了解，间接地对自己有一些新的认识，同时更加坚定自己要出国的目标。

　　先说妈妈可能感兴趣的事情吧。我最近自发组织一个 GRE 学习小组。成员有三个，两女一男。因为和寝室同学最近没什么时间交流，我就想自己得偶尔抽出点儿时间和有点儿共同语言的人交流，缓解自己的压力，互相鼓励，互通有无。这也是网上的经验。其实最大的目的就是不能让自己太孤独，得有人能讲话。这两个女孩呢，自然都是对我很崇拜的那种，都是大三心理的，都要考 GRE。我和爸爸一样，觉得被人崇拜的感觉挺好的。把一个崇拜自己的人放在身边岂不是永远不会不自信？

　　聊 GRE 总比胡扯浪费时间好。现在我们彼此批改一下作文，沟通一下学习经验，还算不错。其实我也发现总是有女孩和自己联系，让我挺烦心的。不过我也算是磨砺出来，随便转移一下注意力就没问题，关键是总有人加油打气，还可以来点高级幽默，感觉不错。Z 是什么时候的事情了，哪里还记得？亏妈妈比我记得还清楚。

　　至于这个 T 怎么看我的呢？我大概问一下，她说："觉得你跟一般大学生很不一样，勤奋、上进……是很少见的那种一心只读圣贤书的那种好学生。"（原话，电脑记录）。虽然肉麻，不过感觉挺好的。而且最近听那个咨询老师的话，才知道我不喜欢和人亲近是因为我总是很注意保护自己头上的"光环"，因为一旦太亲近，别人就会发现我身上的缺点，就不会像以前那么崇拜我。所以我总是说话很严肃的样子，偶尔开个玩笑。最近写的那篇文章也是给自己一个警告。我本来很喜欢和人一起玩，也没那么多偏见，为了维护"光环"，现在变成一个乍一看很冷的人。真是有得必有失啊！

另外就是我和那个我帮助找到女朋友的男孩有些来往，偶尔一起吃饭。这个小孩有点特别。虽然他是竞技体育学院学生，他有自己的一条成长道路。首先他的家庭是一个民主型家庭，其次他通过教人打球等方式接触不少商人，他自始至终以赚钱为自己的目标，从那些商人身上学到些做人、做事的经验。他不像有的运动员那样对人的问题那么木讷、词语贫乏，倒是很会讲话，尤其是谈论起怎么赚钱的事情更是特别来劲。一方面他球打得不错，而且能赚钱，在他的圈子里是个很优秀的人；另一方面他也挺有想法，所以我俩倒是挺谈得来[①]。

他羡慕我在学校很有名气，而且说起话来很有学问的样子，经常向我咨询一些如何处理问题，或者怎么看待一些事情。而我也能了解一些以前不太了解的事情，比如运动员的生活习惯，他接触到的有钱人的一些生活习惯等等。多了解点儿事情，就能更好地理解和判断社会以及以后遇到的人。

最近让我感触最深的东西还是发生在学习 GRE 作文的过程中。GRE 作文很有意思，给你一些话题，让你去评论。我今天把这些题目仔细看一遍，大吃一惊。以前总觉得自己思考的问题比较"深"，看了这些问题才知道，自己真的是井底之蛙。比如：

① 人们经常听说个人需要他们对自己的生活负责任。然而，人们发现自己所处环境的存在要远远早于人们对其的认识。因此，个人责任的概念要比通常人们想象的要复杂和不切实际。

② 大多数人真正想要得到的不是知识而是结论。获得真正的知识需要冒险和不停歇的思考——但是大多数人更愿意获得确定的答案而不去学习复杂而

---

[①] 大学生活在这一方面明显改变了我。以前我总以为"志不同不相为谋"。但是现在发现，每个人的志向不同，发展道路不同，但是只要是有所成就的，都可以抛开对"人生意义"的认识不同去相互学习。这个师弟就非常聪明，虽然没有接受过正规的初中、高中教育，但是他认真从他的人生经历中学习，而我明显更过于关注书本知识，所以很多东西都是值得我去学习的。

不确定的真理。

③ 被社会自诩为是最伟大的社会、政治和个人成就的东西结果往往带来最大的非议。

④ 那些把政治和道德看成是两码事的人既不懂政治也不懂道德。

⑤ 尽管许多人认为现代生活的奢华和便利是丝毫没有坏处的，但是这实际上让人们无法成为真正强大和独立的个体。

还有很多。这些结论本身并不肯定是正确的，只是让你根据这些题目来发挥自己的观点。可是我觉得自己从来就没有思考过这些问题啊！而且我根本不知道这些问题的起源在哪里，也不知道从何说起。这就是美国研究生考试的水平。我是第一次遇到这么"有思想"的考试，哪像中国的研究生考试，还停留在"联系的普遍性"阶段，而且通过这些考题我也发觉，美国人是相当务实的，考得都是一些和政治、经济历史事件有关，和日常生活密切相关的一些对社会问题的思考。

第一次觉得自己面对一个问题居然提不出自己的观点。政治和道德是一回事情？便利和奢华到底如何对人产生消极影响？我只知道这些话很有道理，但是因为没有思考过，有些力不从心。一开始的时候，我以为自己是一个"有思想"的考生，和别人的备考不一样。现在看来，只能和别人一样套模板，要不然一旦遇到这样的问题，短短的45分钟时间，我可能连个中心观点都想不出来。

正因为如此，我才发现原来自己还是因为在大学里闭目塞听，不关心社会的政治经济，不去思考，丧失对社会问题的分析能力。而且社会当中真正的问题我居然平时都没有想过，还自诩是"有思想"，真是夜郎自大，贻笑大方。我一定要出国，以前我感受到的只是中美两国经济上、民主上的差距，但是对思想水平上的差异并没有什么体验①。

接触到的美国人并没有体现出来像考题这样的智慧，但是毕竟这些人都不是高端人群，我相信真正在学术领域的人，思想水平肯定比中国要高很多。只

---

① 这里又涉及一个平衡的问题：如何平衡了解各种新闻信息。空谈社会问题没有意义，毕竟大学是积累书本知识的阶段，尤其是对于将来要做科学研究的人来说。但是脱离社会问题明显会降低一个人的社会属性，"无知"永远不会是正确的。所以我只选择固定的渠道去获取信息，只关注国内外的重大新闻，而尽量远离各种娱乐花边似的新闻报道。

有和这些人在一起才能对社会有更好的了解，才能让自己达到真正的"思想自由"。我很喜欢有自己独到的见解，尤其喜欢对这些社会的根本性的矛盾问题有自己的看法，好像自己是社会医生一样，能给社会号脉看病。现在看来，我看得太少了，想得太浅了，真是惭愧。一定要出国，否则就成被慢慢煮死的青蛙。

上心理咨询师培训课程的时候终于遇到一位好咨询师。这位老师无论从气质，还是从声音，再到那种情感的表达，俨然一位"大众母亲"。她对语言的把握，让人耳目一新。她对心理咨询理论的理解非常具体，非常"感人"。不过，也正因为如此，我觉得自己不太适合当咨询师。我喜欢说漂亮话，可是咨询师要能"共情"，而不是用深刻的道理去"降服"别人。

当时老师给我们一个案例，说一个60多岁的老太太丧偶，正在哭泣，问我们应该怎么说。我说："老人家，我了解您现在的痛苦。现在痛苦是因为曾经快乐过，可是我们之所以回忆过去的快乐，就是希望现在的我们能将快乐延续下去。"当时我身旁一位教师还说我说得不错。可是咨询师就跟我说，能够做好共情，是为能够更好寻找切入点提供自己的意见。一个丧偶的老人此时能够听这些话吗？接着老师说，她会询问老头的病情，这之后老太太就打开话匣子。虽然老师说没有什么对错标准，可是我还是相信自己的确是光想着"以理服人"了。我遇见过处于发泄情绪阶段的人，那些人你说什么都没用，更别提道理。关键是了解他们的痛处，他们最希望被人了解，或者他们最熟悉的东西来打开话题。而且后面又说几个案例，我总是不得要领。看来我还是自我中心式的思维方式，转变的话需要一点儿时间。

今天写这么多，其实是因为旁边有那么多书等着要看，有点害怕，想要拖延一下，我这是无可奈何，要写文献综述的话，就得把以前看的书都拿出来。以前是没几天买一本好像有关的书，然后看一下。结果积累到现在，总量相当可观。我的书包已经塞得满满的，还得再从寝室拿20多本书，我自习的桌子像个小城堡似的，可惜没有照相机，要不然还是挺有纪念意义的。

儿子

2008.3.28

## 男人都希望被崇拜

亲爱的儿子：

你的《我的爱情观》那篇文章在妈妈博客发表后，很多大人对你的观点和理智都表示极大惊讶。有位阿姨说，有的人穷其一生，也难理解其中一二。妈妈看他们的留言，真是骄傲。现在这个时刻，是最需要理智的时刻，你前面有那么远大的路，你面前实实在在有那么多要做的事情，这些硬件都需要用时间来造就，你怎么可能把时间花费在这方面呢？当然，从长远看，下半年去北大，美丽的校园，美丽而智慧的女孩，或许，你的理智能被感情征服，成为感情的俘虏，那也是很正常的。对这点，我们都非常有信心。

关于被崇拜的问题，那也是男人的普遍情结。不过，不同的人有不同的方法。家庭暴力事件不断发生，我觉得心理原因就是因为男人得不到妻子崇拜，这是一个很重要的原因。对于男人来说，最大的耻辱是什么，就是被女人瞧不起，被妻子瞧不起。如果得不到，只好用上帝赋予他的天然权力——强健的身体来达到目的。当然，学者会用知识、官员用权力、商人用金钱让女人崇拜。

妈妈

2008. 3. 30

# 第七十九封信
# 希望被别人尊重

妈妈：

  其实这一周我很早就想写信，但是毕竟习惯于在周五的某一个时间来回顾一周的事情。这两周每天准备 GRE，写论文。尤其是写论文，让我整个脑袋处于一种对任何事情都去思考的状态，经常会有些古怪的想法从脑袋里蹦出来，可惜就是没办法留下来。

  这一周很奇怪，有很多人来找我。大一的小姑娘来向我讨教爱情问题，大二的学妹让我帮忙做数据统计分析，大三一个生物专业的学生向我咨询关于工作问题！然后我自己又买新衣服，我又给 GRE 小组里的同学辅导作文，虽然我知道自己水平根本不行，可是 GRE 小组里的两个小姑娘不停地吹捧我为"大牛"（就是很牛的人的意思），让我没办法，加上这两人语法水平不高，我倒是"显得"水平挺高——因为我一直在给他们挑错嘛。在这种环境下，我不得不思考一下环境对自己的影响。

  首先，我本来就希望别人尊敬我，会在某种程度上按照别人的要求去要求自己。现在这些不经世事的师弟师妹把我看成是"强人"、"大牛"，我就不得不表现出"强"的一面。一开始的时候，我还是谦虚几句，说些实话，到后来我再谦虚好像就是对不起别人似的，以至于只能默认。这一次作文考试，回来之后居然自己说："考得还行。"其实这一次考试不会有太好的结果，只能说我尽力，缺乏积淀，在考场上只能发挥准备的东西的很小的一部分。晚上和C吃饭，又和他聊一个晚上，加上堵车，很晚才回学校。可我还是得去自习室，"装"学习。如果在平时的话，我也会去自习室学习一会儿，因为要抓紧时间。可是这个时候我感觉我是在装给别人看，想得更多的是不能让人发现自己没自习。回到寝室一回想这种状态，实在受不了自己。真得改一下心态，只可笑那个大三生物系专业学生，居然问我找工作的问题！

近来一段时间，我比较喜欢在校内网上活动。每天晚上回到寝室，总愿意在校内网上看看有没有留言之类。高兴的时候，会发几篇文章。我想爸爸也知道吧。在校内网上方便和同学联系，更主要的是我写出的很多文章可以接受他人的评论，还可以给别人做一些讲解。这种感觉挺不错的。尤其是我在校内网上发的那篇关于爱情的文章，讨论还是蛮多的。虽然只有这个话题能够引起别人在网上的关注挺让人无可奈何的，但是这样能满足我"指导"别人的欲望就足够。

其他关于哲学的文章，我从别人的嘴里才知道，其实他们都看，而且更加"仰慕"。正如我前面说的，我开始塑造这种"强者"形象。上心理咨询培训课程的时候，书中讲到什么样的人不适合做心理咨询师，提到：那种希望用自己知识上的优势来凌驾于他人之上的人不适合做心理咨询师。回想一下自己喜欢学习哲学的过程，一方面和父母教育有关，另一方面学习哲学让我有一种掌握别人都不会的知识的优越感，这也是我控制欲比较强的一个表现吧。总之，走上哲学、理论这条道路看来也是性格使然，而且校内网的确给我提供了比较好的平台去满足我的"指导"欲[①]。

这些事情都是在自习室里发生的，感觉那里才是我生活的中心。但是毕竟坐着的时间还是多于站着的时间，这两周还是很平淡的。未来两周里的任务就是把论文整理干净，准备心理咨询考试和 GRE 笔试。好像会更忙，还是比准备 GRE 作文好，因为感觉 GRE 作文不受自己控制，需要准备的东西太多。而笔试内容比较明确，我会继续努力。

昨天寝室同学们完成论文，我们寝室出去打台球，晚上在寝室一起玩通宵。今天白天有点累，就去中关村图书大厦，看些新书。白天有点困，明天我会开始下一阶段的准备。

家书没能如约而至很抱歉，以后不会了。

儿子
2008.4.12

---

[①] 出国以后才知道，我了解的有关哲学的知识真的只是常识。国内教育缺乏这方面的训练，所以导致我总是有一种"与众不同的"感觉。就是因为这种生活范围的局限性阻碍了我进一步的知识积累，所以出国以后才发现自己所知道的实在是沧海一粟。

## 没有骄傲的资本

亲爱的儿子：

  极其郑重地建议：

  把精神收回来，在科学上不能有半点虚伪和骄傲，全心全意尚且不一定成功，如你现在，一心多用，怎么能写好呢？把心思收回来，一心一意地做每一件事情，把每一件该做的事情做好。不必为别人的口头仰慕而沾沾自喜，把眼光放远点。本来这些不用妈妈说的，你自己完全明白的。可惜，被女孩的甜言蜜语陶醉，我的儿子，你真的还年轻。去问问你的老师，你应该做什么，怎么做。

  我想你能理解妈妈，并认为妈妈说的是对的。去做该你做的事情，不该你做的放下来。

  戒骄戒躁是一句俗话，但是又是很难做到的人生至高境界，妈妈希望我的儿子能做到。

妈妈<br>2008.4.14

# 第八十封信

## 回信

惭愧、谨记,谢谢妈妈!

儿子
2008.4.14

# 第八十一封信
# 回归自我、关注内心

妈妈：

经过你的提醒，我对自己的生活进行反思，对自己进行进一步剖析。现在生活重新冷却下来，我能够心情舒畅、了无牵挂地去学习，能够对他人的评价泰然处之，而不至于兴奋过度了。

说起来，现在是对我自己浮躁的这一方面进行认识最好的时机。当压力不再那么紧迫，当环境也来助长我浮躁的时候，我性格当中不完善的一面就开始影响我的行为。高中的起起伏伏，让我学会平心静气地看待人情冷暖，让我不再为别人的趋炎附势和冷嘲热讽而苦恼。但是那个时候，环境并没像现在这样极端——我摇身一变成了名人，找不到什么理由来看贬自己，没有人在旁边泼冷水，也没有谁的意见我会非常重视。

这时候，环境的制约达到最低程度。正如李春梅老师说的："如果不是你的父母，你就是一个小地痞。"虽然没有这么绝对，但是我性格当中的确包含着虚荣、浮夸、轻浮、浮躁的特点。如果不是父母时时诱导，不是有负责的老师鞭策，不是自己树立正确的理想的话，我真可能任凭这些性格中的缺点去发展，最后变成李老师嘴里的"地痞"。

我处理心态的方法是——回归自我。在那段时间我所做的一切——GRE小组、买衣服、指导小女生——几乎都是为了验证、完善自己的形象，然后享受那种被崇拜的感觉。这主要是因为我的注意力完全放在体验情绪上和别人身上。我关心别人的评价，我关心自己的心情，而这些都是我过去所不齿的。于是我试着去关注自己内心——那个被哲学思维磨练出来的理性世界——的内容，我陡然发现我的情绪冷却下来，就好像故意要做一个木讷的人一样，用冷漠的眼神去看待周围，不是去体会他们看我的感觉，而是用有点凶恶的眼神凝视空气中的某一点，思考着这样或那样的问题，完全忽略其他人。我用不着通过刻意做什么去塑造他人心中我的形象，我只是表现得更加冷漠，对周围的事情更加漠不关心。可以用"冷漠"两个字来形容我的做法。

我再一次保持抬头走路的姿势，我再一次一边走路一边唱歌并且沉醉其中，我再一次旁若无人地在自习室擤鼻涕。我好久没有这样做，就是因为太过关心自己的形象。大一大二的时候我很自豪的一点就是我总是昂首走路，"很牛"的样子；边走路边唱歌，乐在其中；无论上课、下课，说起来有些夸张，但是这都表明我只关心自己的目标，只关心自己的学习，只关心自我，其他的则一概不理。

我虽然这么说，并不是说做得有多么绝对，或者会给人非常不可一世的感觉，相反，会给人一种"很怪"、"有病"、"白痴"的印象。这都是我对学校里一些人"访谈"过程中了解到的。妈妈不必担心我"太招摇"。

当注意力重新回到自己身上的时候，所谓的苦恼就没有了，人也自在许多。

上星期四，竞体那个小孩和他女朋友请我吃饭，说是要感谢我。本来不想去的，可是很难拒绝。有意思的是，那个女孩子根本不知道我从始至终都了解他们的进展，还是那个男孩的"狗头军师"。她只是因为他们俩的结识和我有关系所以才想感谢我。

大二的时候认识一女生，说自己愿意为理想付出别人两倍的努力，结果现在与过去完全一样。我发现大家表面上有着类似的理想，实际上却活在完全不同的价值体系当中。这在我看来也是一种文化融合的结果[1]。

我最近正在背单词，集中精力把单词搞熟，顺便把自己当被试做一个有关如何提高单词记忆效果的小实验。说是实验，其实就是做一些控制，在背单词过程中检验一些方法的好坏，然后用心理学的语言去解释。我准备最后发在"太傻网"上（一个 GRE 考试网站，我从上面受益匪浅，决定回报一下前人辛苦的工作）。

不知道爸爸妈妈看没看我的论文。其实论文的结论很简单，也很通俗易

---

[1] 目标不是口号，原因就是我遇到过一些这样有口号但却没有行动的人。两者的区别在于前者是在经过对自我的充分反思和理解的基础上认同的一个奋斗方向，而后者是一个未经反思的简单接受社会影响的结果，并不能产生长久的动力。

懂。因为这篇论文重在方法，研究内容倒是次要的。爸爸妈妈可能不知道学习定性研究对我的影响有多么的深远。最近闲暇的时候在看关于"科学大战"的书，才知道原来西方的科学意识形态已经有如此巨大的变革，其中让我印象深刻的一句话是："后现代主义者试图排除'科学'的标准，于是将对科学问题的讨论变成政治问题。"原来科学和政治之间的差别就在于是否有一个共同标准！因为最近接触这些太新鲜的思想，有一个完全新的角度去看问题，在思考问题的时候，会有很多很多似是而非的新想法，既不成形，又很特异。我第一次感到"思想火花"让自己很累——这简直就是一个打破我的世界观和价值观的过程，痛苦是理所当然的。

北京的换季是那么混乱，昨天还以为不用再穿衬衣，今天起床又得从衣柜里翻出刚整理好的衬衣套上。中午晴空万里，风和日丽，可是等我拿着篮球走到篮球场的时候，一片乌云却飘到我头上用小雨轻轻地告诉我："回去吧。"等我提着篮子去洗澡的时候，乌云后的太阳又露出让人气愤的鬼脸说："逗你玩儿。"现在的我不得不和爷爷奶奶、爸爸妈妈一样去关注天气预报。

祝爸爸妈妈身体健康，也把我的祝福带给爷爷奶奶。

儿子<br>2008.4.25

## 自律、自醒、自悟

亲爱的儿子：

妈妈上封信发走的时候，内心是有担忧的。一个人成功就容易膨胀，膨胀就难以听进批评的语言。大学者、大政治家也是屡屡犯这种低级错误的。如果我儿子对妈妈的批评生气、反驳，妈妈也是可以理解的。可你的自律、自醒、自悟，让妈妈欣慰又骄傲。人贵有自知之明，也就是说说而已，盛名之下其实难负。膨胀的时候最容易忘乎所以，况且你还仅仅是一个二十二岁的青年。可我的儿子竟然能知不知，能很快发现自己的问题并立即改正。就这一点，儿子，你就会有宏大的前途和未来，一个不断进取的人才能有真正的大作为。

至于你对女孩的看法，应该说看到女人骨子里去了。每个人从小都是有远大理想的，因为小，因为不用去努力，尽可以无限地想象。但是，把理想付诸实施是要付出努力的，这种努力，不光是体力和智力的付出，还有很重要的，那就是你先天的能力和性格。后一点，大多数人是做不到的，因为性格缺陷和智力能力的不足。女孩先天理性思维就差，你看有几个女哲学家。

妈妈<br>2008.4.27

# 第八十二封信
# 为别人做心理咨询

妈妈:

这真是不平静的两周。其实并不像妈妈说的那样,被别人耽误时间,恰恰相反,通过几次"逼真"的咨询过程,我有很多收获。每一次咨询到后期,我都会"即兴"创造出一个有说服力的理论,来解释咨询对象所遇到的困扰。可以说,这些理论的诞生本身不仅让咨询对象受益匪浅,也让我自己"很感动"。

因为是"准"咨询,就有保密的必要性。我不喜保存一些不能告诉别人的信息,只能跟爸爸妈妈说。

严格来说做了三次咨询,还有两次非正式咨询。(删节)

后来的每一个人都和Y一样有着自己的故事,而正是这些故事走到今天遇到矛盾,形成他们的苦恼。我只能说我给他们的理论,让他们暂时觉得安慰一些,但是是否能够真正缓解他们的压力,我并不知道。

后来一位心理学博士也来找我咨询,然后是C。我都给出自己的理论。

今天我先是去北大送档案,然后回来帮F做实验,没有太多时间写信,等明天有时间的时候再跟妈妈说我的理论。

冷静地想一想,一方面我在咨询的过程中的确了解到不同的人,而且也丰富了自己的思想。但是另一方面,现在很多人来找我,这都是我以前积极塑造自己声望的结果,上研究生一定要注意这一点。

询问北京大学心理系党委,我的政审通过了,只用一个小时就通过。接下来就可以安心等录取通知书。爸爸妈妈安心吧。

因为我是在寝室里写信,根本无法组织自己的语言,所以信写得有些糟糕,实在是因为白天没有时间,晚上还答应给F帮忙。现在我们班很多同学找我帮忙做统计学工作。我也正好趁机复习一下统计,也顺便向郭璐老师求教,在心理统计的应用上有很大进步。

心理咨询师资格考试倒计时了，下周开始就要准备预答辩，而 GRE 只能维持每天复习单词的水平。我想基本的目的已经达到，这段时间过得很充实。不仅仅是知识上的，人生阅历上、自我认识上都有很多收获。

信写得比较粗糙，明天我会补上的。

儿子<br>2008.5.9

## 足够强大，才能帮助别人

亲爱的儿子：

你兴奋是可以理解的，这是隐私啊！平时谁会将自己的隐私告诉别人。现在你有资本，得到承认，他们才来找你。我儿子还能创造出即兴的理论，真是天才。不过，我想心理咨询恐怕不是这样的，你的性格决定你做咨询必定是干预。在我看来，共情可能是心理咨询的一种方面，对象应该是比较没有主张，比较没有思想的，其实也不需要思想的，如果是强者，你必须干预。往往表面越是强者，心理越脆弱。如心理学博士，竟然找你咨询，对这件事，妈妈真是想不通。博士啊，心理学博士去找你咨询也不太合乎逻辑。这使我想到，女人其实是不太适合学心理学，因为女人太感性。否则，怎么不会自己给自己一个合理的说服，还要去找别人？简直可以写小说。

妈妈<br>2008.5.11

# 第八十三封信
# 论文代表了我的一切

妈妈：

在咨询过程中，他们都会突然眼睛一亮，有所顿悟的样子，而且也承认我说的话很有道理，对他们很有启发。

现在看来，我的确不太擅长于"共情"，但是很擅长"解释"。这都是心理咨询的干预技术。通过这些咨询我还是有很多收获。了解别人烦恼，也能够了解自己的烦恼。希望自己以后会利用自己的道理来处理自己的心理困扰吧。

过去两周的生活基本上是围绕着论文进行的。直到论文答辩结束，我才意识到这是我本科阶段生活结束最好的标志。虽然从论文写作开始到不断地修改及最后答辩的整个过程并不是令我感到满意，充满浮躁和功利的心态，但是这并不能掩盖我论文当中所体现出的思想和自己"做学问"的真实态度。总之，我的本科论文的确很好地代表了我，代表了我的优点和缺点，代表了我的思想，代表了我的性格，代表了我的学术态度，代表了我的志向。

一开始学习哲学就是为与众不同，凌驾于他人之上。可以说语文课上的哲学演讲是一个契机，家庭是条件，演讲的效果则是动力。正是一种知识上的优越感使得我"自诩"喜欢上哲学。从此以后我便以掌握别人觉得"莫测高深"的知识为骄傲。在大三本科论文开题的时候，我选择定性研究，根本原因就是其无人问津的状态，加之自身的哲学基础让我觉得如鱼得水，因此在未经审慎考虑的情况下就做出决定。这正是我的性格——虽然理性，但是有的时候果断得有些鲁莽。这一方面可能是因为在大学四年里培养出的自信的结果；另一方面可能就是追求优越感的动力太过强大，以致超越理性。当老师说"我对这个缺乏了解"的时候，我就好像受到某种奖励。老师的话成为一种足以胜过其他一切理由的理由让我去选择定性研究。躬身自省，太不理智。

我总是觉得自己做的学问应该是用来解决大问题的,而不是解决一两个细胞的东西。传统心理学研究和物理差不多,做起来实在是索然无味,就算是再符合研究假设的结果也不能让人兴奋。我关心社会,喜欢宏观、抽象的道理,喜欢能解释诸如人生、价值观、公平等大问题的理论。我并不在乎我的道理是不是经过"实证",是不是可以重复、可以预测,我更在乎解释力和深度。这些观点都和定性研究不谋而合,就好像找到知己一样开始了卷帙浩繁的阅读而不知疲倦,就好像当年辩论时从不觉得累一样。

定性研究重视研究者的思想,重视多元知识的积累,重视价值观的作用,这都比否定人性、假装客观的科学研究要有趣得多。我总是想发挥自己的思想创造力,而不是屈从于数据。我不明白,如果数据决定一切的话,要人干什么呢?只是给数据打工的吗?为什么我要听数据的,而不是让数据听我的呢?所以在我的本科论文里"很不合理"地充满了抽象的思辨、散漫的描述和似是而非的推论。所有的结论的的确确是来自于研究者本人和文本之间互动的诠释——材料由我组织,由我赋予意义。我想我在优秀本科论文答辩会上不会像在心理专业答辩会上那样一板一眼地去陈述,而是作为一个传播新思想的机会——虽然只有六分钟时间。

我并不喜欢过分强调"严谨"的学问。的确任何思想都应该经过审慎思考,但是学问也可以像文学、艺术一样给人以灵感和激情,而不是机械般的陈述和冰冷的结论。我想可能这才是中国学者的追求。想想《周易》、《论语》、《庄子》、《大学》、《中庸》、《资治通鉴》,这些都是大学问,可是又有哪一个是所谓"严密"的理论?可是又哪一个不是经典,被人奉为圭臬,流传千古?如果说有的时候科学理论不能满足他们自己"放之四海而皆准"的愿望的话,那么中国学者的这些传统智慧反倒是捷足先登。

可能是因为从小读蔡志忠漫画的缘故,我很喜欢用例子来讲道理,很喜欢用"道理"去覆盖现实。但是这又与科学理论不同,因为同一个事情可以有N个道理,这些道理并行不悖,这些道理并不脱离现实,并不是用不同于现象世界的另一个维度的语言去描述。虽然眼下看来我不能安心地做这样的学问,而且还要给科学"打工"很长一段的时间,但心中有一个更高的期盼对我来说比什么都重要。

我最近才发现来到体育大学竟然是一个幸运的事情,如果我在像北大那样充满机会——"诱惑"更准确——的环境当中，一定会成为比现在更有成就的人，但是就会被这些"诱惑"牵着鼻子走。我会为发表一篇论文而急功近利，我会为出国的机会而把英语放在学习任务的第一位，我会为所谓的"体验"而到处奔走。那么我就不会像在体大这样，安静地读书，为追求思想而去读书。这个感悟是大四一年的浮躁生活告诉我的。

当保研成第一目标，当维系个人形象成为重中之重，当出国变成最现实的目标，当我做一切都是为了一个眼前现实存在的东西的时候，那颗安分读书的心就再也没有回到我的身上。其实，当代社会很少给人机会去安静地读书，毕竟诱惑太多，毕竟人要追求现实的东西。可是体育大学竟然阴差阳错地给我一个良好的心态，父母也给我创造最适宜的条件，我自己的动力也为这一切转变为成果提供可能。在体育大学里，没有出国的机会，没有让你非去追求不可的诱惑。我的目标相当简单，就是考上北大，这无疑让我摒弃了很多杂念，没有工作压力，没有出国想法。总之当诱惑不再是诱惑的时候，我居然真有一份安心读书做学问的环境和心态[①]。

这四年里我收获到当代年轻人很难得到的东西。我想大学三年就是我积累的过程，从这个角度来说，大四的生活可以用糟糕来形容。我就在想，站在现在对自我的了解和解释的立场上，出国也许的确是一个目标。但是学习、思考、在追求"道"的道路上不断积累可能才是我真正应该做的。上大学时候这一点没有自明，但是在研究生阶段一定要有意识地克服社会给我们年轻人的诱惑。毕竟我走的不是一条一般的道路。

我经济紧张主要是因为又买一些书。先是买一些 GRE 练习册，然后是买一些科学哲学、文化心理学的书。现在的书也越来越贵，尤其是学术书，基本上没有低于 50 块钱的，那本《科学哲学指南》干脆 109 块钱！但是既然我决定买，就是因为这本书实在是写得很精彩，很符合我现在的需要，也正好适合我的水平。我想在去深圳之前好好地选一些书。

---

[①] 也许只是一个借口，但是我认为在北京体育大学给了我一个沉淀的机会。学习不是学一点就收获一点的过程，长期不懈的记忆、反思、总结、应用，最终才能使得知识积累升华为个人的素质，或者说境界。我看到自己很多同学在大学四年后并不能说就更像一个接受过心理学专业训练的人，虽然他们的考试成绩并不差。所以衡量大学教育结果的标准绝不仅仅在于工作薪酬、出国大学的好坏、成绩的高低。

大学四年真是决定了我一生的四年。前三年的努力和积累，决定了我有现在的思想境界，而大四的努力让我获得社会平台和继续发展的机会。我会像当初向刘艳华(大连二十四中学语文老师)老师承诺的那样，珍惜自己的能力，不断地努力，去追求更高境界。

就要毕业了，明天体检，6月20日毕业典礼，6月21日离校。

马上要和爸爸妈妈见面了。

儿子<br>2008.5.24

## 一切都很完美

亲爱的儿子：

从你的信中，妈妈看到我儿子踌躇满志的胸怀。四年大学生活快结束了，妈妈和爸爸读过四年大学，很多朋友读过四年大学，看过很多人读大学，像你如此精彩如此成功地读大学，是妈妈听说的第一人。你的大学确实非常成功，追究起来，你能有今天的成就，真的与我们的观念分不开。还记得当初你离家时，要我们给你说几句话，妈妈当时提出"三不"：不打工、不打扑克、不处女朋友。你做到这"三不"的同时，就是把别人打工、打扑克、谈恋爱的时间都用来学习，再加上你的聪慧，才有今天的成就。

一切都很完美，只剩最后一件事情，就是GRE考试。我想现在对你来说，最重要的是将其重视起来。这最后一考，你应该重视起来，无论你觉得自己实力不够也好，准备时间过短也好，现在重视起来为时不晚，临阵磨枪，不快也光，况且你是有英语实力的。迟老师说你没有问题，他是对你太偏爱了，把你看得太好，你心里应该有数。

妈妈<br>2008.5.26

# 第八十四封信
# 完美中的遗憾

妈妈：

  向父母道歉是自我反省之后的结果。无论如何这是我成长道路上必须要面对的问题：面对失败的可能而无所畏惧。从小学开始，父母、老师都是赞扬我的，我在同学当中虽不说是佼佼者，也总是保持着一份优越感。生活中唯一有机会来证明我有不足，我会失败，而且还无法否认的事情就是考试。每一次考试失败都是无法回避和无法拒绝的自我否定。面对每一个考试，我总是暗暗地计较着考试的结果。这一点父母大概也会理解。其实我的内心有一个很严厉的批评者，监督着我的每一个行为。我会在考试成绩公布后打自己嘴巴，我会生自己的气。有这些觉悟，再整理一下自己的思想，应该不会再犯这次准备GRE过程中同样的错误。

  父母的建议都是对的，但并不是说我照着您们的话做就会有更好的结果。成长是我个人的事情，在这个阶段父母的责任是更多地给我爱的支持，我会尽量回报父母，回馈父母对我的爱。我很感激父母为我的将来担忧，但毕竟父母不能指导我一生，怎么可能大半辈子在父母的指导中成长呢？对于我的成长，只要不是懒惰和放弃，那么就无所谓失败。父母的智慧都是财富，可是思想是私有的，这种思想上的财富不能转移。父母的意见对我来说是拓展思维宽度的来源，而不是思维的导向。

  我说说在北京的最后这几天我想做的一些事情。大概是这样的，首先整理论文，其次把迟老师的任务完成。因为托运服务是在最后一天才来到我们学校，我想和同学在20号之前几天一起开始整理寝室，收拾东西。那也应该是在12号之后。明天从大姨家回来开始，我先整理论文、给迟老师整理材料。这大概需要五天时间。然后我想主动给教研室做些工作。因为在论文答辩会上我说我会报答教研室的，事后想想其实教研室的老师对我的呵护实在已经超出正常范围，老师对我的教导几乎接近家教形式。在保研的事情上，教研室老师都帮了些忙，我应该做些具体的事情回报老师。知恩图报，说什么"在心理学的道路上有所成就来回报老师"，这个实在有些太空虚。教研室有些材料老师都没有时间去整理，我就来帮忙弄一下，不会太费时间，但是效果一定会不错。

12号之后开始收拾东西。估计两天时间大概就可以把大件整理出来，零碎的东西到时候再说。衣服、零碎杂物托运回家，书寄存在大姨家。我会把一些我觉得可能要看的书托运回家。看情况，如果觉得托运的人太多，怕到时候排不上号，我就提前自己到邮局办理托运，反正学校里就有邮局。

除了这些事情还有一些其他事情。20号晚上可能我们班要集体吃一顿饭，那个时候可能就不能和父母在一起。20号白天和父母拍照，晚上父母回大姨家，我要么再在学校住一晚，要么晚上回大姨家。这看具体情况。

从10号到21号，每天都需要办理一些手续，比如退学生证、一卡通、宿舍钥匙等等，都得呆在学校。学校直到最后一天才会给你颁发毕业证和学位证，不可能提前走人。

我打算送大姨一本《九型人格》，这是一本在人力资源管理领域当中非常受欢迎的书，培训费达到五六千元。不过我看这本书是因为这本书蕴藏着丰富的人生体会、经验和反思，对于了解自己很有帮助，甚至对于爸爸爱发脾气的原因都有很独到的见解。关于为什么我不想找女朋友，为什么我总瞧不起周围的人，为什么我总是发无名火。这些在我生活中常见的问题在这本书里都有独到的解释。

为了不中断英语学习，我想和一些同学再次发起一个短期英语角。在GRE考试之前一个英语系的学生说想要和我练口语准备托福，当时我说考完GRE再说。另外我还会坚持每天背单词，看英文学术文章。现在打算明年六月份再考一次GRE，争取高分。研二那一年考托福。

以前想要高调出国，现在看来需要调整一下：在保有一定底线的前提下，能出国就出国。首先出国是为开阔视野，了解文化，争取站在更高的学术平台上。而出国之后看看适应的结果，好的话再到更好的地方也可以，如果不好的话就回国。我的目的不是为了和别人比什么。现在我的目标应该尽量内化，而不再是依托于外部的标准，否则总是会有最近所遭遇的这种"空虚期"。

成为精神偶像听起来很玄虚，其实和父母的初衷是一样的。我对自己有严格的要求，这不仅仅体现在思想上，我对自己的道德、人品都有很严格的要求，成为一个学者不仅仅是知识上的领先，也是做人上的领先。这也符合中国传统观念。总之，不断地积累自己的知识，提炼思想，升华精神境界，这大概就是一条道路吧，而具体的标准可能就是在平静的心态下积累知识，通过一次次地像 GRE 这样的考试进入到更高平台，争取到和更优秀的人交流的机会。像 GRE 考试这样的硬指标肯定不是最后一个，所以我要整理好对这些指标的态度：它们不是评价我的努力标准，但却是用我自己的标准评价我的必要条件。和本科阶段一样，心平气和地积累和急功近利地追逐目标两不误，两手都要硬。没办法，我的人生目标就得让我用双重真理来适应这个社会。

最后这几天肯定是混乱的，但是相信只要按部就班，和周围同学做好沟通，应该不会有什么问题。父母想到什么问题也可以告诉我，我再去了解。

最新消息：W 去宾夕法尼亚大学，K 去亚利桑那州立大学。

寝室同学决定去山里骑马，我就不去了。明天去大姨家，晚上或者第二天早上回学校。

儿子<br>2008.6.7

## 无所事事会消磨人的意志

亲爱的儿子：

尽管你放弃英语考试是一件令人遗憾的事情，但人生不可能没有遗憾，这也是你保送北大成功带来的结果之一。无论如何，你把"保研猪做成保研猴"，我看你比猴子还忙，妈妈很欣慰。一个人最可怕的是无所事事，那会消磨人的意志。你减少学习英语，但做了很多有益的工作，这也很好。这个问题等回来我们再详细讨论。

好了，儿子，妈妈马上就要领你回家，拥抱你，我的儿子。

妈妈<br>2008.6.10

# 后　　记

在这本书信集即将付梓之际，内心感慨颇多。

曾有朋友问我，你和你儿子通信，说些什么呀！有什么可说的呀！有女友试图与儿子通信，写了两封就写不下去了。是啊，人与人沟通，必须有彼此之间的认可、欣赏、引为同道，否则当然是话不投机半句多。有个网站"父母皆祸害"，就是因八零后的孩子与五零后父母之间深深的隔阂的产物。

我和儿子之间没有隔阂。记得他读小学的时候，我们家道两边，一边是一所中学，一边是一所小学。他上小学一年级的时候，有一天我接他放学一起往家走。那天正好是小学开家长会的日子。大概是孩子成绩不好，家长被老师批评，一位中年男人在大道上打孩子，那个小男孩比我儿子只大一点点。我什么没想，几步冲上去，将孩子拉到一边，对着那个男人吼，"打孩子干什么！"指着一旁吓得缩成一团的孩子，我批评他："多好的孩子，打坏了怎办！"那个男人愣了，他大概没想到半路杀出个人来不让他管孩子。没等他缓过劲来，儿子冲上来，一把拽住我，拖着我就走。"妈妈，你疯了，他打你怎办？你看那个爸爸多凶！"

我这才发觉自己的冒失，但我真的看不得父母打孩子。"不打孩子"是我的一个重要人生原则。所以，儿子知道我们是爱他的，他享受并喜欢这种爱。所以，他的内心愿意向我敞开。

王宝玉是幸运的，北京体育大学硬件学习环境国内一流，而比校园环境更优越的是软件不境，是心理学教研室老师们对学生们父母般的关爱，使他享有了美好的大学时代。

感谢花费一定时间分享这部家信集的读者们。这是儿子和我唯一一本没有出版动机的作品，作为第二作者的我的欣慰和抱歉都在于这些文字的无出版意识写作。我欣慰的是，与儿子和我以前发表的作品相比，这些文字真实得就是那段生活的记录而绝无其他功利之心的造作；遗憾的是家人间非文字沟通的信息无法在此再现，会使读者对一些信中提到的人和事的全貌不甚清晰，特别是教导儿子的那些可敬可亲的大学老师们，他们传递给儿子的信息会对大学生读者更为有益，这里更不可能复制。

得知王宝玉将去美国读博的时候，北体大心理学老师毛志雄发来了热情洋溢的信。

宝玉：

你好！祝贺！

多年以来，我和教研室的老师们一直以你为自豪，并且一直要求师弟师妹们以你为榜样热爱心理学，尽力做到最好。

我衷心地希望，你能够拓宽国际视野，站在心理学学术顶峰上"一览众山"。当然，未来的学习和生活将使你在新的起点上面对更新更高层次的挑战，相信以你对事业的大爱为基础，完全胜任这些挑战，有能力战胜各种困难，使自己达到一个新高度。

北体和北大的文化差异，相信你已有多年的感受。我认为这是你丰富的求学经历中的一份宝贵财富，也是你不同于纯北大本科出身的孩子们的重要优势。希望这些都能潜移默化地铭刻在你的心中。也许，将北大老师的学术思想、北体老师的为人之道完美结合，是你未来从业的宝贵精神财富。籍此两项"法宝"，相信你能尽快融入美国的"主流社会"，尽快适应美国的生活。

有困难尽管与我们联系。希望在未来的国际心理学学术期刊上更多地出现"王宝玉"三个字！

祝你一切顺利！

毛志雄

17. Jun. 2011

张力为、迟立忠、梁承谋老师都在王宝玉的成长过程中留下深深的痕迹。

# 后　记

无论是在信里，还是在回家的谈话中，王宝玉常常谈起这些老师，带着崇拜，带着感激，还带着庆幸……还有褚跃德、郭璐等等北体大心理学专业的老师都给了王宝玉受用一生的知识和教诲，作为母亲，这份谢意收藏在我人生永恒的记忆里。

王宝玉的北大三年研究生，在深圳一年半、北京一年半，两地老师的学术气息和人文情怀都在他成长的道路上留下深深的痕迹。

在深研院，北大副校长海闻教授业务繁忙，却总是挤出时间与学生讨论问题。王宝玉说，在他眼里，海校长就是爱国知识分子的化身。

深研院的李晓煦、北大教授沈德灿的学术气质、做人品格都让我们深深地感动。

导师侯玉波唯才是用。在王宝玉还只是个学生时，就让他给低年级的研究生做关于文化心理学的研究讲座，还推荐他去清华大学心理学专业做文化心理学方面的讲座。韩世辉、张智勇等心理学系老师都对他的成长有着重要的影响。

我还要感谢王宝玉在本科和研究生阶段的同学们，他们和王宝玉共同创造了大家珍贵终生的集体青春记忆。

最后，我还要非常感谢张明帅先生。这部书稿，先后经过几个出版商和出版社，尽管他们都非常喜欢，其中还有国内颇有名望的家庭教育方面的专家，却都因对出版这本书的经济效益和社会效益更为谨慎的原因而未能出版。张明帅先生不但决意出版这些家信，而且倾情投入编辑、校对等繁复的具体工作，是我接触过的出版业人士中最具敬业精神的，令我十分钦佩和感谢。

生活的信息是多维的，言不尽意在所难免。那段时光渐行渐远，王宝玉的求学之路仍在继续，以后是更多的未知，出版这些家信没有炫耀成功之意，只想超越地与奋斗之中的大学生和他们的家长们对话，求得对孩子教育的共识。

谢谢！

王　毅
2012.5.26